Übersichtshandriss von Paderborn, aufgenommen im Jahr 1830

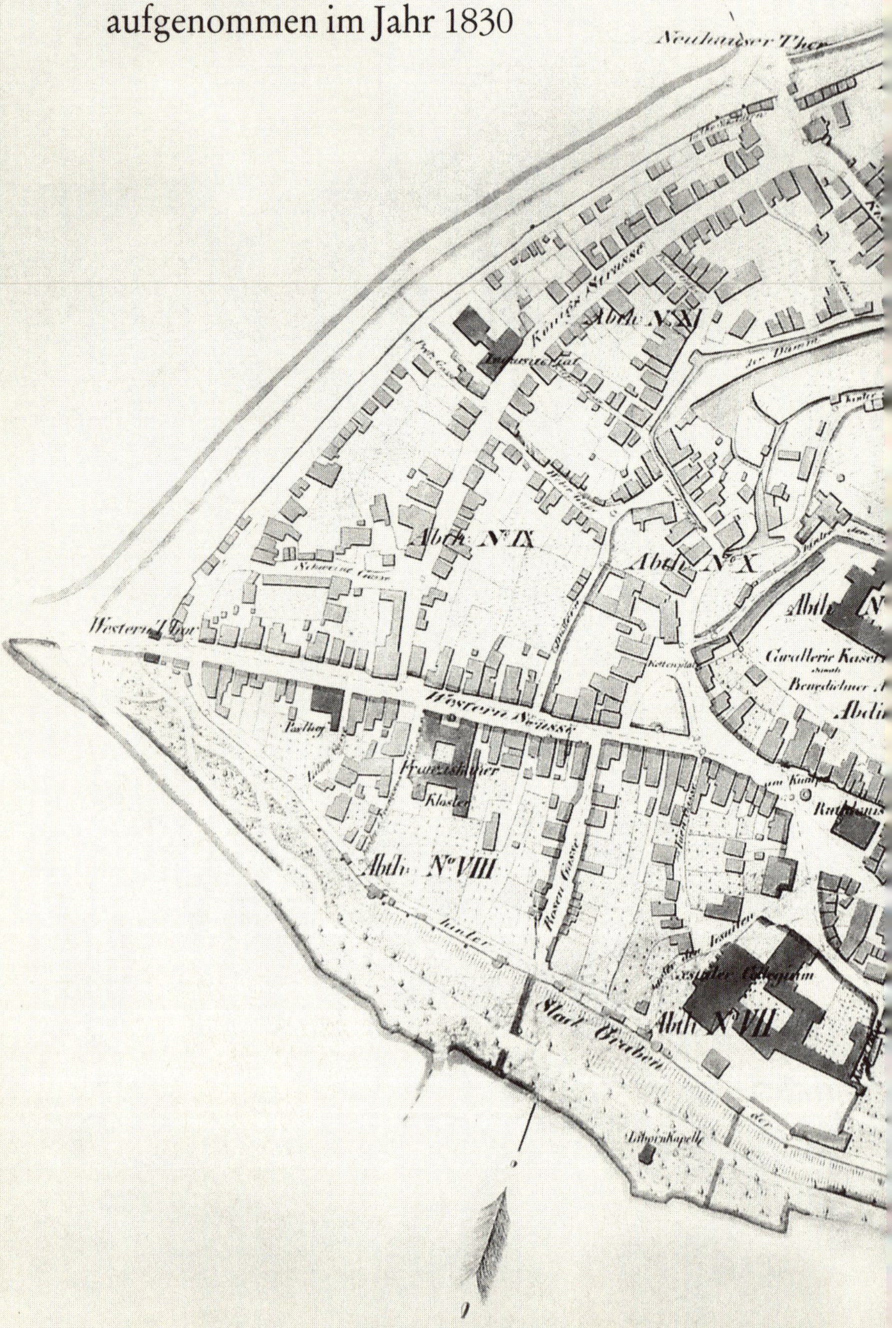

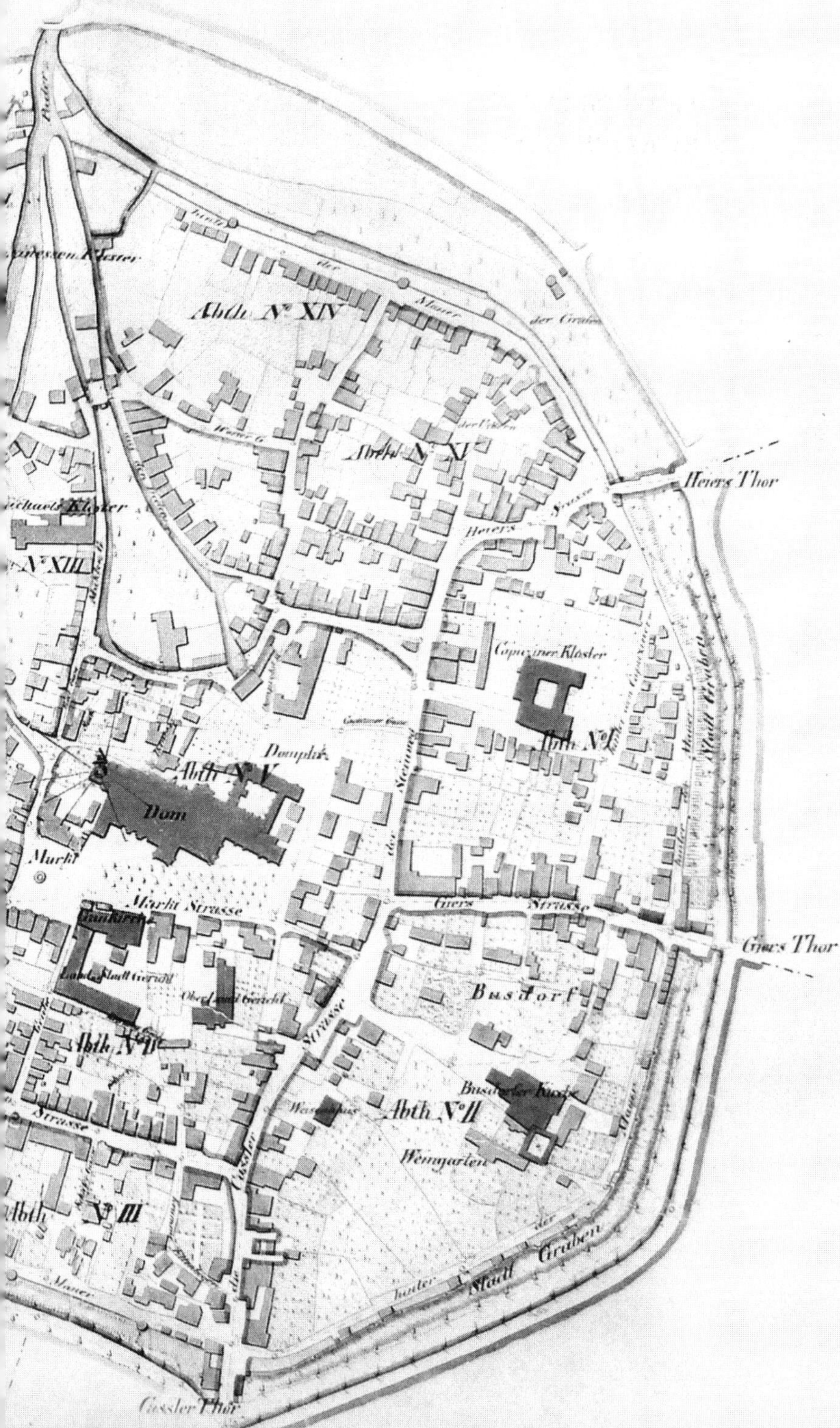
Abth N° XIV
der Mauer
der Graben
Heiers Thor
Heiers
Capuziner Kloster
Abth N° I
Domplatz
Abth N° V
Dom
Markt
Markt Strasse
Giers Strasse
Giers Thor
Busdorf
Busdorfer Kirche
Abth N° II
Weingarten
Stadt Graben
Abth N° III
Cassler Thor

Barbara Meyer, Jahrgang 1948, ist in und um Paderborn herum aufgewachsen, studierte dort Mediävistik und Allgemeine Literaturwissenschaften und lebt seit fünfundzwanzig Jahren unterhalb des Doms. Nach jahrelanger Produktion nicht nur historischer Texte legt sie jetzt ihren ersten Krimi vor, der – wie auch anders – im katholischen Paderborn spielt.

Dieses Buch ist ein Roman. Handlungen und Personen sind, soweit nicht historisch vorgegeben, frei erfunden. Ähnlichkeiten mit lebenden Menschen sind rein zufällig, die mit längst verstorbenen gewollt.

Der Anhang enthält ein Personenverzeichnis und ein Glossar.

BARBARA MEYER

IM SCHATTEN DES DOMS

HISTORISCHER KRIMINALROMAN

Emons Verlag

Umschlagzeichnung: Heribert Stragholz
Druck und Bindung: Clausen & Bosse GmbH, Leck
Printed in Germany 2008
ISBN 978-3-89705-552-0

»Judicium melius posteritatis erit.«
»Was heute noch beschnarcht der Neid,
so achten wird die künftge Zeit.«

*Wahlspruch Dietrich von Fürstenbergs,
Fürstbischof von Paderborn (1585–1618),
in dessen eigener Übersetzung*

PROLOG
1586, AM DONNERSTAG NACH ST. LUCIA

18. Dezember
Lucia von Syrakus († 13.12.310) gilt als Patronin der Bauern, Blinden, reuigen Dirnen, Glaser, Notare, Schreiber und Türhüter. Sie wird angerufen gegen Armut, Augenleiden, Feuersbrunst und Infektionen.

Vorsichtig schlich er am Rathaus entlang und lauschte zur Marktkirche hinüber. Alles ruhig. Auch Kamp und Schildern – keine Schritte, keine Lichter.

Sein erlauchter Oheim ließ sich Zeit. Was, wenn er die Urkunde nicht bekommen hatte? Wenn der Bischof nochmals Änderungen, weitere Sicherungen verlangt hatte? So oder so, er hatte seinen Lohn verdient.

Die protestantische Verwüstung wird ein Ende haben. Das hat der Fürstenberger mir zu verdanken, dachte er, mir, dem unbedeutenden Angehörigen des Paderborner Magistrats. Die Anerkennung hätte er mir ruhig bei Tageslicht aussprechen können. Wie ein Dieb drückte er sich mitten in der Nacht in den Schatten herum.

Längst hatte die Rathausuhr die zweite Stunde geschlagen, zu der ihn der hochmögende Beauftragte des Bischofs treffen wollte. Hier an der zugigsten Ecke der ganzen Stadt. Am frühen Abend hatte es geschneit, doch jetzt trieb der Wind eisigen Regen die Westernstraße herauf. Er zog den Mantel enger und lief ein paar Schritte, um seine Füße aufzuwärmen.

Nur der Wind pfiff, sonst war die Stadt totenstill. Tagsüber war es hier zu voll, um den Wind zu spüren, der sich im engen Schildern fing. Der Markt, die Waage im Rathaus, mehrere Schenken, die Schulen, Kirchen und Klöster – aus allen Straßen, von den umliegenden Dörfern, aus dem ganzen Land sogar strömten die Leute hierher. Dann war die ausladende Freitreppe zum Ratssaal dicht umlagert, und manch einer warf ob der verfließenden Zeit besorgte Blicke auf die Uhr im Türmchen darüber.

Am Tag grüßte man ihn ehrerbietig, wenn er im fellgefütterten Umhang über dem bauschigen Wams das Rathaus aufsuchte. Jeder, der ihn jetzt sähe, ohne Kröse und versteckt unter dem dunklen Mantel, das Barett tief in die Stirn gezogen, musste ihn für einen Verbrecher halten.

Unwillkürlich wandte er den Kopf in Richtung des Domturms, der wie ein mahnend erhobener Zeigefinger die Häuser der Stadt überragte. Auch in der Nacht. Oft genug hatte er gedacht, er müsse jeden Augenblick auf ihn fallen.

Aber er war kein Verbrecher. Er hatte nur die Sakramente in die Stadt zurückholen wollen.

Aufatmend bog er um die Ecke des schmalen Fachwerkbaus. Hier sah ihn niemand. Der vorkragende Rathausgiebel schluckte jedes Licht, die Scharnegasse mit den stinkenden Fleischbänken lag im Dunkeln. Befriedigt nahm er den vertrauten Mief wahr. Obwohl die Ratten längst jeden Unrat zwischen den Verkaufsständen weggeputzt hatten, roch es durch den Regen hindurch deutlich nach Verwesung.

Niemand wäre auf die Idee gekommen, auf dieser Seite des Rathauses ein Fenster zu öffnen. Deshalb hatte auch niemand überprüft, ob nach der Sitzung alle geschlossen waren. Sowieso war reichlich gebechert worden. Selbst Brabeck, sonst so gewissenhafter Stadtdiener, hatte schwankend auf seinen Rundgang verzichtet.

Er gratulierte sich zu seiner Voraussicht. Geschah ihnen recht, wenn sie hintergangen wurden. Reißende Wölfe und falsche Propheten hatte Abt Ruben die Ratsherren genannt. Und wenn es zur Vollendung seines Werks gehörte, durch den speckigen Dreck der Scharnegasse zu stapfen, so stapfte er eben.

Aus dem Kötterhagen näherten sich Schritte, unsicher, schlitternd. Das musste er sein. Statt über den gepflasterten Kamp zu gehen, rutschte Johann Westphal, vornehmer Gefolgsmann des Fürstbischofs, die feuchten Hintergassen entlang.

Blödsinnige Heimlichtuerei! Er trat aus dem Schatten des Rathauses und ging auf den Oheim zu. »Habt Ihr die Urkunde?«, flüsterte er aufgeregt.

Westphal gab gedämpft zurück: »Der Bischof hat unterschrieben. Wir können doch hinein?«

Ein Stein fiel ihm vom Herzen. Eilig wisperte er: »Ja, aber achtet auf Eure Füße. Nachts gibt es hier Ratten. Hatte Zeit genug, sie kennenzulernen, während ich auf Euch wartete.«

Westphal gab keine Antwort. Hielt es nicht für nötig, sich wegen der Verspätung zu entschuldigen. Die Gunst des Bischofs erhob ihn wohl turmhoch über den Sohn seiner Base, dem er ohnehin nichts zutraute. Dabei hatte er den herrschaftlichen Auftrag makellos ausgeführt im letzten Jahr. Und heute Abend: Lief es nicht wie am Schnürchen?

Nachdem er erst den knochigen Oheim und dann sich selbst über die schmierige Fensterbank gehievt hatte, durchquerten sie die dunkle Halle, deren größten Raum die Stadtwaage einnahm. An der Wand entlang tasteten sie sich zur Tür des angrenzenden Vorraums, wo sie nahezu geräuschlos die Falltür öffneten. Erst am Fuß der Stiege in die finstren Gewölbe unter dem Rathaus entzündete er die von oben mitgebrachte Laterne.

»Hier, lies.« Westphal gab dem Neffen die Urkunde, nahm ihm gleichzeitig aber das Licht aus der Hand. Ob mit Absicht, war dem hageren, von flackernden Schatten entstellten Gesicht nicht zu entnehmen.

»Es war ein schönes Stück Arbeit, den hochwürdigen Herrn Bischof dazu zu bringen, sie zu unterzeichnen«, berichtete er salbungsvoll. »Er war durchaus der Meinung, dass du ohne Auftrag gehandelt hast und er dir keineswegs verpflichtet ist. Herr Kaspar und ich haben ihn schließlich überzeugt, dass du, Auftrag oder nicht, dem Bistum einen großen Dienst erwiesen hast.«

Argwöhnisch musterte er den Oheim und erkundigte sich: »Und die Schenkung erstreckt sich über den gesamten Besitz?« Er brach eine der Kerzen ab, die auf einem Wandbord in den Überresten zahlloser Vorgänger klebten. Westphal öffnete die Laterne, damit er sie anzünden konnte.

»Er ist dein und wird vererbt auf deine Nachfahren«, erwiderte er. »Aber es ist zurzeit nicht ratsam, das Dokument offen herumliegen zu lassen. Allzu leicht könnte jemand eine Verbindung ziehen. Wir werden es gut verstecken, damit es die Zeiten überdauert. Solange Dietrich lebt, wird er den Besitz bezeugen, und deine Enkel können auf die Urkunde zurückgreifen.«

»Aber der Bischof kann sterben!«

»Beschrei es nicht«, sagte Westphal warnend. »Und wenn – deshalb verstecken wir sie ja hier. Du musst sie nur rechtzeitig herausholen und zu den anderen legen.«

Lieber hätte er sie gleich an ihren Platz gelegt. Aber was nicht war, konnte noch werden.

Er zog das ersehnte Dokument aus der ledernen Hülle und entrollte es. Im flackernden Kerzenschein konnte er die Worte kaum entziffern. Lang war der Text nicht. Schnell fuhr er mit dem Finger die Namen der Flurstücke entlang und prüfte, ob keins fehlte. Dann wandte er sich den bischöflichen Dankesfloskeln zu.

Westphal nahm die Laterne und inspizierte die verdreckten Kerker im vorderen Rathauskeller, die schon lange keine Gefangenen mehr gesehen hatten.

»Die Lutheraner lassen die Stadt verlottern, und niemand tut was dagegen«, grummelte er verdrossen.

Im diffusen Licht wurden schroffe Bruchsteinkanten sichtbar, hier und da mit bröckligem Erdreich durchsetzt. Wo die winzigen Fensterlöcher unter der Decke dem Regen ungehindert Einlass boten, hatten sich im gestampften Lehm Pfützen gebildet.

Nicht angenehm, hier eingesperrt zu sein. Schnell drängte er den Gedanken beiseite.

Noch immer kam es ihm wie ein Wunder vor, dass alles so glattgegangen war. Er glaubte fest daran, dass schon das Gelingen die Tat rechtfertigte. Alle Heiligen hatten ihm beigestanden. Doch noch heute verfolgte ihn in seinen Träumen ein grässlich verzerrtes Gesicht …

An der Tür zur Triesekammer blieb Westphal stehen. Sie als Einzige war mit einem Schloss versehen, allerdings ohne Schlüssel. Viel war ohnehin nicht zu stehlen, bis auf Brabecks Weinvorräte, die in der steinernen Kammer kühl gehalten wurden. Immerhin lag hier, jedenfalls so weit das Licht reichte, kein Unrat herum.

Westphal leuchtete in leere Truhen und inspizierte die Regale, auf denen ein paar wertlose Pfandstücke verstaubten. Nur aus einem offenen Schrank in der äußersten Ecke des Raums, hinter einer Mauer aus Weinfässern fast verborgen, schimmerte es matt silbern.

»Wenn man uns ertappt, wird wenigstens niemand unterstellen, wir seien auf die Schätze der Stadt aus gewesen.«

So, so, der hohe Herr konnte also auch witzig sein.

Westphal wandte sich von den verwahrlosten Beständen ab und murmelte: »Aber es wird den Bischof interessieren, wie es in der Schatzkammer der hochnäsigen Magistratsherren aussieht.«

Verdrossen schaute er auf den Neffen. »Wird Zeit, dass du aufhörst, die Urkunde zu studieren. Ist dir wohl nicht groß genug, die Belohnung?«, fragte er. Seinem Gesicht war anzusehen, dass er bedauerte, sich für den Verwandten eingesetzt zu haben. In beißendem Ton fuhr er fort: »Du bist dem hochwürdigen Herrn Bischof zu Dank verpflichtet, nicht umgekehrt, dass du es nur weißt. Du schuldest ihm deine Existenz, und er wird sie dir nehmen, wenn es sein muss!«

Er folgte dem Oheim ins Archiv, ging an ihm vorbei zu den hinteren Schränken und suchte nach der krakeligen Aufschrift »Maspern«. Hier lag die Urkunde über den Familienbesitz, die er vor Kurzem erst eingesehen hatte. Jetzt gehörte das weitläufige Nachbargrundstück ebenfalls ihm. Und nicht nur das. Wie er sehr wohl wusste, gehörten zu dem alten Hof an der Stadtmauer fast sechzig Morgen Äcker und Wiesen auf der Sülte und in Ammenhusen, außerdem ein Teil des Dörner Holzes. Ab sofort war er Hof- und Landbesitzer, nicht mehr nur Erbe der Klitsche seines Vaters.

Westphal legte die Akziselisten beiseite, in denen er neugierig geblättert hatte, und riss ihn aus seinen Gedanken. »Brabeck sollte etwas gegen die Ratten tun, sonst fressen sie deinen gesamten Besitz auf!« Meckernd wies er auf Fraßspuren an den Pergamenträndern.

Insgeheim gab er dem Oheim recht. Wie alles, was die derzeitigen Stadtherren in Händen hatten, war auch das Archiv vernachlässigt. Niemand fühlte sich zuständig, es zu beaufsichtigen, und wer eine Urkunde einsehen wollte, nahm sie einfach mit. Auch der Schrank vor ihm stand offen. Die Pergamentrollen lagen, von ungeduldigen Händen immer wieder umsortiert, kreuz und quer durcheinander, und kein Besucher machte sich die Mühe, sie zu ordnen.

»Brabeck hat es längst aufgegeben, hinter den Ratsherren herzulaufen«, erwiderte er, den Stadtdiener verteidigend. »Meist wollen sie ja doch nur einen Extraschluck. Sie lassen Türen und Schränke offen, sodass jedes Ungeziefer hineinkann, und nehmen alles Wertvolle mit. Auch er ist froh, wieder einen richtigen Bischof als Stadtherrn zu haben, glaube ich.«

»Glaubst du oder hast du ihn gefragt?«, zischte Westphal. »Dietrich will wissen, auf wen er sich verlassen kann, vergiss das nicht!«

»Wenn der Bischof ins Rathaus will, wird er Brabeck nicht brauchen«, sagte er ausweichend. »Ist es denn schon so weit?«

Westphal leuchtete in die vollgestopften Schränke. »Hier braucht man gar nicht erst etwas zu verstecken«, brummte er. »Es wird entweder sofort gefunden oder geht für immer verloren.«

Danach hatte er nicht gefragt.

»Der Bischof wartet ab«, antwortete Westphal endlich und hielt ihm die Laterne vors Gesicht. »Ständest du denn offen auf seiner Seite, wenn er jetzt schon versuchte, die Zustände zu ändern? Dietrich braucht entschlossene Männer, die auch mal sagen, was die anderen nicht hören wollen. Nimm dir ein Beispiel an Liborius Wichart: Der ist zwar in seinem Glauben verstockt, aber er gibt dem verfilzten Magistrat Kontra, wie er's braucht.«

»Wichart ist Pelzhändler und hat seine Kundschaft. Sogar unter den Magistratsherren, mit denen er sich sonst nur zankt. Ihr wisst doch, warum Vater wollte, dass ich in den Rat gehe!«

»Du wärst nicht im Rat, wenn ich dir nicht geholfen hätte. Denk manchmal daran. Aber jetzt lass uns sehen, wo wir die Urkunde sicher unterbringen können. Schließlich ist es dir zu verdanken, dass Dietrich so bald aufsteigen konnte, davon beißt keine Maus einen Faden ab. Und auch keine Ratte«, fügte er angewidert hinzu, als das Licht der Laterne, die er auf einem leeren Regalbrett abgestellt hatte, auf Spuren winziger Füße im Staub und überall herumliegende Rattenküttel fiel.

Dann rückte der Oheim einen der leeren Schränke von der Wand und stellte die Laterne um, damit sie den Spalt beleuchtete.

Mithilfe seines Dolchs kratzte er einen der Bruchsteine frei und brach aus der Rückseite ein paar lose Stücke heraus.

»Das wird reichen«, sagte er zufrieden. »Hast du die Urkunde wieder in die Hülse gesteckt? Das Leder wird sie vor Feuchtigkeit schützen. Nun leg sie hinein und dann lass uns diesen unwirtlichen Ort verlassen.«

Sie schoben den Stein zurück an seinen Platz und füllten die Lücken säuberlich mit herumliegenden Splittern, sodass die Wand an dieser Stelle so fest schien wie nie zuvor. Der Schrank hatte allerdings deutliche Schleifspuren im Staub hinterlassen, und ihre Fußabdrücke waren im hinteren Teil des Kellers, wohin sonst niemand kam, gut zu sehen. Westphal nahm ein paar Urkunden, fegte damit den Boden und warf die Dokumente mit anderen zusammen vor den Schrank und in den Gang.

»So schnell wird niemand hier aufräumen, und wenn, wird er sich nicht wundern, dass es unter den Urkunden nicht so dreckig ist wie überall sonst«, bemerkte er boshaft, als er das Licht aus dem Regal nahm und das Durcheinander im Dunkeln zurückblieb. Nachdem die Türen geschlossen, die Laterne zurückgestellt und sie unbehelligt durch das Fenster gestiegen waren, verabschiedeten sie sich kühl und gingen – der Oheim zum Kamp, er Richtung Pader – auseinander.

Nun gut, dachte er, als er an der Marktkirche vorbei bergab lief. Westphal konnte es einerlei sein, was aus den Besitzurkunden der Stadtbürger wurde. Seiner Meinung nach, natürlich auch der Dietrichs, gehörte ohnehin aller Besitz Gott und damit dem Fürsten, der nehmen und geben konnte, wie er wollte.

Er war von beiden Seiten abgesichert. Erleichtert sprang er die zur Bache führenden engen Stufen hinab. Den Kauf des väterlichen Grundstücks hatte der Magistrat besiegelt, und jetzt kam das große nachbarliche Anwesen hinzu, dokumentiert als bischöfliche Schenkung und mit einem ebenso stattlichen Wachsabdruck versehen.

Nur der Vater wusste, dass es nun ihm gehörte. Es war vereinbart, dass er den alten Hof mit den ausgedehnten Ländereien vorgeblich in Pacht nahm, um nach und nach durchsickern zu lassen, dass er sich mit Kaufabsichten trage. Niemand wolle nach ein paar

Jahren noch etwas über die genauen Besitzverhältnisse wissen, hatte Westphal prophezeit, wenn er, der neue Besitzer, nicht so dumm sei, den Hof verkaufen zu wollen.

Nein, so dumm war er nicht. Was dachte der Oheim von ihm? Er würde sich fein säuberlich auf dem Anwesen niederlassen und den Kopf nicht heben.

Nur schade, dass der Hof so abgelegen war. Im Vorbeigehen bewunderte er die geschwungene Giebelspitze von Rötekens Haus auf der Bache, deren filigrane Umrisse sich vor dem dunklen Himmel abzeichneten. Eine Fassade wollte gesehen werden. Der Ükern war jedoch nicht die Gegend, wohin sich seine Ratsgenossen verirrten. Ihre Häuser lagen in den feinen Gegenden auf dem Berg – am Gierstor, am Kamp oder in der Westernstraße, die man jederzeit trockenen Fußes passieren konnte.

Anders in der unteren Stadt. Schon hier zwischen den Spitälern watete man im Dreck. Vorsichtig balancierte er über die glitschigen Bohlen und umging die Misthaufen, um nicht in die der Pader entgegensickernde Jauche treten zu müssen.

Auf der Kisau war es nicht besser. Linker Hand die warme Pader, rechts zwei weitere Paderarme, dazwischen unberechenbare Tümpel, die mal hier, mal da auf der Straße auftauchten. An allen Paderarmen waren die Mühlen der Kapitelsherren aufgereiht, deren knarrende Räder und rumpelnde Mahlwerke jetzt jedoch schwiegen.

Tastend suchte er nach einem Weg durch die Pfützen. Hatte er den Ükern jemals trocken erlebt? Der Matsch war überall, auch die Schweine, die sich darin suhlten und denen es nur recht war, wenn er durch Speisereste, Erbrochenes und den Inhalt so manchen Nachttopfs angereichert wurde.

Wie immer schien ihm, als fiele auf den stinkenden Ükernwegen jede Ratsherrenwürde von ihm ab. Als sie noch Kinder waren, hatte ihnen der Schmutz nichts ausgemacht. Sie hatten in den Gassen gespielt und es genossen, wenn es zwischen den Zehen quatschte. Heute schüttelte es ihn bei der Erinnerung.

So tiefgründig, undurchschaubar und übel riechend wie der Ükernmatsch sei der Filz der versippten Magistratsherren, sagte der Vater oft. Auch wenn sie auf dem Berg mit seinen gepflasterten Straßen wohnten – die Füße hatten sie tief im zähen Dreck.

Jetzt gab es weder Schweine noch Kinder auf der Straße. Die Lichter in den Fachwerkhäuschen waren gelöscht, über den Dächern wehten magere Rauchfahnen. Es hatte wieder zu schneien begonnen, doch nun war es nicht mehr weit. Der Vater wartete sicher auf ihn und hatte das Feuer noch nicht abgedeckt. Wärme und ein heißes Bier, das war es, was er jetzt brauchte.

Wie vom Vater aufgetragen, hatte er die Urkunde sorgfältig geprüft, nachdem Westphal sie ihm ausgehändigt hatte. Obwohl im flackrigen Schein der Kerze kaum etwas zu erkennen war, hatte er sich nicht nur die Aufstellung seiner neuen Besitztümer, sondern auch die Danksagung genau angesehen und sich deren Wortlaut eingeprägt. »Wegen der unvergesslichen Dienste, die unser treuer Diener« – dann folgte rot umschnörkelt sein Name – »am Palmsonntag des Jahres 1585 der Christenheit und dem rechten Glauben des Bistums geleistet hat, gehen die unten verzeichneten Höfe und Flächen in seinen Besitz über ...«

Fast hätte er die Kerze fallen lassen, als ihm – erst auf den zweiten Blick – aufgegangen war, was da geschrieben stand. Es war nicht beabsichtigt gewesen, den Grund für die Belohnung offenzulegen. Was also sollte die Erwähnung des bewussten Palmsonntags? Warum hatte der Bischof einfügen lassen, wann der Dank verdient worden war? Jahrzehnte konnten vergehen, doch diesen Tag vergaß so leicht niemand in der Stadt.

Dietrich wollte ihn also in der Hand haben. Solange er lebte, sollte er nicht wagen, auf den Besitz zu pochen. Als ob er das je vorgehabt hätte! Dennoch hatte er es für sicherer gehalten, noch auf dem Flur des Rathauskellers, während Westphal überall herumstöberte, mit der Kerze um den Palmsonntag herum das Pergament so anzusengen, dass der Tag für alle Zeit unleserlich blieb.

Vorsichtig umging er den Uißenpuhl, der allen Aufschüttungen zum Trotz seine Sumpffinger immer wieder ausstreckte. Ob der Vater den Einfall mit der Kerze guthieß? Immerhin war jetzt in der Urkunde ein Loch, was bei einer gerichtlichen Auseinandersetzung ungünstig aussehen könnte ...

Hier war die Stadtmauer. Versperrte grau und massig den Blick auf den wolkenverhangenen Himmel. Die letzten Schritte konnte er sorglos hinter sich bringen. Vom Graben jenseits der Mauer entwässert und gepflastert mit herabgefallenen Kalksteinscherben, war im gesamten Ükern nur der Weg entlang der Mauer trockenen Fußes zu begehen. Der Matsch war zu besiegen, das musste er den Ratsgenossen nur klarmachen.

Morgen würde er das neue Grundstück in Augenschein nehmen, morgen bei Tageslicht.

1611

AM TAG DES HEILIGEN NIKOLAUS

6. Dezember
Nikolaus von Myra (4. Jahrhundert) ist der Schutzheilige der Kinder, aber auch der Apotheker, Bäcker, Kaufleute, Notare, Metzger, Seeleute, Bierbrauer, Fischer, Pilger und Reisenden. Er wird angerufen für die Befreiung aus der Gefangenschaft, gegen Diebstahl, falsches Urteil und für die Wiedererlangung gestohlener Sachen.

»Diether! Diether! Diether!«

Die kleine Nichte hatte Johannas Hand losgelassen und stolperte ihm über den uneben gepflasterten Dielenboden entgegen. Sie sprach noch kaum ein deutliches Wort außer seinem Namen, den sie deshalb begeistert und beharrlich wiederholte.

Der junge Dr. Meschede, Anwalt ohne Erfolg und Ratsherr ohne Einfluss, verzog das Gesicht. Geschrei hatte er genug gehört, der Kopf schwirrte ihm davon. Bedeutungsvolles Geschrei, das ja, mit großen Folgen und manchem Risiko. Jeder hatte zu Wort kommen wollen. Wichtigtuerisches Getöse, das kein Ende nahm.

Er hängte den nassen Umhang über die Herdumrandung, um die letzte Wärme einzufangen. Seine fürsorgliche Schwester nahm ihm den weißen Spitzenkragen ab, den er nur zur Ratssitzung trug, und verwahrte ihn sorgsam. Auch das enge Wams legte er ab und zog den warmen Hausrock über Unterzeug und Kniehosen. Jetzt freute er sich auf einen ruhigen Abend im Kreis der Familie, was Katrinchen wenig kümmerte.

»Wenn sie weiter so kreischt, vertreibt sie jeden Diether, der ihr jemals über den Weg läuft«, knurrte er mit finsterer Miene.

»Das ist ihr egal, sie will nur dich«, sagte Johanna lachend und ging ihm voraus. Sie kannte den kleinen Bruder gut genug, um seinen Unmut nicht ernst zu nehmen.

Mit dem immer noch »Diether« rufenden Katrinchen auf dem Arm betrat er die Wohnstube seiner Eltern, wo ihm fünf Köpfe erwartungsvoll zugewandt waren.

»Hast du gesprochen?«, erkundigte sich die Mutter, kaum dass er sich einen Platz am Kamin gesucht hatte.

»Danke der Nachfrage, liebe Mutter, es geht mir gut«, entgegnete er flachsend. In ihr unzufriedenes Gesicht hinein fuhr er ungerührt fort: »Draußen pfeift der Wind, und es schneit immer noch. Inzwischen ist kaum noch durchzukommen, und ich bin froh, dass ich nicht in einer Schneewehe versunken bin.«

Altklug mischte sich Gese ein. »Was das nur wieder werden soll! Es schneit seit Tagen und ist doch eigentlich viel zu kalt dafür.«

Auf die kleine Magd war Verlass. Als Schäferstochter fühlte sie sich gefordert mitzureden, sobald jemand über das Wetter sprach. Wie der mürrische, aber herzensgute Knecht Henrich gehörte sie zur Familie und konnte sich manche Freiheiten herausnehmen, obwohl sie im katholischen Paderborn christliche Demut lernen sollte.

Die Mutter soll ruhig warten, sagte er sich. Die Neuigkeiten aus dem Rathaus würde er ohnehin erst bekannt geben, wenn er mit Vater und Schwager allein war. Sie interessierte sich vor allem dafür, wie ihr Sohn geglänzt hatte; die Beschlüsse mit ihren Folgen und Kosten waren ihr einerlei.

Gese betete allerlei Wetterzeichen her, die einen harten Winter vorausgesagt hatten. Sie ignorierte die giftigen Blicke der Hausfrau und genoss die unverhoffte Aufmerksamkeit des jungen Herrn. »Und außerdem spukt immer noch das Böse in der Feldmark herum. Das Wetter ist verhext, und das liegt nur an den Jesuiten«, behauptete sie, ernsthaft mit dem Kopf nickend.

Für Gese zog der ungesühnte Tod des Wanderdoktors, dessen Mörder die Jesuiten im letzten Sommer entkommen lassen hatten, alles seitherige Unheil und auch das schlechte Wetter nach sich. Trotz ihrer Herkunft aus dem kalvinistischen Büren ist sie ganz schön abergläubisch, dachte Diether. Bis zu den Schäfern auf dem Feld schien sich die neue Lehre nicht herumgesprochen zu haben. Ihr ohnehin rosiges Gesicht unter den hellen Flechten glühte vor Eifer.

Belustigt gab er zurück: »Wie du von jedem Wind auf die Jesuiten kommst, ist geradezu unheimlich. Bei aller Düsternis um sie herum hat man von schwarzer Magie nun doch noch nichts gehört.«

»Hört jetzt auf! Über die Brüder Jesu macht man keine Späße«, warf die Mutter tadelnd ein.

Auch sie verpasste ihr Stichwort nie.

Hilflos wandte sie sich an ihren Mann. »Willst du etwa nicht hören, wie der Magistrat entschieden hat?«

»Das kann warten«, brummte der Vater vom Tisch her, wo er mit Johannas Ehemann Sieghart über den Abrechnungen saß. Gutmütig zwinkerte er dem Sohn zu und bedeutete seiner Frau: »Lass den Jungen erst mal nach Hause kommen. Hat er überhaupt schon zu Abend gegessen?«

Maulend stand Gese auf.

»Lass gut sein, Vater.« Diether hielt sie zurück. »Wir haben üppig getafelt. Schließlich gab es einen Beschluss zu feiern, der einigen viel Geld bringen wird. Der arme Brabeck musste, obwohl er kaum noch laufen kann, viele Krüge schleppen. Wie er es schafft, sich bei dem Gerenne selbst dermaßen zu betrinken, ist mir ein Rätsel.«

Müde vom reichlich genossenen Wein lehnte er den Kopf gegen die gekachelte Ofenwand. In der behaglichen Wärme entspannte er sich, doch seine Gedanken wanderten zu den Vorkommnissen des Abends zurück. Es war gelaufen wie erwartet. Der vom Bischof geforderte, dennoch lang diskutierte Beschluss war gefasst worden. Anderes war nicht erledigt worden. Heinrich Westphal, als Amtmann des Bischofs mit der Aufsicht über die städtischen Angelegenheiten betraut, hatte wie so oft gefehlt, und so konnte wieder nicht über die längst fällige Abschaffung der bürgerlichen Stadtwachen abgestimmt werden. Das ärgerte Schwager Sieghart, der regelmäßig auf der Mauer Wachdienst zu leisten hatte.

In Paderborn gingen die Uhren langsamer als anderswo, das hatte Diether inzwischen gelernt. In den Städten, die er auf seinen Studienreisen besucht hatte, wehte ein schnellerer Wind. Schon an der Sprache hatte er es gemerkt: Je weiter er nach Süden kam, umso geschwinder waren die Leute mit dem Wort, und ihm war es erschienen, als ob viele auch schneller dächten. Ganz anders seine

Ratsgenossen, die in ihrem gemächlichen Bauernplatt Ewigkeiten brauchten, um einen Satz herauszubringen. Nur im Streit waren sie flink, da flogen die Worte so rasch hin und her, dass Diether sich wünschte, der Eifer käme auch einmal dem Stadtwesen zugute.

Anderswo bewachten seit Langem bezahlte, gut ausgebildete Kriegsknechte die Stadtmauern. In Paderborn machten das immer noch die Bürger selbst, obwohl kaum jemand gelernt hatte, mit Spieß und Schwert zu kämpfen oder gar mit Kanonen zu schießen. Auch Diether nicht. Sein Fach war die Verteidigung des Rechts, dazu brauchte man eine spitze Zunge, und die hatte er von der Mutter geerbt. Sie hielt sich viel darauf zugute, in der Stadt aufgewachsen zu sein und sich – anders als die maulfaulen Bauern, wie sie gern sagte – einer Städterin gemäß auszudrücken. Sogar zu schreiben und zu lesen hatte sie gelernt, was nicht einmal unter den wohlhabenden und hochnäsigen Paderbornerinnen weit verbreitet war.

Bisher allerdings hatte ihm sein Wortwitz wenig geholfen, da die älteren Magistratsherren den Grünschnabel kaum ernst nahmen. Vorgeschlagen vom Bruder der Mutter, dem bischöflichen Rentmeister Antonius Barcholt, war der junge Advokat am letzten Silvesterabend auf Anhieb in den Rat gewählt worden, was ihn selbst nicht wenig überrascht hatte. Doch hörte ihm kaum jemand zu, wenn er – selten genug – zur Sache sprach, und noch nie hatte der Stadtsekretär seine Ausführungen im Ratsbuch festgehalten.

»Hat Dorbecher es aufgeschrieben?«, erkundigte sich die Mutter jedes Mal, wenn er über seine Reden berichtete, und war enttäuscht, wenn der Sohn wieder nicht in die Annalen der Stadt eingegangen war.

Für heute hatte sie es wohl aufgegeben, etwas aus ihm herauszubekommen. Gefolgt von Johanna und der Magd, verließ sie mit Katrinchen auf dem Arm die Stube, um noch ein wenig für die Familie zu beten, wie sie es nannte.

Klang da etwa ein Vorwurf mit?

***

Missmutig stand Margret Meschede am Fenster ihrer Schlafkammer. Draußen trieb immer noch der Schnee vorbei und türmte in den Hofecken schroffe Hänge auf. In welligen Hügeln lag er auf der Hoffläche, aus Richtung des Stalls durchzogen von einem schwarzen Jaucherinnsal. Wie so oft folgte sie ihm mit den Augen, bis es unter der Mauer verschwand, wo ein Durchlass es dem Graben entlang des Wegs vor ihrem Haus zuführte.

Wenn nur alle Ärgernisse so leicht verschwänden! Ihre vorlaute Magd beispielsweise. Bei jeder Gelegenheit musste sie ihre ketzerischen Ansichten zum Besten geben, und ihr wohlerzogener Sohn lachte noch darüber. Hatten sie ihn dafür studieren lassen?

Natürlich waren nicht die Patres schuld am schlechten Wetter, dachte sie empört. Wenn Gott die Stadt strafen wollte, dann für ihren Abfall vom rechten Glauben, und eben den wollten die heiligen Brüder in der Stadt wieder verbreiten. Was ihnen schwer genug gemacht wurde: Jeden frühen Sonntag sah sie mit eigenen Augen die Kutschen der irrgläubigen Familien zur Messe ins protestantische Lippstadt fahren. Sie hatte Pater Bodo, ihrem stattlichen Beichtvater und väterlichen Freund, schon oft davon erzählt, was schließlich ihre Christenpflicht war.

Sie ließ den Vorhang fallen und trat ins Zimmer zurück. Mit ungeduldigen Fingern zerrte sie die Haube vom Kopf, hängte sie dann aber sorgfältig auf den Haken. Erlöst ließ sie das schwere dunkle, von nur wenigen grauen Fäden durchzogene Haar fallen. Dann band sie die wattierten Hüftpolster unter dem Rock los und legte sie in die Truhe, damit Johann sie nicht zu Gesicht bekam.

Ächzend ließ sie sich im Betstuhl vor der Marienfigur nieder und nahm den Rosenkranz zur Hand. Die Winterastern zu Füßen der Gottesmutter waren längst vertrocknet, und wie jeden Abend nahm sie sich vor, am nächsten Morgen ein paar grüne Zweige hinzustellen. Trotz des traurigen Anblicks sorgte die Jungfrau Maria redlich für den Frieden in ihrem Haus und das Glück ihrer Kinder, weshalb sie ihr nicht zu danken vergaß.

Nur wenige Eltern hatten so viel Freude an ihrem Nachwuchs, zumal Diether, anders als manch studierter Sohn sonst, widerspruchslos in seine Heimatstadt zurückgekehrt war. Seine Zukunft gab zu den schönsten Hoffnungen Anlass. Bei seinem Aussehen konnte er, wenn er einmal ins Heiratsalter kam, unter den reichsten und schönsten Mädchen der Stadt wählen. Er hatte vom Vater das weizengelbe Haar geerbt, die dunkelblauen Augen und die robuste Haut. Auch die eindrucksvolle Größe kam von Meschedes, bei Diether allerdings ohne die Korpulenz. Aber die war bei Johann auch erst später gekommen.

Die Tochter dagegen schlug ihr nach. Zumindest äußerlich. Klein war auch sie nicht, aber dunkelhaarig wie die Mutter, mit den gleichen kaum zu bändigenden Locken, die sie sehr zu Margrets Leidwesen nur zum Kirchgang unter einer Haube versteckte. Auch vom zusätzlichen »Weiberspeck« unter dem Rock, den jede ehrbare Bürgerin trug, wollte sie nichts wissen. Wie eine Zigeunerin, dachte sie oft, wenn Johanna erhitzt, mit flatternden Röcken und aufgelöstem Haar von ihren Streifzügen zurückkam, völlig unbekümmert darum, wer sie sah auf ihrem Weg durch die Stadt.

Andererseits hatte kaum eine Mutter eine so zuverlässige und arbeitsame Tochter wie ihre Johanna. Eilig murmelte Margret zum Dank an die Gottesmutter ein Ave-Maria.

Beruhigt sinnierte sie weiter. Ganz von allein wanderten die geweihten Perlen von einer Hand zur anderen, hielten ihre Finger sie die angemessene Zeit lang ehrfurchtsvoll fest.

Auf den gebildeten Sohn konnte sie mit Recht stolz sein. Geboren im Jahr der Thronbesteigung Bischof Dietrichs und nach ihm benannt, war Diether einer der Lieblingsschüler der Jesuiten gewesen, aufgeweckt, eifrig und schon damals liebenswert genug, um mit seinen Possen nicht anzuecken. Die vier Jahre ältere Johanna hatte sie selbst alles Nötige gelehrt, bis auf ein paar Jahre, die sie als Haustochter bei ihren Verwandten, den Baers, verbracht hatte, um auch einen vornehmen Haushalt kennenzulernen. Doch außer dass sie in Goste, Jobsts Baers jüngerer Schwester, eine wahrhaft dicke Freundin gewonnen hatte, war nicht viel dabei herausgekommen.

Sie war leicht zufriedenzustellen, ihre Johanna, immer schon war sie das. Margret seufzte ergeben. Auch nach der Heirat hatte sich das nicht geändert. Die Meschedes liebten es schlicht, wie die Bauern, pflegte sie bei sich zu sagen. Ohnehin war die halbe Stadt immer noch ein Bauerndorf, dachte sie verdrießlich, ganz anders als das heilige Köln oder Münster, von denen Pater Bodo erzählt hatte. Außer den Kirchen- und Adelsherren lebten in Paderborn nur die reichsten und wichtigsten Familien wie die Baers, Gogreven oder Berringers herrschaftlich in steinernen Stadthäusern und wurden von außerhalb liegenden Höfen versorgt.

Voll schlechten Gewissens ob des aufschießenden Neids fiel ihr Blick auf die Schlange zu Füßen der Gipsfigur, zertreten von einem schmalen Fuß, dessen rosafarbene Bemalung stellenweise abblätterte. Beinahe hätte der allgegenwärtige Böse sie zu einer Todsünde verführt, doch Maria schützte die Ihren.

Wieder wanderten ihre Gedanken zurück, erfassten die Erinnerungen wie ihre Finger die Perlen. Zu ihrer Kinderzeit war ihr Haus ebenfalls ein Bauernhof gewesen, doch hatte bereits ihr Vater die Ställe an der Vorderseite zu Kontoren ausgebaut. Sie hatte dann den Salzsieder Johann Meschede geheiratet, dessen erste Frau jung gestorben war, weshalb er in Salzkotten nicht bleiben wollte. Gemeinsam hatten sie im weitläufigen, verschachtelten Fachwerkhaus ihrer Eltern den Salzhandel aufgebaut, er mit Hilfe seiner Kenntnisse und des Knechts Henrich, sie mit ihren Verbindungen in der Stadt und darüber hinaus.

Doch noch immer hätte ihr Haus in jedem beliebigen Bauerndorf stehen können. Als sie es mit Johann übernommen hatte, war zwar aus dem drei Stufen höher gelegenen Lagerraum ihre Wohnstube geworden. Herd und Esstisch aber standen zu ihrem Leidwesen nach wie vor in der offenen Diele, wo jeder in ihre Töpfe schauen und der über den gepflasterten Boden verteilte Straßendreck hineinwehen konnte.

»Für uns ist es fein genug«, sagte Johann unbeirrt, wenn sie weitere Umbauten verlangte.

Zum Hof gehörten umfängliche Gärten vor der Stadt zwischen Rimkesbach und Pader, die sie selbst, Barcholts Tochter, mit Geses und Johannas Hilfe zu beackern hatte. »Dafür hat dir dein Vater doch das gute Gartenland vererbt!« Entrüstet hatte er ihrem Vorschlag widersprochen, es zu verpachten. Immerhin willigte er ein, Fleisch, Eier und Milch von den Nachbarhöfen zu beziehen und auf einen eigenen Stall zu verzichten.

Das fehlte noch, dachte sie aufsässig. Wie die Schwerdtfeger'sche die Kühe melken! Es war schon genug, dass die Männer den Pferdegestank in ihre gute Stube trugen.

Wie eine Bauersfrau kochte sie also Eintöpfe quer durch den Gemüsegarten, wo, wie Johann sagte, »der Löffel drin stehen kann«.

Das war nicht fein, aber nahrhaft, und die Kinder waren gewachsen wie Gras im Mai. Hochgestellte Verwandte, die zu Besuch kamen, konnte man so jedoch nicht beeindrucken, weshalb sie immer hoffte, dass sie vor der Essenszeit aufbrachen.

Gleichwohl war die einflussreiche Sippe ihr ganzer Stolz. Mit dem halben Magistrat und sogar mit dem Schultheiß war sie verwandt. Die Barcholts hatten allezeit auf der richtigen Seite gestanden. Seit Generationen waren sie als gut katholisch bekannt und hatten in schlechteren Zeiten auch darunter zu leiden gehabt. Das wurde nun belohnt. Ihr Bruder Antonius war, nachdem Dietrich Bischof geworden war, seinen Verdiensten entsprechend aufgestiegen, war als Rentmeister in Neuhaus die rechte Hand seines Herrn.

Ihre Finger waren an einem der silbernen Medaillons angekommen und strichen sanft über das Kreuz mit dem erhabenen Korpus. »Vater unser, der du bist ...«, murmelte sie den Anfang des fälligen Gebets und dachte sich den Rest.

Wenn nur Diether ein wenig strebsamer wäre! Sie flehte zur Gottesmutter und hob die gefalteten Hände mit dem abgegriffenen Rosenkranz darin. Er könnte längst in des Bischofs Diensten stehen und am Hofgericht die großen Prozesse gegen den rebellischen Stiftsadel führen. Das hätte nicht einmal der Protektion der weitläufigen Familie bedurft, denn Kaspar von Fürstenberg, des Bischofs älterer Bruder und Ratgeber, hatte sich bereits bei ihrem Bruder, dem Rentmeister, nach den Zukunftsplänen des jungen Mannes erkundigt. Doch Diether, von dem großen Namen nicht im mindesten beeindruckt, hatte es vorgezogen, sich als selbständiger Advokat, wenn auch bisher ohne eigene Kanzlei, in der Stadt niederzulassen.

»Ich will mir selbst aussuchen können, für wen ich spreche«, hatte er gesagt, als sie ihn drängte, sich bei Kaspar vorzustellen.

Sie nahm die Hände herab und schob mechanisch eine Perle nach der anderen weiter. In den Magistrat der Stadt war ihr Sohn immerhin schon eingezogen, und den Bürgermeisterstuhl würde er bestimmt auch bald erobern. Bis dahin musste sie ihm die Studentenkleidung abgewöhnt haben, die nach Pater Bodos Worten verdächtig reformatorisch aussah. Einem Ratsherrn stand immer noch die gute alte Kröse zu, die fein gefältelt in ihrer Truhe auf ihren Einsatz wartete. Aber Diether weigerte sich eisern, den »Mühlsteinkragen«, wie er ihn nannte, zu tragen.

Ebenso schwer auszutreiben waren ihm die Sticheleien über die »Papisten«. Johann hätte auf sie hören und den Sohn statt ins lockere Freiburg zu den Fuldaer Jesuiten schicken sollen. In Gese hatte er nun die perfekte Mitspielerin gefunden. Margret wusste sehr wohl, dass er sich nur an deren Gespött beteiligte, um seine Mutter aufzuziehen. Besonders die Marienverehrung der Jesuitenpatres hatte es ihnen angetan, und oft genug hatte sie selbst lachen müssen, wenn die beiden mit dem jauchzenden Katrinchen als Madonna durch die Diele zogen und psalmodierend »Prozession« spielten.

Abbittend sah sie zur Gottesmutter auf. Sollte sie dem Sohn gegenüber weniger nachsichtig sein? Zur Buße wollte sie noch ein wenig länger beten, obwohl ihre Knie nicht wenig schmerzten und das Zimmer sich fühlbar abkühlte.

Von unten drang immer noch Gemurmel herauf, dessen ruhige und gleichmäßige Tonart darauf schließen ließ, dass ihre Männer noch lange mit der Politik zu tun hatten. Bestimmt hatten sie Henrich um mehr Bier geschickt, weshalb sie nicht vergessen durfte, morgen als Erstes die Vorräte zu überprüfen.

Endlich schlug sie aufatmend ein letztes Kreuz und erhob sich von der unbequemen Kniebank. Den Rosenkranz schlang sie der Gipsfigur um die Füße, um ihn beim Morgengebet griffbereit zu haben.

***

Henrich, Johann Meschedes Gehilfe und Freund aus alten Salzkottener Tagen, hatte Holz nachgelegt und den Schürhaken in die Glut gestellt. Fürsorglich hatte er allen, auch sich selbst, eingeschenkt. Nun zischte das glühende Eisen in den Humpen, und die Männer tranken sich freundschaftlich zu.

Aus den verbeulten Taschen seines Arbeitskittels holte der Knecht eine Handvoll Nüsse und legte sie für alle auf den Tisch. Diether sah den treuen Gefährten seiner jungen Jahre liebevoll an. Wieder fiel ihm auf, wie farblos und grau dessen früher flammend rote Haare jetzt waren. Nur der zottige Bart hatte den Kastanienton bewahrt, ließ aber die runzlige Haut durchscheinen.

In seiner bedächtigen und nüchternen Art ähnelte Henrich dem Vater, war gutmütig wie er, aber aufbrausend, wenn ihm etwas nicht passte. Wo Johann sich seiner gesprächigen Frau angeglichen hatte, war er auf seine Ruhe bedacht und sprach kein Wort zu viel. »Redselig wie ein Upsprunger Bauer«, sagte die Mutter bissig, wenn sie wieder einmal vergeblich versucht hatte, etwas aus ihm herauszubekommen. Dennoch nahm er gern an ihren Gesprächen teil und sperrte die Ohren auf, wenn es um die Skandale der Stadtherrschaften ging.

»Wisst ihr, dass der heilige Nikolaus nicht nur der Patron der Kaufleute ist, sondern auch der Advokaten?« Diether brach das wohlige, nur von knackenden Nussschalen unterbrochene Schweigen. »Der Legende nach erscheint er in vollem Ornat ungerechten Richtern im Traum und bringt sie dazu – wie, ist nicht überliefert –, ihre Urteile zu überdenken. Manchmal wünsche ich mir, der heilige Bischof würde mir und meinen Mandanten auch mal beistehen!«

»Viel Erfolg hast du wirklich noch nicht gehabt!« Wie immer bohrte Schwager Sieghart, zehn Jahre älter und bedeutend geschäftstüchtiger als er, genüsslich den Finger in die Wunde. Bisher hatte Diether sich nur mit aussichtslosen Streitigkeiten abgemüht, die alle Juristen der Stadt längst aufgegeben hatten.

»Wie sieht es denn mit Schwerdtfegers Garten aus?«, erkundigte sich der Vater nach seinem hoffnungsvollstem Fall. Eben noch war er seinetwegen mit dem alten Brabeck zusammen in den Ratskeller hinabgestiegen. Es ging um ein Grundstück vor dem Spiringstor, das sowohl Degenhard Schwerdtfeger, dessen Schreinerei dem Anwesen der Meschedes schräg gegenüber lag, als auch die Erben des früheren Ratsherrn Gruben beanspruchten.

Nun wusste in Paderborn jedes Kind, dass Florian Gruben zu den früheren Amtsinhabern gehörte, die sich hemmungslos bereichert hatten. Auch er hätte sich vor Gericht verantworten sollen, nachdem vor neun Jahren die Vertreter der Burschaften die Betrügereien aufgedeckt hatten. Doch das bischöfliche Gericht hatte das Verfahren jahrelang verschleppt und schließlich eingestellt, ohne die korrupten Ratsherren zu bestrafen und ohne offene Besitzfragen wie diese hier zu klären.

Froh über den gebildeten Nachbarssohn, übertrug Degenhard

die Verteidigung Diether Meschede, der sofort angefangen hatte, die Besitzurkunden im Rathauskeller durchzusehen. Es hatte Tage gedauert, bis er, entsetzt über das Durcheinander, alle Schränke aus- und nach Straßen geordnet wieder eingeräumt hatte. Einen Hinweis auf Gruben'schen Besitz am Spiringstor hatte er nicht gefunden. Da die Erben selbst darauf bestanden, das Grundstück habe früher der Stadt gehört, konnte eine entsprechende Urkunde auch nicht im Archiv des Domkapitels oder in der Neuhäuser *schriverigge* des Bischofs liegen, wo nur der Kirchenbesitz dokumentiert wurde.

»Den Prozess zu gewinnen wird nicht schwer sein«, sagte Diether dem Schwager zuvorkommend. »Aber du hättest sehen sollen, wie ich in den verwahrlosten Schränken gewühlt habe, dann wüsstest du, wie dreckig die Juristerei sein kann. Du machst dir doch den ganzen Tag die Hände nicht schmutzig!« Er zog Sieghart auf, der schon wegen des täglichen Umgangs mit dem Salz auf Sauberkeit achten musste.

Für seinen Geschmack sorgte der Schwager sich ein wenig übertrieben um sein Äußeres, wenn auch nicht darum, mit der Zeit zu gehen. Zu Diethers Spott, jedoch zur Freude der Mutter, trug er immer noch die spanische Tracht mit bauschigem Wams und geschlitzten Pluderhosen. Zusammen mit dem Altväterbart gab er das Urbild eines ehrbaren Kaufmanns ab. Der Eindruck schwand allerdings, sobald er neben dem stattlichen Vater stand, der ihn wie einen vorzeitig gealterten Lehrling wirken ließ.

Johann ersparte dem Schwiegersohn die Antwort. »Ist das Archiv nicht erst vor zwei oder drei Jahren aufgeräumt worden?«, fragte er, verwundert über die erneute Unordnung. »Damals hat Meister Richel die Wände vertäfelt, und die Feuerherren sollten sich darum kümmern, dass die Urkunden ordentlich in die Schränke zurückkamen. Die acht Taler für das anschließende Gelage hab ich jedenfalls zu Lichtmess in der Stadtrechnung gefunden.«

Als Burschaftsvertreter und gewissenhafter Kaufmann ließ Johann Meschede es sich nicht nehmen, bei der jährlichen Prüfung der städtischen Rechnungsbücher anwesend zu sein. Und als vor zehn Jahren der korrupte Rat sich geweigert hatte, die Bücher vorzulegen, und von den Bürgern zwei Tage lang auf dem Rathaus festgehalten wurde, um die Herausgabe zu erzwingen, war er ebenfalls dabei gewesen.

So kannte Diether seine Paderborner: Sie achteten aufs Geld und besonders darauf, dass nicht andere ihre schwer verdienten Taler leichtfertig verprassten. Solange er zurückdenken konnte, hatte es darum Streit gegeben, der schließlich zur größten Katastrophe der Stadt geführt hatte.

»Jedenfalls eine unnütze Ausgabe, denn die Vertäfelung kommt wieder ab.« Er sprach das eigentliche Thema des Abends an. »Das neue Rathaus wird gebaut, das ist beschlossen. Nach vielem Hin und Her ...«

Doch war niemand darauf erpicht zu erfahren, wie die Diskussion verlaufen war.

»Ging das denn ohne den Schultheiß?«, erkundigte sich Henrich.

»Diesmal ja«, bestätigte er seufzend. »Der Vorschlag kam schließlich vom Bischof höchstpersönlich. Um den städtischen Kleinkram kümmert er sich wenig, auch nicht darum, wofür die Ratsherren die städtischen Gelder ausgeben, solange sie nicht Geschütze kaufen und nach Neuhaus ziehen.«

»Es wundert mich schon lange«, überlegte der Vater laut, »dass Dietrich nicht stärker in die Stadtregierung eingreift. Nach dem Paukenschlag mit Wichart meint er wohl, die Paderborner sind gebändigt. Auch diese neuen Geschichten: Wenn sich die Aufregung gelegt hat, wird alles so weitergehen wie bisher. Glaubt mir das.«

Wie immer zog die Politik das Geschäft nach sich. Das Gespräch wandte sich den möglichen Auswirkungen der bischöflichen Anordnungen auf den Salzverkauf zu. Diether hörte kaum hin. Der Handel hatte ihn nie gelockt, sodass er froh gewesen war, als Sieghart die ihm zugedachte Rolle übernahm. Die Arbeit seiner Familie ermöglichte ihm ein sorgloses Leben, solange er ohne Kanzlei war, wofür er durchaus dankbar war. Seine Mitwirkung im Kontor allerdings hatte sich der Schwager energisch verbeten, nachdem Diethers Kalkulationen und Mengenangaben voller Fehler gewesen waren.

»Der ist doch nur zum Säckeschleppen zu gebrauchen«, hatte er damals gesagt, den Vorschlag aber nicht erneuert, als Diether mit seinem Doktorhut aus Freiburg zurückgekommen war.

Dennoch half Diether Henrich oft beim Aufladen und fuhr gern mit ihm über Land, rumpelte mit dem schweren Pferdewagen durch die wasserreichen Gegenden um Büren und Lippstadt und zu den trockenen Dörfern des Hochlands. Nur wenige der Bauern konnten sich das kostbare Salz leisten, doch Henrich kannte seine Kunden und verschwendete keine Zeit mit fruchtlosem Laufen von Tür zu Tür.

Meist säumte den Weg dichter Wald, den die Erzählungen des alten Knechts mit Räubern und Gesetzlosen füllten, sodass Diether froh war, wenn die finsteren Eichen von helleren Birkenwäldchen abgelöst wurden. Immer lagen die Dörfer hinter Bäumen versteckt, wurden erst im letzten Augenblick die winzigen Kirchen sichtbar, um die sich ein paar gedrungene Meierhöfe mit ihren Katen scharten.

Ganz anders seine Stadt: Wenn sie zurückkehrten, war von weit her der mächtige Turm der Paderborner Bischofskirche zu erkennen, dessen fingerartiger Dachreiter gen Himmel wies und den Untertanen des fürstlichen Hausherrn die Richtung vorgab.

Für Diether war es schwer, mit den Dorfbewohnern ins Gespräch zu kommen. Misstrauisch beäugten sie den jungen Städter, der sogar bei der Arbeit Lederschuhe trug. »Von unserem Geld«, stand in ihren abfälligen Mienen geschrieben. Henrich trug Holschen und sprach Platt, der gehörte zu ihnen. Gern malte sich Diether das Gesicht seiner Mutter aus, wenn er demnächst zu ihren Fahrten über die Dörfer ebenfalls Holzschuhe anzog. Oder wenn er gar eins der stämmigen Bauernmädchen mit zurückbrächte, die mit verschämten Blicken und roten Köpfen Interesse an ihm zeigten, neuerdings. Der größte Hof und noch so viel »Land an den Füßen« würde die junge Frau nicht davor bewahren, von Margret Meschede als Bauerntrampel abgetan zu werden.

Diether zwang seine Gedanken an den Familientisch zurück, wo sich das Gespräch weiterhin um Bischof und Geschäft drehte. Die »neuen Geschichten« des Vaters waren heiß diskutiert worden, erinnerte er sich. Es hatte sogar Protestzüge aufgebrachter Bürger zum Sternberger Hof gegeben, wo die Landstände tagten. Die jedoch legten sich schon lange nicht mehr mit den Fürstenbergern an, hatten sie sich doch bei ihren ersten Widerstandsversuchen allesamt blutige Nasen geholt. So blieb es beim Verbot der evangelischen Schulen, und für das nächste Jahr hatten alle Einwohner, die bis Ostern nicht bei Beichte und Kommunion gesehen wurden, die Ausweisung aus der Stadt zu befürchten.

Ob der Vater recht behielt? Diether hatte nicht vor, sich in Religionsfragen zu etwas zwingen zu lassen.

Man sprach davon, dass diesmal die Jesuiten beauftragt waren, die Einhaltung der Vorschriften zu kontrollieren. Kein schlechter Einfall, dachte er. Konnte den Vater Lügen strafen. Wenn jemand über die Glaubensangelegenheiten der Paderborner Bescheid wusste, dann die Patres vom Kamp, denn derlei Informationen sammelten sie seit Jahren. Er konnte sich gut daran erinnern, wie er und seine Mitschüler aufgefordert worden waren, vor der ganzen Klasse für ihre Angehörigen zu beten und besonders für die, denen abweichende Glaubensinhalte unterstellt wurden.

»Und was ist mit eurem Knecht Henrich?«, hatte Pater Bodo gefragt, als er den beim Gebet ausgelassen hatte. »Auch er glaubt nicht an das Fegefeuer, sagst du. Meinst du nicht, dass du für ihn beten musst?«

Das war lange vor 1604 gewesen, und alle hatten gelacht, als er zu Hause davon erzählte.

Henrich und dem Vater waren schon damals Glaubensangelegenheiten ziemlich gleichgültig. Vielleicht waren sie es leid geworden, in ständigen Religionswirren die jeweils richtigen Positionen beziehen zu müssen. Was für sie zählte, waren das Salz und das Geschäft; für »das Geistige« waren die Frauen zuständig.

Dem erwachsenen Sohn war dann die Aufgabe zugefallen, die Familieninteressen im Magistrat zu vertreten. Doch heute schienen dessen Beschlüsse unwichtig zu sein …

Plötzlich, als hätte er seine Gedanken gelesen, forderte der Vater: »Bevor wir zu Bett gehen, soll Diether aber noch erzählen, was im Rathaus los war!«

Jetzt also doch, dachte Diether, dem bereits die Augen zufielen. Gedehnt begann er: »Ja … das Wichtigste wisst ihr ja schon. Was noch? Laut war's jedenfalls«, fiel ihm dann wieder ein. »Beide Räte, der vom vorigen und der von diesem Jahr, waren versammelt und dazu die Vertreter der Gemeinheit, wie es die Statuten bei so weitreichenden Entscheidungen vorsehen. Am Nachmittag haben wir die Kleiderspende an die armen Familien ausgegeben, und schon dabei ist reichlich gebechert worden. Die Stimmung war gut und der Ratssaal so voll, dass man kaum sein eigenes Wort verstehen konnte.«

»Und was hast du gesagt?«, erkundigte sich der Vater.

»Was ihr mir aufgetragen habt: dass der Überschuss in der Stadtkasse nicht leichtfertig ausgegeben werden sollte. Und dass angesichts der unsicheren Lage draußen im Land die Reparatur der Stadtmauern wichtiger sei als ein neues Rathaus, wozu mehrere genickt haben.«

Letzteres hatte er nur dem Vater zuliebe gesagt. Selbst glaubte er nicht an die überall lauernden Spanier, Holländer und Hessen, die jederzeit raubend und mordend in die Stadt einfallen konnten. Mit dem wehrhaften Hochstift würde sich so schnell kein Kriegsherr anlegen; so viel Gutes hatte Dietrichs Regierung mit sich gebracht.

»Und dann?«, fragte Sieghart ungeduldig. Diether wusste, dass er vor allem hören wollte, was seine Bekannten unter den Ratsherren geäußert hatten, um demnächst mit ihnen darüber diskutieren zu können.

»Dann«, antwortete Diether gespielt bedächtig, »dann hab ich noch das schöne alte Rathaus verteidigt, das in stolzer Zeit von unseren Vorvätern erbaut wurde und bisher durchaus seinen Zweck erfüllt hat. Der Meinung waren auch Steling und der Schneider Hartmann aus dem Ükern. Auch Meister Rokeß und Jobst Baer übrigens, was mich gewundert hat.«

Henrich warf zustimmend ein: »Die verdienen doch am meisten daran!«

Diether nickte und fuhr fort: »Steling, witzig wie immer, meinte, für das wenige, das uns seit 1604 zu entscheiden bleibt, reiche sowieso der letzte Ziegenstall. Hartmann und den übrigen Gemeinheitsvertretern war ohnehin alles zu teuer. Sie wollten das Geld lieber für die Stadtmauer ausgeben, besonders für das Stück um den Ükern herum.«

Den sonst so wortkargen Knecht hatte das warme Bier vorwitzig gemacht. »Jau, da gibt es bald mehr Bruchsteinhäuser als Mauer«, sagte er grinsend.

Diether musste ebenfalls lachen. Für dieses »Jau« war er in seiner Studienzeit oft gehänselt worden, dabei war es das wichtigste

Wort seiner Heimat. Er hatte Bauern erlebt, die darüber hinaus nicht viel herausbrachten, ihr »jau« aber im entsprechenden Tonfall jeder Gesprächssituation anzupassen wussten. Obwohl redseliger, hatte sich Diether nur schwer an die in Kanzleien und Kontoren längst verbreitete hochdeutsche Sprache gewöhnen können. Statt kurz und bündig »jau« sagte er dann »genau« und kam sich gespreizt vor, weshalb er willig zur Sprache seiner Nachbarn zurückgekehrt war. Natürlich zum Missfallen seiner Mutter …

Müde nahm er den Faden wieder auf. »Und wenn nicht dafür, dann für die Befestigung der Straßen, damit endlich der Matsch aus der Stadt verschwindet. Nachdem die Wegeherren jahrzehntelang das Wegegeld in die eigene Tasche gesteckt hätten, komme man nicht nach mit dem Ausbau. Das hätte Hartmann allerdings nicht sagen sollen, denn einige der früheren Wegeherren waren da und machten Tumult. Der Bürgermeister musste eingreifen und die Gemüter beruhigen. Man soll nicht immer in der Vergangenheit wühlen, meinte er, und außerdem werde schon seit Jahren jede Abrechnung genau geprüft.«

»Wäre Westphal dagewesen, hätte Gogreve auch noch gesagt, dass wir die neue Ordnung in den Stadtkassen Ihrer fürstbischöflichen Gnaden zu verdanken haben, da möchte ich drauf wetten«, warf Sieghart bissig ein. »Dabei kümmert sich der Bischof um nichts, und die Ratsherren werden nach wie vor in ihren Ämtern reich und fett.«

Diether betrat den Pferdestall über den Landweg, wie sie es als Kinder genannt hatten, durch Spülküche, Vorrats- und Sattelraum, statt über den Hof, der immer noch im Schneetreiben lag, zum Abtritt zu gehen. Hier bei den Pferden war es schön warm, und auch Henrich, der in der Kammer darüber schlief, würde nicht frieren. Seine Kammer hingegen war kalt wie ein Eiskeller, aber er hoffte darauf, dass Gese wie sonst an kühlen Abenden ihm einen heißen Backstein ins Bett gelegt hatte.

Er hatte vergessen, fiel ihm jetzt ein, dem Vater von dem Aufruhr um Balthasar Stricker zu erzählen. Das musste er gleich morgen nachholen. In allen Unterhaltungen auf dem Ratssaal war der Name des Weinzapfs genannt worden, mit Abscheu, weil Balthasar bei Unregelmäßigkeiten erwischt worden war, und mit Schadenfreude, weil es nicht sie selbst getroffen hatte. Solange die jährliche Weinrechnung ausstand, war nichts offiziell, doch sprach man von mehreren Hundert fehlenden Talern.

Einen so hohen Betrag kann Stricker kaum ohne Kenntnis der beiden Weinherren unterschlagen haben, überlegte Diether, gespannt, was da noch alles zu Tage treten mochte.

AM TAG DES HEILIGEN AMBROSIUS

7. Dezember
Ambrosius von Mailand (4. Jahrhundert) wurde ungetauft zum Bischof gewählt, stieg aber dann zum Kirchenlehrer und kaiserlichen Berater auf. Er schützt die Bienen und die Bienenzüchter, die Lebkuchenbäcker, die Wachszieher und die Haustiere.

Am Morgen hatte es aufgehört zu schneien. Diether und Henrich hatten den Hof begehbar gemacht und den Schnee zu einem hohen Berg aufgetürmt. Vor dem Haus fegte Gese dick vermummt die hohen Wechten aus dem Hauseingang, gab angesichts der fast kniehohen Schneedecke aber bald auf und ließ Henrich dafür sorgen, dass Besucher das Haus erreichen konnten.

Diether wärmte seine Hände am Feuer, als sich die Dielentür öffnete und Elmar, Nachbarssohn und Stadtbote, eintrat. Überrascht drehte er sich um, als gleichzeitig Henrich die Seitentür aufriss und rief: »Er hat die Schütter mitgebracht! Sie stehn vor dem Hoftor!«

Auch Sieghart und der Vater, die schon früh im Kontor verschwunden waren, kamen mit fragenden Gesichtern heraus.

»Was ist denn geschehen?«, fragte Johann. »Was verschafft uns die Ehre deines frühen Besuchs?«

»Von wegen Ehre!«, knurrte Elmar. »Ich muss Euren Sohn auffordern, sofort mit mir aufs Rathaus zu kommen. Der Droste will ihn dringend sprechen. Es ist was passiert, und Diether ist dabei gesehen worden. Wenn er nicht mitkommen will, muss ich die Feldhüter reinholen.«

Gese, die Diether und Henrich nach der anstrengenden Schipperei gerade ein zweites Frühstück zubereitete, ließ das Messer fallen und lief die Treppe hinauf zu ihrer Herrin.

»Nun mal langsam«, erwiderte der Vater. »Ich bin sicher, dass mein Sohn sich nichts hat zuschulden kommen lassen. Es wird sich alles aufklären, aber erst einmal will ich wissen, worum es geht.«

»Das soll ich eigentlich nicht sagen«, gab der Bote zögerlich zur Antwort. »Plettenberg meint, der Täter verrät sich, wenn er ihn mit der Nachricht überrascht. Aber wegen der guten Nachbarschaft: Heute Morgen haben wir den alten Brabeck im Rathaus gefunden. Er lag im Keller an der kleinen Treppe. Tot. Muss wohl schon die ganze Nacht da gelegen haben.«

In das betroffene Schweigen hinein fuhr er fort: »Der Droste war der Ansicht, dass jemand, der sich so gut im Rathaus auskennt wie Brabeck, nicht eine Treppe hinunterfällt, die er jeden Tag benutzt. Er wusste allerdings nicht, wie betrunken der Alte war, weil er und Westphal gestern nicht da waren. Ich denke ja, er hat sich selbst zu Tode gestürzt, und das hab ich Plettenberg auch gesagt. Ganz bestimmt hat Euer Diether da nicht nachgeholfen.«

Diethers Gesicht, gerade noch von Arbeit und Feuer erhitzt, hatte alle Farbe verloren. In den letzten Wochen hatte er viel Zeit mit dem alten Stadtdiener verbracht und manch Wissenswertes von ihm erfahren. Er machte sich über Diethers Unkenntnis lustig, erklärte ihm aber geduldig alles, wonach er fragte. Kaum gedankt hatte er Brabeck, fiel ihm ein. Das wollte er am Schluss der Arbeiten tun, und Johanna hatte ihm dazu einen Kuchen versprochen. Zu spät – das Wort nahm ihm die Luft und drückte ihm einen Kloß in den Hals.

»Und warum soll er dann mit aufs Rathaus kommen?«, fragte die Mutter, die inzwischen mit Johanna die Stiege hinabgekommen war und Elmars Bericht gehört hatte. Gese stand mit dem Kind auf dem Arm am Geländer und schaute ängstlich hinunter.

»Er war gestern Abend mit Brabeck im Rathauskeller«, sagte Elmar. »Jemand hat die beiden beobachtet. Der Droste will wissen, was er da gewollt hat. Mehr Wein hätte ihm Brabeck gebracht, und welchen Grund hat sonst ein Ratsherr, während eines Festessens in den schmutzigen Keller zu gehen?«

Diether war überzeugt, die Anschuldigungen aufklären zu können, doch fühlte er sich verantwortlich, weil er dem Alten aufgetragen hatte, nach dem Gelage wenigstens die Triesekammer zu verschließen. Wenn es nun dabei geschehen war? Es wären wohl nicht gerade in dieser Nacht die Schätze der Stadt gestohlen worden …

Aber für Kümmernisse war jetzt keine Zeit. Er musste seine Haut retten. Was steckte wirklich hinter dem Tod des Stadtdieners?

»Brabeck war alt und grau. Stand er nicht schon seit Jahrzehnten im Dienst der Stadt?« Er wandte sich an den Vater. »Aber er war kein bisschen gebrechlich! Ich habe gesehen, wie flink er die steile Stiege hinabkletterte. Er wusste genau, wer ich war und was ich suchte, schon bei meinem ersten Besuch im Archiv. Also war er auch nicht tüddelig. Ich habe ihn nicht die Treppe hinuntergeworfen, das weiß ich genau, aber dass da etwas nicht mit rechten Dingen zuging, kann ich mir gut vorstellen.«

»Elmar wird schon recht haben, Junge«, warf die Mutter ein, die erschrocken seinen Arm umklammert hielt. »Geh zu Plettenberg oder lieber zu Heinrich Westphal und erkläre ihnen, was du im Keller gesucht hast. Alles andere kann dir einerlei sein. Du hast selbst erzählt, dass Brabeck betrunken war. Warum soll er also nicht die Treppe hinuntergefallen sein?«

Unwillig machte er sich los. Der Vater bot an, ihn zu begleiten, doch Diether hatte keine Bedenken, allein mit dem Amtmann des Bischofs fertig zu werden. Johann bestand allerdings darauf, dass der Stadtbote mit den Feldhütern vorgehen und Diether ihnen eine Weile später folgen solle, damit nicht der Anschein einer Verhaftung erweckt werde. Er selbst, Johann Meschede, bürge für seinen Sohn, fügte er hinzu, woraufhin Elmar nickte und das Haus verließ.

Um der bedrückten Stimmung zu entgehen und eine rührselige Abschiedsszene zu vermeiden, winkte Diether grinsend zu Katrinchen hinauf, die freudig ihr »Diether! Diether!« anstimmte. Sie entwand sich Geses Arm, um auf ihn zuzustolpern. Er fing sie auf und setzte sie auf der Treppe ab.

»Ich muss jetzt fort«, erklärte er ihr ernsthaft, »und die bösen Drachen besiegen. Wenn du brav bist, bringe ich dir ein Stück Drachenherz mit.«

Die Mutter gab ihm kopfschüttelnd seinen Umhang. Reumütig legte er den Arm um sie. »Mach dir keine Sorgen, Mutter, ich bin bald zurück. Du sagst doch immer, wer reinen Herzens ist, kann ruhig schlafen gehen, und ich habe bestens geschlafen. Das war natürlich auch Geses Backstein«, fügte er hinzu, schon auf dem Weg zur Dielentür, sodass er nicht mehr sehen konnte, wie sich deren bekümmertes Gesicht aufhellte.

Diether bemühte sich, in den Fußspuren der Stadtdiener zu bleiben, da der Schnee auf den Straßen weitgehend unberührt war. Die Stadt war unbelebt wie um diese Zeit sonst nie. Erst in der Nähe des Rathauses häuften sich die Fährten, kamen von der Pader herauf, aus dem Schildern und vom Kamp.

Um das Rathaus herum schippten ein paar Tagelöhner vom Ükern den Schnee beiseite. Besorgt stieg Diether die vereiste Freitreppe zum Ratssaal hinauf. Wenn Plettenberg sich etwas in den Kopf gesetzt hatte, war ihm das schwer auszutreiben. Als Angehöriger des Landadels beanspruchte er besondere Ehren und führte sich dem Magistrat gegenüber auf wie in den Zeiten, als er noch Herr über Leib und Leben seiner Untertanen war. Er war allen Ratsherren und besonders den Gemeinheitsvertretern gegenüber misstrauisch, weil er bei fast jedem versteckte protestantische Gesinnungen und dann auch bald Umtriebe vermutete.

Mit Heinrich Westphal war leichter umzugehen, dem Schultheiß und zweiten Amtmann des Bischofs, der – wie weitläufig, wusste Diether gar nicht – mit der Mutter verwandt war. Das traf allerdings auf die halbe Stadt zu, und ob es ihm im Ernstfall helfen würde, war nicht so sicher.

Außerdem war Westphal für den Bischof auf Reisen, wohin, wusste niemand. Angesichts des Wetters war mit einer baldigen Rückkehr nicht zu rechnen. Was war, wenn Plettenberg ihn so lange in einer der kalten Zellen des Ratskellers einsperrte, wohin ihm die Mutter täglich das Essen schicken musste? Erst kürzlich war unter dieser Treppe das Fenster zugemauert worden, weil die Gefangenen das Gerichtsgeschehen störten, sodass nicht einmal Licht hineinfallen konnte.

Er öffnete die Tür und betrat die Amtsstube, wo der Stadtsekretär über seinen Rechnungen saß. Dorbecher sah auf, beugte sich aber gleich wieder eifrig über den Tisch. Kein Gruß zurück. Die Tür zum Ratssaal stand offen. Plettenberg saß auf dem erhöhten Stuhl des Bürgermeisters, vor sich Elmar und die Feldhüter, die ihm Bericht erstatteten.

»Da seid Ihr ja endlich!«, rief er ungeduldig, als Diether entlang der Seitenbänke auf ihn zuging. Er grüßte kurz und verneigte sich nicht allzu tief, was der Amtmann stirnrunzelnd vermerkte.

»Das nächste Mal bitte ich mir aus, meinen Anordnungen sofort Folge zu leisten!« Plettenbergs Ton war frostig. »Meint Ihr, als Ratsherr wäret Ihr davor gefeit, von den Feldhütern verhaftet zu werden?«

»Es wäre mir angenehm, wenn Ihr mir mitteiltet, was mir vorgeworfen wird«, erwiderte Diether ebenso kühl. »Wenn Ihr mich bei dem Wetter und zu so früher Stunde aufs Rathaus holt, werdet Ihr einen guten Grund haben, vermute ich.«

Der Droste schaute ihn lange schweigend an, dann den Stadtboten und die Feldhüter.

»Erzählt mir nicht, Ihr wisst nicht, worum es geht. Der Bote wird Euch doch bestimmt verraten haben, was passiert ist?«

»Der Bote war ziemlich kurz angebunden, was ich von Elmar gar nicht kenne. Wir sind seit Langem gute Nachbarn und haben sonst keine Geheimnisse voreinander. Aber nun sagt mir endlich, worum es geht.«

Ob Plettenberg ihm glaubte, war nicht zu erkennen. Er hatte wohl beschlossen, es noch ein wenig spannend zu machen. »Der Bischof wird nicht erfreut sein, wenn er von der neuerlichen Gewalttat in seiner Stadt hört. Ihr Paderborner könnt wohl nicht ruhig vor euch hin leben und keinen Ärger machen, wie? Alle paar Monate geschieht etwas Böses, und man fragt sich, ob nicht die ganze Stadt der Hexerei verfallen ist.«

Sollte der Droste mit Gese eines Sinnes sein?

Nach einer weiteren Pause und einer langen Musterung der Umstehenden kam er endlich damit heraus, warum er Diether so dringend zu sehen wünschte. »Könnt Ihr mir sagen, was Ihr gestern auf die Nacht im Keller des Rathauses gesucht habt?«, fragte er mit lächerlich anklagendem Zeigefinger. Die altmodische weiße Kröse, die selbst der Bischof nicht mehr trug, bebte über dem schwarzen Gewand.

Ohne den Finger zu senken, fuhr der Amtmann fort: »Wie mir der Stadtsekretär erzählte, seid Ihr heimlich hinter Brabeck hergeschlichen. Was habt Ihr da unten gesucht, wo doch alle Magistratsherren noch auf dem Saal saßen und das neue Rathaus begossen?

Die Schätze aus der Triesekammer können es nicht gewesen sein, denn deren Tür war fest verschlossen, als die Stadtdiener heute Morgen kamen. Sie suchten nach Brabeck, und was meint Ihr, wo sie ihn gefunden haben?«

Beiläufig antwortete Diether: »Ich vermute, er lag auf einer der Bänke hier am Kamin und schlief seinen Rausch aus. Wenn es gestern spät geworden ist, mag es sein, dass er den Weg nach Hause nicht mehr gefunden hat. Aber deshalb werdet Ihr mich nicht so unfreundlich hergebeten haben.«

»Da habt Ihr Euch eine schöne Geschichte ausgedacht!«, rief der Droste. »Auf den Gedanken, dass Brabeck aufgrund seiner Trunkenheit zu Tode gekommen sein könnte, bin ich allerdings auch schon gekommen. Aber warum sollte der Alte gerade jetzt die Treppe hinunterfallen?«

Erschrocken fuhr Diether zusammen. Elmar schaute zufrieden. Er öffnete den Mund, doch der Amtmann, der ihn genau beobachtet hatte, ließ ihn nicht zu Wort kommen. »Ich habe einen ganz anderen Verdacht, und ich will ihn Euch erklären! Ihr habt Euch im Weinkeller an den Kerbstöcken vergreifen wollen, wolltet die Hölzer Eurer Familie verschwinden lassen, um am Ende des Jahres die Weinrechnung nicht bezahlen zu müssen. Und dabei hat Euch Brabeck erwischt! Wahrscheinlich ist er Euch die Stiege hinauf gefolgt. Dann habt Ihr Euch umgedreht und den alten Mann zurückgestoßen, was vermutlich ganz leicht war. Ihr habt selbst gesagt, dass er betrunken war, da wird er gar nicht mitbekommen haben, wie er fiel. Als er unten ankam, da war er schon tot, und Ihr seid schnell wieder zurück in den Ratssaal gegangen. In der Hoffnung, dass Euch niemand gesehen hat und Brabecks Abwesenheit so schnell niemandem auffällt. Dann seid Ihr nach Hause gegangen und habt Euch in Euer warmes Bett gelegt, wo Euch hoffentlich das Gewissen geplagt hat, wie es das von jetzt an und in alle Ewigkeit tun wird.«

Plettenberg konnte das Predigen nicht lassen. Bei den letzten Worten hatte er sogar die Stimme erhoben wie auf der Kanzel. Aber die Situation war ernster als erwartet. Es war durchaus möglich, dass jemand der Kerbstöcke wegen im Keller gewesen war. Warum also nicht er? Irgendwie mussten die Unstimmigkeiten in der Weinkasse zustande gekommen sein. Und Brabeck hätte bestimmt Alarm geschlagen, wenn sich jemand an der Tür des städtischen Weinkellers zu schaffen gemacht hätte.

»Euren Worten entnehme ich, dass der alte Brabeck zu Tode gekommen ist, was mir sehr leidtut, und dass Ihr mich verdächtigt, schuld an dessen Sturz zu sein. Diese Anschuldigung weise ich zurück«, entgegnete er förmlich. »Ich hatte einen guten Grund, den Rathauskeller zu betreten, der mit meiner Berufsausübung zu tun hat und hier nichts zur Sache tut. Der Stadtdiener hat mir geholfen, mich in den Räumlichkeiten zurechtzufinden. Am Weinkeller hatte ich keinerlei Interesse, bin nicht einmal in seine Nähe gekommen, und als ich das Rathaus verließ, war der alte Mann noch bei bester Gesundheit, ein paar rauschbedingte Einschränkungen ausgenommen.«

»Ihr seid mir ein ganz Kluger«, rief Plettenberg höhnisch aus. »Meint Ihr, ich weiß nicht, weshalb Ihr seit Wochen im Archiv herumstöbert? Auch Seine fürstbischöfliche Gnaden wird den Prozess der Gebrüder Gruben genau verfolgen, dessen könnt Ihr gewiss sein. Aber Ihr habt bestimmt gedacht, dass Ihr die Zeit noch nutzbringender verbringen könnt. Ein Schloss ist schnell geknackt, und die Stöcke hättet Ihr leicht unter Eurem Rock verstecken können. Dann sah Euch Brabeck an der Tür herumfingern. Gesteht Eure Tat, dann erspart Ihr Euch die peinliche Befragung in der Wewelsburg.«

Vom Folterkeller mit den allerneusten Werkzeugen und Torturen, den der Bischof sich in der untersten Sohle seiner Burg aus dem Fels hatte schlagen lassen, hatte Diether bereits gehört. »Ich kann nur sagen, wie es war«, antwortete er, bemüht, seinen Schreck zu verbergen. »Brabeck lebte, als ich zurück in den Ratssaal ging, und auch, als ich ihn bald darauf wieder verließ, um heimzugehen. Dorbecher saß in der Nähe der Tür, vielleicht fragen wir ihn, ob er ihn gesehen hat.«

»Dorbecher hat Brabeck nicht mehr gesehen, seit Ihr mit ihm verschwunden seid. So hat er ausgesagt. Und es war ihm auffällig, wie bald nach Eurem Wiedererscheinen Ihr den Saal verlassen habt, obwohl das Fest noch in vollem Gang war. Wahrscheinlich hat Euch der Schreck in den Gliedern gesessen, da habt Ihr es nicht mehr auf Eurem Ratssitz ausgehalten, oder wie wollt Ihr das erklären?«

»Ich war müde und wollte nach Hause, das war alles.«

Diether würde dem Drosten nicht anvertrauen, dass er keine Lust gehabt hatte, sich eine Abfuhr zu holen. Die übrigen Ratsherren hatten ziemlich betrunken in Grüppchen zusammengehockt, als er aus dem Keller kam, und den Neuling nicht weiter beachtet. Deshalb hatte er es vorgezogen, den Heimweg anzutreten, nach einem kurzen Gespräch mit dem Gastwirt Jobst Baer, der sich nach dem Wohlergehen von Mutter und Schwester erkundigt hatte, dann aber wieder der Gruppe um Gogreve und Berringer zugestrebt war.

Plötzlich fiel ihm ein, dass er im Keller jemanden bemerkt hatte, als er die letzten Urkunden durchsah. Er musste schon dagewesen sein, als er das Archiv betrat, denn er hatte erst nach einer ganzen Weile etwas gehört. Ein Husten, am anderen Ende des Raums. Niemand war nach ihm durch die Tür getreten. Auch Brabeck war wieder in den Ratssaal gegangen, um die vollen Krüge zu verteilen. Er hatte sich allein gewähnt und sich in die Urkunden vertieft und war hochgeschreckt, als er plötzlich die Anwesenheit eines anderen Menschen bemerkte. Aber dann hatte er dem keine weitere Aufmerksamkeit geschenkt. Warum sollte sich nicht noch jemand für die Dokumente interessieren?

Sollte er dem Drosten mitteilen, was er gehört hatte? Doch wenn er erst jetzt davon sprach, würde der nur wieder vermuten, dass er sich die Geschichte ausgedacht hätte, und wirklich helfen konnte sie ihm ohnehin nicht.

Plettenberg hatte ihn lange prüfend angesehen, dann aber doch beschlossen, ihn laufen zu lassen. »Ihr könnt vorerst als freier Mann nach Hause gehen«, ordnete er an, trug Diether aber auf, die Stadt nicht zu verlassen, ohne dem Stadtsekretär Grund und Dauer der Abwesenheit angegeben zu haben.

»Wenn Westphal zurück ist, werden wir die Angelegenheit genauer untersuchen und auch Euch weiter befragen«, verkündete er abschließend. »Es wird von Euch selbst abhängen, wie peinlich das Examen wird. Aber nun geht, damit ich weitere Zeugen vernehmen kann.«

Es erstaunte Diether immer wieder, in welcher Windeseile sich Nachrichten in der Stadt ausbreiteten. »Gib ein Gerücht bei Brabeck ab, und du kannst es dir morgen von deiner Nachbarin wieder abholen«, pflegte der Vater zu sagen, wenn wieder einmal etwas bekannt geworden war, was die Betroffenen lieber für sich behalten hätten.

Jetzt war Brabeck tot, aber es würde sich schon jemand finden, der die Nachrichtenbörse in Gang hielt. Auch heute hatte sie bereits funktioniert, stellte er fest, als er die weitläufige Halle der städtischen Waage im Untergeschoss des Rathauses betrat. Die meisten Ratsherren, die am vergangenen Abend mit ihm am Tisch gesessen hatten, waren versammelt und spekulierten eifrig über den möglichen Hergang der Tat. Als er näher kam, wurden die Gespräche eingestellt, und alle Köpfe wandten sich ihm zu.

»Na, hat der alte Geier dich laufen lassen?«, fragte Jobst Baer, Wirt des Schwarzen Bären, der gewichtig mit den Weinherren Gerold und Biermann mitten im Raum stand. »Glaubt er wirklich, du hast den Alten die Treppe hinuntergestoßen? Da hätte aber ein andrer kommen müssen als du schmächtiges Kerlchen!« Er lachte dröhnend, mit hüpfenden Bäckchen unter den geschwollenen Augenrändern, und fuhr fort: »Brabeck konnte sich wehren, nur nicht gegen den Suff. Wahrscheinlich ist er von ganz allein hinabgestürzt, gestolpert über seine eigenen Füße, was sowieso die meisten von uns glauben.«

Erleichtert ließ sich Diether von Heinemann, dem Pächter des Bierkellers, ein warmes Bier reichen, um die Kälte des noch ungeheizten Ratssaals und die überstandene Angst aus seinen Gliedern zu vertreiben. Jetzt hatte er, was er wollte: Alle Ratsherren waren auf ihn aufmerksam geworden. Ein rühmlicherer Anlass wäre ihm zwar lieber gewesen, aber immerhin schien ihn außer dem grimmigen Drosten niemand zu verdächtigen.

»Im Grunde hätte es jeder von uns sein können.« Berringer setzte sich in Pose, schlug den fellgefütterten Umhang zurück und legte die Hand auf den Zierdolch, als ob er gleich alle Magistratsherren verhaften wollte. Zustimmung heischend schaute er sich um und erklärte: »Wir alle haben das ein oder andere Mal den Saal verlassen, wenn uns ein menschliches Bedürfnis überkam. Stimmt das etwa nicht? Wer wollte denn, als es spät wurde und alle ihr Quantum intus hatten, noch die Übersicht behalten? Auch Dorbecher ist nicht so schlau, wie er meint. Er biedert sich bei den

Amtmännern des Bischofs an, weil er auf ein besseres Amt hofft, als die städtischen Bücher zu führen. Das weiß Plettenberg ganz genau, deshalb hat er dich auch laufen lassen. Mach dir keine Sorgen. Wenn Westphal zurück ist, wirst du entlastet, das ist so sicher wie das Amen in der Kirche.«

»Hast du die Urkunde, nach der ihr gesucht habt, denn gefunden? Wird Schwerdtfeger sein Stück Land verlieren?«, erkundigte sich Fuhrmann Rokeß in vertraulichem Ton.

In dieser Stadt blieb nichts verborgen, dachte Diether abermals. Jeder kannte sich in den Angelegenheiten seiner Nachbarn genau aus, und wahrscheinlich gab es auch über ihn einiges in den Köpfen der Anwesenden, was er gar nicht erst wissen wollte.

Er zögerte mit der Antwort, dachte an das Anwaltsgeheimnis, obwohl das Archiv ein öffentlicher Ort war und jeder sich über seinen Inhalt informieren konnte. Doch wurden die Urkunden nur selten in Anspruch genommen, weil alle über die hergebrachten Besitzverhältnisse und deren Änderungen Bescheid wussten. Alle außer ihm.

»Ich habe nichts gefunden«, gab er wahrheitsgemäß zurück. »Aber wie der Prozess ausgehen wird, muss man abwarten«, fügte er hinzu. »Ihr könnt Euch ja bei Schwerdtfeger erkundigen, er wird sicherlich gern erzählen, was die Gruben gegen ihn in der Hand haben.«

»Das weiß ich doch längst«, antwortete Rokeß gelangweilt. Diether hatte nichts anderes erwartet.

Den Heimweg wählte er nicht an der Marktkirche vorbei, sondern nahm einen Umweg durch den Schildern und am Dom entlang. Henrich, dem er kurz zugewinkt hatte in der Menge der Leute, die jetzt von allen Seiten zum Rathaus strömten, würde den Eltern berichten, dass er wohlbehalten dem Verhängnis entronnen war. Er wollte zur Pader hinab, um auf altbewährte Weise seinen Kopf zu klären.

Von der Kohlgrube bis zur Eselsgasse, wo die Kapitelsherren residierten, hatte man den Schnee bereits entfernt, doch bedeckte eine dünne Eisschicht das Kopfsteinpflaster. Um den Dom herum verstärkten klerikale Schwarzröcke und Purpurträger samt Gefolge, auch Nonnen und Mönche aller Schattierungen, das Gedränge.

Hinter Meinwerks altem Bischofspalast lärmte eine zerlumpte Bettlerschar. Als Diether hinzutrat, sah er, dass aus Säcken frische Brotlaibe verteilt wurden. Aus mehreren seiner aussichtslosen Verfahren wusste er, dass die Büttel des Bischofs sie zuvor den Bäckern als Strafe für angeblich zu niedriges Gewicht weggenommen hatten.

Es sei den armen Leuten gegönnt, dachte er im Weitergehen. Von den Paderborner Bäckern war keiner so mager wie die hier.

Nach der Abzweigung zum Rotheborn wurde es ruhig. Den Weg stadtauswärts bedeckte unberührter Schnee, der sogar die Paderufer versteckte. Doch schon nagte das Wasser an der schmalen Eisdecke, unterhöhlte sie und spülte sie endlich mit sich fort. Der kleine sumpfige Urwald zwischen Dielen- und Mühlenpader verschwand unter weißen Hügeln, aus denen die schwarzen Baumriesen hervorragten. Als Kind hatte er sie häufig erklettert, aber immer wieder feststellen müssen, dass sie bei Weitem nicht bis zur Höhe des Domturms hinauflangten.

Die Bewegung in der klirrend kalten Luft vertrieb die Spannung aus seinem Körper. Auf der kleinen Brücke, die zu den Mühlen der Domherren führte, blieb er stehen und sah in die brausenden Wassermassen. Die Mahlwerke hämmerten in seinem Kopf und verjagten jeden klaren Gedanken. Auch als er die Mühlen flussabwärts hinter sich ließ, verfolgte ihn das Klopfen, aufgenommen von den Wellen, die nach der Vereinigung der vier Quellarme eilig die Stadt verließen.

Gern erinnerte er sich an seine Jugend in der wasserreichen Stadt. Wie allen Paderborner Kindern war ihm der Fluss mit seinen Quellbecken, Rinnsalen und Bachläufen ein einfallsreicher Spielgefährte. Hier hatte er am liebsten seine Zeit verbracht, was die Mutter nicht gern gesehen hatte. Diether konnte gar nicht zählen, wie oft er mit tropfnasser Schul- oder gar Sonntagskleidung den Heimweg antreten musste.

Vor der Stadtmauer, die nur den brausenden Wassermassen eine niedrige Pforte ließ, kehrte er um und stapfte durch den tiefen Schnee zwischen den Paderarmen hinauf zur Kisau. Auch an der Dammpader ragten hohe Mühlgehäuse auf, deren mächtige Räder eifrig klappernd das Paderwasser weiterschaufelten. Diether genoss ein Weilchen den vertrauten Lärm, der die Betriebsamkeit der

Stadt und ihres Wahrzeichens, des alten Flusses unter dem Dom, bezeugte. Mit tauben Ohren und einem leeren Kopf setzte er seinen Weg fort, auf der rutschigen Kisau vorsichtig einen Fuß vor den anderen setzend. Ob der Umweg so eine gute Idee war?, fragte er sich fröstelnd.

Das Dröhnen hatte nachgelassen, und als die enge Gasse sich zum Riemeketor hin öffnete, wurde es auch in seinem Kopf hell. Ganz klar stand ihm der gestrige Abend vor Augen. Kaum nahm er die schwer beladenen Pferdewagen wahr, die sich samt der schimpfenden Kutscher vor dem Tor stauten. Stattdessen sah er sich mit Brabeck im Rathaus stehen. Nach dem Beschluss über den Neubau waren sie zusammen in den Keller hinabgestiegen. In jeder Hand drei leere Krüge, hatte der Stadtdiener freihändig die steilen Stufen überwunden.

Diether hatte Elmar gefragt, ob in der Nähe des Toten zerbrochene Krüge gefunden worden seien. Doch wie es den Anschein hatte, war er mit leeren Händen gestürzt, was er sich kaum vorstellen konnte.

Der Alte hatte etwas von gierigen Ratsherren gebrabbelt, die sich an dem Neubau eine goldene Nase verdienten. Er hatte nicht hingehört, war mit den Einwänden beschäftigt gewesen, die er nicht mehr hatte vorbringen können. Dann half er Brabeck noch, die Weinkrüge aufzufüllen. Zwei in jeder Hand und je einen mit dem Arm am Körper festgeklemmt, war er die Treppe hinaufgeklettert, wieder freihändig und ohne einen Tropfen zu verschütten.

Diether hatte eins der Öllämpchen von der Wand genommen und war ins Archiv gegangen, dessen Tür wie immer offen stand. Er hatte sich zwischen die Schrankreihen gezwängt und die staubigen Urkunden eine nach der anderen entrollt. Als er das Geräusch hörte, war er beinahe fertig gewesen und hatte bald darauf den Keller verlassen.

Er hatte sich beeilt, weil es ihm unheimlich war. Jetzt fragte er sich, warum er nicht einfach nachgesehen hatte, wer sich noch im Keller aufhielt. Solange der Schuldige nicht gefunden war, stand er unter Verdacht. Ob man ihn wirklich einsperren konnte?

Plötzlich fiel ihm ein, dass nicht einmal ein Lichtschein zu sehen gewesen war. Hatte der Besucher im Dunkeln herumgesucht? Oder etwa seine Lampe gelöscht, als er Diether bemerkte? Dann hatte er etwas zu verbergen und konnte durchaus Brabecks Mörder sein.

Wenn er doch nur nach dem Huster geschaut hätte! Wie sollte er ihn jetzt erkennen?

Auf halbem Weg die Königstraße hinauf beschloss Diether, auf einen Sprung bei seinem Freund, dem Stiftsherrn Friedrich Baer, vorbeizugehen und ihm von den Vorfällen zu erzählen, bevor er von anderen davon erfuhr. Er war ein jüngerer Bruder Jobsts, des Gastwirts, und Diether hatte mit ihm das Gymnasium der Jesuiten besucht. Sie waren ein ungleiches Paar, der lange dünne Diether und der rundliche Friedrich, der immer noch einen Kopf kleiner war als er und die Körperfülle nicht verloren hatte. Im Grunde genau richtig für die Mönchskutte, dachte Diether oft mitleidlos, die er aber selten trug, sondern sich ebenso bunt ausstaffierte wie Schwager Sieghart.

Friedrich hatte in Köln studiert, wie es bei den Baers üblich war, und war zwei Jahre vor Diether nach Paderborn zurückgekehrt. Der Familientradition hatte er auch seine Pfründe im Busdorfstift zu verdanken, die ihn eigentlich zur Anwesenheit in dessen kargen Gebäuden verpflichtete. Doch verließ er sie mit Erlaubnis seines Propsts sooft wie möglich, um seiner Großmutter beizustehen, die Friedrich und das Stift in ihrem Testament großzügig bedacht hatte, was wieder einmal jeder wusste.

Goste, Friedrichs Großmutter, hatte das Anwesen an der Ecke zur Protzgasse von ihrem längst verstorbenen Mann geerbt. In ihrer Jugend ein pummeliges, kicherndes Mädchen, das, wie es hieß, den alternden Gatten entzückt hatte, war sie zu einer eindrucksvollen Matrone geworden. Nach ihr war Johannas Freundin Goste Baer benannt, die bisher allerdings nur die jugendlichen Reize der Großmutter zeigte.

Als Friedrich ins Busdorfstift eingetreten war, hatte sie ihm den geräumigen Steinbau überschrieben, weil er als Kanoniker von Steuern und Abgaben befreit war. Anschließend erzählte sie jedem von der Großzügigkeit des Enkels, der sie alte Frau in sein Haus aufgenommen habe, in ihren Worten »mich beherbergt und gehaust und alle Ehre und Güte erzeigt hat«, was häufig zitiert wurde.

Inzwischen war Goste alt und hinfällig geworden und verließ nur selten das Haus. Mit Hilfe des Hausmädchens und der Bademutter Leonore versorgte Friedrich sie liebevoll. Jetzt aber saß er mit einem Buch in der Hand, die Reste eines üppigen Morgenmahls vor sich, am reich verzierten Kamin seiner Wohnstube, denn außer seiner Großmutter liebte er ebenso das Wohlleben.

»Salve, Fritz.« Diether begrüßte ihn wie früher, als sie von lateinischen Wendungen noch erwartet hatten, dass sie ihrem Ansehen aufhalfen.

»Salve, Luzifer«, gab Friedrich grinsend zurück.

Diether ärgerte sich. Wieder einmal war der Tratsch schneller gewesen als er. Natürlich hatte der Freund schon von den Anschuldigungen gehört, sonst hätte er nicht Diethers alten Spitznamen ausgegraben.

Und da kam es auch schon. »Du hast also den alten Brabeck die Treppe hinuntergestoßen, du Antichrist? Da werde ich wohl den Umgang mit dir einstellen müssen.«

Diether übersah das inszenierte Stiftsherrengehabe seines Freundes. »Woher weißt du schon wieder, was eben erst geschehen ist?«, fragte er, die Augen verdrehend. »Elmars Besuch ist noch keine zwei Stunden her, aber ganz Paderborn weiß Bescheid.«

»Endlich haben sie wieder was zu quatschen«, sagte Friedrich lachend. »Weißt du noch, wie sie uns jahrelang die kleinen Jesuiten genannt haben, weil wir ein paar Mal als Engel verkleidet und mit den Wundmalen Jesu am Hemd die Fronleichnamsprozession zierten?«

Diether lachte mit. »Du hast aber auch zu fromm ausgesehen mit deinen krampfhaft gefalteten Händen! Gut, dass der Droste nicht weiß, dass man mich außerdem Luzifer gerufen hat. Dann würde er unseren Patres hellseherische Fähigkeiten zuschreiben und mich sofort verhaften, darauf kannst du wetten.«

Reumütig entsannen sie sich des ernsten Grunds für Diethers Besuch. »Glaubst du denn, dass jemand Brabeck umgebracht hat?«, erkundigte sich Friedrich. »Soweit ich weiß, war er immer ziemlich betrunken, da kann er doch gut von allein gestürzt sein.«

»Das sagen alle«, antwortete Diether. »Sie meinen, wenn Westphal zurück ist, wird mich niemand mehr ernsthaft beschuldigen. Plettenberg wollte mir Angst machen, das war ganz klar. Er hat mir sogar mit Dietrichs Folterkeller in der Wewelsburg gedroht! Eigentlich glaubt er wohl nicht, dass ich es war, sonst hätte er mich nicht laufen lassen. – Es gibt allerdings einige Merkwürdigkeiten um Brabecks Tod.« Er berichtete Friedrich von seinen Beobachtungen und den Gerüchten um den Weinzapf.

»Bei dem Huster kann ich dir nicht helfen, aber ich kann meinen Bruder bei Gelegenheit nach den Weinherren fragen«, gab Friedrich zurück. »Was Jobst nicht über die Paderborner weiß, das weiß meine Schwägerin, du kennst sie ja.«

»Das wäre gut«, antwortete Diether. »Dir erzählt er mehr als meiner Mutter. Die natürlich ebenfalls fragen wird. Außerdem wird sie gleich zu Pater Bodo laufen, damit er eine Messe für mich liest.«

»Besser eine Messe als ein Kanonikat«, murrte Friedrich. So glücklich war er nicht als familienverordneter Stiftsherr.

»Das Schicksal der jüngeren Brüder.« Diether grinste infam. »Es scheint mir so schlecht nicht zu sein. Im Stift sitzt du wie die Made im Speck, und niemand verlangt von dir, barfüßig durch die Lande zu ziehen wie die Bettelmönche. Aber das sollten wir jetzt nicht disputieren!« Lachend wehrte er Friedrichs Fäuste ab, die wenig fromm auf seine Nase zuschossen.

Schnell erkundigte er sich nach Gostes Ergehen, was Friedrich mit einem ernsten Gesicht beantwortete. »Sie bereut ihre Sünden«, berichtete er bedrückt, »das hat sie noch nie getan. Aber wenn ich sie frage, was für Sünden sie meint, sagt sie nur ›später‹ und schläft wieder ein.«

»Jedenfalls hat sie nicht vor, so bald zu sterben«, entgegnete Diether tröstend. »Sie wird noch genug Zeit haben, dir ihre Geschichte zu erzählen.«

»Hoffentlich«, antwortete Friedrich. »Sie machte dunkle Andeutungen wegen ihres Namens und dieses Hauses, worüber ich doch Bescheid wissen muss! Was es wohl ist, das jetzt noch ihre Seele drückt?« Neugierig spekulierten sie hin und her, kamen aber zu keinem Ergebnis.

»Es gibt also ein Geheimnis in der Familie Baer«, stellte Diether abschließend fest. »Noch ein Dunkel, in das wir Licht bringen müssen.«

Die Königstraße war nahezu menschenleer. Wer nicht hinter dem Ofen saß, besprach im Gasthaus die schaurigen Ereignisse. Befreit wanderte Diether zur Westernstraße hinauf. Auch wenn der Freund ein wenig oberflächlich war und sich gern in Szene setzte, verstand er sich gut mit ihm und ließ sich bereitwillig von seiner meist guten Laune mitziehen. Daran änderte auch nichts, dass die Mutter den höflichen und gewandten Friedrich ihrem verdrossenen Sohn gern als Vorbild hinstellte.

Trotz des Altersunterschieds zwischen ihm und der Tochter hätte sie den Abkömmling der angesehenen Familie Baer bereitwillig als Schwiegersohn aufgenommen. Doch Johanna hatte dem trägen Friedrich, dem bereits die hellbraunen Haare ausfielen, den emsigen schwarzhaarigen Sieghart vorgezogen, zu dem sie bewundernd aufsah, obwohl er kleiner war als sie.

Seit frühester Kindheit hatte die Nachbarjungen eine enge Freundschaft verbunden. Sie lasen die gleichen Bücher, lachten gemeinsam über die Kleinstadtgerüchte und belustigten sich über die allgegenwärtige Frömmelei. So war auch Diethers Spitzname entstanden. »Lux« oder »Luzifer« nannten ihn noch heute viele seiner ehemaligen Schulkameraden.

Zusammengesetzt aus *lux*, Licht, und *ferre*, machen, rekapitulierte Diether, was er bei den Jesuiten gelernt hatte. Wie hatten sie besserwisserisch gefeixt, wenn Pater Bodo über Luzifer, den Satan, deklamierte, der das Böse in die Welt bringe.

Wie es denn komme, dass der finstre Engel »Lichtmacher« heiße, hatte Diether naseweis gefragt. Bodo hatte ihn einen echten Sohn Luzifers geschimpft, der meine, die Welt zu erleuchten, aber nur schwarze Finsternis in den Menschenseelen verbreite. Von da an hatte Diether seinen Namen weg.

Wer auch immer das Licht in die Welt brachte – heute hatte er nicht viel ausgerichtet. Der Himmel war grau, grauer Matsch auch auf der Straße, durchsetzt mit dampfenden Rinnsalen aus den frischen Misthaufen. Das blendende Weiß des frühen Morgens war längst verloren. Schon rutschte der Schnee die roten Ziegeldächer herab, die bei Sonnenlicht mit ihren leuchtenden Schattierungen das Schwarzweiß der Fachwerkbauten belebten. Jetzt waren sie fahl und schmutzig, von Leuchten keine Spur.

Es würde noch einmal schneien, für diese Voraussage brauchte er Gese nicht. Dann musste er morgen wieder schippen, denn Henrich wurde langsam zu alt, um alles allein zu tun. Und Sieghart hatte an jeder Hand fünf Daumen, wie Johanna zu sagen pflegte, wenn Diether ihm vorschlug, ein Arbeitsgerät in die Hand zu nehmen.

Die Eltern sollten sich endlich einen weiteren Knecht zulegen. Im nächsten Frühjahr wollte er sein eigenes Haus bauen, auf einem Grundstück in der Nähe des Rathauses, das ihm der Vater aus dem Barcholt'schen Erbe überschrieben hatte. Es brannte ihm auf den Nägeln, bald einzuziehen; ohne eigene Kanzlei blieb er ein »Wanderadvokat« und konnte auf wohlhabende Klienten nicht hoffen. Vor allem wollte er das enge elterliche Haus verlassen, fort vom katholischen Zwang seiner Mutter. Aber auch deshalb, weil Johanna und ihre Familie Platz brauchten.

Ein großes steinernes Stadthaus wollte er bauen, mit viel Platz für seine Kanzlei und später vielleicht eine Familie. Er würde anpacken, wo es nur ging. Ungeschickt war er nicht. Und solange seine jährlichen Fälle an einer Hand abzuzählen waren, konnte er so manchen Tagelohn einsparen.

Brabecks Tod, so traurig er war, und die Verdächtigungen des Drosten durften ihm keinen Strich durch die Rechnung machen. Einen Kerkeraufenthalt oder gar eine Flucht vor den Häschern des Bischofs konnte er jetzt nicht brauchen. Umso wichtiger war es, dass der Schuldige bald gefunden wurde.

AM TAG DES HEILIGEN THOMAS

21. Dezember
Der Apostel Thomas gilt wegen seiner Zweifel an der Auferstehung Christi als Patron der Theologen, aber auch der Architekten, Zimmerleute und Steinhauer. Er wird angerufen bei Rückenschmerzen und für eine gute Heirat.

Zwei Wochen später war Westphal zurückgekehrt. Es hatte noch einmal geschneit und danach tagelang gefroren, und für einen abgehärteten Reiter mit einem wetterfesten Senner Pferd waren das gute Reisebedingungen.

Die Zeit nach dem Nikolaustag war wenig aufregend gewesen. Die Ratsherren kamen wie üblich dienstags und freitags zusammen, um über so bedeutsame Dinge wie die Schuld an einem Loch in der Zufahrt und die Platzierung von Misthaufen zu entscheiden. Neuerdings fragte man Diether um seine Meinung, doch war ihm zu keinem Punkt etwas Erhellendes eingefallen. Die Beschlussfassung über die Wachen war ins nächste Jahr vertagt worden wie auch einige Gerichtsverfahren, an denen er beteiligt war, unter anderem das gegen seinen Nachbarn Schwerdtfeger. Ohne die Amtsleute des Bischofs konnte nicht zu Gericht gesessen werden, und da weder Plettenberg noch Westphal allzu häufig da waren, ruhte die Gerechtigkeit die meiste Zeit.

Der alte Brabeck wurde an einem frostigen Tag auf dem neuen Friedhof vor dem Heierstor beerdigt, nachdem die übrigen Stadtdiener leise fluchend ein flaches Grab in den tiefgefrorenen Boden gehackt hatten. Über die Art, wie er zu Tode gekommen war, sollte noch vor dem Weihnachtsfest eine Untersuchung stattfinden. Das hatte Westphal Diether gleich nach seiner Ankunft durch den Stadtboten ausrichten lassen. Er solle sich bereithalten und jede Reise unterlassen, so der Schultheiß, der nach einem kurzen Tag in seinem Haus am Kamp, wo ihn Elmar über die jüngsten Ereignisse informiert hatte, weiter zum Bischof geritten war, der über den Winter in seinem Neuhäuser Schloss residierte.

Diether vertrieb sich die Zeit mit Besuchen in der Stadt, um potenziellen Mandanten ein segensreiches Fest zu wünschen und für das nächste Jahr seine Dienste anzubieten. Nebenbei versuchte er zu erfahren, was es mit dem Weinkeller auf sich hatte. Außer rätselhaften Anspielungen und bedeutungsvollen Blicken war nicht viel dabei herausgekommen. Niemand war bereit, seine Nachbarn anzuschwärzen und schon gar nicht dem jungen Advokaten gegenüber, von dem man nach der langen Abwesenheit nicht recht wusste, was von ihm zu halten war. Trotzdem war er überall willkommen gewesen, versprach man sich doch Nachrichten aus erster Hand über die düsteren Vorgänge im Rathauskeller.

Heute hatte niemand etwas davon wissen wollen. Ein neues, aufregenderes Thema, zu dem er nichts beizutragen hatte, kursierte in den Wohnstuben und Kontoren. Westphals Rückkehr hatte schwelende Besorgnisse geweckt, die innerhalb weniger Stunden die Runde machten. Es hieß, der Schultheiß sei im protestantischen Kassel gewesen, weil von dort aus Wolfgang Günther, einer der letzten Getreuen des rebellischen Bürgermeisters Liborius Wichart, zusammen mit etlichen hiesigen Lutheranern einen neuen Aufstand plane. Die Namen der Verräter zirkulierten schon am Vortag, Westphals Pferd war kaum abgekühlt, in den Gaststätten und auf dem Markt. Auch Brabecks Tod wurde damit in Zusammenhang gebracht. Hatten die Aufständigen etwa versucht, die Schlüssel des Rathauses an sich zu bringen, und ihn dafür umbringen müssen?

Den jungen Advokaten ließen die Gerüchte kalt, die nach seiner Rückkehr schon mehrfach plötzlich hochgekocht waren. Doch seine Mitbürger waren offenbar bereit, fest daran zu glauben. Die Angst vor neuen Unruhen, womöglich Krieg, sicher aber weiteren Repressalien des Bischofs saß allen im Nacken.

Siebeneinhalb Jahre waren vergangen, seit der Fürstenberger blutige Rache an den aufsässigen Stadtbürgern genommen hatte, doch niemand hatte den Schrecken vergessen. Selbst Diether, der doch das Schlimmste gar nicht miterlebt hatte, erinnerte sich nur zu gut seines Entsetzens, als er zum ersten Mal an den Toren der Stadt Wicharts mit ledrigen Fetzen bedeckte Knochen hängen sah.

Dass seine Mitbürger so augenfällig unter den Folgen ihres Widerstands zu leiden hatten, war ihm seine lustigen Studentenjahre hindurch nicht bewusst gewesen. Die Eltern und Johanna hatten in ihren Briefen zwar über die wichtigsten Entwicklungen berichtet, die blutigen Einzelheiten jedoch ausgelassen.

Dennoch war die Kunde von der Vierteilung des protestantischen Bürgermeisters auf der Richtstätte vor dem Westerntor, ganz in der Nähe seines elterlichen Hauses, bis zu seinem Studienort gedrungen und sogar, dass er vor der Hinrichtung entmannt worden war. Darüber sprach man in Paderborn nicht. An der Freiburger juristischen Fakultät jedoch war der Tatbestand stark beachtet und kontrovers diskutiert worden. Denn an keiner Stelle der »Carolina«, der neuen und verbindlichen, auch von Dietrich angewandten Rechtsordnung Karls V., die blutige Vergeltungsmaßnahmen genug anbot, war eine derart brutale Strafe vorgesehen.

Einer der Professoren hatte des Bischofs Vorgehen gegen die Stadt sogar als Schulbeispiel landesherrlicher Rechtsstellung und Machtausübung dargestellt. Doch auch er hatte mit der Kastration nichts anfangen können. »Bei dieser barbarischen Art der Bestrafung muss es sich um ein archaisches *relictum* der Strafverfolgung des Paderborner Landes handeln«, hatte er gesagt und Diether beauftragt, in den Weistümern seiner Heimat nach den genauen Bedingungen für diese Art der Sanktion zu forschen. Doch Diether hatte sich noch nicht darum gekümmert, hatte den Auftrag ebenso zu vergessen versucht wie den Anblick der schaurigen Leichenreste.

Weil der Bischof alle Gesuche abgelehnt hatte, den zerteilten Leichnam seines besiegten Widersachers zu begraben, mussten die Paderborner Jahr für Jahr mit dem Anblick leben. Man vermied es hinzuschauen, doch war der Schrecken jedem gegenwärtig. Am Westerntor war Wicharts Kopf befestigt, nach all der Zeit nicht mehr ganz so grausig anzusehen wie die Leichenviertel an den anderen Toren. Dennoch zog Diether jedes Mal, wenn er die Durchfahrt passierte, unwillkürlich seinen eigenen Kopf zwischen die Schultern, was Katrinchen, die den geliebten Onkel genau beobachtete, getreulich kopierte.

Eines hat des Bischofs grausame Rache bewirkt, dachte Diether. Seitdem hielten seine Mitbürger ihre Zwistigkeiten und Mauscheleien unter der Decke. Der Filz war noch undurchschaubarer geworden, besonders für einen Neuling wie ihn. Schlechte Voraussetzungen, um einen Mord aufzuklären, zu dem so mancher einen Grund haben mochte.

Wegen der neuerlichen Kriegsgefahr machte er sich keine Sorgen. Es war nicht anzunehmen, dass die versprengten Anhänger Wicharts den Landgrafen von Hessen-Kassel zu einem Feldzug überreden konnten, auch wenn der noch so gern das Hochstift in die Hand bekommen hätte. Doch hatten seine Mitbürger gewichtige Argumente für die Besorgnis, die in allen Gesprächen hin und her gereicht wurden. Warum sonst habe Westphal mitten im Winter nach Kassel reiten müssen, wenn nicht deshalb, weil dem Hochstift unmittelbare Gefahr drohe? Und einen erfolgreichen Eindruck habe er nicht gerade gemacht, als er durch das Spiringstor in die Stadt geritten sei, was die Torwachen und auch mehrere Anwohner des Kamps bezeugten. Er sei aus jeder Verhandlung am landgräflichen Hof mit schlechterer Laune zurückgekehrt, hatte Westphals Pferdeknecht nicht nur Henrich anvertraut.

Niemand sprach angesichts der neuen Schrecknisse darüber, dass in der Stadt ein Mörder frei herumlief. Diether jedoch, mit dem Schultheiß im Nacken, konnte an fast nichts anderes denken.

Am Nachmittag war er halb erfroren in die Westernstraße zurückgekehrt. In der Diele wartete Friedrich auf ihn, der sich auf der Ofenbank mit Katrinchen einen Apfel teilte. Als Diether sich dazusetzte, erzählte der Freund vom Gespräch mit seinem älteren Bruder, wozu sich erst jetzt eine Gelegenheit ergeben hatte. »Jobst meint, für die beiden Weinherren legt er die Hand ins Feuer. Biermann und Gerold kennt er schon so lange, da hätte er längst mitbekommen, wenn sie krumme Sachen machen, behauptet er. Die hätten bestimmt nichts mit dem Defizit in der Weinkasse zu tun, dafür muss wohl Balthasar allein geradestehen. Aber mein schlauer Bruder hatte eine andere Idee.«

Friedrich griff nach einem weiteren Apfel, biss hinein und hielt ihn Katrinchen zum Abbeißen hin, die mit beiden Händen zugriff. »So ist es richtig, Kind.« Kauend lobte er sie. »Iss, bevor dich der böse Wolf holt!« Mit einem neuen Apfel in der Hand wandte er sich Dieter zu. »Günther hat mal wieder Schwung in die Gerüchteküche gebracht«, nuschelte er mit vollem Mund. »Hast du schon gehört, dass der Bischof Generalmusterungen befohlen hat? Wenn das so ist, wird es diesmal auch dich treffen, da bin ich sicher, nicht wahr, Katarina?«, fragte er, sich das Lachen verbeißend, und machte dem Kind durch Kopfnicken vor, wie es zu reagieren hatte.

Die sah Diether an und nickte ebenfalls ernsthaft. Weil aber der Onkel lachte, lachte sie mit und rutschte auf seinen Schoß. Zufrieden kuschelte sie sich an ihn, steckte den Daumen in den Mund und vergaß die Welt.

»An den Gerüchten ist doch kein wahres Wort«, entgegnete Diether kopfschüttelnd. »Das war mir klar, als ich sie zum ersten Mal hörte. Günther ist beim Landgrafen unten durch, glaub mir das. Der kriegt kein Fähnlein mehr zusammen, weder hier noch in Hessen. Was sagt denn nun Jobst?«

Friedrich hatte von seinem Apfel nur den Stiel übrig gelassen und kaute jetzt darauf herum. Wortlos reichte ihm Diether einen weiteren Apfel. Der Freund lachte und begann endlich mit seinem Bericht.

»Jobst sagt, dass Balthasar nie und nimmer allein so viel Geld unterschlagen konnte. Er ist einfach nicht schlau genug und hätte es mit vollen Händen ausgegeben, was nicht unbemerkt geblieben wäre. Und Jobst sagt auch, dass nicht allein die Weinherren, sondern auch der Schultheiß, die Fünfer und die Stadtdiener Zugang zum Weinkeller und den Kerbstöcken haben. Ersterer sowieso, die Zweiten, weil sie die Stöcke regelmäßig nachzählen müssen, und letztere sollen die Weinlieferungen überprüfen und laut Statut dafür ›jederzeit soviel möglich nüchtern bleiben‹. So steht es geschrieben, doch war es, wie jeder weiß, üblich, ihnen bei jeder Lieferung ihr Quantum zu spendieren, sodass vielleicht die ein oder andere Kerbe nicht gemacht wurde. Weil aber die Weinherren das ebenfalls wissen und bei größeren Fuhren persönlich kontrolliert haben, kann der Schaden, der auf die Art angerichtet wurde, nicht sehr groß gewesen sein, meint er. Jobst hat einen aus dem Fünfer-Ausschuss in Verdacht, wollte aber nicht sagen, wen. Die Untersuchungen seien in vollem Gange, und bevor die abgeschlossen sind, will er sich den Mund nicht verbrennen.«

»Dann kann es also tatsächlich sein, dass Brabeck jemanden bei einer Gaunerei erwischt hat und dafür getötet wurde«, fasste Diether zusammen.

»Weil jemand Trinklust und Geiz über die Menschenliebe gestellt hat«, sagte Friedrich traurig nickend. »Jobst erzählte noch, dass Brabeck als Rente für seine alten Tage regelmäßig bei ihm ein wenig Geld angelegt hat. Das muss er jetzt Brabecks Tochter auszahlen. Der Alte hätte bei ihr in Borchen seinen Lebensabend verbringen sollen, mit Garten und Enkeln auf einem Hof an der Altenau, worauf er sich schon seit Jahren freute. Jobst meint, der einzige Grund, warum er nicht längst dorthin gezogen war, sei der freie Zugang zum Wein der Ratsherren gewesen. Bei seiner Tochter hätte er das Trinken lassen müssen, und das hat er immer wieder vor sich hergeschoben.«

Dieter stand auf. »Das Böse soll man mit Gutem austreiben. Bevor wir in trüben Gedanken versinken, lass uns den Wein der Ratsherren probieren. Gestern ist mein Deputat geliefert worden, hoffentlich ordentlich auf dem Kerbstock markiert, denn sonst könnte er uns sauer aufstoßen.«

Er füllte zwei große Zinnbecher mit dem würzigen Frankenwein, den der Magistrat schon seit Generationen von immer den gleichen Weingütern bezog. Viele der älteren Ratsherren trauerten noch heute den großen Fässern mit den besten Jahrgängen nach, die in den hinteren Ecken des weitläufigen Kellers versteckt gelegen hatten. Als der Bischof 1604 nach der Einnahme der Stadt als Erstes das Rathaus plündern ließ, war neben dem städtischen Silbergeschirr und dem Archiv auch der gesamte Inhalt des Weinkellers nach Neuhaus verbracht worden. Bisher war davon nur das Archiv wieder aufgetaucht, das Dietrich auf protestantische Umtriebe durchsehen lassen und zurückgesandt hatte.

»Er hätte nicht nur die Weinsteuer, die er immer schon haben wollte, sondern auch die für Branntwein haben können«, hatte der alte Schwerdtfeger noch vor Kurzem gejammert. »Die kaum hundert Taler jedes Jahr könnten wir wohl verschmerzen. Aber doch nicht unseren alten Franken, auf den wir so lange verzichtet haben, damit er noch ein Jahr und dann noch eins und noch eins reifen konnte!«

»Auf Brabeck.« Er trank Friedrich zu, der den Trinkspruch nickend ergänzte. »Und darauf, dass wir gemeinsam Licht in den finsteren Rathauskeller bringen, wo er zu Tode gekommen ist.«

AM TAG DES HEILIGEN MARIAN

22. Dezember
Der irische Mönch Marian hielt sich um 1058 in Paderborn auf und wurde 1059 in Würzburg zum Priester geweiht. Bis zu seinem Tod lebte er als Inkluse in einer an den Mainzer Dom angebauten Zelle. Seine in dieser Zeit verfasste Weltchronik befindet sich heute in der Vatikanischen Bibliothek.

Zwei Tage nach der Rückkehr aus Kassel, die er mit Beratungen und Protokollen in der Neuhäuser Kanzlei verbracht hatte, war Heinrich Westphal bereit, sich den verbohrten und streitlustigen Bürgern seiner Stadt zu stellen. Er war ausgesprochen schlecht gelaunt. Der Besuch am Kasseler Hof war wenig erfolgreich verlaufen. Der Bischof hatte ihn geschickt, um nach dem Ableben Joachims von Büren mit Moritz von Hessen-Kassel über die Religionsfrage in der Nachbarstadt auf der Grenze zwischen dem protestantischen Hessen und dem katholischen Hochstift zu verhandeln. Er hatte ihn zum Stillhalten überreden sollen, doch Landgraf Moritz hatte keine Bereitschaft dazu gezeigt.

»Die Dame Elisabeth hat gelobt, ihren Sohn, mein Patenkind Moritz, in meinem Sinne und dem ihres Gemahls erziehen zu lassen«, hatte er unnachgiebig gesagt, »und das heißt eben nicht von den Papisten. Sie wird ihr Versprechen auch nach dem Tod Joachims ohne jede Einschränkung halten wollen. Richtet Eurem Bischof aus, er soll seine Schwarzröcke aus Büren abziehen. Sonst werde ich meine Leute aufmarschieren lassen, und das wird vielleicht nicht so gemütlich ausgehen!«

Von Erfolg konnte also keine Rede sein. Fürstbischof Dietrich hatte die Nachricht mit reservierter Miene aufgenommen, ohne ihm für seine Mühen zu danken. »Wir haben noch andere Mittel«, hatte er gesagt, und Westphal glaubte ihm aufs Wort. Als sein Hofmeister durfte er wie früher sein Vater die Ränke der Fürstenberger einfädeln. Seit ihn Dietrich 1604 als seinen Schultheiß eingesetzt hatte, brauchte er sich aber nur noch um die Paderborner zu kümmern, von gelegentlichen Sonderaufträgen wie der Reise nach Kassel abgesehen.

Nachdem er sich in den Jahren davor vergeblich um einen Platz im Magistrat bemüht hatte, war es ihm eine große Genugtuung, jetzt den arroganten Ratsherren und sogar den Bürgermeistern und Kämmerern übergeordnet zu sein. Ohne ihn lief nichts, das ließ er sie gern und häufig fühlen, und auch jetzt konnten sie warten, bis es ihm genehm war, zum Rathaus hinüberzugehen.

Der Makel, der damals seine Wahl verhindert hatte, war heute vergessen, Gott sei Dank, dachte er. Dietrich hatte die unsägliche Forderung nach der ehelichen Geburt der Ratsherren bis in vorherige Generationen hinein abgeschafft, und mehrere seiner früheren Leidensgenossen hatten inzwischen hohe städtische Ämter erringen können. Seitdem wagte niemand mehr, das böse Schimpfwort von den »Pfaffenkindern«, das ihn immer tief getroffen hatte, in den Mund zu nehmen.

Sein Vater Johann hatte ihn ausgelacht, damals. »Die müssen erst mal so feine Vorfahren haben wie wir, dann können sie reden.« Er hatte Heinrich zu beruhigen versucht. Was aber war fein an einem geistlichen Domherrn, der vier Kinder in die Welt setzte?

Er wusste natürlich, dass unter den Klerikern das Konkubinat immer noch weit verbreitet war. Darüber vor allem hatten sich Hoitband und Tünnecken und mit ihnen die ganze Stadt erregt. Seit die protestantischen Pastoren der Stadt verwiesen waren, hatte das Gerede aufgehört, aber auch deshalb, weil die verbotenen Beziehungen zu den *famulae* heute gut verborgen wurden.

Jetzt versuchten seine Mitbürger sich anzubiedern, waren entweder nie lutherisch oder doch heimlich katholisch gewesen. Schon saßen auf den lukrativen Posten Männer, die damals offenkundig zu den Reformierten gehört hatten. Er kannte sie alle, hatte sie sich genau gemerkt, doch hatte Dietrich ihn angewiesen, erst mal Ruhe in der Stadt einkehren zu lassen. Er werde das Zeichen geben, wenn es so weit sei, die Spreu vom Weizen zu trennen.

Auf dem ganzen Weg über den Kamp zum Rathaus grübelte er über des Bischofs Nachsicht. Vielleicht war es einfach so, dass

Dietrich die religiöse Frage nicht interessierte? Nachdem er »in meiner Stadt«, wie er zu sagen pflegte, die Jesuiten eingesetzt und gut versorgt hatte, waren ihm in all den Jahren andere Dinge wichtiger gewesen als die Bekehrung der Paderborner. Dietrich hatte die Wewelsburg und das Neuhäuser Schloss prächtig und wehrhaft ausgebaut, außerdem – gelenkt von seinem Bruder Kaspar – den Oeynhausens, Spiegels und sogar ihrer beider Verwandten, den reichen Westphalens, die einträglichsten Pfandgüter und Lehen abgenommen und mit den eroberten Mitteln die weitläufige Familie ausgestattet. Er hatte mit Kaspar zusammen Bergbau betrieben, wie es allgemein Mode war unter den Fürsten, und war bei Falkenhagen sogar auf einen groben Schwindel mit einem angeblichen Goldfund hereingefallen.

Er selbst, Westphal, war Nutznießer der bischöflichen Aktivitäten, da sie ihm dauerhafte Einkünfte aus der Blankenroder Feldmark beschert hatten, die nicht einmal an sein Amt gebunden waren und auch seinen Nachkommen ein großzügiges Einkommen sicherten.

Doch hatte Dietrich in seiner ganzen Amtszeit noch nicht einmal eine heilige Messe gefeiert, wie es einem Bischof und Seelenhirten wohl anstand. Wahrscheinlich kannte er nicht einmal die lateinischen Gebete und Formeln, die er seinen Untergebenen aufzwang. Westphal wurde nicht schlau aus seinem fürstlichen Herrn, der zwar dauernd Gott und die Heiligen im Mund führte, aber doch ganz handfeste eigene Interessen in den Vordergrund stellte.

Verwirrt hatten ihn auch die Anweisungen, die ihm der Fürstenberger wegen der neuesten Gewalttat in Paderborn mitgegeben hatte. Anders als im vergangenen Sommer, als der Soester Schüler des hiesigen Gymnasiums den Wanderdoktor erstochen hatte, was auf Betreiben seiner jesuitischen Lehrer ungesühnt geblieben war, sollte Westphal jetzt mit unnachgiebiger Härte vorgehen, die Schuldigen fassen und vors Blutgericht bringen. Der Schultheiß hatte dann von Plettenbergs abstrusem Verdacht erzählt und gegen wen er sich richtete. Dietrich hatte ihm zugestimmt, dass der Neffe seines Rentmeisters die Tat wohl nicht verübt haben konnte. Gegen wen sollte er nun mit aller Härte vorgehen?

Sein Dienstherr hatte gut reden. Ihm, dem Schultheiß, standen langwierige Befragungen der widerspenstigen Paderborner bevor, nicht dem Bischof, der sich in seinem behaglichen Turmzimmer vermutlich die nächste Wärmflasche bringen ließ, während er hier durch die frostigen Gassen schlitterte.

Gleich nach der Rückkehr aus Neuhaus hatte er noch vom Pferd aus nach den Beteiligten des verhängnisvollen Sankt-Nikolaus-Abends geschickt. Das bedeutete, dass auf dem Ratssaal jetzt die halbe Stadt auf ihn wartete. Schon hörte er durch die geschlossenen Fenster das aufgeregte Gemurmel. Es brach auch nicht ab, als er den Saal betrat und sich durch die Menge zu seinem erhöhten Sitz drängte. Erst als er mit dem Stock mehrfach auf den Boden pochte, woraufhin endlich der Bürgermeister das Ratsglöckchen betätigte, kehrte annähernd Ruhe ein.

Er befahl dem Stadtsekretär, die Namen der Anwesenden aufzuschreiben, und eröffnete die Untersuchung. Als Erstes ließ er sich von den Stadtdienern beschreiben, wie sie Brabeck gefunden hatten. Wie sie darauf gekommen seien, in den Keller zu gehen, fragte er. Brabeck hätte doch genauso gut zu Hause im Bett liegen können? Sie hätten die Krüge zurück in den Weinkeller stellen wollen, war die Antwort, um bei der Gelegenheit gleich nachzusehen, ob der Alte vielleicht schon vor ihnen da unten am Werk war.

Westphal gab sich damit zufrieden und ließ den jungen Arzt Dr. Theodor vortreten, der sogleich zu dem Unfall hinzugerufen worden war. Er habe Brabeck nicht mehr helfen können, sagte er aus, der alte Stadtdiener sei wohl schon seit Längerem tot gewesen. Jedenfalls habe er im Körper keine Wärme mehr feststellen können, allerdings auch keine Totenstarre, was entweder bedeuten könne, dass sie bereits vergangen oder noch gar nicht eingetreten war. Also sei er entweder gestern am frühen Abend oder vielleicht auch erst am heutigen Morgen gestorben. Die Todesursache sei ein Bruch der Halswirbel gewesen, was vermutlich zum sofortigen Exitus geführt habe.

»Vermutlich und vielleicht und ob überhaupt – ob sich die Herren Doktoren vielleicht einmal festlegen können?«, kam es vorwitzig aus den Reihen des Publikums. Sofort war die Ruhe dahin, und alle lachten und redeten wieder durcheinander.

»Ich weiß gar nicht, was das hier soll!« – das war Steling vom Ükern –, »der Alte ist besoffen die Stiege hinuntergestürzt, das ist schlimm genug, dafür muss man nicht noch einen aufhängen. Lasst uns nach Hause gehen, es ist Essenszeit.« Er wandte sich an die Umstehenden und gab vor, den Ratssaal verlassen zu wollen.

Der Bürgermeister betätigte wieder das Glöckchen, und Westphal rief den Stadtsekretär zu sich, der verzweifelt versucht hatte, noch während der Namensrunde die wichtigsten Ergebnisse der Befragung in sein unhandliches Protokollbuch zu notieren.

»Wer soll denn das Geschmier jemals lesen, Dorbecher«, sagte er tadelnd zu dem beflissenen, aber hinterhältigen Schreiberling. Der stand rot übergossen vor ihm und wusste gar nichts mehr. Er hielt daran fest, Meschede und Brabeck zusammen im Keller verschwinden sehen zu haben, das ja, aber wann genau das war oder wer alles sich zu dem Zeitpunkt in der Nähe der beiden aufgehalten hatte, fiel ihm nicht ein. Er wusste nicht einmal, wo er selbst gesessen hatte, und auch nicht, ob er Brabeck danach noch einmal gesehen hatte oder nicht.

»Dann schreibt das mal auf, Dorbecher.« Westphal entließ ihn gönnerhaft, fügte aber hinzu: »Vorausgesetzt, Euch fällt noch ein, was Ihr gesagt habt.«

Jetzt hatte er die Lacher auf seiner Seite. Doch er stoppte die Unruhe sofort mit einem zornigen Klopfen seines Stocks und zeigte damit auf Meschede, der sich gerade bei Dr. Theodor nach weiteren Einzelheiten über Brabecks Tod erkundigte.

»Ratsherr Meschede, hättet Ihr die Freundlichkeit, mir zu berichten, was Ihr mit dem Stadtdiener im Rathauskeller gesucht habt?«, fragte er ihn, als dieser sich, von den Umstehenden auf die Geste aufmerksam gemacht, nach ihm umdrehte.

Der junge Anwalt trat ein paar Schritte vor. »Wie schon der verehrte Herr Droste wusste, wie wahrscheinlich auch Ihr, verehrter Herr Schultheiß, wisst und wie ohnehin die ganze Stadt weiß, war ich im Rathauskeller, um nach gewissen Besitzurkunden zu suchen«, antwortete er. »Brabeck hat mir gezeigt, wo sie liegen, und mir geholfen, mich in dem Durcheinander zurechtzufinden. Wie ich bereits dem Drosten sagte, habe ich Brabeck nichts getan, der durchaus lebendig und mit Weinkrügen beladen in den Ratssaal zurückgekehrt ist. Das müsste auch Dorbecher gesehen haben, der nicht weit von der Tür entfernt saß. So viel zur Sache. Dann möchte ich noch beiläufig erwähnen, dass es mir gar nicht gefällt, wenn man mich mit dem Stock heranzitiert wie ein Stück Vieh. Ihr mögt mich verdächtigen, aber ich bitte doch um Wahrung meiner Mannesehre.«

Ganz schön waghalsig. Westphal schmunzelte in sich hinein. Mannesehre, sieh an. Bisher hatte man nicht viel von dem jungen Ratsherrn gehört während der Sitzungen des Magistrats. Er sollte Gogreve anweisen, ihm öfter das Wort zu erteilen, dann würden die Versammlungen vielleicht unterhaltsamer.

»Ich entschuldige mich in aller Form«, gab er zurück, »ich wollte Euch nicht beleidigen. Nur noch eine Frage. Habt Ihr im Ratskeller an dem Abend, als Ihr nach der gewissen Urkunde suchtet, irgendetwas beobachtet, das mit Brabecks Tod in Zusammenhang stehen könnte?«

»Nicht beobachtet, aber vielleicht gehört.« Meschede zögerte. »Es ist mir erst später wieder eingefallen, sonst hätte ich es schon bei der ersten Befragung erwähnt. Irgendwo hinten bei den Maspernschränken muss noch wer sich mit den Dokumenten beschäftigt haben, denn ich hörte jemanden husten. Ich erschrak zwar, weil ich mich allein glaubte, doch dann habe ich dem Geräusch weiter keine Bedeutung beigemessen. Schließlich ist das Archiv ein öffentlicher Ort, und es hätte gut sein können, dass Brabeck schon vorher jemanden hineingelassen hatte. Die Tür steht ohnehin immer offen.«

»So, so, ein Husten«, brummte Westphal. »Vielleicht sollten wir jeden der Anwesenden einmal husten lassen, damit Ihr den Richtigen herausfinden könnt? Ist Euch an dem Husten denn nichts Besonderes aufgefallen?«

»Es war zu entfernt und auch zu unvermutet, um jemanden erkennen zu können.«

»Und gesehen habt Ihr ihn auch nicht?«

»Er muss noch dagewesen sein, als ich bald danach wieder hochging, denn an mir vorbei ist er nicht gekommen. Wie gesagt hatte ich mir nichts dabei gedacht, deshalb fiel mir auch nicht ein, Brabeck zu fragen, wer sich außer mir für die Urkunden interessierte.«

Das konnte wahr sein oder auch nicht, dachte Westphal. Barcholts Neffe war wortgewandt genug, um jedem zu erzählen, was er hören wollte.

»Und ist Euch während der Ratssitzung oder danach nichts aufgefallen?«, fragte Westphal, der bereits von Plettenberg über die Gerüchte um den Weinzapf und des Drosten wahren Verdacht informiert worden war. Mal sehen, ob er die Wahrheit sagt, dachte er bei sich, denn jetzt müsste sich der junge Mann an das Thema des Abends erinnern.

»Nichts, was irgendwie mit Brabecks Tod zu tun haben könnte«, antwortete der, zu schnell, wie Westphal meinte. Wollte er es vermeiden, über bloße Gerüchte zu sprechen, oder verbarg er etwas anderes? Wie auch immer – er glaubte nicht, dass Margret Barcholts Sohn kaltblütig genug war, hier zu stehen und dem gesamten Rat, von ihm ganz abgesehen, ins Gesicht zu lügen. Dennoch wollte er ihn im Auge behalten, denn dass er ihm etwas verschwieg, war offensichtlich.

***

»Und was hat der Schultheiß über seine Reise nach Kassel erzählt?«, erkundigte sich die Mutter, nachdem Diether über den Verlauf der Befragung berichtet hatte.

»Nichts«, antwortete er. »Westphal meinte, das sei nicht so wichtig. Der Bischof unterhalte Beziehungen zu vielen mächtigen Herren der Umgebung, da falle auch für ihn mal eine Reise ab.«

»Das kann doch nicht sein!«, rief sie erregt. »Wir müssen doch wissen, woran wir sind! Hat denn niemand gefragt, was mit Günther und seinen Soldaten ist?«

Diether winkte ab. »Westphal hat nur gelacht und gesagt, das sei doch Schnee von gestern, und ist abgerauscht. Er hatte es wie immer eilig, das Rathaus abzuschließen. Seine Frau ist krank geworden, während er in Kassel war, erzählte Gogreve. Es sieht nicht gut aus, und da könne man ihm nicht mit Gerüchten kommen, meinte er.«

Der Mutter Augen blitzten vor Empörung. »Gerüchte!«, schimpfte sie. »Erst sind es immer nur Gerüchte, und plötzlich stehen die Geschütze am Abdinghof!« Die Krankheit der Westphal'schen, die sie immerhin zu ihren Verwandten zählte, schien sie kaltzulassen.

»Es wird schon nicht so schlimm kommen«, sagte der Vater beschwichtigend und wandte sich noch einmal Diether zu. »Es ist doch bestimmt noch über den Weinzapf gesprochen worden. War denn Balthasar da?«

»Doch, Balthasar war da, und der Schultheiß hat ihn auch befragt. Aber Balthasar wusste nichts von Unregelmäßigkeiten, weil er um Nikolaus herum und noch lange danach mit hohem Fieber im Bett gelegen hat. Angeblich ist er erst heute wieder aufgestanden. Der junge Dr. Theodor hat das bestätigt. Einer der Stadtdiener hat ihn so lange vertreten, was er wohl schon öfter gemacht hat.«

»Wie ich Balthasar kenne, hat niemand gemerkt, dass er fehlte. Und ist dem Stadtdiener etwas aufgefallen?«, fragte der Vater.

»Nein. Das Schloss sei in Ordnung gewesen, sagte er, aber das war ja schon bekannt. Wir werden die Untersuchung der Weinherren abwarten müssen. Ich bin gespannt, was dabei herauskommt!«

Diether langte zu, denn das Abendbrot stand auf dem Tisch. Doch hatte niemand angefangen zu essen, solange er sprach. Alle waren viel zu gespannt auf die Neuigkeiten aus dem Rathaus.

Nach einer geschäftigen Weile ergriff Sieghart das Wort. Er berichtete von der gestrigen Versammlung der Marianischen Gesellschaft, der nur die angesehensten Männer der Stadt angehörten, und von einigen Säcken Pökelsalz, die Jobst Baer bei dieser Gelegenheit bei ihm bestellt hatte. Dann sprach er Diether direkt an. »Die Präfekten haben mich übrigens beauftragt, dich zu fragen, ob du nicht an unseren Zusammenkünften teilnehmen willst. Da wird nicht jeder genommen!«, fügte er einer Absage vorbeugend hinzu.

»Junge, Junge!« Henrich zeigte sich beeindruckt. »Wenn du ein Marjaner bist, dann hast du es geschafft! Seit Sieghart da drin ist, machen wir glatt den doppelten Umsatz.«

Sieghart wehrte ab. »Dafür haben wir genug gearbeitet, das war nicht nur der Dank der Heiligen Jungfrau. Aber es stimmt schon: Die Bruderschaft hält zusammen, und auf den Versammlungen steht beileibe nicht das Seelenheil im Mittelpunkt. Obwohl das eigentlich ihr Zweck sein sollte. Niemand kontrolliert, ob du jede Woche zur Beichte gehst, wie du es bei der Aufnahme versprechen musst, da brauchst du keine Sorge zu haben.«

»Ich bin mir der Ehre bewusst und werde mir das überlegen«, antwortete Diether zögerlich. Eigentlich fühlte er sich noch nicht alt genug für eine Gesellschaft, deren höchstes Ziel die Verehrung der Gottesmutter war. Zum Beten hab ich später noch Zeit genug, dachte er aufsässig, und inzwischen erledigt das die Mutter für mich. Aber in der Bruderschaft würde er die richtigen Leute kennenlernen, Leute mit Geld, die bereit waren, darum zu prozessieren. Außerdem tat sie viel für die Armen der Stadt. Auch sein Freund Friedrich Baer sollte gefragt werden, erwähnte Sieghart noch.

»Und bei den Prozessionen gehst du im Samtumhang und mit Barett gleich hinter den Jesuiten mit der Madonna!« Begeistert malte sich die Mutter Diethers glänzende Zukunft aus. Nüchterner ergänzte sie: »Pater Bodo ist übrigens der Präses. Er sorgt hoffentlich dafür, dass nicht nur über Geschäfte gesprochen wird.«

»Der Herr Doktor soll froh sein, dass er den Jesuiten entkommen ist!« Das war Gese, die aufmerksam von einem zum anderen geschaut, sich aber lange gebremst hatte. Auf den Blick der Mutter hin zog sie sich gleich wieder zurück und maulte nur: »Ist doch wahr! Wenn man sich anguckt, was sie jetzt in Büren wieder anstellen!«

Diether wollte die friedliche Stimmung nicht verderben und verzichtete darauf, Gese zum Erzählen aufzufordern. Doch hatte ihm die Bemerkung der Mutter vor Augen geführt, was alles mit der Zugehörigkeit zu der honorigen Gesellschaft verbunden war. Er zählte sich zwar zu den Katholiken, das war er seiner Familie schuldig, aber so weit vorn wollte er lieber nicht mitmischen.

»Wir werden sehen«, sagte er deshalb nur. »Erst mal werde ich mit Friedrich darüber reden.«

1612

AM FEST DER HEILIGEN DREI KÖNIGE

6. Januar
Der Besuch der »Weisen aus dem Morgenland« an der Bethlehemer Krippe wird als Unterwerfung der Weltteile unter Christi Herrschaft gedeutet. Wegen ihrer weiten Reise gelten sie als Patrone der Reisenden und Pilger. Die Namen vieler Gaststätten haben hier ihre Wurzel: »Stern«, »Drei Kronen«, »Mohr« und andere. Die Heiligen Drei Könige werden angerufen gegen einen plötzlichen Tod und gegen Epilepsie.

»Mein gnädiger Herr und Fürst ist ein jämmerlicher Trottel!« Dröhnend betrat Kaspar von Fürstenberg seine Wohnräume im Neuhäuser Schloss, wo die Bademutter Leonore Theodor schon lange auf ihn wartete, obwohl er sie dringend zu sich gebeten hatte. Er war noch nicht angezogen und sah im losen weißen Hemd über den gestreiften Beinlingen nur halb so imposant aus wie sonst.

Der hohe Herr sparte sich die Begrüßung und nahm auch nicht zur Kenntnis, dass Leonore nur andeutungsweise in die Knie sank.

»Heute hätte er Gelegenheit gehabt, sich endlich mit dem Domdechanten zu vertragen.« Ungeniert schimpfte er weiter. »Doch was macht er? Er schlägt von der Horsts Einladung zum Gastmahl aus, um die ich so lange gebuhlt habe! Wegen seiner Gesundheit! Dabei ist er fünf Jahre jünger als ich. Ihre Gnaden, der Bischof, verträgt einfach keinen, das ist alles, und das war schon immer so. Mein Bruder ist und bleibt eine Memme!«

Kaspar hielt nicht hinter dem Berg mit dem, was ihn ärgerte, das musste man ihm zugutehalten. Jeder in seiner Umgebung wusste Bescheid über die ewigen Streitereien mit dem mächtigen Bruder, und auch in Leonores Gegenwart nahm er kein Blatt vor den Mund.

»Euch könnte es ebenfalls guttun, auf das eine oder andere Gastmahl zu verzichten.« Beherzt widersprach sie ihm. »Das hat Euch mein Vater oft genug gesagt. Schon damals, als Euch nur der große Zeh wehtat. Die Gicht kommt vom Wohlleben, auch wenn Ihr es nicht glauben wollt. Zu viele Fleischgerichte, fette Tunken, zu viel Branntwein …«

»Hört schon auf, Jungfer Theodor.« Kaspar schaute ungehalten auf seine von der Krankheit verkrümmten Finger. »Der alte Jakob hatte es längst aufgegeben, mich erziehen zu wollen, als er starb und mich mit Euch allein ließ. Macht es wie er und gebt mir meine Medizin. Nur gut, dass er Euch gelehrt hat, wie man sie herstellt, sonst blieben meine Gelenke wohl für immer steif.«

Leonore nahm die duftenden, mit Heu gefüllten Kissen vom Kamin und polsterte Kaspars Lehnstuhl damit aus. Nachdem er darin Platz genommen hatte, packte sie noch Kissen um die Beine und vergrub auch seine knotigen Hände darin. Sofort war Ruhe. Entspannt von der Wärme und dem sauberen Duft, vergaß sogar Kaspar das Poltern. Dankbar schaute er zu ihr auf und schluckte ohne Murren die bittere Medizin aus Herbstzeitlosen, die sie ihm, mit ein wenig Beerensaft vermischt, zu trinken gab.

Der Vater hatte sie gelehrt, in ihm nicht den furchteinflößenden Adelsherrn zu sehen, von dem man sich erzählte, dass er auf Kosten des Hochstifts die Taschen der Fürstenberger auffülle. Für sie war er ein alter Mann, den der Schmerz unleidlich machte. Wenn ihm nichts wehtat, war er wie alle anderen: Er hörte sich gern reden und genoss es besonders, wenn ihm eine hübsche Frau zuhörte.

Sie kannte ihn fast so lange, wie sie laufen konnte. Ihr Vater war, als Arzt beliebt und berühmt, Leibarzt der Paderborner Bischöfe gewesen und im Schloss ein und aus gegangen. Leonore hatte ihn von Kind an bei seinen Krankenbesuchen begleitet, und viele seiner Patienten vertrauten heute ihr wie ihm damals. Inzwischen hatte sie als Baderin selbst einen guten Ruf, und seit im letzten Jahr der Magistrat sie zur städtischen Bademutter und Hebamme bestellt hatte, reichte ihr Einkommen zum Leben und machte sie von ihrem Bruder unabhängig.

Nicht nur des Geldes wegen war sie froh, dass Kaspar sich weiterhin von ihr behandeln ließ. Er hatte den Vater immer großzügig entlohnt, ihn aber nicht allzu oft in Anspruch nehmen müssen. Inzwischen plagte ihn die Gicht fast ständig, hatte ein Gelenk nach dem anderen befallen, und seit zwei Jahren konnte er kaum noch seinen Namen schreiben. Sogar das Gekritzel in seinem Kalender hatte er aufgeben müssen, wo er alle Treffen mit hohen Herren und auch die nachfolgenden Zechereien festgehalten hatte, aber nicht, was gesprochen und heimlich verabredet worden war. »Das habe ich im Kopf«, hatte er zufrieden geäußert, »da kann es mir niemand um die Ohren schlagen.«

Besonders freute es sie, dass Kaspar sie als vollwertige Nachfolgerin ihres Vaters akzeptierte. Dazu gehörte, dass er wie früher mit Dr. Theodor auch mit ihr freimütig über seine Angelegenheiten redete, die er unter dem Arztgeheimnis gut aufgehoben wusste. Bei Leonore allerdings war er darüber hinaus dazu übergegangen, häufig und anhaltend über seine Schmerzen zu klagen, was er sich Dr. Theodor gegenüber meist versagt hatte.

Vielleicht war das mit ein Grund dafür, überlegte sie, während der Fürstenberger in seiner warmen Heupackung eingeschlafen war, dass er sich nicht von ihrem Bruder, dem Erben ihres Vaters und niedergelassenen Nachfolger, behandeln ließ. Wichtiger war jedoch – belustigt erinnerte sie sich an Kaspars Entsetzen –, dass Erik ihn bei seinem ersten Besuch gleich zur Ader lassen wollte.

Warum nur musste er alles anders machen als der Vater? Schon früher hatte es nur Streit zwischen den beiden gegeben, und jetzt übte der Bruder an seinen Patienten die abergläubische Medizin aus, die er im katholischen Köln gelernt hatte, und sprach von Hexenzauber und Ketzerei, wenn er die Alchemie des Vaters oder dessen wissenschaftliche Bücher schlechtmachte.

Das Verhältnis zwischen den Geschwistern war nicht allzu herzlich. Leonores »Baderei« belächelte Erik bestenfalls mitleidig. Nie zog er sie als Helferin hinzu und legte viel Wert darauf, nicht die gleichen Patienten zu behandeln wie sie. Das war nicht schwer, dachte sie hämisch, bei den paar Leuten, die sich überhaupt in seine Praxis wagten.

Ausgerechnet bei Kaspar mit seiner Angst vor Blut und Schmerzen das Messer zu zücken! Der Kranke war es gewohnt, dass mit warmen Packungen und bitteren Tropfen seine Pein gelindert wurde, und wollte auf keinen Fall neuen Schmerz erleiden müssen. Er hatte Erik ungnädig entlassen und nach ihr geschickt, und zwar per Kutsche, was seitdem zur Gewohnheit geworden war.

Ihr einflussreicher Patient war erwacht und begann gleich wieder auf seinen Bruder zu schimpfen, der ihm zunehmend das Regieren überließ.

»Der Herr Bischof ist nämlich groß darin, übel zu nehmen«, murrte er. »Jahrelang spricht er schon nicht mehr mit den Jesuiten, auch nicht mit dem Dechanten und anderen Domherren, und Euer widerspenstiges Paderborn ist ihm erst recht zuwider. Wenn man ihm nicht überall zujubelt und vorauseilend seine Wünsche erfüllt, stößt er den Hintern durcheinander, wie man auf gut Delbrücksch sagt. Während ehrwürdige Gnaden sich beleidigt auf ihre Burgen verziehen und hier ein Türmchen und da ein Flügelchen anbauen, kann ich mir überlegen, wie unsere Wünsche durchzusetzen sind.«

»Haben die vielen Gastmähler der letzten Wochen denn wenigstens den Nutzen gebracht, den Ihr Euch erwartet hattet?«, fragte sie anteilnehmend, während sie die Heukissen um den Kranken herum wieder feststeckte.

»Eben nicht!«, fuhr Kaspar auf, sodass alles wieder verrutschte. »Umso ärgerlicher ist es, dass mir jetzt alles wehtut. Dietrich besteht nach wie vor darauf, wenn schon einen Koadjutor, dann wenigstens einen nach seiner Wahl. Und das wäre mein Sohn Johann Gottfried, wie Ihr wisst. Doch Seine Gnaden rührt keine Hand dafür! Spricht mit niemandem, schlägt Einladungen aus, nimmt übel. Dabei wäre sein größter Widersacher längst reif für eine Versöhnung. Arnold von der Horst braucht dringend Bundesgenossen in seinem Streit mit Moller, dem unseligen Sudelschreiber, und wenn das die Fürstenberger wären, hätten wir außer Herrn Arnold gleich noch sechs weitere Freunde unter den Domherren. Wer weiß, ob das nicht noch andere bewegen würde, ihre Stimme uns zu geben?«

Johann Moller war Syndikus des Domkapitels gewesen, und über seine per Flugschrift verbreitete Rache an den früheren Dienstherren zerriss sich die Einwohnerschaft den Mund. Auch Leonore hatte davon gehört. Sowohl der Tod des alten Brabeck als auch die Furcht vor den hessischen Soldaten waren vergessen. Doch wusste kaum jemand Genaues. »Gauckelsack« hatte der Verfasser sein

Machwerk genannt, in das er nicht nur von der Horsts sämtliche Missetaten gepackt hatte. Moller hatte die Flugblätter an die Kirchentüren anschlagen lassen, wo sie schnell wieder verschwunden waren.

Doch aufgebracht war Kaspar aus wichtigerem Grund. Offensichtlich plante er bereits des Bischofs Nachfolge. Besetzte Johann Gottfried erst einmal den Koadjutorenstuhl, war ihm der Bischofssitz sicher und blieb in der Familie. Allerdings waren die Fürstenberger nicht sonderlich beliebt im Hochstift. Besonders nicht in der Stadt Paderborn, doch auf die kam es hier nicht an. Den Bischof wählte das Domkapitel, und darin saßen die Herren des Paderborner Landes.

Aber Dietrich hatte es schon in seinen ersten Regierungsjahren geschafft, sich mit fast der gesamten Ritterschaft zu überwerfen, als er ihnen Schlag auf Schlag die Kirchengüter entzogen hatte. Kaspar hatte ihn dazu angestiftet, er brauchte sich nicht zu beklagen. Der Name von der Horst war schon früher oft gefallen, und immer hatte sich Kaspar zufrieden gezeigt, wenn Dietrich hart geblieben war und Herrn Arnold nicht wieder in seine Pfründen eingesetzt hatte.

»Muss Dietrich so nachtragend sein?«, fragte der Fürstenberger vorwurfsvoll. »Niemand außer Herrn Arnold hat wegen der seltsamen Umstände bei Dietrichs Amtsantritt Verdacht geschöpft, und auch der hat nie wieder davon gesprochen. Moller war es, nicht Arnold, der die Verbindung zu eurem Mord im Rathaus gezogen hat. Völliger Blödsinn! Nach so langer Zeit! Und woher will er das überhaupt wissen?«

Leonore stutzte. War die Rede vom alten Brabeck?

»Dabei haben Arnold und mein Bruder so vieles gemeinsam«, grummelte Kaspar weiter. »Sie hätten sich bestimmt gut verstanden am heutigen Abend. Von der Horst hat sich längst am Domdechantenamt schadlos gehalten, und Dietrich hätte vergessen können, dass der ihn in Rom des Totschlags und Ehebruchs bezichtigt und sich mit dem Hessen gegen ihn verbündet hat. Über Moller hätten sie sich auch nicht streiten müssen: Der Schmutzfink sitzt in Dietrichs Gewahrsam auf der Burg Dringenberg, wofür ihm Herr Arnold sicher seinen aufrichtigen Dank ausgesprochen hätte. Danach hätten sie gemeinsam noch ein wenig über die Jesuiten herziehen können. Hatte ich es mir nicht gut ausgedacht, Jungfer Leonore?«

»Dass Ihr gewitzt seid, hat schon mein Vater gesagt«, erwiderte sie abwesend. Brabeck hatte er offenbar vergessen. »Aber was hilft alle Gewitztheit, wenn Eure Schachfiguren nicht mitspielen wollen?«, fügte sie beiläufig hinzu.

»Das ist es eben«, seufzte er. »Und mein kleiner Bruder war schon immer ein Dickkopf. Wisst Ihr, dass er schon als Junge Bischof werden wollte? Dabei haben wir anderen uns schon damals geweigert, ihm zuzujubeln. Er hätte wissen sollen, dass man für die Anerkennung mehr tun muss, als sich eine Tüte auf den Kopf zu setzen. Aber heute seid Ihr es, die mich jubeln macht, Jungfer«, sagte er beim Aufstehen erfreut. »Meine Glieder fühlen sich an wie neugeboren. Nur gut, dass ich Euren Bruder zum Teufel gejagt habe. Was mich auf den Gedanken bringt, dass dies auch meinem gnädigen Herrn und Fürsten widerfahren könnte, und zwar eher, als er glaubt, wenn er nicht bald in die Puschen kommt!«

»Wenn Ihr Euch so frisch fühlt, könnt Ihr ihm ja Beine machen. Viel Erfolg dazu, aber begießt ihn nicht zu sehr, sonst braucht Ihr mich bald wieder.«

Während sie ihre Utensilien zusammenpackte, ging Kaspar zu seinem Schreibpult und suchte die Moller'sche Flugschrift unter den Papieren hervor, um sie Leonore zu zeigen.

»Hört nur, wie er wütet, der schmutzige Wiedehopf«, trompetete er und las ihr einige besonders saftige Stellen vor.

»Ganz unter uns« – leutselig zog er sie am Arm zu sich und pochte auf die Schrift – »es ist nicht alles gelogen, was er schreibt! Jeder weiß, dass die Köchin des Herrn von der Horst damals nach Köln verschwinden musste, um sein Kind weit von hier zur Welt zu bringen. Worüber jetzt das ganze Hochstift lacht, ist, dass sich der wohllöbliche Herr Domdechant jede Nacht das Kissen seiner Konkubine an den Arm hat binden lassen. Stellt Euch das vor, Jungfer Theodor, gegen den Trennungsschmerz! Das hätte Eurem Vater gefallen! Der mächtige Herr Arnold, ein Geistlicher obendrein, hat solches Heimweh nach seiner Köchin!«

Leonore lachte mit und wandte sich zum Gehen. Doch Kaspar war nicht zu bremsen. »Die Geschichte freut mich besonders, weil Herr Arnold immer der Erste ist, wenn es wieder mal gegen die

Holden der Domherren geht. Man muss aber auch wissen, von wem der Angriff kommt. Gut, Arnold ist ein Hurenbock. Das wissen wir und behalten es für uns. Aber laut sagt das einer, und in aller Öffentlichkeit« – Kaspar wedelte mit Mollers Flugschrift –, »der sich nicht zu schade war, die beiden Etteln'schen Hexen, die er gefangen halten sollte, in sein Bett zu holen unter dem Versprechen, ihnen die weitere Gefangenschaft zu ersparen.«

Bevor er sie endlich entließ, verriet er Leonore mit verschwörerischer Miene Einzelheiten des Moller'schen Skandals. Lang und breit erzählte er, was sie längst wusste: Wie Moller seine domkapitularischen Dienstherren hintergangen, wie er Zwist gesät und beinahe Unruhen wie zu Wicharts Zeiten hervorgerufen hatte, wie er Anfang Dezember kleinlaut ins Neuhäuser Schloss gekommen war, um seine Sache zu verteidigen, und wie Dietrich ihn – zupackend wie selten – unverzüglich hatte gefangen nehmen lassen.

Noch im Schlosshof musste sie lachen über Kaspars Tiraden. Was die hohen Herren sich nicht alles erlaubten!

Wohlig kuschelte sich Leonore in die Felle der Kutsche, die sie zurück in die Stadt bringen sollte. In der blendenden Helle vor dem Schloss kniff sie die Augen zusammen. Die Kirche, links und rechts ein paar Fachwerkhäuser und die Mühle, dann war der Ort zu Ende. Zwischen ihr und dem nächsten Kaminfeuer lagen endlose tief verschneite Wiesen und erfrorene Sümpfe. Ihr Blick fiel auf schwarze, zerrupfte Baumriesen, kahles Gebüsch, und nur selten kam die im Sonnenschein glitzernde Pader zum Vorschein.

An einem schönen Sommertag wäre sie nach ihrem Besuch bei Kaspar noch auf die Rückseite des Schlosses gewandert, wo sich an die Gräfte und den Lustgarten für die Hofgesellschaft ein verwunschener Wald anschloss. Mächtige Eichen bildeten dunkle Haine, während auf den höher gelegenen, sandigen Flächen lichte Birken und weiter unten wispernde Erlen wuchsen. Statt hier in der zugigen Kutsche könnte sie in der Sonne sitzend den Mundvorrat aus kaltem Huhn, frischem Weißbrot und in Wein eingelegten Zwiebelchen genießen, den Kaspar ihr fürsorglich hatte einpacken lassen.

Sie hatte sogar das Rauschen des Wassers im Ohr. Ganz am Ende des Wäldchens nämlich vereinigten sich die zwei wichtigsten Flüsse des Paderborner Landes, die Alme und die Lippe, Letztere, nachdem sie vorn am Schloss die Pader aufgenommen hatte. Als Lippe flossen die Wassermassen weiter bis zum Rhein. Gern saß sie auf der Inselspitze im Sonnenschein und stellte sich vor, mit ihrem Nachen geradewegs nach Köln zu schippern, um dort wie ihr gelehrter Bruder oder sogar weiter im Süden wie ihr Vater die Medizin zu studieren.

Unmöglich für eine Frau, sie wusste es. Sie konnte froh sein, wenn man sie ihre Baderei ausüben ließ, ohne sie als Hexe anzuschwärzen. Ihr plötzliches Frösteln vertrieb die sonnigen Erinnerungen und holte sie zurück in die kalte Kutsche.

In der Stadt würde sie sich am Spital absetzen lassen, auch wenn die Abdinghofpatres sie nicht willkommen hießen. Allzu oft hatte sie die Nase gerümpft über den Schmutz, die Enge und die Rattenfallen in den Ecken, manche mit zerquetschten Kadavern darin, um die sich niemand kümmerte. Zwei ihrer Patientinnen lagen »auf den Mönchen«, wie das Spital in der Stadt hieß, und sie musste aufpassen, dass man sie dort mit den ewigen Blutegeln nicht noch weiter schwächte.

Vor allem ihre ältere Kollegin und Freundin, die Bademutter Elsbeth Engel, brauchte ihre Fürsorge. Nach einer schweren Infektion kam sie nicht wieder auf die Beine, was eindeutig an der Kost der Spitalsküche lag. Der ewige Brei hätte auch ihr widerstanden, und Elsbeth, sonst von stadtbekannter Esslust, magerte immer mehr ab. Leonore hatte für sie einen Früchtekuchen in der Tasche und ein Fläschchen Himbeersaft.

Als nach der kleinen Anhöhe der Domturm in Sicht kam, fiel ihr wieder ein, dass Kaspar nicht auf den Mord im Rathaus zurückgekommen war. Eine Verbindung zu Dietrichs Amtsantritt hatte er angedeutet, wenn sie ihn recht verstanden hatte. Danach fragen konnte sie ihn wohl kaum. Was hätte sie sagen sollen? Dass sie gern genauer wüsste, was sein Bruder mit dem Mord an Brabeck zu tun hat? Die Antwort konnte sie sich vorstellen. Wie früher, wenn sie sich naseweis gezeigt hatte, würde er eine seiner Dorfweisheiten zitieren, »Mädchen, die pfeifen, und Hähnen, die krähn, denen soll man beizeiten die Hälse umdrehn« beispielsweise. Und in diesem Fall wäre sie nicht einmal sicher, ob er es nicht sogar ernst meinte.

Elsbeth hatte Besuch. Ein junger Mann saß an ihrem Bett, zu dessen Gesicht Leonore nichts einfiel. Das musste der Advokat sein, erinnerte sie sich, Sohn einer frommen Mutter, die ihr ein Begriff war. Elsbeth hatte erzählt, dass sie ihn wegen einer schwelenden Erbauseinandersetzung rufen lassen wollte. War er nicht ein bisschen jung? An diesem Prozess würde er sich jedenfalls die Zähne ausbeißen wie schon einige Anwälte vor ihm.

Ihre Begrüßung fiel frostiger aus, als sie geplant hatte. Auch das weitere Gespräch. Wahrscheinlich deshalb verabschiedete sich Margret Meschedes Sohn bald. Sie wusste nicht einmal seinen Namen.

Der Engel'schen gefiel der Advokat natürlich. »Der sieht aber gut aus!« Sie verdrehte die Augen. »Ich hab gleich gedacht, das wäre der richtige Mann für dich. Er ist nicht so steif wie die studierten Herren sonst und sogar größer als du, was gar nicht so leicht ist.«

Elsbeths Versuche, sie unter die Haube zu bringen, waren kaum zu zählen.

Sie protestierte. »Hast du mal daran gedacht, dass du mir mit dem Sohn die alte Meschede an den Hals wünschst? Weißt du nicht mehr, wie sie zusammen mit den Mariendamen beim Magistrat gegen unsere gottlosen Badestuben zu Felde gezogen ist? Die wir dann alle schließen mussten bis auf deine, die jetzt auch kalt bleibt.«

Elsbeth hatte ihre Zuber nur behalten dürfen, weil sie als Älteste von ihnen am wenigsten Sündhaftigkeit ausstrahlte.

Leonore war nicht wenig schadenfroh gewesen, als Margrets teurer Sohn in Verdacht geriet, den alten Stadtdiener umgebracht zu haben. Diether hieß er, jetzt fiel es ihr ein. Zwar glaubte kaum jemand an seine Schuld, aber seiner sauertöpfischen Mutter war der Dämpfer wohl zu gönnen.

Elsbeth zog ein Gesicht. »Er war so lustig. Ich hab gar nicht daran gedacht, wer seine Eltern sind. War wohl keine so gute Idee, tut mir leid. Wird Zeit, dass ich endlich wieder gesund werde, meine Badestube fehlt mir selbst.«

»Mir auch«, pflichtete ihr Leonore bei. »Aber mit dem Anheizen hat es wenig Eile, wenn wir dich nicht bald aus den Klauen der Mönche befreien. Ich rede noch heute mit den beiden anderen Bademüttern, du wirst sehen, zusammen kriegen wir dich schon wieder hin.«

Elsbeth nickte nur und schloss müde die Augen. Leonore drückte ihre Hand und flüsterte ein paar gute Wünsche in ihr Ohr, an deren Kraft sie unverbrüchlich glaubte.

»Ganz der Vater«, murmelte die Kranke noch, »der konnte einen auch gesund reden.«

Über die winkligen, engen Stiegen zwischen den Spitalsgebäuden kletterte Leonore hinauf zum Abdinghof. Der in den letzten Tagen reichlich gefallene Schnee hatte sich trotz der Kälte in zähen Matsch verwandelt, der nachts gefror und am Tag Stürze und Knochenbrüche verursachte. Hier und da war er braun gefärbt, wo in den frühen Morgenstunden ein Nachttopf aus einem der vorkragenden Obergeschosse heraus geleert worden war.

Angewidert vermied sie es hineinzutreten. Warum kümmerten sich die Mariendamen nicht um diesen Schmutz, statt ihn in ihren Badehäusern zu suchen? Viele Krankheiten kamen aus dem allgegenwärtigen Dreck, das hatte schon der Vater den Paderbornern klarzumachen versucht. Aber wer daran glaubte, dass die Gebrechen von Gott geschickt wurden, konnte den Wert körperlicher Sauberkeit wohl nicht erkennen.

Frau Meschede hat mehr Angst um die unbefleckten Seelen ihrer Mitbürger, vor allem wohl der Männer ihres Haushalts, dachte Leonore spöttisch. Dabei kannte sie Margrets Männer gar nicht, nur Henrich, den Knecht, der sich bei ihr ab und zu ein Pulver gegen Kopfweh holte.

Mit dem Vater war sie auch bei Meschedes gewesen, früher, vor 1604, erinnerte sie sich. Damals hatten sie wie die meisten katholischen Familien Dr. Theodor häufig in Anspruch genommen. Später hatte Margret den Kontakt gemieden und die Spitalsmönche geholt, wenn im Haus jemand krank war.

Der Grund dafür war ihr Vater selbst. Er hatte sich im Lauf der Jahre den Ruf eines Ketzers erworben, was besonders die Jesuiten des benachbarten Konvents verbreiteten, nachdem er ihren hartnäckigen Bekehrungsversuchen ebenso beharrlich widerstanden hatte. Da ihm genug Patienten blieben, kümmerte den Vater das Gerede nicht. In Wahrheit hatten ihn religiöse Fragen überhaupt nicht interessiert; er fühlte sich keiner Seite zugehörig, eine Haltung, die sie von ihm übernommen hatte.

Immer noch erbitterte es sie, wenn sie an seine Beerdigung vor drei Jahren dachte. Auf dem kostbaren geweihten Grund der Stadt hatte er nicht begraben werden dürfen, deshalb war seine Leiche heimlich in der Nacht seinem Freund, dem Apotheker Michaelis, vor die Tür gelegt worden. Mit ihr zusammen hatte er den Vater im protestantischen Schlangen beerdigt.

Ihr Bruder Erik war erst zwei Jahre danach aus Köln zurückgekommen und verstand ihre Aufregung nicht. »Was will er erwarten, wenn er sich nicht an die Regeln hält?«, hatte er gefragt und war bedenkenlos auf die katholische Seite gewechselt, als ihm die Jesuiten die Ehre antrugen, der Mariensodalität beizutreten.

Auch sie, Leonore, verfolgten die Patres mit ihren Bekehrungsversuchen, denen sie sich bis jetzt erfolgreich entzogen hatte. Sie war jedoch froh, dass sie nicht in einem der abgeschiedenen Dörfer des Domkapitels lebte, wo man noch vor einigen Jahren Hexen verbrannt hatte und wo immer noch Gerüchte von zaubrischen Weibern und ihren Teufelsbuhlen die Runde machten. In Paderborn hatte der Bischof zu sagen, und den kümmerten Hexen nicht. Auch Kaspar glaubte nicht an Zauberei. »Das sollen die Domherren und Jesu Brüder unter sich ausmachen«, kommentierte er die Prozesse, hatte aber unauffällig die Hand über die eine oder andere heilkundige Frau seines Bilsteiner Sprengels gehalten.

Wenn es nach der sauberen Frau Meschede geht, haben wir bald auch hier Hexenprozesse, dachte sie bedrückt.

Erst als sie die letzte der glitschigen Stufen hinter sich gebracht hatte und auf den Weg entlang der Mauer der Abdinghofkirche trat, hob sie den Blick und schaute direkt in das feiste Gesicht des Fuhrmanns Rokeß, der offensichtlich auf sie gewartet hatte.

»Na, Jungfer Theodor? Sucht Ihr etwa Gold in dem Dreck? Das könnt Ihr eher in meinen Taschen finden, wenn Ihr Euch traut, da reinzupacken.« Rokeß lachte laut über seinen Scherz, den er am Abend in der Kneipe wieder und wieder zum Besten geben würde.

Der Alte kam ihr recht. Er sollte noch mehr zu lachen haben. »Und wenn ich reinfasse, verwandelt sich das Gold in Pferdedreck, oder wie?«, gab sie bissig zurück.

Das hatte gesessen. »Pferdedreck, wie?«, plapperte er ihr nach. »Meine Taschen! Das wird meinen Sohn interessieren. Glaubt nur nicht, dass Ihr ihn weiter in Eure dreckigen Schlingen ziehen könnt!«

Jetzt lachte Leonore. Dummes dickes Arnulf, wie er in der Stadt hieß, oder auch »das Vierkant«, lief ihr schon lange erfolglos hinterher. »Das sagt ihm nur, Meister Rokeß! Und weiterhin erfolgreiche Goldsuche in Euren Taschen!«

So. Jetzt hatten sie wieder was zu reden, die Tratschmäuler. Und wenn sie das nächste Mal ein Pferd brauchte, würde Rokeß ihr die letzte Mähre aus seinem Stall andrehen.

An der Mauer des Abdinghofklosters entlang ging sie in Richtung Marktkirche, um durch die Jühengasse das große Haus ihres Vaters direkt neben dem Jesuitenkolleg zu erreichen, das sie mit dem Bruder teilte. Hoffentlich erzählt ihm niemand von dem Streit, dachte sie, würde er doch seine Hoffnungen zunichtemachen, sie bald loszuwerden.

Plötzlich fiel ihr Elsbeths Advokat wieder ein. Wie ein Mörder hatte er wirklich nicht gewirkt. Hätte sie ihm von der Andeutung des Fürstenbergers erzählen sollen? Oder fiel sie unter das Arztgeheimnis?

***

Die Westernstraße war belebt wie immer um diese Zeit, daran konnte auch der tiefste Winter nichts ändern. Diether musste mehreren Pferdefuhrwerken ausweichen, die durch das Westerntor die Stadt verlassen wollten. Seinen Kopf tief im Mantelkragen vergraben, eilte er grüßend an Ratskollegen und Nachbarn vorbei. So kurz vor dem Mittagessen hatte es jeder eilig, sodass er nicht weiter aufgehalten wurde.

Seit er durch Brabecks Tod ins Gerede gekommen war, erfreute er sich größter Aufmerksamkeit. Die wohlwollende Nichtbeachtung des ersten Jahrs nach dem Studium war dahin, nun wollte jeder ein paar Worte mit ihm wechseln. Auch sein juristischer Rat in dieser oder jener Angelegenheit war erbeten worden, doch war zum Leidwesen der Mutter ein wichtiger Klient nach wie vor nicht in Sicht.

An Friedrich konnte er nicht vorbeigehen, der kam mit ausgestreckter Hand auf ihn zu. »Da bist du ja endlich«, begrüßte er ihn. »Ich habe dich schon zu Hause gesucht. Es gibt Neuigkeiten.« Er drehte um und schloss sich Diether an. Der war gespannt, was der Freund zu erzählen hatte, zog vorerst aber den Pastinakeneintopf seiner Mutter den Neuigkeiten vor.

»Ich hoffe, ihr sitzt alle gut«, begann Friedrich nach dem Essen mit seinem Bericht. »Es gibt erschröckliche Neuigkeiten aus dem mörderischen Paderborner Rathaus!«

Alles war still, nur Gese gluckste aufgeregt. Doch dann redeten alle durcheinander. »Ach was«, sagte die Mutter, »Diether war doch gestern noch da! Das hätte er wohl auch gehört!« Sieghart dachte gleich an einen neuen Mord, während Johanna und der Vater gleichzeitig fragten: »Weiß man endlich, wer Brabeck umgebracht hat?«

Diether wappnete sich mit Geduld; aus leidvoller Erfahrung wusste er, dass es dauern konnte, bis der Freund mit den Neuigkeiten herausrückte.

»Ich weiß schon längst, was los ist, mir muss er nichts erzählen«, brummte Henrich, immer noch über seinen Napf gebeugt. »Gestern haben die Weinherren getagt, und am Abend wurde in allen Kneipen nach Balthasar gesucht. Haben sie ihn geschnappt?«

Alle Köpfe wandten sich Henrich zu. Warum hatte er denn nichts erzählt? »Hab's vergessen«, entschuldigte er sich und deutete auf seinen Kopf, der wohl unter dem gestrigen Besäufnis gelitten hatte.

Friedrich tat, als ob er aufstehen wollte. »Wenn ihr schon alles wisst …«, sagte er nörgelnd.

Schnell fragte ihn Gese: »Haben sie ihn nun geschnappt?«, und zufrieden setzte er sich wieder an den Tisch.

»Ja, es haben also, wie Henrich schon sagte, die Weinherren getagt. Gestern Abend, nach der Ratssitzung, und es muss wohl lange gedauert haben. Sie haben mit Bürgermeister und Kämmerern im Weinkeller gesessen und alle Kerbstöcke gezählt und die Kerben mit den Büchern verglichen …«

»… und ganz nebenbei auch die Weinfässer durchprobiert«, warf Henrich im gleichen Tonfall ein, wofür er aber nur ein gespanntes »Psst« erntete.

»Nach der ganzen Zählerei haben sie festgestellt, dass genau siebenhundertachtunddreißig Taler vom Weingeld fehlen«, berichtete Friedrich weiter. »Wie sie auf die Summe kommen, war auch Jobst ein Rätsel. Weder die Bücher noch die Kerbstöcke wurden je ordentlich geführt. Und auf den Taler genau? Nun ja. Es gibt jedenfalls ein ziemliches Loch in der Kasse, und natürlich soll Balthasar daran schuld sein. Das war das Ergebnis der Sitzung, und weil man sich einig war, dass er zwangsläufig auch den alten Brabeck umgebracht haben muss, haben sie gleich die Schütter losgeschickt.«

»Und weiter?« Henrich drängelte. »Die Schütter haben gestern mitgesoffen, die haben keinen mehr verhaftet. Haben sie ihn heute gefunden?«

»Sofort nachdem sie ihren Rausch ausgeschlafen hatten«, bestätigte Friedrich. »Sie gingen zu Balthasars Haus und holten ihn aus dem Bett, wo er friedlich seit dem Abend gelegen hatte. Weil der Dreikönigstag sein Namenstag und es draußen so kalt ist, wollte er eigentlich gar nicht aufstehen. Elmar und seine Männer haben ihm Beine gemacht, und seit knapp zwei Stunden sitzt er in einer der Rathauszellen ein, der vorderen unter der Treppe, wo kein Licht hineinfällt und niemand mit ihm reden kann.«

»Das sind ja Neuigkeiten!«, sagte der Vater beeindruckt. »Ich glaube zwar nicht, dass Balthasar Brabecks Tod auf dem Gewissen hat. Aber jedenfalls ist Diether aus dem Schneider, ihn wird vorerst niemand mehr verdächtigen.«

»Ja, Gott sei Dank!« Auch die Mutter freute sich.

Bedrückt mischte sich Johanna ins Gespräch. »Wenn es Balthasar nicht war, wird er jetzt anstelle des wahren Mörders ganz schön frieren.«

»Dann läuft der ja noch frei herum!«, rief Gese erschrocken aus.

»Und was meint Jobst dazu?«, fragte Diether, ohne sie weiter zu beachten.

Friedrich antwortete: »Er glaubt ebenfalls nicht an Balthasars Schuld. Daran hat sich auch nach dem Bericht der Weinherren nichts geändert. Er hat seinen Verdacht, will aber abwarten, was Balthasar zu sagen hat, bevor er damit herausrückt. Jobst bittet dich übrigens, die Verteidigung des Weinzapfs zu übernehmen.«

»Schöner Auftrag!«, maulte Diether. »Was soll ich ihm sagen?

Dass er freiwillig gestehen soll, um Dietrichs Folterkeller zu entgehen?«

Jetzt schauten alle auf ihn, und die Frauen hielten sich erschrocken die Hand vor den Mund.

»Meinst du, das werden sie tun?«, fragte Johanna. »Wegen der paar Hundert Taler? Denn dass er der Mörder ist, wird er wohl nicht bekennen können, wenn er es nicht war!«

»Dafür gibt es Gegenbeispiele«, entgegnete der Vater bitter, »aber das gehört nicht hier an den Tisch. Man muss nicht gleich das Schlimmste annehmen, manchmal kommt es ja doch ganz anders.«

Die Mutter hatte Gese und Katrinchen vor den kleinen Hausaltar gezogen und betete mit ihnen ein Ave-Maria. Friedrich stieß Diether an und deutete hinüber zum Vorratsraum, wo unter anderem der Wein lagerte. Henrich schloss sich ihnen an, vorgeblich, um nach den Pferden zu sehen, während der Vater und Sieghart im Kontor verschwanden.

»Jobst hat mich um noch etwas gebeten.« Friedrich ergriff wieder das Wort, nachdem alle drei mit Wein versorgt waren. »Er würde gern mehr über die Umstände wissen, unter denen Brabeck gestorben ist. Vielleicht gibt es ja was, das niemand über den Alten weiß, und es wäre gut, wenn man das herausfinden könnte. Er selbst kann nicht herumfragen, weil er zu viel Aufsehen erregen würde, meinte er. Aber wenn wir beide uns ein wenig erkundigen, schlug er vor, zum Beispiel bei Brabecks Tochter, fiele das gar nicht auf.«

»Der ist gut«, rief Henrich empört. »Soll sich Diether mit der Fragerei noch mehr verdächtig machen?«

»Es muss ja nicht so aussehen, als ob er die Leute ausfragt«, sagte Friedrich beruhigend. »Darüber hat sich Jobst auch Gedanken gemacht. Diether kann als sein Anwalt nach Borchen reiten und die Sache mit dem Nachlass regeln. Vorher soll er aber zu Balthasar gehen und sehen, ob er etwas für ihn tun kann. Und er will sich noch weitere Aufträge überlegen, die Diether mit den richtigen Leuten ins Gespräch bringen. Das ist übrigens die Gelegenheit für Diether, endlich mit jemandem ins Geschäft zu kommen, der ordentlich bezahlen kann.«

»Nach Borchen? Bei dem Wetter?« Diether war ebenso wenig

begeistert wie Henrich. »Dein Bruder hat nur einen Dummen gesucht, den er damit losschicken kann!«

»Du musst es ja nicht sofort machen und auch nicht allein. Ich komme gern mit, sobald das Wetter ein bisschen besser wird. Ein wenig unwohl ist mir, wenn ich daran denke, dass Balthasar so lange womöglich unschuldig in der kalten Zelle sitzt. Andererseits ist nicht zu erwarten, dass die Tochter viel über Brabecks Umtriebe weiß, dafür haben sie sich wohl zu selten gesehen. Warten wir also auf die ersten warmen Tage und machen dann einen schönen Ausritt an die Altenau!«

»Nun gut.« Zurückhaltend stimmte Diether zu. »Das haben wir ja früher schon gemacht. Schlimmstenfalls erkennt uns der Bauer wieder, dem wir damals die Äpfel geklaut haben, und hetzt seine Hunde auf uns.«

Dann verabschiedete sich Friedrich, und Diether stand frierend im Hoftor und sah dem Freund nach. Ihm war nicht wohl bei dem Gedanken an Jobsts Anliegen. Warum fragte er nicht selbst herum? Er kannte so gut wie jeden Paderborner und dazu die meisten Dorfbewohner ringsum, die ihm sicherlich bereitwilliger etwas erzählten als dem unbekannten Advokaten.

Andererseits war es nicht schlecht, in Jobsts Auftrag ein wenig herumzukommen. Vielleicht war wirklich etwas über den alten Brabeck zu erfahren, das sie auf die Spur seines Mörders brachte.

»Warum nur musste meine Mutter mich Balthasar nennen?« Der alte Weinzapf saß in der verdreckten Zelle und heulte vor sich hin. Sprachlos angesichts des schniefenden Häufchens Elend, das an der Wand zwischen den dunklen Fenstern hektisch im Stroh wühlte, schaute Diether zu ihm herab. Wenigstens hatten die Schütter darauf verzichtet, ihn an die Ketten anzuschließen, die neben dem Gefangenen an der Wand hingen.

Vielleicht war es am besten, ihn sich erst mal ausheulen zu lassen.

»Ausgerechnet am Dreikönigstag eingesperrt zu werden!«, jammerte er. »Wofür hat man denn Namenstag? Passt da oben keiner auf einen auf?«

Umständlich packte Diether den Kuchen aus und den Krug Wein, den Johanna von seinem Ratswein abgefüllt hatte. Die Schwester hatte einen Mundvorrat für mehrere Tage in einen Beutel gepackt, als er bekannt gab, vor der Ratssitzung noch schnell bei Balthasar Stricker vorbeischauen zu wollen. »Das kannst du alles Jobst auf die Rechnung schreiben, mit einem schönen Gruß von mir!«, hatte sie gesagt.

Diether war beim Schultheiß vorbeigegangen und hatte ihn gebeten, ihm Elmar mit dem Schlüssel für den Rathauskeller zur Verfügung zu stellen, um seinen Klienten aufsuchen zu können. Westphal hatte ohne Weiteres eingewilligt. Ganz wohl war ihm vermutlich nicht beim Gedanken an den hilflosen Gefangenen der Stadtherren.

»Aber glaubt nicht, auf die Art könnt Ihr selbst den Kopf aus der Schlinge ziehen!« Er meinte wohl, Diether noch eine Warnung mitgeben zu müssen. »Wenn der Weinzapf nicht schuldig sein sollte, was sich bestimmt in den nächsten Tagen erweisen wird, seid Ihr wieder an der Reihe!«

Da saß also das arme Opfer, das ihm die Ruhepause vor den Verfolgungen der Obrigkeit verschaffte. Beim Anblick der Speisen beruhigte sich Balthasar ein wenig, und mit einem letzten tiefen Seufzer griff er als Erstes nach dem Weinkrug.

»Das schickt Euch Jobst Baer, der Ratsherr«, behauptete Diether frech. »Und mich auch. Ihr kennt mich, Diether Meschede, der Advokat. Ich werde Eure Verteidigung übernehmen, wenn Euch das recht ist.«

»Und Jobst bezahlt?«, erkundigte sich der Alte misstrauisch. Als Diether zustimmend nickte, fuhr er fort: »So, so, der junge Meschede. Kommt es Euch nicht sehr zupass, dass ich hier sitze? Woher soll ich wissen, dass Ihr alles unternehmen werdet, um mich hier rauszuholen?«

»Außer Euch und dem Schultheiß glaubt niemand, dass ich etwas mit den Löchern in der Weinkasse oder gar mit Brabecks Tod zu tun haben könnte«, gab Diether förmlich zurück. »Von Euch glaubt das außer den Weinherren übrigens auch keiner. Aber Ihr seid es, der hier sitzt, nicht ich, deshalb lasst uns lieber zusammen überlegen, was in dieser Sache für Euch spricht.«

»Für mich würde jedenfalls sprechen, wenn Ihr es gewesen wäret.« Balthasar beharrte auf seinem Verdacht. »Gebt es zu, und ich kann hier raus. Wäre das nicht eine schöne Verteidigung?«

»Nun kommt schon, Meister Stricker, ich hab nicht ewig Zeit. Wenn Ihr überlegt, fällt Euch bestimmt etwas ein, das Euch entlasten könnte. Außer meinem Geständnis natürlich, auf das Ihr warten könnt, bis Ihr schwarz werdet. Vielleicht fangt Ihr damit an, wer in Eurer Abwesenheit an den Schlüssel zum Weinkeller herankommt.«

»Ach, das ist nicht schwer.« Der Weinzapf lenkte ein. »Der Schultheiß schickt ja sogar während der Ratssitzungen den Stadtdiener oder einen der Ratsherren nach unten, um neuen Wein zu holen. Meist hatte Brabeck den Schlüssel in der Tasche, der ihn an die Weinherren, die Fünfer oder eben an mich weitergab. Hat eigentlich schon mal jemand gefragt, ob der Alte etwas mit allem zu tun hatte? Umsonst ist der nicht so plötzlich gestorben, das sage ich Euch!«

»Auch das muss man im Auge behalten.« Wenig überzeugt stimmte Diether zu. »Es ist also so«, fasste er zusammen, »dass neun Leute, mit dem Schultheiß zehn, ständig an den Schlüssel herankamen, ganz zu schweigen von den Stadtdienern und Ratsherren. Das ist fast die halbe Stadt, die sich frei an den Weinvorräten bedienen konnte.«

Es sollte ihn wundern, wenn die Defizite nicht auf diese Weise zu erklären waren.

Balthasar nickte mutlos. »Jetzt schiebt es einer auf den anderen, und am Schluss bin ich der Dumme, auf den alle zeigen. Ich bin der Weinzapf, ich musste die Kerben schnitzen und die Bücher führen. Wäre ich bloß nicht immer so vertrauensselig gewesen! Jeden Tropfen werde ich demnächst aufschreiben und täglich den Stand in den Fässern messen, wenn ich heil hier herauskomme!«

»Soweit ich weiß, gehörte das ohnehin zu Euren Aufgaben.« Den Hinweis konnte ihm Diether nicht ersparen. »Es ist möglich, dass man Euch wegen dieser Nachlässigkeiten aus dem Dienst entfernt. Vielleicht würde es Euch heraushelfen, wenn Ihr diese vergleichsweise geringen Verfehlungen zugebt und dafür von der Mordanklage verschont bleibt. Dann schlagen sie Euch vielleicht nur die Hand ab und nicht den Kopf. Überlegt Euch das.«

»Ich gebe gar nichts zu. Das könnte Euch so passen!«, giftete der Weinzapf. »Wenn ich anfange, etwas zu gestehen, werden sie immer mehr hören wollen und schaffen mich erst in den Zwinger und dann auf die Wewelsburg. Das hat der Schultheiß mir heute Morgen schon angedroht.«

Er schaute Diether furchtsam an, sagte aber trotzig: »Holt mich gefälligst hier raus! Richtet Jobst aus, dass er für mich bürgen soll, das ist er mir schuldig. Und fragt bloß nicht, wofür, denn das geht Euch einen Scheißdreck an.«

Nach der unfreundlichen Entlassung durch den Weinzapf ging Diether zum Urkundenkeller, um sich darin noch einmal umzusehen und sich vielleicht genauer an den geheimnisvollen Huster zu erinnern. Nur widerstrebend rückte Elmar den Schlüssel heraus, denn neuerdings achtete sein Vorgesetzter, der Schultheiß, auf Sicherheit und ließ niemanden ohne ausdrückliche Genehmigung ins Archiv.

Seit den vorweihnachtlichen Untersuchungen war offenbar niemand hier gewesen. Die zahlreichen Fußabdrücke waren mit einem staubigen Schleier bedeckt, der auch von den Urkundenrollen in den Schränken aufstob, als Diether mit der Hand darüberstrich.

Besonders gründlich sah er sich im hinteren Teil des Raums um, wo die Schränke leer und spinnwebverhangen an der Wand lehnten. Hinter ihnen bedeckten neue Bretter die Bruchsteinmauer. Davon hatte der Vater erzählt. Vor zwei Jahren hatte man das Archiv vertäfelt.

Aber dafür hatte man gewiss die Schränke aus dem Weg geräumt und nicht nur ein wenig von der Wand gerückt. Dazu noch schräg! Oder gehörten die Schleifspuren, die er auf dem Fußboden entdeckt hatte, gar nicht zu den damaligen Renovierungsarbeiten? So dick sah der Staub nicht aus, der darauf lag. Der war genau so dünn wie auf den Fußstapfen, stellte er fest, als er mit der Leuchte in der Hand die Flächen verglich.

Es sah so aus, als hätte jemand den Schrank von der Wand gerückt, dahinter geschaut und wieder zurückgeschoben. Und zwar zur gleichen Zeit, zu der die übrigen Spuren im Keller entstanden waren, von denen einige durchaus auch von ihm selbst sein konnten.

Ob das der Huster war?, sinnierte er, als er den Keller verließ. Oder hatte er etwa das Schiebegeräusch des Schranks für einen menschlichen Laut gehalten? Nach all der Zeit fiel ihm nicht mehr ein, wie es sich angehört hatte. Es konnte ein Mensch oder eine erkältete Ratte sein, aber genauso gut rutschende Pergamente oder ein verschobener Schrank, was er am vergangenen Nikolaustag vernommen hatte.

Wie sollte er bloß herausbekommen, wer da zwischen den Schränken herumgesucht hatte? Wonach hatte er gesucht? Und musste das unbedingt etwas mit Brabecks Tod zu tun haben?

Schon auf der Freitreppe zum Ratssaal hörte Diether das Geschrei der Ratsherren, die sich gegenseitig zur Lösung des Brabeck'schen Mordrätsels beglückwünschten. Er wurde ungeduldig erwartet.

»Habt Ihr den alten Suffkopp zum Geständnis überreden können?«, fragte ihn Rokeß schon auf der Treppe, als er noch den Schneematsch von den Füßen streifte. Sofort zog ihn Jobst Baer zum Kreis um Otterstädt und Drom, Bürgermeister und Kämmerer des neuen Jahres. Um sie herum standen wie üblich Berringer, Koch und Deies, die Diether erwartungsvoll ansahen.

»Nun erzähl schon«, forderte ihn Friedrichs Bruder auf. »Ist dem Weinzapf die morgendliche Verstocktheit vergangen? Wird er seine Verfehlungen gestehen? Du warst doch im Keller, um ihn dazu zu bringen, oder etwa nicht?«

Jobst tat, als ob er nichts damit zu tun hätte, dass Diether dem Gefangenen einen Besuch abgestattet hatte. Was sollte das nun wieder heißen?

»Balthasar wird gar nichts gestehen, und wenn, werdet Ihr es nicht von mir erfahren. Aber ich soll Euch etwas von ihm ausrichten, Ratsherr Baer. Ihr seid ihm einen Gefallen schuldig, sagt er, und deshalb sollt Ihr für ihn bürgen. Darf man fragen, was er für Euch getan hat?«, erkundigte sich Diether vorwitzig. Wenn Jobst ein falsches Spiel mit ihm treiben wollte, hatte er sich geschnitten.

»Oho, der naseweise junge Anwalt!«, gab Jobst empört zurück. »Gar nichts hat der Alte für mich getan, jedenfalls nicht das, was du anscheinend denkst. Höchstens hat er mir abends mal mit einem Fässchen Wein ausgeholfen, wenn es bei uns im Gasthaus hoch herging. Das ist aber immer auf den Kerbstöcken vermerkt worden, da hab ich drauf bestanden. Aber vielleicht möchte jemand anderes für ihn bürgen, der ihm mehr zu verdanken hat?«

Der Gastwirt schaute herausfordernd in die Runde, die sich daraufhin schnell auflöste.

»Was hast du dir dabei gedacht?«, zischte er Diether zu, als er sich mit ihm allein sah. »Kannst du deine Berufsgeheimnisse nicht für dich behalten?«

Aufgebracht wandte er sich dem Ratstisch zu, wo eben der Schultheiß Platz genommen hatte. Der Bürgermeister betätigte das Glöckchen zum Zeichen, dass die Sitzung jetzt beginnen werde.

Während die Tagesordnung verlesen wurde, unterhielten sich die Anwesenden ungeniert weiter. Man überlegte, wen Jobst wohl gemeint hatte. Und hatte er selbst auch Dreck am Stecken? Beziehungsweise am Kerbstock, witzelte diesmal nicht Steling, sondern Ratsherr Sedeler, der ebenfalls der Maspern-Bauernschaft angehörte.

Man schwatzte auch während der ersten Punkte miteinander, die sich mit unerheblichen Angelegenheiten der Zünfte beschäftigten, mit den nötigsten Ausbesserungsarbeiten und Überlegungen, ob das Geld nicht besser für den Rathausneubau einzusparen war. All dies interessierte neben den Kämmerern nur ein paar Vertreter der Gemeinheit oder die direkt betroffenen Zunftgenossen.

Diether schaute in die Runde, als es um die Schuldner der Armenhäuser ging. Von einigen der Ratsherren wusste er, dass sie dazugehörten, weil sie ihn gefragt hatten, wie die Rückzahlung der Anleihen zu umgehen war. Er hatte abgelehnt, obwohl mindestens ein vielversprechender Klient darunter gewesen war, und der Mutter gar nicht erst davon erzählt.

Jetzt hörten alle geflissentlich weg, nickten aber beifällig, als vorgeschlagen wurde, dass die Provisoren ein Verzeichnis aller Schuldner anfertigen und in vier Wochen dem Rat vorlegen sollten. Das bedeutete Aufschub; in den Gesichtern malte sich Erleichterung ab. Bis dahin konnte man dafür sorgen, eventuell mit einer kleinen Anzahlung, dass der eigene Name nicht auf der Liste erschien und niemand sich das Maul zerriss, weil man die Armen um ihr Geld prellte.

Aufmerksam wurden die Ratsherren erst beim siebten Punkt auf Dorbechers Liste. Der Schultheiß war da, endlich einmal, und die Abschaffung der Wachen konnte beschlossen werden. Noch einmal wurde das Thema ausgiebig diskutiert, obwohl niemand etwas Neues beizutragen hatte außer dem alten Deies, der griesgrämig brummte: »Was sollen die Wachen überhaupt? Wie wir gesehen haben, kann man heutzutage sogar im Rathaus ermordet werden. Wenn der Feind längst in der Stadt steht, wozu dann noch die Mauern bewachen?«

Die Mehrheit war dafür, den Wachdienst wenigstens tagsüber abzuschaffen. Diether hatte sich dafür ausgesprochen, sogar nachts auf die Wachen zu verzichten. Die einzige Bedrohung weit und breit waren der allgegenwärtige Zwist unter den Stadtbürgern und der Machthunger des Landesherrn, und dagegen halfen keine Nachtwachen. Das hatte er aber nicht gesagt, sondern vorgeschlagen, noch ein paar Torwächter mehr einzustellen und die Mauern zu reparieren: »Wenn dann jeder auf sich selbst aufpasst und ein bisschen auch auf seine Nachbarn, können wir uns die nächtlichen Rundgänge sparen.«

Das hatte Dorbecher aufgeschrieben. Endlich hatte er der Mutter etwas zu berichten, was sie freuen würde.

Aber der Stadtsekretär hatte auch aufgeschrieben, was der Schultheiß erwidert hatte: »Geht Ihr nicht ein wenig leichtfertig mit der Sicherheit Eurer Heimatstadt um, Ratsherr Meschede? Es gibt durchaus Feinde, die im Schutz der Dunkelheit heimlich und leise Mauern überwinden, das lasst Euch gesagt sein. Aber vor allem wegen der Feuergefahr muss jemand die Augen offen halten, wenigstens in der Nacht. Das ist auch der Wunsch des Herrn Bischofs.«

Damit war die Diskussion beendet, ohne dass Diether Gelegenheit bekam, seinen Standpunkt zu verteidigen. Nun war er also als Grünschnabel aktenkundig geworden. Doch würde jemals jemand lesen wollen, was Dorbecher in sein Ratsbuch schmierte?

AM TAG DER HEILIGEN MARTINA

30. Januar
Die Tochter eines römischen Konsuls († 230) brachte der Legende nach durch ihren Glauben heidnische Götterbilder zum Zerbersten und Tempel zum Einstürzen. Sie wurde gefoltert und im Amphitheater den Tieren vorgeworfen. Da sich der Löwe ihr zu Füßen legte, statt sie zu fressen, wurde sie schließlich enthauptet. Martina ist die Patronin Roms und der stillenden Mütter.

Nachts war es still. Am Tag hielt der Lärm der Stadt die Dunkelheit fern. Nachts, wenn alles ruhig war, rückten die Wände der frostigen Zelle näher, fassten mit kalten Händen nach ihm, drückten ihn an die schmutzige Mauer, wo er zusammengekauert zitterte. Wann hatte er zum letzten Mal geschlafen?

Sehnsüchtig wünschte Balthasar den Morgen herbei, wenn bei der Wachablösung die Schütter in seine Zelle leuchteten und ihm Wasser und Brot hinstellten. Wichtiger als Nahrung war Licht – der kurze Moment, der die Wände zurückweichen ließ. Aber nie gelang es ihm in den dunklen Stunden, die Erinnerung daran zurückzurufen.

Plötzlich ein heller Strich auf dem Boden, ein Lichtschein unter der Tür. Beruhigend weit von ihm schimmerten Steine auf, mit den vertrauten Ritzen dazwischen, aus denen der Grus rieselte. Die Schütter konnten es nicht sein, die hörte man eher, als man sie sah. Leise öffnete sich die Tür. Das Licht wurde abgedeckt und fiel nur auf ihn. Wieder fühlte er die Wände näher kommen.

»Seid Ihr wach, Balthasar?«, flüsterte die Gestalt hinter der Leuchte. Ein Gesicht erschien.

Ungläubig richtete sich der Gefangene auf. Was tat der Schultheiß hier, mitten in der Nacht, wo er doch jederzeit Zugang zum Kerker hatte?

Westphal erklärte gedämpft: »Ihr seid frei und könnt gehen. Niemand darf davon erfahren, dass ich Euch entkommen lasse, damit das klar ist. Denn Eure Entlassung habt Ihr nicht mir zu verdanken, da sind höhere Mächte im Spiel. Die haben ihre Gründe, und ich helfe Euch nur heraus. Kommt.«

Balthasar stolperte auf den Gang und wandte sich der Treppe zu.

»Nicht da entlang«, ermahnte ihn Westphal leise. »Oben steht die Nachtwache und hält jeden an, der in die Nähe des Rathauses kommt. Ihr seid den Stadtherren ein wichtiger Gefangener, wusstet Ihr das nicht?«

»Da wollen Eure höheren Mächte denen wohl eins auswischen, was? Kann mir schon denken, wer dahintersteckt.«

Er folgte seinem heimlichen Befreier in ein enges Gelass unter der Treppe, das mit Truhen und alten Weinfässern vollgestellt war. Schon oft hatte er sich gefragt, warum ausgerechnet dieser unwichtige Raum eine solide Holzverkleidung besaß. Nun sah er es. An der Rückwand klaffte eine Lücke in den Brettern, drei waren herausgeklappt, dahinter ein dunkles Loch. Als Westphal mit der Lampe näher trat, leuchteten verborgene, gut gepflegte Scharniere auf.

»Geschickt, was?« Westphal freute sich. »So einfach ist es, ins Heiligtum der Stadt einzudringen! Aber von dem Gang weiß nicht mal mein Dienstherr etwas. Das ist ein Familiengeheimnis meiner Frau, Gott hab sie selig. Sie wollte es nicht mit ins Grab nehmen und vor allem verhindern, dass es ihrem geschäftstüchtigen Bruder bei seinen unchristlichen Machenschaften nützt. Euer Glück.«

Nachdem sie sich hindurchgezwängt hatten, zog Westphal die Bretter der Holzverkleidung zu sich heran und befestigte sie von innen. Dass von außen nichts zu sehen war, wusste Balthasar von vielen Besuchen in der Kammer.

»Der Gang muss aus ganz alten Zeiten stammen«, erzählte der Schultheiß. »Ursprünglich führte er bis hinunter zur Pader, wird inzwischen aber von Kellerwänden versperrt. Wir folgen ihm, solange er tief genug unter den Häusern verläuft, und steigen im nächsten Keller aus. Dann lauft Ihr so schnell Ihr könnt zum Paderausfluss, wo Ihr leider schwimmen müsst, um die Stadt zu verlassen. Aber keine Angst: Vor der Mauer steht ein Pferd mit trockener Kleidung. Am besten reitet Ihr die Lippe entlang nach Westen, passiert die Schlinge bei Nacht und wendet Euch vor Hamm dem katholischen Münster zu. Bei Eurer Kleidung findet Ihr einen Brief an den Herrn Propst des Martinsstifts. Dort wird man Euch weiterhelfen.«

Westphals Laterne beleuchtete nackte Felswände und dicke Bohlen, verwittert und neu, mit denen die Decke abgestützt wurde. Nach einigen steilen Stufen zu Beginn des Gangs und einer leichten Biegung gingen sie geradeaus, unter den Häusern am Rathausplatz entlang, schätzte Balthasar, entweder unter oder zwischen ihren Kellern. Wo sie wohl herauskamen?

Als es so weit war, erkannte er nicht, wo er sich befand. Sie waren in einem ähnlichen Gelass gelandet wie im Rathaus, mit der gleichen Holzwand samt Ausstieg. Der Weg führte durch mehrere Kellerräume. Die Tür nach draußen öffnete sich hinter einer hohen Eibe, und gleich daneben ragte die lange Mauer des Abdinghofklosters auf.

Bevor er sich umsehen und zurechtfinden konnte, nahm Westphal ihn am Arm und drehte ihn bergabwärts. »Macht Euch auf den Weg«, befahl er, »damit Ihr die Stadtlandwehr hinter Euch habt, bevor Euer Verschwinden entdeckt wird. Viel Glück wünsche ich Euch.«

»Danke«, antwortete Balthasar verdattert. Dann stand er zwischen Mauer und Gebüsch allein in der Finsternis. Nur langsam begriff er, dass dies die Freiheit war und alles Weitere von ihm abhing. Er befand sich unter freiem Himmel, sah Wolken, Sterne und einen fahlen Halbmond, der ihm den Weg zeigte.

Dies war seine Gelegenheit. Er musste es schaffen. Die Pader unterhalb der Mauer gab ihm die Richtung vor, der Weg war kaum zu verfehlen.

***

»Bringt Martina Sonnenschein, hofft man auf viel Korn und Wein!« Gese begrüßte auf ihre Art den sonnigen Tag und Diether gleich mit. Sie hatte zusammen mit ihrer Herrin den Gottesdienst besucht, während er nach einem späten Morgenmahl gerade erst ausgehfertig war.

»Das wollen wir hoffen«, entgegnete Diether. »Ich brauch gutes Wetter, damit ich bald ein Dach über dem Kopf bekomme. Ihr habt gewiss für mich gebetet?«

»Wir hatten allen Grund dazu.« Die Mutter grollte. »Du sitzt hier, statt zur Kirche zu gehen, und in der Stadt ist die Hölle los. Die Schütter laufen herum wie aufgescheuchte Hunde, was Gese vor lauter Sonnenschein gar nicht bemerkt hat. Elsbeth Baer hat mir gesteckt, dass etwas geschehen ist, was Jobst völlig außer sich gebracht hat. Er ist aufgesprungen und aus dem Haus gestürzt, bevor sie ihn fragen konnte, was los ist. Was das wohl sein mag?«

»Nun, Mutter, es werden bestimmt nicht gleich die Hessen vor den Toren stehen.« Diether konnte es sich nicht verkneifen, sie aufzuziehen. »Wahrscheinlich hat jemand in Jobsts Gasthaus die Zeche geprellt, und jetzt schickt er ihm die Schütter auf den Hals. Das ist das Einzige, was ihn aufregen kann.«

»Vielleicht ist wieder in eine Kirche eingebrochen worden?«, vermutete das Hausmädchen.

»Das wäre Jobst völlig egal«, sagte er lachend. »Solange er nicht bezahlen muss, können seinetwegen sämtliche Heiligtümer gestohlen werden. Ich habe einen anderen Verdacht. Mal sehn, ob der stimmt. Ich wollte sowieso gerade in die Stadt gehen.«

Diether nahm seinen Umhang und wandte sich zur Tür.

»Warte«, rief die Mutter ihm nach. »Nimm Gese mit, dann kann sie mir berichten, was du herausgefunden hast.«

Begeistert lief das Mädchen hinter ihm her. »Am besten gehen wir auf einen Glühwein in Jobsts Gasthaus, da wird sich die Neuigkeit wohl schon herumgesprochen haben«, schlug Diether vor, der Geses Vorlieben kannte. »Dann kannst du zurückgehen, weil ich noch ein paar Besuche machen will.«

»Auch bei Leonore?«, erkundigte sie sich vorwitzig.

»Was weißt du von Leonore?«, fragte er überrascht. »Die kenne ich doch selbst kaum.«

»Aber Eure Frau Mutter kennt sie und sprach heute mit Frau Baer über sie. Dabei fiel auch Euer Name, ich konnte aber nicht verstehen, was sie sagten. Es ging um Grundstücke und Badehäuser und Hexerei, und alles hörte sich furchtbar ungehörig an. Manche Wörter haben sie sogar nur geflüstert!«

Er konnte sich vorstellen, was da geflüstert wurde. Die Engel'sche hatte den Mund nicht halten können und überall ausgeplaudert, dass er, Diether, ihren Fall wieder aufnehmen werde. Dabei hatte er sie gebeten, ihre Zusammenkunft für sich zu behalten, womit sie gleich nicht einverstanden gewesen war. Die andere Bademutter hatte sich auf ihre Seite gestellt. Bis jetzt hatte er sich nur mit ihr gestritten. Umso mehr ärgerte es ihn, dass ihm gleich eine Liebschaft angedichtet wurde, nur weil er eine Weile mit ihr zusammen an Elsbeths Bett gesessen hatte.

»Stimmt es, dass Leonore ein heidnischer Name ist?« Gese bohrte weiter.

»Wenn Mutter keine Heilige mit dem Namen kennt, wird es wohl so sein. Aber jetzt lass mich mit den Tratschweibern in Ruhe, die setzen mir schon genug zu.«

Aber das Mädchen ließ nicht locker. »Wisst Ihr, dass Johanna auch zu Leonore geht?«

»Warum sollte sie nicht? Die Jungfer Theodor steht als Bademutter in städtischen Diensten, das zeigt wohl, dass sie ihr Handwerk versteht. Ist Johanna etwa krank?«, fragte er besorgt.

»Nein, nein, nur Frauensachen«, murmelte Gese verschämt. »Aber Eurer Mutter gefällt das nicht. Wenn es wenigstens noch der junge Doktor wäre, hat sie gesagt, der ist nämlich mit Sieghart in der Marianischen Versammlung. Aber Leonore hat sie noch nie in der Kirche gesehen, und der alte Dr. Theodor muss wohl dauernd mit den Jesuiten im Streit gelegen haben, als er noch lebte. Wenn das wahr ist, möchte ich Eure Leonore zu gern einmal kennenlernen.«

»Das ist nicht meine Leonore. Hör endlich auf damit! Wenn du sie kennenlernen willst, geh zu ihr. Sie wird sich freuen, jemanden zum Schwatzen zu haben, das tut sie nämlich genauso gern wie du. Und wenn sie dich verhext, umso besser.«

So leicht war Gese nicht einzuschüchtern. Schon hatte sie ein neues Thema gefunden. »Meint Ihr, es waren die Lutheraner, die bei den Jesuiten eingebrochen sind? Eure Mutter sagt, sie rauben die heiligen Geräte und entweihen sie, und dann kommt ein Fluch über seine früheren Besitzer. Das geschähe den Schwarzröcken aber recht!«, fügte sie boshaft hinzu.

Diether schmunzelte, hielt es aber für angebracht, sie zu warnen. »Behalte solche Ansichten lieber für dich. Was du in deinem kalvinistischen Büren laut sagen darfst, solltest du hier nicht einmal flüstern.«

»Auch bei uns zu Hause muss man inzwischen flüstern, die Jesuiten sind überall«, sagte sie betrübt, um gleich darauf vorwitzig zu fragen: »Warum geht Ihr eigentlich nicht in die Kirche?«

Diether lachte. »Du stellst Fragen!«

Gese wurde rot, steckte aber nicht zurück. »Ja, warum nicht? Eure Mutter möchte das auch zu gern wissen. Von mir wird sie aber nichts erfahren, das verspreche ich!«

Diether gab immer noch lachend zurück: »Ja denn … Aber so genau weiß ich es selbst nicht. Wahrscheinlich ist es die reine Faulheit. Meine Mutter betet für zwei, und dann ist da noch Friedrich in seinem Stift – allzu viel Heiligkeit kann auch schaden, glaub mir das.«

Ernsthafter setzte er hinzu: »Aber nimm dir an mir kein Beispiel. Du siehst ja, wie viel Erfolg ich habe. Wäre ich in der Marianischen Gesellschaft, hätte ich mehr Klienten und keine Zeit, mit dir zu schwatzen, da wette ich drauf. Und wenn du ein Auge auf einen jungen Mann hier geworfen haben solltest, dann hüte deine Zunge, wenn seine Mutter in der Nähe ist!«

Gese kicherte. Das Rot in ihrem Gesicht vertiefte sich.

An der Marktkirche vorbei sahen sie vor dem Rathaus die Schütter mit ihren Lanzen aufmarschieren. Doch die Hessen?, fragte sich Diether verblüfft. Aus dem Schwarzen Bären schallte Stimmengewirr, das anschwoll, als sie die Gaststube betraten.

»Wenn der nicht weiß, wo Balthasar ist, wer dann?«, rief ihm Gogreven Bernd entgegen.

»Balthasar?« Diether hatte es geahnt und war doch überrascht. »Ist er weg?«

»Nun tu nicht so scheinheilig. Du warst doch dauernd bei ihm im Rathaus. Wer soll ihm denn sonst geholfen haben?«

Es war bestimmt nicht der erste Krug Bier, den Bernd da herumschwenkte. Diether winkte einem Schankmädchen und bat sie, Gese mit einem süßen Glühwein zu versorgen. Sie setzte sich an eine leere Ecke des langen Tischs und schaute, bestürzt ob der Anschuldigung, zu ihm hinüber. Auch die übrigen Anwesenden warteten auf seine Antwort, waren plötzlich still geworden, was ihm jetzt erst bewusst wurde.

»Du hast doch unter anderem ein wenig die Juristerei studiert, Bernd«, entgegnete er bedächtig, »wenn ich mich richtig erinnere. An einer der vielen Universitäten, die du in den letzten Jahren besucht hast. Hast du nicht wie ich als Erstes gelernt, dass zu einer Anschuldigung ein Beweggrund gehört? Warum sollte ich Balthasar helfen, aus seiner Zelle zu entkommen? Ich bin es, hinter dem Westphal jetzt wieder her sein wird, und wenn ich Pech habe, finde ich mich zu Lichtmess im Hexenkeller der Wewelsburg wieder.«

»Balthasar war's, weshalb wäre er sonst geflohen?«, krähte Bernd. »Er hat den Alten auf dem Gewissen, und niemand wird dich verfolgen. Hast du das nicht ein kleines bisschen gewusst? Aber im Ernst: Kannst du dir vorstellen, wie er aus dem Rathaus entkommen ist, wo doch die ganze Nacht die Wache davorstand? Hat er dir nicht was angedeutet?«

Das war kennzeichnend für Bernd Gogreve, Bürgermeisterssohn. Erst war er bissig, und im nächsten Moment biederte er sich an.

»Vielleicht hat die Theodor'sche Diether verhext, dass er sich unsichtbar machen kann!«, rief Arnulf Rokeß dazwischen. Alles lachte und redete durcheinander.

»Dann warst du es auch, der den Schwarzröcken den Kelch gestohlen hat, gib es zu, Lux!«

»Aber für die Löcher in der Weinkasse kann er nicht verantwortlich sein, wenn er immer nur dem Hausmädchen den Wein spendiert!«

»Komm, trink einen mit! Trudchen, ein Bier für Meschedes Diether!«

Sie hatten ihren Spaß gehabt und wandten sich wichtigeren Gesprächen zu. Balthasars Flucht war allen ein Rätsel. Man musste herausfinden, wohin Westphal die Schütter schicken sollte. War der Weinzapf durch das Spiringstor geflohen, das dem Rathaus am nächsten lag? Und dann ins Warburgische zu den Spiegels? Die würden ihn dem Bischof bestimmt nicht ausliefern, darüber war man sich einig.

Aber war es möglich, das mächtige Spiringstor zu überwinden? Auch die übrigen Tore kamen nicht in Frage. Die Wächter seien schon befragt worden, wusste Brinkmann, sie hätten die ganze

Nacht aufgepasst. Eher schon war er paderabwärts geflohen, wo die Ükernmauer viele Lücken aufwies. Dann musste man ihn bei den Rietbergern suchen, oder vielleicht auch in Lippstadt, wo er zu Wicharts Getreuen stoßen konnte.

In katholischen Landen würde er, darüber waren sich alle einig, stehenden Fußes nach Paderborn zurückgeschickt. Da solle er sich lieber fernhalten, schickte man dem Entflohenen einen guten Rat hinterher, frühschoppenbeflügelt.

Dann kam Jobst zurück. »Ich weiß nichts.« Er wehrte alle Fragen ab und bestellte bei Trude, der Schankmagd, ein heißes Bier und sein Frühstück. »Und ehe ich etwas gegessen habe, sage ich sowieso nichts.« Er setzte sich zu Gese an den Tisch und winkte Diether zu sich. »Hast du etwas von Balthasar erfahren bei deinen Besuchen?«, fragte er.

Diether verneinte. »Nichts, was helfen könnte, ihn zu finden. Und das wollt Ihr doch auch gar nicht. Ihr habt nie an seine Schuld geglaubt, ich übrigens auch nicht. Obwohl er mir Ruhe vor dem Schultheiß verschafft hat, bin ich froh, dass er entkommen ist. Mag sein, dass Balthasar den Weinkeller schlampig geführt hat, doch nicht er hat die Fässer leer getrunken, ohne zu bezahlen. Und mit Brabecks Tod hat er sicher nichts zu tun, da steckt etwas anderes dahinter. Sobald es ein wenig wärmer ist, reiten wir zu seiner Tochter, Friedrich und ich, vielleicht finden wir ja etwas heraus.«

»Lass dir Zeit«, gab Jobst gleichgültig zurück. »Auch wenn Balthasar verschwunden ist, gilt er doch weiterhin als schuldig. Der Schultheiß ist hinter ihm her und wird ihn schon finden.«

Hastig machte er sich über die Mahlzeit her, die Trudchen inzwischen serviert hatte. Diether verabschiedete sich kurz und drängte sich, von Gese gefolgt, durch die Menge vor dem Schanktisch.

»Haltet euch an Jobst«, beantwortete er alle Fragen und trat auf die Straße.

AM TAG DER HEILIGEN JULIANA

16. Februar
Die Märtyrerin Juliana (285–304) wird bei Entbindungen und Infektionen angerufen. Als Christin verweigerte sie dem Stadtpräfekten Eulogius von Nikomedia die Ehe, wurde nackt ausgezogen, mit Ruten geschlagen, an den Haaren aufgehängt und – nachdem flüssiges Blei auf ihr Haupt gegossen wurde – gefesselt in den Kerker geworfen. Sie wurde aufs Rad gespannt, das ein Engel zerstörte und sie heilte, anschließend in einen Kessel mit siedendem Blei gesetzt und sogar versucht zu enthaupten, blieb aber unbeschädigt. In Engelsgestalt erschien ihr der Teufel, aber sie hörte eine Stimme vom Himmel, erkannte, schlug und fesselte den Bösen mit den von ihr abfallenden Ketten, zog ihn hinter sich her, als man sie aus dem Kerker holte, und warf ihn auf dem Marktplatz in die Latrine. Der Teufel musste fliehen, der Richter ertrank mit dreißig Mann auf einer Meerfahrt.

Wieder waren zwei Wochen vergangen, ohne dass Licht auf die Vorgänge um Brabecks Tod gefallen wäre. Der entflohene Weinzapf war nicht wieder aufgetaucht, und wie es aussah, hatte der Schultheiß die Suche nach ihm eingestellt. Seit dem Tod seiner Frau aus dem Hause Baer, bei deren Beerdigung Diether seinen Freund Friedrich, den trauernden Bruder der Verstorbenen, zum letzten Mal getroffen hatte, hatte Westphal sich kaum in der Stadt blicken lassen. Er kümmerte sich nicht einmal darum, die anhaltenden Kircheneinbrüche aufzuklären.

Geschürt von den Jesuiten, ging wieder einmal das Gerede um, die Stadt sei verdammt, weil es ihr immer noch nicht gelungen war, »das Böse« darin auszumerzen. Nach seiner Absage an die Marianer verfolgte Diether die Sorge, dass man auch ihn bald zu den Verursachern zählte.

Um Friedrich nach etwas zu fragen, das ihn seit dem letzten Treffen mit Balthasar beschäftigte, betrat er nun durch das Törchen in der Pürtingmauer den Weingarten des Busdorfstifts. Beeindruckt schaute er sich um. Hohe Mauern umgaben das Anwesen, unüberwindlich für neugierige Stadtbuben und die Blicke der Erwachsenen. Jetzt konnte Diether von der kleinen Anhöhe südöstlich des Stifts bis hinüber zum Kamp und zum Spiringstor schauen, über leicht abschüssiges Gartenland hinweg, dessen oberes Drittel mit den Weinstöcken voll in der Südwestsonne lag. Ein Teil des riesigen Geländes zwischen der Stadtmauer und dem Kasseler Weg war als Lustgarten gestaltet, mit einer lebenden Laube aus Buchenstämmchen, deren winterkahle Gerippe den Sonnenstrahlen Durchlass boten.

Der Garten war das Refugium des Busdorfpropsts Dietrich von Plettenberg, ein Neffe seines Vorgängers und wie der Stadtdroste Hunold von Plettenberg ein Gefolgsmann der Fürstenberger, deren Position im Domkapitel er zu stärken suchte. Er nutzte die Stiftsräume für verschwiegene Runden, denen auch Kaspar von Fürstenberg angehörte, und erging sich im Garten mit hochrangigen Besuchern, denen die Stiftsherren tunlichst auszuweichen hatten.

Friedrich stand am Rand des Weinbergs und starrte ratlos auf die Reben. Die Kapitulare schworen auf die herbstliche Traubenkur, hatten aber ausgerechnet den unerfahrenen Friedrich mit der Pflege der Weinstöcke betraut.

»Am Tag der heiligen Juliana soll der Frühjahrsschnitt beginnen«, klagte er zur Begrüßung. »So heißt es in meinem Buch, immerhin aus der Vatikanischen Bibliothek. Aber es ist viel zu kalt dafür.« Friedrich seufzte steinerweichend.

Diether lachte. »Vielleicht solltet ihr eure Handbücher nicht ausgerechnet aus Rom beziehen, sondern vom Rhein, wo auch guter Wein wächst und das Wetter ähnlich ist.«

Er zog den grübelnden Freund mit sich. »Die Busdorfherren bleiben auch so gesund, dafür sorgt schon der tägliche Müßiggang. Sogar bei den Stundengebeten lassen sie sich von ihren Vikaren und Diakonen vertreten, sagt man.«

»Gebetet wird genug, und Gott kommt es nicht darauf an, wer es tut. Ihm ist der kleine Mann so lieb wie der adlige.« Friedrich rechtfertigte sich augenzwinkernd. Auch er profitierte schließlich davon, dass der Propst es mit der geistlichen Ordnung nicht so genau nahm.

Friedrich verschloss sorgfältig das fugenlos in die dicke Bruchsteinmauer eingelassene Tor und folgte Diether die steilen Stufen zum Kreuzgang hinab. Die matte Wintersonne erhellte kaum die verfallenen Grabsteine des Kapitelfriedhofs. Die Gänge des Pürtings lagen im Dämmerlicht. Diether wusste, dass viele Paderborner den Gang mieden, darunter auch seine Mutter, weil aus den fest verschlossenen Türen in der Mauer auf der rechten Seite angeblich jederzeit einer der längst verstorbenen Busdorfkapitulare heraustreten könne.

Nachdenklich blieb er vor einem der Pfeiler stehen, die der durchbrochenen Mauer zum Friedhof hin Halt gaben. Der legendäre Bischof Meinwerk hatte das Kloster erbauen lassen, und nicht nur das. Mit seinen wehrhaften Kirchenbauten habe er für alle Zeit das Christentum in der Stadt befestigt, hatte Diether als Kind gelernt. Doch hatten die seither vergangenen sechs Jahrhunderte ihre Spuren hinterlassen. Die Säule vor ihm beispielsweise war viel schlanker als ihre Nachbarinnen und stand deutlich schief. Andere wiesen tiefe Längsrillen auf oder auch faustgroße Löcher.

Konnte es sein, dass wie die Mauern auch die Kirche sich überlebt hatte?

Sofort schalt er sich einen Träumer. Mauern ließen sich reparieren, und die Pfeiler des Christentums waren ganz andere, personifiziert beispielsweise in seiner Mutter und den Jesuitenpatres in ihrem Rücken.

»Ob der Bischof wirklich alle ausweisen wird, die Ostern nicht zu den Sakramenten gehen?«, fragte er den Freund, der ebenfalls stehen geblieben war.

Friedrich schaute ihn groß an. »Du fragst doch nicht deinetwegen?«, erkundigte er sich vorsichtig.

»Mir ist dieser ganze Zwang zuwider.« Diether machte seinen Gefühlen Luft. »Den nächsten Ärger wird es Aschermittwoch geben, weil ich mich weigern werde, mir das Aschenkreuz zu holen. Wozu soll ich den ganzen Tag mit dem Dreck im Gesicht herumlaufen? ›Staub bist du …‹, ja, ja. Aber Staub ist das Letzte, was aus uns wird. Vorher geht es wesentlich unappetitlicher zu. Und vor dem Tod gibt es Krankheiten, Kriege und was weiß ich. Doch dazu fällt den Schwarzröcken nur ein, dass wir alle in Gottes Hand stehen und er uns die Mühsal im Jenseits vielfach entlohnen wird.«

Friedrich teilte Diethers Meinung, schätzte aber die Vorteile der Konformität. Besorgt gab er zurück: »Das ist nicht nur eine Sache zwischen dir und deiner Mutter!«

»Das bezweifle ich eben«, antwortete Dieter aufsässig. »Glaubst du daran, dass der Bischof diesmal konsequent ist?«

Den Blick auf die vernachlässigten Gräber gerichtet, schabte der Stiftsherr mit dem Fingernagel an der Säule vor ihm herum. Daher kamen also die Rillen. Nach einer Weile sagte er, ohne aufzusehen: »Zuzutrauen wär's ihm. Er ist bei den Jesuiten im Wort, sagt man. Die sind zu mächtig geworden, da weiß man nicht, ob er sie noch mal verärgern will. Andererseits wäre die Stadt wohl bald leer ...«

Friedrich machte ein ernstes Gesicht. »Aber das Risiko wär mir zu groß«, sagte er warnend. »Das überleg dir lieber noch mal.«

»Du hast gut reden«, murrte Diether. »Dich kontrolliert keiner jeden Tag, ob du deine Christenpflicht erfüllst. Ein Wunder, dass sie nicht auch guckt, ob ich mich gewaschen habe.«

Friedrich tröstete ihn. »Wenn dein Haus fertig ist, wird alles besser.« Er verzog das Gesicht bei der Vorstellung, setzte dann aber tapfer hinzu: »Ich helfe dir natürlich, wenn es so weit ist. Ein bisschen Graben wird mir ganz guttun.«

Einträchtig verließen sie den engen Durchgang und betraten den weiten Platz vor der Busdorfkirche. Unterhalb des achteckigen Baus, den Meinwerk der Jerusalemkirche nachgebildet hatte, zogen sich die Häuser der Stiftsherren, von großzügig geschnittenen Gärten umgeben, bis hinunter zur Giersstraße. Rechter Hand, zur Stadtmauer hin, lagen mehrere große Bauernhöfe, deren Bewohner wie zahlreiche Eigenbehörige außerhalb gelegener Höfe zur Versorgung des Stifts dessen Felder bestellten und das Vieh aufzogen.

Sie betraten eins der älteren Fachwerkhäuser an der Laurentiusgasse, das Friedrich sich mit zwei Mitbrüdern teilte. Auch sie hielten sich meist in ihren ansehnlicheren Stadthäusern auf. An ein Kloster erinnerte nur die Kälte im Haus. Nach alter Mönchstradition geheizt war aber die Krankenstube, obwohl sie nie als solche genutzt wurde. Dort tischte ihnen die Hausmagd eine reichhaltige Vesper auf.

»Bei dem Wetter hat es wenig Sinn, nach Borchen zu reiten.« Diether schüttelte sich und trat zum bullernden Kachelofen. »Dein Bruder hat es auch kaum eilig damit. Das Geld für Brabecks Tochter hat er mir gegeben, aber gemeint, wir könnten uns ruhig Zeit lassen. Es werde sowieso nichts dabei herauskommen.«

»Alle halten Balthasar für schuldig«, antwortete Friedrich, »und sind froh, dass er weg ist. Bei den Marianern spricht niemand mehr von ihm, da wurde gestern nur über die Kircheneinbrüche geschwatzt.«

Als Stiftsherr hatte Friedrich die Einladung der Mariensodalität nicht gut abschlagen können, und die Freunde hatten seinen Beitritt als Gelegenheit angesehen, über die versteckten Vorgänge in der Stadt mehr herauszufinden. Friedrich sollte Augen und Ohren offen halten, besonders was die Angehörigen des vorjährigen Fünfer-Ausschusses anging, die ebenfalls die Versammlungen besuchten. Jobsts Andeutung hatten sie nicht vergessen. Bisher hatte er jedoch nichts erfahren, was sie weitergebracht hätte.

Wie ihre Väter gehörten auch Arnulf Rokeß und Bernd Gogreve dem frommen Verein an. Der alte Rokeß war darüber hinaus einer der Fünfer, deren Aufgabe unter anderem war, die Steuern ihrer Mitbürger einzusammeln und sie bis zum Quartalsende bei sich aufzubewahren. Anders als früher hatte im vergangenen Jahr aber alles seine Richtigkeit gehabt.

»Göddert Rokeß werde ich in Zukunft öfter treffen«, erzählte Diether. »Er wird mir Materialien liefern und auch beim Bau helfen. Vielleicht kann ich ihm ein wenig auf den Zahn fühlen. Die anderen vier musst du im Auge behalten.«

Friedrich nickte schmunzelnd. »Da hast du den richtigen Baumeister! Er arbeitet auch für unser Stift und ist dafür bekannt, dass er alles auftreiben kann, was es eigentlich nicht gibt. Aber wenn man nicht genau hinschaut, steckt er gern was in die eigene Tasche. Den Mord an Brabeck traue ich dem Alten allerdings nicht zu, dazu ist er zu bequem. Dann schon eher unserm Vierkant. Nach allem, was Arnulf schon angerichtet hat! Aber was sollte er mit Brabeck zu tun haben?«

»Nun ja, wir werden sehen«, sagte Diether abschließend. »Wenn es überhaupt ein Mord war«, setzte er hoffnungsvoll hinzu.

Er trat zum Fenster. Die Dämmerung hatte das Stiftsgelände fast verschluckt. Hinter dem Dom war noch ein wenig gelbes Licht zu sehen, das bald verschwunden sein würde. »Ich muss bald gehen, ich habe Schwerdtfeger noch einen Besuch versprochen«, kündigte er an. »Seine Sache wird vor Gericht kommen, sobald Westphal wieder mal geruht, es abzuhalten. Drück mir die Daumen, dass Florian Grubens Erben nicht neue Beweise aufgetrieben haben. Konrad hat schon Pläne mit dem Gelände, die ich ihm nicht verderben möchte.«

Trotz seiner Worte ließ er sich neben dem Freund am Tisch nieder. Die Frage, die ihn hergeführt hatte, war noch nicht geklärt. Bisher hatte er Friedrich nichts von Balthasars Äußerung erzählt, weil er sie als Hirngespinst des Weinzapfs abgetan hatte. Aber der Gedanke war nicht zu vertreiben.

Hinter allem könne ein Komplott der Papisten stecken, hatte der Gefangene angedeutet, »alle miteinander versippt«. Er hatte von »Pfaffenkindern« gesprochen, aber auf Diethers Fragen nur geantwortet, er solle seine Mutter fragen.

Die hatte empört abgewehrt. »Pfaffenkinder gibt es nicht«, hatte sie gesagt und ihn gewarnt, so respektlos über seine Mitbürger zu reden. Auch der Vater wusste angeblich nichts, und Henrich grinste nur, als Diether ihm von Balthasars Andeutung erzählte.

Vielleicht konnte der Freund mit der Bemerkung etwas anfangen. Als er jetzt davon sprach, hob Friedrich überrascht den Kopf und rief: »Da stichst du in ein Wespennest!«

Auf Diethers fragenden Blick erklärte er: »Ich kenne die Zusammenhänge auch erst seit ein paar Tagen. Sie sind brisant, aber ich kann mir nicht vorstellen, dass Brabeck etwas damit zu tun hatte. Wenn er natürlich jemanden erpresst hätte …«

»Womit erpresst?« Diether wunderte sich. »Was ist schlimm an dem Wort?«

»Das wirst du schon sehen.« Friedrich grinste verschwörerisch. »Erst muss ich dir berichten, woher ich alles weiß. Goste hat mir nämlich endlich ihr Geheimnis verraten; ich glaube, jetzt wird sie nicht mehr lange leben. Niemandem soll ich davon erzählen, hat sie mir eingeschärft, das sei vergessen und gehe keinen mehr was an. Dir hätte ich es gesagt, aber vielleicht erst nach ihrem Tod. Doch wenn du schon fragst … schließlich betrifft es dich ebenfalls, wenn auch vielleicht nur, damit du nicht in alle Fettnäpfchen trittst.«

Also hatte Goste wirklich ein Geheimnis, und es war ihr offensichtlich gelungen, es unter der Decke zu halten.

»Wir leben in der klatschfreudigsten Stadt des ganzen runden Universums«, gab Diether staunend zurück. »Lässt sich hier wirklich etwas verbergen?«

»Wenn alle ein Interesse daran haben, schon«, antwortete Friedrich zögernd. »Die Pfaffenkinder, wie man sie nannte, sitzen heute fest im Sattel. Die haben schon mal keinen Vorteil davon, ihre Geschichte herumzuerzählen. Und die alten Magistratssippen, die früher das Heft in der Hand hatten und die Pfaffenkinder ausgeschlossen haben – es gab nämlich durchaus schlechte Zeiten für sie –, reden heute nicht mehr darüber, um den Bischof nicht zu verärgern.«

Diether fiel ihm ins Wort. »Und wer ist das nun alles? Red endlich!«

»Nun, zum Beispiel unser Schultheiß, Heinrich Westphal, ist ein typisches Pfaffenkind, auch Gogreve und Berning, Jakobi … alles große Namen, und alles Lieblinge des Bischofs, manche sogar mit ihm verwandt. Ganz zu schweigen von meiner Wenigkeit, meinen hochmögenden Brüdern und allen anderen Baers. Ach ja, und deinen Vetter Hermann nicht zu vergessen, du weißt ja, dass die Barcholts mit uns versippt sind. Und zwar deshalb, weil Gostes Tochter Katharina, meine Tante, deinen Onkel Antonius geheiratet hat. Soweit ich weiß, waren die Barcholts aber sauber, keine Sorge.«

Diether hakte ein. »Wieso sauber? Gibt es denn was Anrüchiges in den Familien?« Friedrich machte ein geheimnisvolles Gesicht. »Du willst sagen, die Pfaffenkinder sind ernst gemeint? Echte Nachkommen von Geistlichen? Und ich dachte, das sei nur ein Schimpfwort für die besonders Frommen!«

Verblüfft hielt er inne. Das warf ein ganz neues Licht auf seine Familie. »Jetzt verstehe ich, warum meine Mutter nicht darüber spricht. Ich dachte, das sei deshalb, weil ihr alle Schwarzröcke heilig sind. Aber wenn sie über deren Nachwuchs spricht, muss sie ihre eigene Familie schlechtmachen.« Diether musste Luft holen, redete aber gleich aufgeregt weiter. »Jetzt erzähl: Wieso bist du ein Pfaffenkind? Dein Vater ist doch ein ordentlicher Bürger der Stadt, auch wenn ihn Jobst zu den Mönchen abgeschoben hat. Kein Geistlicher, soweit ich weiß.«

Friedrich schenkte ihnen Wein nach. »Mein Vater nicht, aber meine Mutter, Gostes älteste Tochter Anna, war ein Pfaffenkind. Das war auch der Grund dafür, dass ich nicht schon in jungen Jahren ins Busdorfstift eintreten durfte. *Defectum natalis*, verstehst du?«

Diether nickte verständnislos.

Endlich rückte Friedrich mit der Erklärung heraus. »Goste war nicht ehrbar verheiratet, wie wir immer angenommen haben, sondern die Geliebte Heinrich von Kölns. Und der war ein hochgeistlicher Herr, lange Jahre bischöflicher Kanzler und Propst des Gaukirchklosters. Das ist mein Geburtsmakel. Da staunst du, was?«

Jetzt war Diether sprachlos. Was es alles gab in dieser Stadt!

Gostes Enkel fuhr mit seinem Bericht fort: »Damals, in ihrer Jugend, sei es durchaus üblich gewesen, dass hohe Herren, Priester oder nicht, Frauen an ihrer Seite hatten, die sie nicht heiraten konnten. Nebenbei gesagt, ist das auch heute gar nicht so selten. Sogar hier im Stift lebt so manche schöne Frau, und nicht besonders heimlich. Damals waren es nicht nur die reformierten Priester, die das Zölibat brachen: Heinrich von Köln stand Bischof Rembert in seinem Kampf gegen die lutherischen Lehren treu zur Seite. Er war es, der in den Sechzigern den reformierten Prediger Hoitband aus der Stadt weisen ließ, was laut Goste die protestantischen Bürger ihm und seinen Nachkommen, also uns, nie verziehen. Heute gibt es ja keine Protestanten mehr in der Stadt, oder kennst du einen? Zu mir ist jeder freundlich, von Feindschaft keine Spur. Aber wer erinnert sich schon noch an Hoitband? Oder an Tünnecken? Ich selbst hatte ihn fast vergessen, dabei waren seine drastischen Predigten das Glück meiner frühen Tage.«

»Schweif nicht ab.« Diether unterbrach ihn und verlangte weitere Aufklärung. »Aber Goste hat ihren Mann beerbt, oder nicht? Hieß es doch immer. Euer Haus hat er gebaut, und alles andere hat sie auch von ihm. Soweit ich weiß, sind sogar deine Mutter und Tante noch gut ausgestattet worden und haben euch Kindern, auch deinen Schwestern, halb Paderborn vermacht.«

Friedrich gab weiter, was ihm die Großmutter erklärt hatte. »Heinrich von Köln behandelte Goste durchaus ehrbar, bedachte sie in seinem Testament und so weiter. Er war ja nicht der einzige *concubinarius publicus* mit Nachkommen, und da hatten sich gewisse Gewohnheiten entwickelt. Die Verbindung galt, trotz des Ehelosigkeitsgebots. Meine Großmutter trug sogar den Namen des Kanzlers, noch in meiner Kindheit. Goste von Köln. So steht es in den Urkunden über ihre Vermächtnisse an das Stift und mich. Später wurde sie einfach zu Goste, und ich habe jetzt erst verstanden, warum. Es waren andere Zeiten damals, sagte sie, freier, lebendiger, nicht so verbissen katholisch wie heute, wo die Jesuiten das Sagen haben. Man redet nicht mehr über solche Entgleisungen, auch wenn es sie nach wie vor gibt.«

Diether war noch nicht zufrieden. »Du sagst, einige der Pfaffenkinder sind sogar mit dem Bischof verwandt. Wie das? Gehört er denn dazu?«

»Nicht direkt. Aber Heinrich Westphal beispielsweise ist illegitimer Nachkomme eines Domherrn aus der Familie der Mutter Dietrichs, der Westphalens. Jetzt weißt du, warum er so schnell zum Schultheiß aufgestiegen ist. Und Westphal ist fast mit jeder der großen Familien verwandt. Der Bischof hält über alle seine Hand, warnte Großmutter noch, mich mit einem von ihnen anzulegen.«

»Friedlich, wie du bist, kann dir das kaum passieren«, erwiderte Diether. Die Warnung traf eher ihn. Wenn er Brabecks Tod aufklären wollte, konnte er kaum umhin, mitten in das Wespennest zu stechen. Irgendwo lag der Grund verborgen, vielleicht kam er so ans Tageslicht. Seine Ratskollegen und Nachbarn schienen alle vertrocknete Leichen im Keller zu haben, die aber, kratzte man an ihrer Haut, immer noch gewaltig stanken.

Die Familie Schwerdtfeger fand Diether in heller Aufregung. Allerdings nicht wegen des bevorstehenden Gerichtsverfahrens um das von den Gebrüdern Gruben beanspruchte Grundstück am Spiringstor. Nein, neue Beweise seien nicht aufgetaucht, beteuerte Degenhard auf Diethers besorgte Nachfrage hin. Etwas anderes war eingetreten, »ein starkes Stück, aber weiter nicht schlimm«, so Konrad, der etwas phlegmatische, aber eifrige Sohn und Nachfolger des Schreinermeisters. Äußerlich glich er mehr der behäbigen Mutter als dem kernigen und zupackenden Vater, der sein Handwerk verstand, aber auch, ein Geschäft zu machen.

»Heute Mittag ist mir die alte Gruben in die Quere gekommen, auf dem Markt«, berichtete der Junge, nachdem Diether sich gesetzt und den obligatorischen »Rachenputzer«, wie Schwerdtfeger seinen Selbstgebrannten nannte, vor sich stehen hatte. Es hatte eine unschöne Szene gegeben, in deren Verlauf Frau Gruben »Witwenschänder« zu ihm gesagt und mit dem Stock auf Konrad eingeschlagen hatte. Er habe sie weggestoßen, und sie sei in einen großen Haufen Pferdeküttel gefallen. Sein rundes Gesicht unter dem mausfarbenen Stoppelhaar strahlte bei der Erinnerung.

Diether lachte mit. Die Witwe Florian Grubens hatte auch ihm schon mit dem Stock gedroht, von Weitem, und vor ihm ausgespuckt. Da er sonst nichts mit ihr zu tun hatte, konnte es nur des Schwerdtfeger'schen Falls wegen sein. Ob sie wirklich nicht wusste, wie ihr Mann seinen Reichtum zusammengerafft hatte? Vielleicht aber, überlegte er, liegt in ihrem Zorn auch das Eingeständnis der Niederlage.

Besorgt wandte er sich an den Nachbarssohn. »Wenn ihre Söhne zum Prozess in die Stadt kommen, gehst du ihnen besser aus dem Weg, Konrad. Wer weiß, wozu die Alte sie aufstachelt. Sie sind Raubeine, das haben sie von Florian geerbt, sagt mein Vater. Und wie man sieht, steht ihm seine Frau nicht nach.«

Dann fiel Diether ein, dass ihnen der Vorfall in der Verhandlung nützen konnte. Raufen und Schmähen waren laut Stadtverfassung verboten, und das war es ja wohl, was die Gruben'sche angezettelt hatte.

Aber wenn sie es abstritt, musste er es beweisen können. »Du sagst, die Leute seien zusammengelaufen? Dann gab es Zeugen. Hast du jemanden erkannt?«

Konrad nickte und nannte ein paar Namen. Diether kündigte an, mit den Leuten reden zu wollen.

Noch etwas war zu klären, bevor er ruhig in die Verhandlung gehen konnte. »Nehmt mir die Frage nicht übel, Meister Schwerdtfeger«, sagte er vorsichtig. »Aber ich möchte sichergehen, dass uns vor Gericht keine Überraschungen drohen. Beispielsweise, indem man Euch etwas Ähnliches vorwirft wie Ihr den Gruben. Nein, wartet …« Er wehrte ab, als sein Gegenüber auffuhr. »Versteht mich richtig. Ich weiß nichts Schlechtes über Euch und mein Vater auch nicht. Mich wundert aber, dass Ihr nach 1604 nicht mehr als Bürgermeister kandidiert habt. Nur ein paar geringere Ämter habt Ihr noch übernommen. Ich hoffe, das liegt nicht daran, dass der Schultheiß irgendetwas gegen Euch in der Hand hat?«

»Du bist ganz schön frech geworden, Herr Doktor«, knurrte der Alte. »Richte deinem Vater aus, so was soll er mich gefälligst selbst fragen, wenn er sich schon an nichts erinnert. Mein Vater war 1591 und 1593 Bürgermeister, und er hat sich nichts zuschulden kommen lassen, obwohl sich damals noch jeder aus der Stadtkasse bediente. Auch in meiner Amtszeit gab es keine Unregelmäßigkeiten. Meinst du, ich hätte den Schwerdtfegers so wenig Ehre gemacht?«

Diether gab sich zufrieden. Seine Strategie stützte sich ohnehin auf das Fehlen jedweder Dokumente, die ein Anrecht der Gruben auf den Besitz bezeugten.

»Dann wird der Schultheiß wohl wissen, wen er vor sich hat, und sein Urteil entsprechend gestalten«, sagte er. »Wir brauchen von Florians Verfehlungen gar nichts vorzubringen. Das werden ohnehin alle Beteiligten im Kopf haben.«

»Von mir hat niemand so etwas im Kopf, das kannst du mir glauben.« Schwerdtfeger bekräftigte seine Worte, indem er sein Glas leerte. »Ich will dir aber gern erzählen, warum ich nicht mehr Bürgermeister sein will. Das sollen Gogreve und Otterstädt machen, um Plettenberg und den Schultheiß herumscharwenzeln, das ist meine Sache nicht. Seit der Bischof uns seine Männer vor die Nase gesetzt hat, haben wir doch nichts mehr zu melden. Das wirst du schon noch merken, wenn du länger dabei bist.«

Diether nickte ergeben. Sollte der Alte ruhig noch ein wenig von den alten Zeiten schwärmen. Doch der seufzte nur und kam auf Diethers Neubau zu sprechen, bei dem er zusammen mit seinem Sohn die Schreinerarbeiten übernehmen sollte. Sie beratschlagten, wie dies und jenes auszuführen sei, und vereinbarten, dass sie ihrer beider Bemühungen – Diethers Verteidigung und Schwerdtfegers Arbeit – »wegen der guten Nachbarschaft« miteinander verrechnen wollten.

Wenn er den Auftrag für die Schreinerarbeiten am neuen Rathaus bekäme, fügte Degenhard noch hinzu und schaute ihn bedeutungsvoll an, könne das auch Diethers Bau zugutekommen. »Ob wir nun für den Rat oder für einen Ratsherrn arbeiten, das bleibt sich doch gleich.«

Davon war Diether nicht überzeugt. Im Hinausgehen nahm er sich vor, alle geleisteten Arbeitsstunden aufzuschreiben und am Schluss eine ordentliche Rechnung zu verlangen. Sein Honorar konnte man dann abziehen.

Jetzt war er nicht mehr so unbesorgt, dass es dem Schultheiß nicht gelingen würde, alte Sünden Schwerdtfegers auszugraben.

Nachdenklich ging er zum Haus seiner Eltern hinüber, zögerte jedoch hineinzugehen. Zu vieles schwirrte ihm im Kopf herum. Langsam wanderte er die Westernstraße hinauf. Wenn er später noch mal das Haus verließ, würde ihn die Mutter nur missbilligend anschauen.

Beispielsweise Schwerdtfeger: Konnte er ihm glauben, dass er keine Leichen im Keller hatte? Zu seiner Zeit hatte man es schlimm getrieben. So schlimm, dass der Bischof den allgegenwärtigen Filz als Vorwand nehmen konnte, der Stadt eine neue Verfassung zu diktieren. Bürgermeister, Schöffen, Ratsherren, Bürger und die ganze Gemeinde hatten fortan den fürstenbergischen Amtmännern in allen Geboten und Verboten gehorsam zu sein, so stand es darin, bekräftigt durch Wicharts Überreste an den Stadttoren.

Die Uhr der Marktkirche schlug acht. Vom Rathaus her war misstönender Hörnerklang zu hören, der sich in seine Richtung bewegte. Die neuen Stadtwachen!, fiel ihm ein. Scharf durchgreifen sollten sie, hatte Westphal gesagt, als er sie vor dem Rat vereidigt hatte. Es war besser, ihnen nicht zu begegnen. Schnell brachte er die paar Schritte zur Rosengasse hinter sich und versteckte sich im nächsten Hoftor.

»Jeder soll sich des verdächtigen nächtlichen Gehens enthalten«, hatte der Schultheiß den entsprechenden Passus der Verfassung vorgelesen. Und weiter: »Keiner soll im Sommer nach neun, im Winter nach acht Uhr, wenn die Bürgerglocke auf dem Turm der Marktkirche geläutet hat, sich ohne triftigen Grund auf der Straße blicken lassen.«

Wieder eine Regel, die seine Freiheit einschränkte. In der Kinderzeit hatte er Henrich glühend beneidet, der abends das Haus verlassen durfte. Dass Diether im Dunkeln die Stadt erforschte, hatte die Mutter zuverlässig verhindert. »In der Finsternis treiben sich böse Geister herum!«, sagte sie heute noch warnend und schob sofort nach Sonnenuntergang den Riegel vor die Dielentür.

Jetzt also der Bischof. Von ihm wollte er sich die nächtlichen Ausflüge schon gar nicht verbieten lassen. Zu gern lief er an hellen Abenden durch die Stadt, schaute die alten Häuser an und auch die neuen, wozu er bei all der Betriebsamkeit tagsüber nie kam. Nur nachts war das Plätschern der Kümpe und das Murmeln der Quellen zu vernehmen. An manchen Stellen des Ükern, in den lichten Auwäldern am Fluss, hörte man die Nachtigall singen, die Espen wispern.

Bisher war das Ausgehverbot nicht weiter kontrolliert worden. Die Wachen hatten nächtliche Treffen mit ihren Mitbürgern zum Anlass genommen, zusammen im nächsten Wirtshaus ein Bier zu trinken. Er fürchtete jedoch, dass die Wachsamkeit anhielt, wenn weitere Untaten die Bürger beunruhigten. Und dann musste auch er das »nächtliche Gehen« lassen. In diesem Punkt gab es nichts zu verhandeln, solche Regeln galten für alle. Und Neugier war vermutlich kein triftiger Grund, dagegen zu verstoßen.

Nachdem die Wachen vorbeigezogen waren, verließ Diether sein Versteck und ging Richtung Dom, um dem Lärm zu entkommen. Seine Gedanken kehrten zu Schwerdtfeger zurück. Es war ihm bewusst, dass die älteren Paderborner immer noch der alten Freiheit nachtrauerten und es ihnen um mehr ging als Nachtigallensang und murmelnde Quellen. Viele meinten jedoch vor allem den Verlust an Bereicherungsmöglichkeiten, die Aufgaben in der Stadtregierung mit sich brachten. Gehörte Schwerdtfeger zu ihnen? Oder gar zu den Pfaffenfamilien?

Wahrscheinlich sah er Gespenster. Und Balthasar in seiner finstren Kerkerzelle ebenfalls. Was konnte der alte Brabeck mit des Weinzapfs »gewissen Familien« zu tun gehabt haben, die doch allesamt ein paar Stufen höher standen als der kleine Stadtdiener? Hatte er sie wirklich erpresst? Diether konnte es sich bei dem biederen Alten kaum vorstellen. Schon eher, dass jemand anderes einen Grund gefunden hatte, einen Angehörigen der »gewissen Familien« unter Druck zu setzen, wovon Brabeck zufällig erfahren haben mochte.

Dann konnte es aber nicht nur darum gehen, die Zugehörigkeit zu den Verfemten aufzudecken. Das interessierte heute kaum noch jemanden, obwohl vielleicht im ein oder anderen Falle, beim Gastwirt Jobst Baer zum Beispiel, geschäftliche Nachteile zu befürchten wären oder, möglicherweise schlimmer, spitze Bemerkungen. Aber deshalb zu morden? Dafür musste Brabeck schon mehr herausgefunden haben …

Kurz vor dem Rathaus machte Diether kehrt und ging zurück. Für diesen Abend hatte er genug von Gespenstern.

Aber auch im Haus seiner Eltern lag etwas in der Luft. Die Mutter und Johanna sprachen nicht miteinander, und Gese machte sich unsichtbar, als ob sie Angst hätte, beider Zorn auf sich zu ziehen. Erst nach dem Abendbrot, als er mit der Schwester allein am Tisch saß, erfuhr er den Grund für die schlechte Stimmung.

»Ich bekomme wieder ein Kind«, eröffnete Johanna ihm. »Das wollte ich dir längst gesagt haben, doch nie waren wir allein. Du musst jetzt aber nicht glauben, dass du dich mit deinem Haus noch mehr beeilen musst. Das Kleine wird noch lange nicht stören, es braucht ja so wenig Platz, und wenn es so weit ist wie Katrinchen, bist du längst umgezogen.«

Diether war erleichtert. »Danke, Johanna, ich habe wirklich sofort daran gedacht. Ich freue mich mit euch. Das ist aber nicht der Grund für die schlechte Laune unserer Mutter? Die freut sich doch genauso, oder etwa nicht?«

Johannas Gesicht verdüsterte sich. »Mutter weiß schon länger davon, sie merkt ja immer alles. Aber ich wollte nicht, dass sie es dir sagt. Das wollte ich selbst tun. Nein, wegen des Kindes ist sie mir nicht gram, sie hat heute sogar der heiligen Juliana eine dicke Kerze angezündet. Ärgerlich ist sie wegen meiner Pläne für die Geburt. Du kannst es dir schon denken?«

»Du bist also zur Jungfer Theodor gegangen statt wieder zu den Abdinghofmönchen«, stellte er schmunzelnd fest. »Was weiß denn die, das die guten Mönche nicht wissen?«

»Ach, Diether, ein wenig hellsichtiger könntest du schon sein. War das nicht immer dein Ruf?« Johanna seufzte. »Weißt du überhaupt, wie die Geburtshilfe der Mönche aussieht?«

Als der Bruder mit dem Kopf schüttelte, erzählte sie, wie Pater

Edwin bei Katrinchens Geburt »geholfen« hatte. »Meinen Rock durfte ich nicht ausziehen, und neben meinen Beinen hat er Weihrauchpfännchen aufgestellt. Mir ist von dem Dunst ganz schlecht geworden, aber ein Fenster durfte – wegen der bösen Geister! – nicht geöffnet werden. Dann hat er nur dagestanden und gebetet und mir ab und zu geraten, mich zu verhalten, als ob ich meiner Verdauung nachgebe, ich wisse schon. Das war alles. Aber ich wusste nichts, und wenn Mutter nicht dabei gewesen wäre, gäbe es Katrinchen heute noch nicht. Die Bademutter ist ganz anders. Sie hat mir alles so ruhig erklärt, dass ich gar keine Angst mehr habe.«

Das konnte Diether sich vorstellen. Reden konnte Leonore, das hatte er selbst schon feststellen können. Vielleicht ein wenig zu viel für seinen Geschmack.

Zu Johanna sagte er: »Und Mutter spricht nun von Hexerei und Teufelsbuhlschaft?«

Die Schwester nickte bedrückt. Diether versuchte sie zu beruhigen. »Das hat sie auch über den alten Doktor gesagt, weißt du noch? Obwohl er uns beide ohne Schwierigkeiten auf die Welt geholt hat. Warum soll die Tochter das nicht genauso gut können? Wenn es so ist, wie du sagst, solltest du auf jeden Fall tun, was du für richtig hältst. Der Sturm geht vorbei, das weißt du doch. Es ist nicht das erste Mal, dass wir gegen ihren Willen handeln.«

Johannas Gesicht entspannte sich. »Das ist wahr«, sagte sie erleichtert. »Auch bei Sieghart hat Mutter schließlich eingelenkt, und heute ist er der beste Schwiegersohn überhaupt. Erst wollte sie absolut keinen Lippstädter in der Familie haben, weil die alle lutherisch verseucht sind, hat sie gesagt. Und ist nicht Sieghart ein guter Katholik geworden? Vor allem, seit er in Pater Bodos Marienvereinigung ist, hat sie nichts mehr an ihm auszusetzen. Er ist aber trotzdem ein feiner Kerl, auch wenn ihn Gese jetzt scheel ansieht.«

»Das ist er«, stimmte Diether zu. »Jedenfalls nicht so verbissen wie Mutter. Pass bloß auf, dass sie aus Katrinchen keine Betschwester macht. Es wäre zu schade, so ein nettes Kind im Kloster zu verstecken.«

***

»Wenn doch unsere Mutter zwei Jungen geboren hätte!« Dr. Theodor, Leonores Bruder Erik, schimpfte so laut, dass es gewiss bis zu den Jesuiten hinüberschallte. »Dann hätte ich heute nur halb so viel Ärger!«

Leonore war ebenfalls wütend. Eine ganze Stunde stritt sie jetzt schon mit dem Bruder über das Erbteil ihres Vaters. Immer wieder kam er mit den gleichen Argumenten, die sie schon hundertmal widerlegt hatte.

»Auch dann müsstest du teilen!«, gab sie bissig zurück. »Oder meinst du, nur weil du der Ältere bist, steht dir das gesamte Erbe unserer Eltern zu?«

Schon giftete Erik weiter. »Das wäre etwas ganz anderes. Dann würde gerecht geteilt, und der andere würde seinen eigenen Hausstand gründen. Ich aber muss dich bis an dein Lebensende versorgen, weil dich ja doch keiner nimmt, und dann vermachst du Vaters Land womöglich irgendeinem deiner armen Kinder, um die du dich so aufopfernd sorgst.«

»Vergiss nicht, dass ich dir ein reichliches Kostgeld zahle«, versetzte Leonore, »und dir außerdem die Pacht für das Gartenland überlasse. Wenn du es nicht anders willst, lasse ich mich auf einem meiner Grundstücke vor der Stadt nieder, baue mir ein Häuschen und bin mein eigener Herr. Wie Paracelsus sagt: Wer sein eigener Herr sein kann, soll keinem anderen angehören.«

Erik fuhr auf wie erwartet. »Lass mich mit deinem ketzerischen Paracelsus in Ruhe! Darüber habe ich mich schon mit Vater gestritten, und der war wenigstens Arzt wie ich. Aber du hast dir die Wissenschaft nicht anzumaßen, und wenn du dich noch so klug dünkst. Am liebsten ließe ich dich gehen, baute dir sogar mit eigenen Händen dein Häuschen, wenn du dann hier verschwändest. Aber du kämst ja prompt ins Gerede, und das fiele auf mich und meine Familie zurück. Schon jetzt bist du Stadtgespräch mit deinen bunten Röcken. Steck dir wenigstens mal das Haar zusammen und setz wie jede anständige Frau eine Haube auf! Seit Arnulf Rokeß, den du so kühl abgewiesen hast, hat sich kein ordentlicher Mann mehr an dich herangetraut. Was ist denn mit dem jungen Dr. Meschede, von dem so viel geredet wird? Hörte ich nicht, er sei hinter dir her? Oder du hinter ihm? Aber glaub nur nicht, dass daraus etwas wird! Nach allem, was ich von seiner Mutter weiß, wird sie dem nie zustimmen, glaub mir das.«

»Bist du jetzt fertig?«, fragte Leonore schnippisch. »Ich möchte auch mal etwas sagen! Doch eins vorweg: Wenn ich heirate, dann nicht die Mutter, sondern den Sohn. Und auch nur, wenn er nicht solch ein Milchbart ist wie Diether Meschede. Da gefällt mir seine Schwester schon besser, die weiß wenigstens, was sie will. Aber …«

»Ach ja, die Spatzen pfeifen es von den Dächern.« Höhnisch unterbrach er sie. »Mit ihrem nächsten Kind geht sie zu dir, ausgerechnet! Vor Kurzem erst hat mir Sieghart, ihr Mann, bei den Marianern angekündigt, vermutlich käme sie zu mir. Aber nein, sie geht zu dir. Möchte nicht wissen, welchen Ärger sie jetzt zu Hause hat.«

Leonore war sicher, dass Johanna ihn durchstehen würde. Ihr Bruder wird sie unterstützen, hatte sie erzählt. Es musste schön sein, so einen Bruder an der Seite zu haben statt des selbstsüchtigen Ekels, das ihr die Eltern vermacht hatten.

»Was ich aber eigentlich sagen wollte« – das musste sie noch loswerden – »das ist, was Kaspar von Fürstenberg zu unserem Erbe gesagt hat. Denn auch er hat die Juristerei studiert, wie du weißt. Seiner Meinung nach ist das Testament unseres Vaters klar genug, um seinen Willen zum Ausdruck zu bringen, mich unabhängig von dir abzusichern. Dir sei genug von seinem Besitz zugefallen, sodass niemand Vaters Verfügungen unbillig nennen kann. Du hast kaum eine Chance vor Gericht, also erspar dir und deiner Familie lieber die Niederlage.«

Ihr Bruder wusste genau, dass dies mehr war als die Meinung eines alten Mannes. Gegen den Willen des Fürstenbergers wurde in Paderborn kein Urteil gesprochen, und wenn er auf ihrer Seite stand, hatte sie gewonnen.

Doch konnte Erik keine Niederlage einstecken. »Kaspar soll sich um seine eigenen Geschäfte kümmern«, rief er ergrimmt. »Das werden wir noch sehen, wer recht bekommt!«

Erbittert hatte der Bruder ihr Gartenhäuschen verlassen, das früher das Laboratorium ihres Vaters war. Jetzt trocknete Leonore hier ihre Kräuter und bereitete Essenzen und Heilsalben zu. Stolz betrachtete sie die übersichtliche Einrichtung, die sie vom Vater übernommen hatte, den Tisch mit den Tiegeln und Näpfen, die Borde und Schubfächer voll medizinischer Substanzen, die glänzenden alchemistischen Gefäße, die sie nicht zu benutzen wagte, aber immer sauber hielt.

Ihre »Hexenküche«, wie Erik sie zu nennen beliebte, war besser ausgestattet als die Stadtapotheke. Und viel ordentlicher. Dafür hatte der Schultheiß sie, als er letztens seine Inspektion durchführte, wieder einmal gelobt. Ob es etwas mit Kaspars Protektion zu tun hatte, wenn er ihr keine Schwierigkeiten machte? Oder konnte er beurteilen, dass ihre Mittel frisch und wirksam waren, im Gegensatz zu den verstaubten Kräutern und obskuren Arzneien des Stadtapothekers? Eigentlich sah man es ja auf den ersten Blick, sagte sie sich.

»Ordnung ist das Wichtigste.« Das hatte der Vater ihr frühzeitig eingeschärft. »Du hast es hier nicht mit den Ingredienzien eines Eintopfs zu tun, bei dem es einerlei ist, ob Bohnen oder Erbsen hineinkommen«, hatte er damals gesagt. »Da kannst du sogar Zucker statt Salz nehmen, und es geschieht niemandem etwas. Das ist hier anders. Wenn du die Bestandteile einer Medizin verwechselst, weil du keine Ordnung an deinem Arbeitsplatz hältst, kann es passieren, dass ein Mensch großen Schaden davonträgt oder sogar stirbt. Du bist zwar ein Mädchen, und vielleicht sieht es hier ein bisschen aus wie in einer Küche. Aber du musst viel sorgfältiger arbeiten, als du es von Mutter her gewohnt bist, merk dir das für immer, sonst kommst du hier nie wieder herein.«

Sie hatte es sich gemerkt, für immer, wie sie auch sonst die Lehren ihres Vaters in Ehren hielt. Im Gegensatz zu Erik, der so gut wie alles verworfen hatte, was der alte Dr. Theodor vertrat. Der hatte wenigstens große Universitäten besucht, Bologna, Ferrara, Wien, wo er nicht nur die Lehren des Paracelsus, sondern auch die Werke berühmter Wissenschaftler wie Fracastoro und Vesalius kennengelernt hatte. Erik dagegen war nicht weiter als Köln gekommen, wo er sich damit zufriedengegeben hatte, nach Hippokrates und Galen die längst überholte Lehre von den guten und bösen Körpersäften zu studieren.

Dabei konnte man inzwischen so viel mehr für die Kranken tun! Sie selbst zwar nicht, weil ihr des Vaters Kenntnisse fehlten.

Der war ein halber Alchimist gewesen und kannte sich sogar mit heilsamen metallischen Verbindungen aus. Wenn sie nur hätte studieren dürfen! Wie hatte sie den Bruder beneidet, als er loszog, und mit welch kleiner Wissenschaft war er zurückgekommen!

Seufzend begann sie, ihren Kräutervorrat zu überprüfen. Johanna war nicht ihre einzige schwangere Patientin, und beim nächsten Vollmond standen mindestens zwei Geburten bevor. Darunter Kunigunde Gogreve, die Georg, den jüngeren Sohn des vorjährigen Bürgermeisters, geheiratet hatte. Sie hatte schon beim ersten Kind große Schmerzen gehabt. Am besten bereitete sie rechtzeitig neuen Mohnsaft zu. Aber ob sie ihr den verabreichen durfte? Bestimmt war die Schwiegermutter anwesend, mit Pater Bodo im Schlepptau. Sie hatten ihr schon damals verboten, Kunigunde die Geburt zu erleichtern.

Nicht einmal den vom Vater geerbten Gebärstuhl hatte sie verwenden dürfen. »Schafft sofort den Teufelssitz aus dem Haus«, schimpfte der Pater und zischelte immer noch von der »schamlosen Zurschaustellung des verfluchten Geschlechts«, als sie das hilfreiche Instrument längst vor der Tür abgestellt hatte.

»Dass die sündigen Frauen unter Qualen ihre Kinder gebären, hat der allmächtige Gott in seiner Weisheit so eingerichtet«, hatte Bodo unter beifälligem Nicken der Frau Gogreve salbadert, während Kunigunde sich in Schmerzen wand. »Davon versteht Ihr nichts, Jungfer Theodor. Und gerade Ihr seid nicht befugt, Gott ins Handwerk zu pfuschen. Lasst der Schöpfung ihren Lauf und gebt mir das Fläschchen mit dem Hexengift, damit Ihr es der Gebärenden nicht heimlich verabreicht.«

Zum Glück hatten die beiden den Raum verlassen, um für eine gesunde Leibesfrucht zu beten, und sie hatte noch ein zweites Fläschchen in der Tasche gehabt. Dankbar und entspannt war Kunigunde allen ihren Anweisungen gefolgt, und es war ein schönes Kind geworden.

Erik hätte dem Pater zugestimmt. Wo der Vater daran geglaubt hatte, mit Hilfe der Medizin die Welt verbessern zu können, hielt sein Sohn das für überheblich. »Gott hat alles so eingerichtet, wie es für uns am besten ist«, dozierte er gern. »Wenn die armen Leute häufig krank werden, so deshalb, weil es genug von ihnen gibt. Gott lässt sie immer wieder nachwachsen, und wenn er wollte, dass sie länger leben, dann gäbe er ihnen eine bessere Gesundheit. Wir haben dafür zu sorgen, dass diejenigen, die unsere Welt voranbringen, egal, ob durch wichtige Geschäfte oder heilige Handlungen, gesund bleiben und ihr Werk tun können.«

Er hatte ihr empfohlen, ganz in den Dienst des Fürstenbergers überzuwechseln. »Da bist du am richtigen Platz!«, hatte er drängend gesagt. »Der hochmögende Herr Kaspar muss dem Hochstift so lange wie möglich erhalten bleiben. Kümmere dich um seine Gicht und lass die Kinder der Armen zum Herrn gehen, wenn er sie ruft.«

Ganz anders dachte der Vater. »Wir haben den Verstand, um unseren Aufgaben und Bedürfnissen nachzukommen«, hatte er ihr erklärt. »Er ist uns aber auch gegeben, um die Erfordernisse der Gemeinschaft zu erfüllen, und dazu gehört, dass die Menschen glücklich und zufrieden leben. Und zwar hier auf Erden, und nicht erst im Jenseits, an das ich ohnehin nicht glaube.«

Um den Menschen das Diesseits erträglicher zu machen, war er in die Armenhäuser gegangen und hatte dafür gesorgt, dass die Insassen ausreichend ernährt wurden. Er hatte zahlreichen Bedürftigen zu einem kleinen Einkommen aus den frommen Stiftungen verholfen, deren Gelder sonst die Provisoren verschleudert hätten. Wenn sie nicht bezahlen konnten, behandelte er seine Patienten umsonst. Und er hatte sich nicht in seinem Werk beirren lassen, als die Jesuiten und die bekehrten Mitbürger ihn unter Druck setzten.

Mit den Worten: »Neue Ideen sind wie ein Sturm. Wenn sie erst einmal in der Welt sind, lassen sie sich nicht mehr aufhalten«, hatte er ihr Mut gemacht und seine Beharrlichkeit verteidigt.

Darin wollte sie dem Vater nachfolgen, hatte sich Leonore vorgenommen. Sie hängte nicht wie Erik ihr Fähnchen nach dem Wind. Sie gebrauchte ihren Verstand und betete nicht die Lehren der Kirche nach. Auch wenn sie ihnen nie begegnen würde: Schon das Wissen darum, dass es in fernen Städten Ärzte gab, wie ihr Vater einer war, verlieh ihr die Kraft dazu.

Dass Kaspar von Fürstenberg hinter ihr stand, war ebenfalls ein beruhigendes Gefühl. Ohne den alten Freund ihres Vaters könnte sie sich die Aufsässigkeit kaum leisten, sagte sie sich. Sie sollte seine Gunst nicht aufs Spiel setzen. Trotzdem nagte an ihr die Neugier: Was hatte er mit seiner Bemerkung zu Brabecks Tod gemeint?

Welche Verbindung gab es da? Ein dunkler Fleck in der Vergangenheit des Bischofs?

Das finstere Böse, das die Jesuiten so gern bei ihr suchten, schien sich ganz woanders zu verbergen.

Sie sollte dem jungen Meschede davon erzählen, überlegte sie, der immer noch wegen der Vorgänge im Rathaus Erkundigungen einzog. Aber dann missbrauchte sie Kaspars Vertrauen, was wiederum für sie böse ausgehen konnte. Andererseits durfte sie einen so wichtigen Hinweis nicht für sich behalten und andere der Verfolgung des Schultheißen aussetzen. Oder wusste der ebenfalls davon?

Nachdenklich ging sie durch den dunklen Garten zum großen Vorderhaus, wo sie im Obergeschoss ein Zimmerchen zur Stadtmauer hinaus bewohnte. Den größeren Raum mit Blick auf das Jesuitenkolleg hatte sie gern Eriks Kindern überlassen, der sie zum Dank mit Streit überzog. Er hält nicht einmal die eigenen Heiligen in Ehren, belustigte sie sich über den bigotten Bruder. So ein Disput ausgerechnet am Tag der heiligen Juliana! Hatte er keinen Respekt vor der Patronin aller Weh- und Bademütter? Sie war schließlich Leonores Schutzheilige, auch wenn sie nicht an sie glaubte.

AM FEST PETRI STUHLFEIER

22. Februar
Das Fest Cathedra Petri erinnert an die historisch nicht belegte Erhebung des Apostels Petrus auf den Bischofsstuhl in Antiochia. Sie wird verstanden als Übertragung des obersten Hirtenamtes an Petrus und seine Nachfolger, die römischen Päpste.

Schauerlich grinste Wichart ihn an. Jeder Blick auf die Uhr über dem Westerntor zog die Strafe seines Anblicks auf sich. Früher einmal war sie der Stolz der Paderborner Bürger gewesen, Ausdruck städtischer Betriebsamkeit und beharrlichen Tatendrangs. Unabhängig vom Glockengeläut zeigte sie die verfließenden Minuten an und mahnte zu Geschäftigkeit und Eile. Jetzt hob kaum jemand den Kopf, um auf das Zifferblatt zu schauen.

Erst für zehn Uhr war die Versteigerung des Lüneburger Kaufmanns angesetzt, gleich nach der Eröffnung des Sankt-Peters-Markts. Diether wollte mitbieten, weil er dringend ein Pferd brauchte. Das Ross war Stadtgespräch, und im Wirtshaus hatte sich manch einer bereits in seinem Besitz gesehen. Beruhigt fühlte er nach dem schweren Säckchen mit Silbermünzen an seinem Gürtel. Jetzt musste er nur aufpassen, dass es ihm im Gedränge nicht gestohlen wurde.

Der Tag war grau, aber wenigstens schneite es nicht. Viele Buden waren prächtig mit bunten Tüchern behängt, um die Aufmerksamkeit der Kunden anzuziehen. Dessen hätte es kaum bedurft, dachte Diether angesichts des Gewühls. Einen langen Winter hindurch hatte die Stadt auf den Markttag gewartet, Wünsche und Bedürfnisse aufgeschoben, die jetzt erfüllt sein wollten.

Dazu gehörte auch das Verlangen nach Unterhaltung, was die Zigeuner, deren Musik über den Platz schrillte, sehr wohl wussten. Sie hatten ihre kleine Wagenburg ganz am Ende des Platzes aufgebaut, wo die Riemekegärten anfingen. Trotz der Verachtung, die man ihnen entgegenbrachte, wurden ihre Dienste gern in Anspruch genommen. Schon Tage vorher hatten sie Kessel geflickt, Scheren und Messer geschärft, Amulette gegen den bösen Blick verkauft und jungen Frauen aus der Hand gelesen. Vor allem waren die Abende beliebt, an denen sie heißen Würzwein ausschenkten und die Musiker zum Tanz aufspielten, denn man musste sich warm halten gegen die Februarkälte.

Auch Diether war mit Henrich und Gese vor das Tor gegangen, säuberlich registriert von den Schreibern, die an solchen Abenden die Pförtner unterstützten. Von Elsbeth herbeigerufen, hatte er sich ein Weilchen zu den Bademüttern gesellt. Natürlich musste er alle drei zur Musik herumschwenken, auch Leonore, was sicher neuen Gerüchten Nahrung gab.

Am Ende der Gasse zwischen den Zigeunerwagen sah er ein Gewehr aufragen. Hier habe Tag und Nacht ein Schütter zu patrouillieren, hatte der Rat den Pfundherren aufgetragen, die für das Marktwesen verantwortlich waren. Man wolle schließlich nicht das Zigeunerpack auf Kosten der Mitbürger mästen. Ob sich das jedoch an dem bisschen Grünkohl, der noch in den Gärten stand, vergreifen würde? Diether bezweifelte es. Wahrscheinlich hatte Jobst Sorge um sein Lusthaus gehabt, das er sich in den Garten gestellt hatte, mit einem Weinkeller darunter, der seinesgleichen suchte.

Heute hatte Elmar das fahrende Volk zu bewachen. Diether nahm sich vor, nachher bei ihm vorbeizugehen, denn den Gerüchten nach gab es Neuigkeiten in Sachen Balthasar und Brabeck.

An der Bude des Marktmeisters standen in Grüppchen die Schütter, die Uffschröer und die Trommler in ihren bunt geschlitzten Pluderhosen, deren samtene Umhänge das Stadtwappen zierte. Schlag zehn hatten sie ihren Auftritt, würden die Trommeln schlagen und die Gewehre präsentieren, während die Pfundherren den Markt offiziell eröffneten.

Beiderseits des Wegs zankten sich die Bettler um die besten Plätze. Nur wenige hatten bereits eine mitleidheischende Stellung eingenommen und zeigten Gliederstümpfe und andere Gebrechen her.

Immer wieder aufgehalten, schob sich Diether durch die Menge in Richtung des bescheidenen Viehmarkts hinter dem Knick. Schon von Weitem sah er den Auflauf um den Lüneburger herum. Henrich stand in der Nähe des angebotenen Pferds, einer rassigen Stute von hellbrauner Farbe, zum Leuchten gebracht durch dunklere Zeichnungen und weiße Flecken an Kopf, Beinen und Flanken. Sie erschien leicht, fast körperlos, und er konnte sich gut vorstellen, wie sie mit ihm auf dem Rücken über die Felder flog.

Die Menge geriet in Bewegung. Der Kaufmann hatte seine Forderung genannt, und wer nicht mitbieten konnte, drängte aus dem Kreis heraus. Diether schob sich ganz nach vorn. Noch vor ihm stand Arnulf Rokeß, gleich daneben Bernd Gogreve. Ein paar jüngere Adelssöhne, er erkannte den von Oeynhausen und einen der Spiegels, taten unbeteiligt, hatten aber ihre Verwalter in die vorderste Reihe geschickt. Ob er gegen all die begüterten Sprösslinge mithalten konnte?

»Vierzig Taler sind geboten«, rief der Händler gerade. »Das sind knapp fünf mehr, als der Gaul auf der Reise hierher verfressen hat. Einen kleinen Gewinn könnt ihr mir schon gönnen. Wer bietet mehr?«

Bis siebzig Taler bot Diether mit, musste dann jedoch ausgerechnet Arnulf den Zuschlag überlassen. Er wusste schon jetzt, dass er sich bei jeder Begegnung mit dem plumpen Vierkant auf dem feurigen Pferd ärgern würde.

Schon zog der Fuhrmannssohn großspurig die Geldkatze aus dem fellbesetzten Mantel. Er schüttete dem Kaufmann einen kleinen Berg Fürstentaler hin und begann zu zählen. Der nahm eine der Münzen und besah sie von beiden Seiten. Dann zog er eine kleine Waage hervor und wog sie nach.

»Das glaubt Ihr doch selbst nicht, dass Ihr für dieses Zeug mein gutes Pferd bekommt«, rief er dann erbost. »So wenig Silber, wie da drin ist, das grenzt ja schon an Falschmünzerei! Packt die Taler nur wieder ein, mein Freund. Wenn Ihr keine anderen habt, wird aus dem Geschäft nichts.«

Es half Arnulf nichts, dass er dem Lüneburger das Bild des Bischofs auf den Münzen zeigte und ihm drohte, dem Schultheiß von dem Vorwurf zu berichten. »Er hat unsern gnädigen Herrn und Fürsten geschmäht, habt ihr das gehört?« Mit rot angelaufenem Gesicht wandte er sich an die Umstehenden und setzte hilflos hinzu: »Was ist denn falsch an unseren Talern? Ihr habt die doch auch alle in der Tasche!«

Nicht alle, dachte Diether. Ich nicht. Der Vater hatte ihm in weiser Voraussicht aus der Schatulle genau siebzig Reichstaler abgezählt, alle mit dem Prägestempel des Kaisers auf der Rückseite. Seufzend hatte er sie gegen Diethers selbst verdiente Ortstaler eingetauscht. »Die wird auch ein so weit gereister Kaufmann nehmen«, hatte er dazu gesagt. »Denn der wird bestimmt nicht hierbleiben wollen, bis er alles Paderborner Geld verprasst hat.«

»Würdet Ihr mein Geld annehmen?«, fragte Diether den Händler und ließ ihn in seinen Beutel schauen.

»Das sieht schon anders aus«, rief der erfreut. »Wie viel ist es denn? Siebzig Taler? Geschäft gemacht.« Diether schlug ein.

Henrich, der die Verhandlungen gebannt verfolgt hatte, nahm sofort die Zügel des Pferdes an sich und klopfte ihm anerkennend den Hals. »Du bist mir ein teures Pferdchen!«, sagte er, über das ganze Gesicht strahlend.

Rokeß drängte sich heran. »Das kannst du doch nicht machen, Lux!«, rief er Diether über den Pferderücken hinweg zu. »Ich hatte den Gaul schon, und wenn ich noch ein paar Taler drauflege, wird er wieder meiner.«

»Ihr könnt so viele Taler drauflegen, wie Ihr wollt«, warf der Lüneburger ein. »Das Geschäft ist gemacht, und ich reise noch heute weiter.« Schon kassierte der Uffschröer die Akzise, elf Schillinge und acht Pfennig gutes Silber für die Stadtkasse.

»Nehmt die Hände vom Pferd!«, knurrte Henrich Arnulf an, der besitzergreifend an dessen Hals zerrte. Ohne den Zügel loszulassen, drängte er ihn seitwärts ab, sodass er um den Pferdekopf herum zu Diether treten musste.

»Ich gebe dir die siebzig Reichstaler zurück, schon in den nächsten Tagen«, versprach Arnulf. »Und noch ein paar Taler obendrauf fürs Leihen. Bestimmt wird mein Vater einsehen, dass dieses Pferd in unseren Stall gehört und nicht unter eure Gäule.«

Diether antwortete hinhaltend: »Bring mir das Geld, und wir reden noch einmal darüber.«

Henrich nahm das scheuende Tier mit, ihm beruhigende Worte in der Pferdesprache zumurmelnd, und Diether wandte sich in Richtung des Zigeunerlagers, wo er immer noch Elmars Gewehr aufragen sah. An einer der Buden ließ er sich zwei Krüge heißen Biers geben, die er eigenhändig zu dem frierenden Stadtboten hinübertrug. »Zum Wohl, Elmar.« Er prostete ihm zu und nahm selbst einen großen Schluck. »Die Kälte kriecht einem ganz schön unter den Rock, was?«

»Danke, Euer Wohlgeboren.« Elmar freute sich und setzte nach dem ersten Schluck redselig hinzu: »Da hast du dir ja ein schönes Pferd gekauft, und mit Glück, das hab ich sogar hier draußen mitgekriegt. Pass nur auf, dass Arnulf dir nicht mal hinter einem Gebüsch auflauert! Denn dass Göddert ihm das Geld gibt, glaube ich nicht. Der Junge kostet ihn doch mehr, als er einbringt. Mit Arbeit hat das Vierkant nicht viel am Hut, aber eine kleine Rache traue ich ihm immer zu.«

»Ich passe schon auf, keine Sorge. Und wenn er mich erwischt, sind die Schütter ja nicht weit.«

»Das glaub man nich! Die sind nie da, wo man sie braucht, sagt ihr doch immer im Rat.« Elmar feixte und nahm einen tiefen Zug aus dem Krug. »Aber nur, um mir ein Bier zu bringen, bist du doch nicht durch den Schnee gestiefelt?«

»Nein«, antwortete Diether. »Henrich sagte, du musstest gestern die Weinherren aufsuchen. Hatte das vielleicht mit dem Weinzapf zu tun?«

Elmar nahm ihn am Ärmel und zog ihn in Richtung Rimkesbach. »Dir als Ratsherrn kann ich es ja erzählen«, schickte er sich rechtfertigend voraus. »Der Schultheiß hat nämlich gestern einen Umschlag bekommen, gerade, als Dorbecher und ich bei ihm waren. Ein Bote, den wir nicht kannten, brachte ihn. Er hat ihn gleich aufgemacht, und darin waren Listen mit Namen und Zahlen, zwei Seiten lang. ›738 Taler‹, stand am Ende. Dorbecher musste die abschreiben, dreifach, und meinte, das wäre Balthasars Schrift gewesen. Wo er wohl ist? Weit kann er nicht sein, denn der Bote ist gleich wieder losgeritten, weil er gestern noch zu Hause ankommen wollte.«

Diether war überrascht. 738 Taler hatten die Weinherren als Fehlbetrag enthüllt. Balthasar hatte ihm erklärt, keine Aufzeichnungen zu besitzen über die Außenstände des Weinkellers, die nicht auf den Kerbstöcken vermerkt worden waren. Woher kam plötzlich die Liste? Hatte er sie aus dem Kopf verfasst? Dann war es nur gut, dass niemand wusste, wo er sich befand, denn allzu genau konnte sie nicht sein nach all der Zeit.

»Und du musstest die Kopien dann zu den Weinherren bringen?«, fragte er den Boten. »Solltest du ihnen was dazu ausrichten?«

»Nein, er hat mir Briefe mitgegeben. Die sind vielleicht blass geworden beim Lesen«, setzte Elmar schadenfroh hinzu.

»Sieh an!« Diether wunderte sich. »Ob der Schultheiß Angst hat, dass wir das Rathaus nicht bezahlen können? Ich bin ja mal gespannt, wann er dem Magistrat darüber berichten wird. Wahrscheinlich erst, wenn er das Geld eingetrieben hat, und bis dahin hat es sich längst herumgesprochen. Weißt du, wer alles auf der Liste stand?«

»Leider nein. Das hat mir unser verschwiegener Sekretär nicht mehr verraten. Plötzlich musste das Amtsgeheimnis gewahrt bleiben. Bei dem weiß man nie, woran man ist, mal so, mal so.« Besorgt fügte er hinzu: »Frag ihn aber bloß nicht danach, wenn du ihn triffst, sonst komm ich in Teufels Küche!«

»Keine Sorge.« Diether beruhigte ihn. »Von mir erfährt niemand, was du erzählst.« Dann erkundigte er sich nach den Plänen des Stadtboten. »Und du gehst gleich zum Hunderennen?«

»Jau«, bekräftigte Elmar. »Mal sehn, was mein Astor gegen die ganzen Dorfköter kann. Wenn er gewinnt, lade ich dich heute Abend ein.«

Der Bücherstand, der Diether auf dem ganzen Markt am meisten anzog, war eng umlagert. Der Händler stand auf einer Kiste und pries mit dröhnender Stimme seine Waren an.

Er drängte sich durch die Reihen zu den offenen Tischen. Hier lagen dicht an dicht und bunt durcheinander Schwankbücher, Sprichwortsammlungen, erbauliche Schriften, schöne Historien, Fabeln und Gedichte. Die Seiten dick wie Löschpapier und mit groben Holzschnitten versehen, blumige Beschreibungen des Inhalts auf den Titelblättern. Wer las das bloß alles?

Nicht zu wenige, wenn er sich umsah. Der Händler machte sein Geschäft, nahm pausenlos Geld entgegen, wechselte, steckte ein, während er ein Buch nach dem anderen feilbot. Einen ganzen Stapel hatte Goste Baer unter dem Arm, als sie den Stand verließ. Die würde er vermutlich über Johanna ebenfalls zu lesen bekommen.

»Lest die seltsame Historie von der schönen Magelone!«, schrie der Händler. »Und von ihrem Grafen Peter, wie sie sich verloren und wundersam gefügt wiederfanden. Nur einen Groschen, meinetwegen auch einen von euren Mariengroschen hier, nehmt sie mit! Nehmt noch das Lied vom gehörnten Siegfried mit, ebenfalls für einen Groschen, alle Flugschriften heute nur ein Groschen!«

Die Leute standen Schlange, um eins der Blätter zu erbeuten.

Diether war inzwischen zum hinteren Tisch vorgedrungen, wo – von einem Helfer bewacht – die teureren Werke lagen. »Die Vernunfft« sprang ihm ins Auge, dick gedruckt über einer Abbildung der lorbeerbekrönten *sapientia constans*, was wohl als »beständige Weisheit« übersetzt werden musste, wenn er sich richtig erinnerte. Ob Friedrich schon davon gehört hatte?

Schnell legte er das Buch zurück, als ihm aufging, wovon es handelte. »Das Philosophische Ehezuchtbüchlein« stand klein gedruckt in der ersten Zeile des Titelblatts, und weiter: »oder die Vernunfftgemäße Naturgescheite Ehezucht sampt der Kinderzucht«. »Die Vernunfft« groß hervorgehoben. Wozu, wenn es um etwas ganz anderes ging? Immerhin war Fischart, der Verfasser, ebenfalls ein Doktor der Rechte. Dennoch verzichtete Diether darauf, es zu kaufen, um keinen falschen Eindruck hervorzurufen.

Auch die »Historia von D. Johann Fausten, dem weitbeschreyten Zauberer und Schwartzkünstler« kam nicht in Frage, obwohl er schon in seiner Studentenzeit damit geliebäugelt hatte. Mit seinem Glauben an die unbesiegbare Macht des Teufels galt das Buch als lutherisch; wenn ihn der Schultheiß damit erwischte, wäre es wohl vorbei mit der Sympathie. »Kirchenfeindliche Gesinnung« hatte es in Freiburg geheißen, und von Ausfällen gegen Papst, Mönche und kirchliche Einrichtungen war die Rede. Das hätte Diether nicht weiter gestört, er hätte sich nur an den Zauberschwänken, Geisterspektakeln und dämonischen Künsten ergötzen wollen.

Mitten auf dem Tisch lag ein schöner Druck mit Werken des Nürnbergers Hans Sachs, die bereits als Flugschriften in der Stadt kursierten. Es schien sich um gesammelte Sagen zu handeln. Die Überschriften handelten von Olivier und Artus, Tristan, Fortunatus, Pontus und Sidonia. Das konnte er mitnehmen, so viel Geld hatte er noch. Griseldis und Melusine würden die Frauen seiner Familie begeistern, und sieh da, auch der »hürnen Seufrid« war vertreten.

Eine Tischecke war den Übersetzungen der neuen französischen Romane vorbehalten, erkennbar an den vielen jungen Städterinnen in feinen Roben, die sie umstanden. Auch die Jungfer Theodor war darunter, in der zweiten Reihe, mit einem Buch in der Hand, das sie nachdenklich durchblätterte. Sollte er sie ansprechen?

Zögernd wandte er sich mit dem Hans Sachs in der Hand dem Tisch des Verkäufers zu. Auch Leonore hatte sich entschieden und kam hinter ihm her, wie er aus dem Augenwinkel heraus feststellte.

Vor dem Stand begrüßten sie sich und zeigten ihre Erwerbungen her. Seinen Sachs kannte sie schon, der stand in der Bibliothek ihres Vaters. »Früher hat er uns daraus vorgelesen, obwohl meine Mutter sagte, das sei keine Lektüre für Kinder«, sagte sie lachend. Verblüfft registrierte Diether die erste Gemeinsamkeit.

Verstohlen musterte er, was ihre Schaube aus dicker Wolle freigab. Ein schmaler Rock, dessen leuchtendes Pflaumenblau ihm bekannt vorkam. Auch Johanna trug es, selbst gefärbt, obwohl die Mutter vor der »heidnischen Farbenpracht« gewarnt hatte. Knapp zu erkennen war noch ein rotes Mieder, eine bei ihm zu Haus ebenfalls nicht gern gesehene Farbe. Ihre Wangen waren gerötet, vom Wind vermutlich, der auch den braunen Haarknoten über dem flachen Kragen zerzauste.

Ihren eigenen Kauf überließ sie ihm nur zögernd. Es war einer der zahlreichen Romane um Amadis von Gallien, galant, aber auch lüstern, wusste er von Friedrich, die kaum jemand wagte durch die Stadt zu tragen. Mehr Liebesabenteuer als Rittergeschichten, mit Zauberspuk, Riesen, Ungeheuern und der unausweichlichen Fee, die den Helden aus allen Bedrängnissen rettete und der schicksalhaften Liebe den Weg frei machte. So etwas las die Bademutter?

»Kennt Ihr den Amadis?«, fragte sie und erklärte auf sein Kopfschütteln hin: »Ich träume mich oft in ihn hinein, wie er die Welt durchstreift und sein Glück sucht. Oder seine Feen: Zu gern hätte ich ihre Zauberkräfte! Obwohl sie den Bademüttern nachgesagt werden, ist es bei mir nämlich nicht weit her damit.«

»Und was würdet Ihr tun, wenn Ihr sie hättet?«, erkundigte sich Diether neugierig.

»Dann würde ich dafür sorgen, dass es allen gut geht!«, antwortete sie schlicht. »Wie es auch mein Vater versucht hat, mit viel besseren Mitteln, als ich sie habe.«

Er bemühte sich, seine Verwunderung zu verbergen, denn bisher hatte er sie für oberflächlich gehalten. »Ihr liebt Euren Beruf wohl sehr?«, fragte er.

»Ja, das tue ich. Aber noch lieber hätte ich studiert, wie Ihr, und wäre ein Doktor der Medizin geworden, wie mein Vater. Dann könnte ich viel mehr ausrichten und hätte vielleicht auch ein wenig mehr Einfluss, als er mir jetzt zugestanden wird.«

Ins Gespräch vertieft, hatten sie sich vom Bücherstand entfernt und gingen an den Buden mit Hökerwaren entlang zur Straße.

»Seht Euch nur die Bettler an«, sprach Leonore weiter. »Meinem Vater ist es noch gelungen, die Hinfälligsten im Spital unterzubringen. Seit er tot ist und auch das Heilig-Geist-Spital dort drüben in Trümmern liegt, kümmert sich nur noch der Bruder vom Siechenhaus um sie. Beim kleinsten Ausschlag erklärt er sie für pestkrank oder aussätzig und schleppt sie fort. Wenn sie es noch nicht sind, werden sie es bei ihm. Nur weil die Krüppel auf den Betteltouren mehr einbringen. Seht, da hat er wieder einen am Kragen!«, rief sie aufgebracht.

Auch Diether nahm das Recht der kleinen Leute ernst, sogar das der Bettler. Unüberlegt ging er auf den Mönch zu. »Wie mir scheint, will der Mann nicht mit Euch gehen«, rief er ihm zu. »Lasst ihn lieber los, bevor er Euch angreift, Bruder!«

»Mischt Euch nicht ein«, blaffte der andere. »Der Mann hat die Pest, und solches Gesindel gehört ins Siechenhaus!«

»Ich bin der Advokat und Ratsherr Dr. Meschede.« Mit aller ihm möglichen Autorität forderte Diether: »Wenn der Mann krank ist, dann stellt ihn einem Arzt vor. Jedenfalls könnt Ihr ihn nicht einfach von der Straße weg mitnehmen, wenn er das nicht will, so gebrechlich er auch sein mag.«

Der Mönch stieß sein Opfer von sich. »Eure Sache, wenn Ihr Euch ansteckt und die ganze Stadt gleich mit!«, schimpfte er im Davongehen.

Leonore gab dem Bettler eine Kupfermünze und stellte sich als

Bademutter vor. Flüchtig besah sie seinen Ausschlag und riet ihm, die befallenen Stellen und vorbeugend den ganzen Körper möglichst täglich mit reinem Quellwasser abzureiben, wenn er solche Unannehmlichkeiten in Zukunft vermeiden wolle.

»Wenn ich ihm geraten hätte, sich häufiger zu waschen, wäre er nur ärgerlich geworden.« Lachend begründete sie ihr Rezept, als sie ein Stück entfernt waren. »So wird er das Quellwasser als Medizin ansehen und eher mehr als weniger gebrauchen. Bis auf sein Holzbein und die Pusteln ist er ein gesunder Kerl, noch nicht alt, den wird das kalte Wasser nicht umbringen.«

Einträchtig gingen sie zusammen auf das Westerntor zu. Die Uhr mit dem schaurigen Grinsen darüber zeigte fast zwölf. So lange hatte er bei den Büchern verweilt? Zur Mittagsstunde war er an seinem Bauplatz mit Fuhrmann Rokeß verabredet, um zu beratschlagen, wie man am besten eine Zufahrt anlegte. Das Haus der Theodors stand ganz in der Nähe – sollte er Leonore seine Begleitung antragen?

Doch sie war schneller. »Ich gehe an der Mauer entlang, da ist es weniger voll als in der Westernstraße. Habt Ihr Lust, ein Stück mitzukommen?«, schlug sie vor. »Ich möchte Euch etwas über den Unfall des alten Brabeck erzählen.«

»Ich will ohnehin zur Jühengasse«, gab er zurück. »Wisst Ihr, dass ich ganz in Eurer Nähe mein Haus baue? Da haben wir den gleichen Weg.«

Sie durchquerten den finsteren Torbogen mit seinem Gedränge und bogen in die enge Gasse hinter der Stadtmauer ab, deren herabgefallene Kalksteinscherben sie zwangen, auf ihre Füße zu achten. Parallel zu den städtischen Anwesen der geschäftigen Westernstraße standen zur Mauer hin Hofgebäude und Ställe, deren Misthaufen ebenfalls hier versteckt wurden. Auch Meschedes Pferdemist war darunter. Bei dem Gedanken war es ihm plötzlich unangenehm, mit der Bademutter hier entlangzugehen.

»Es wird erzählt, dass Ihr Euch bemüht, Brabecks Tod aufzuklären.« Leonore, die von seinem Unbehagen wohl nichts ahnte, sprach ihn unbefangen an.

»In eigener Sache«, warf Diether ein. »Ich wurde als Erster beschuldigt, wenn Ihr Euch erinnert!«

»Ihr sollt der Erste bleiben, keine Sorge.« Sie lachte. »Aber erlaubt, dass ich dem erlauchten Kreis der Verdächtigen noch weitere hinzufüge.«

»Noch mehr? Es ist ja bald die halbe Stadt, die wir einsperren müssen!« Jetzt lachte Diether ebenfalls.

»Diese werden sich nicht so ohne Weiteres einsperren lassen«, sagte sie warnend.

Diether gab obenhin zurück: »Wahrscheinlich haben wir sie ja schon auf unserer Liste, Friedrich Baer und ich.«

»Ich glaube nicht, dass ihr schon daran gedacht habt«, entgegnete Leonore schnippisch, fügte aber versöhnlich hinzu: »Es kommt mir selbst ganz unwahrscheinlich vor, deshalb hab ich auch gezögert, davon zu erzählen.«

Sie berichtete von der Andeutung in der Schmähschrift des Syndikus Moller, über die er nur das wenige gehört hatte, das in der Stadt zirkulierte. Von einem Hinweis auf den Mord im Rathaus war bisher keine Rede gewesen. So weit hatte sie wohl niemand lesen können, bevor sie von den Kirchentüren verschwand.

»Ein Zusammenhang zwischen dem Bischof und Brabecks Tod?«, fragte er verwundert. »Das hat sich Moller bestimmt aus den Fingern gesogen. Soweit ich weiß, hat er seinen Widersachern ja die Schuld an jedem Missstand der letzten Jahre gegeben. Hier geht er aber zu weit, meint Ihr nicht?«

Leonore schüttelte den Kopf. »Die Reaktion des Fürstenbergers war merkwürdig«, wandte sie ein. »Woher Moller das denn wissen wolle, hat er gefragt. Als ob es was zu wissen gäbe, so kam es mir vor.«

»Hört sich ziemlich nach Wahrsagerei an.« Diether bespöttelte ihre Worte. »Ich dachte, Ihr könnt so was nicht?«

»Immerhin so viel, dass ich Euch ein schlimmes Ende prophezeien kann, wenn Ihr mich nicht ernst nehmt.«

»Das haben schon die Jesuiten getan, da kommt Ihr zu spät.«

»Wenigstens etwas, das wir gemeinsam haben.« Leonore kicherte.

Eindringlich forderte sie ihn dann auf: »Behaltet lieber für Euch, was ich eben erzählt hab, auch wenn Ihr mir nicht glaubt. Ich habe es nur Euch gesagt. Ich möchte nicht, dass Kaspar glaubt, ich plaudere seine Geheimnisse aus.«

Sie kann also doch verschwiegen sein, dachte Diether. Um sich des Vertrauens würdig zu erweisen, wollte er ihr von den Pfaffenkindern erzählen. Doch es zeigte sich, dass sie längst darüber Bescheid wusste, da die Familien zu den hochgestellten Patienten ihres Vaters gehört hatten.

Sie kam zu dem gleichen Schluss wie er. »Brabeck muss jemanden erpresst haben. Womit, müssen wir herausfinden.«

Wir?

Eifrig fuhr sie fort. »Vielleicht hat er seiner Tochter in Borchen etwas erzählt! Habt Ihr die schon aufgesucht?«

»Kennt Ihr sie?«, fragte Diether überrascht. »Friedrich und ich wollten tatsächlich zu ihr reiten, sobald das Wetter besser wird.«

Leonore nickte. »An Markttagen besucht sie mich manchmal, allerdings nicht im Winter. Was haltet Ihr davon, wenn ich mitkomme?«

Reichlich ungestüm, die Theodor'sche, dachte er bei sich. Mit zwei jungen Männern wollte sie durch den Wald reiten? Vielleicht meinte sie, dass Friedrich, der würdige Stiftsherr, schon für ihre Sicherheit sorgen würde. Das Gesicht seiner Mutter wagte er sich gar nicht erst vorzustellen.

Zögerlich antwortete er: »Das kann aber noch eine Zeit dauern. Gese, unser Hausmädchen, hatte erst heute Morgen eine düstere Prophezeiung parat. Ist es zu Sankt Petri kalt, übt die Kält noch vierzig Tag Gewalt, hat sie gesagt, oder so ähnlich. Mit Wetterregeln kennt sie sich aus. Das wäre frühestens Ende März, vielleicht auch erst Anfang April.« Dann fragte er: »Aber könnt Ihr überhaupt reiten? Ich habe Euch noch nie auf dem Pferd gesehen.«

Ein wenig verschnupft versetzte sie: »Ich Euch auch nicht. Wer weiß, ob der Gaul, den Ihr heute gekauft habt, Euch nicht als Erstes in den Schnee wirft. Ihr müsst mich nicht mitnehmen, wenn Ihr nicht wollt!«

Diether versuchte die Wogen zu glätten. »Natürlich freue ich mich, in Eurer Gesellschaft zu reiten. Außerdem könnt Ihr uns wirklich behilflich sein, denn in Eurer Anwesenheit wird Frau Wiegand sicher gesprächiger sein.«

»Also ist es abgemacht.« Leonore schien besänftigt. »Sagt mir Bescheid, wenn es losgehen soll, dann leihe ich mir in Rokeß' Stall ein Pferd aus.«

AM TAG PETRUS DES MÄRTYRERS

6. April
Petrus von Verona gilt als Patron der Jesuiten und der Inquisitoren. Er wird außerdem von Wöchnerinnen angerufen, weil ihnen der Legende nach das Wasser half, das mit den Reliquien des Heiligen in Berührung gekommen war. Des Weiteren hilft er gegen Blitz, Kopfschmerz und Sturm und sorgt für das Gedeihen der Feldfrüchte.

Der Winter hielt noch so lange an, wie Gese es vorhergesagt hatte, was sie mit beträchtlichem Stolz erfüllte. Der März hatte sich mit Schnee und Regen verabschiedet, doch im April wurde es endlich wärmer. Und nun schien die Sonne schon den dritten Tag.

Diether war am frühen Morgen zu Friedrich gegangen, um ihm den verabredeten Ausritt anzukündigen. Leonore hatte er bereits am Vortag durch Johanna ausrichten lassen, dass sie sich, sollte wieder schönes Wetter sein, um zehn Uhr vor dem Spiringstor treffen wollten.

Er hatte die düstere Miene seiner Mutter übersehen, die seit dem Jahrmarkt jeden seiner Schritte misstrauisch beobachtete. Natürlich waren Leonore und er bemerkt worden, als sie gemeinsam die Kirmes verließen, und auch am Abend, als sie wieder zusammen getanzt hatten. Seitdem hatte er sie nur ein paar Mal getroffen, wenn er auf seiner Baustelle Steine schleppte und sie zufällig vorbeikam. Sie hatten ein paar Begrüßungsworte gewechselt, sich aber sofort wieder getrennt, da beide nichts Neues zu berichten hatten und das Wetter zu ungemütlich war, um plaudernd zusammenzustehen.

Nachdem er sein Pferd durch das gedrängt volle Westerntor geführt hatte, duckte er sich unter Wicharts Kopf hinweg und ritt auf dem schmalen Pfad außerhalb der Mauer zum Treffpunkt. Von dort führte der Weg in einem Bogen zurück auf die viel befahrene Straße nach Borchen, die sie Leonore zuliebe nehmen wollten, um ihr den wilden Ritt über Stock und Stein zu ersparen. Schade, dachte Diether, da hätte mein Feuerpferd einmal zeigen können, was in ihm steckt.

Der Stadtgraben zu seiner Rechten war mit kahlem Gesträuch bewachsen. In seiner Kindheit hatte es hier Gärten gegeben, die jedoch den mehrfachen Belagerungen der Stadt zum Opfer gefallen waren. Auch die Wehrhecken jenseits des Grabens waren nur noch verkohlte, von Brombeergestrüpp überwucherte Reste. Sowohl die Hessen als auch die Truppen des Bischofs hatten hier gewütet und mit ihren Kanonen in der Stadt große Schäden angerichtet. Sein Elternhaus hatte ebenfalls etwas abbekommen. Henrich hatte das eiserne Geschoss, das in die Bruchsteinmauer zur Westernstraße hin ein großes Loch gerissen hatte, sorgfältig verwahrt und später auf einem der Torpfeiler befestigt.

Er freute sich auf den bevorstehenden Ritt durch die sonnenbeschienene, wenn auch noch kahle Feldflur. Allzu lange hatte ihn der Winter in der engen Stadt eingesperrt. Vom Gespräch mit Käthe Wiegand erwartete er sich dagegen nicht viel. Bestimmt hatte der Alte seine Geheimnisse nicht mit der Tochter geteilt, auch wenn sie sein einziges Kind war. Und ganz sicher dann nicht, wenn wirklich hochrangige Herren betroffen waren. Deren Namen zu nennen hätte auch seine Tochter in Gefahr gebracht; so dumm war Brabeck nicht, das nicht zu berücksichtigen.

Wieder sah er sich mit dem Stadtdiener im Keller des Rathauses stehen. Schlitzohrig war er, das ja, ein echter Paderborner eben, auch brummig nach außen, eigentlich aber freundlich und harmlos. Eine überlegte Erpressung traute Diether ihm nach wie vor nicht zu. Aber womit hatte er dann seinen Mörder gegen sich aufgebracht? Er seufzte entmutigt. Der Täter hatte genug Zeit gehabt, alle Spuren zu beseitigen. Je mehr Gras über die Angelegenheit wuchs, desto schwieriger wurde es, sie aufzuklären.

Friedrich auf seinem Rappen stand bereits vor dem Tor, das zu dieser Tageszeit und zumal kein Markttag war kaum benutzt wurde. Von Leonore keine Spur. Würde sie kommen?

Der Freund hatte sich in der Stiftsküche einen reichlichen Mundvorrat einpacken lassen. »Brabecks Tochter wird nicht erpicht darauf sein, uns alle zu bewirten, wenn wir unangemeldet auftauchen«, rechtfertigte er sich.

Anders als sonst zu ihren Ausflügen hatte ihm die Mutter an diesem Morgen keine Wegzehrung aufgedrängt. Diether erzählte von ihrer schlechten Laune und fragte aufgebracht: »Ob sie weiß, dass wir uns mit Leonore treffen wollen?«

»Sicher«, sagte der Freund lachend. »Gestern war Gildesitzung, und Rokeß hat bestimmt verbreitet, dass Leonore sich ein Pferd geliehen hat. Alles, was die Theodors tun, ist ein beliebter Gesprächsstoff. Wahrscheinlich hat er noch hinzugefügt, dass er befürchtet, den Gaul anschließend exorzieren lassen zu müssen.«

Diether verkniff sich das Grinsen, weil er die Bademutter aus dem Tor kommen sah. Sie ritt einen dunklen Apfelschimmel mit schlankem Hals und schmalen Flanken und saß im Herrensitz darauf. Unter den geschürzten Röcken schauten Beinlinge und derbe Schuhe hervor. Ohne Sporen. Er selbst trug welche, Friedrich auch, doch nur, weil sie dazugehörten, und nicht, um dem Pferd damit ihren Willen aufzuzwingen. Dass Leonore sie gar nicht erst anlegen würde, hatte er vorausgesehen. Ein wenig kannte er sie also doch.

Leonore übernahm die Führung. Statt der Straße schlug sie den Weg durch das öde Gartenland ein, sprang über die Mauerreste und hielt entlang der Feldränder des Guts Enenhus auf den Sundern zu. Die unbestellten Äcker waren von ausgedehnten flachen Pfützen bedeckt. Die lehmige Erde klebte an den Hufen, wenn die Pferde vom grasbewachsenen Rand abkamen.

In schnellem Galopp ritten sie hintereinander her, immer bergauf, auf leicht erhöhten Böschungen oder in tief angelegten Hohlwegen. Wo Schatten ihn festhielt, waren noch Flecken schmutzigen Schnees zu sehen. Die Waldwege schienen Leonore gut bekannt zu sein. Dann kam wieder freies Feld mit niedrigem Bewuchs, sie setzten über verfallene Mauern und zugewachsene Gräben hinweg, bis sie kurz vor dem Frankfurter Weg endlich ihr Pferd zügelte. Fuhrwerke, Reiter und einsame Wanderer strebten dem über das Unterholz ragenden Querturm zu und weiter nach Warburg und ins Hessische oder kamen von dort und zogen am katholischen Paderborn vorbei, um in Lippstadt und Dortmund ihre Geschäfte zu machen.

»Habt Ihr die Ruinen gesehen?«, fragte sie atemlos, als Diether und Friedrich sie eingeholt hatten. Sie fing ihr aufgelöstes Haar ein und knotete es am Hinterkopf zusammen. »Die gehören zu den Weilern, die es früher hier gab«, erklärte sie, »bis ihre Bewohner von den Raubrittern und ihren Fehden vertrieben wurden. In den verfallenen Kellern nisten sich von Zeit zu Zeit Diebe und Raubmörder ein, erzählt man, und vielleicht ist ja auch Balthasar auf seiner Flucht hier gelandet.«

»Dafür hätte er nicht fliehen müssen«, sagte Friedrich spottend. »Hier ist es noch kälter als im Kerker.«

Nebeneinander ritten sie hinter dem Frettholz und am Rande des Bocks entlang auf den Schling zu, den einzigen, gut bewachten Durchlass durch die Landwehr zwischen der Barkhäuser Almebrücke und dem Querturm. Nach Westen und Norden ging der Blick weit ins Land. In großem Bogen zog sich die Landwehr um die Stadt, Rauchfahnen zeigten an, wo Wewer, Elsen und Neuhaus lagen, und hoch aufgereckt stand die schlanke Silhouette des Domturms vor den blauen Hängen des Teutoburger Waldes, als gäbe es die ausgedehnte Senne dazwischen nicht.

Der Schling war unbesetzt, der Schlagbaum offen. Kein Wärter, der Reisenden eine Erfrischung anbot. Die Paderborner Feldmark jedem Feind preisgegeben. Diether nahm sich vor, dem Magistrat davon zu berichten. Wozu hatte man die Wehranlage in den letzten Jahren mit großem Aufwand verstärkt, wenn nicht einmal die Durchlässe bewacht wurden?

Beunruhigt zählten sie einander mögliche Feinde auf, die solch eine Einladung wahrnehmen könnten. Angefangen bei Leonores Räuberbanden über hessische Kriegsscharen bis hin zu den spanischen Freibeutern, die noch vor einigen Jahren das Delbrücker Land überfallen hatten, kamen viele in Frage. So sicher waren die Zeiten nicht, auch wenn sich Diether gern über die allgegenwärtigen Besorgnisse lustig machte.

Unterdessen waren sie an der steilen Abbruchkante des Tals angekommen, das Alme und Altenau in die Landschaft gefräst hatten. Unter einer dicken Linde stand auf dem Bergsporn ein Heiligenhäuschen, wo sie einen kurzen Moment haltmachten. Ein

Stück voraus lag Borchen, von Hügeln geschützt, die den Blick auf die Nachbardörfer versperrten. Am Dorfrand war durch die kahlen Bäume im Sonnenschein glitzerndes Wasser zu sehen. Wo sich die Hügel verengten, vereinigten sich die Flüsse in einer weiß schäumenden, von großen Felsbrocken durchsetzten Fläche, um sich danach wieder in zwei Arme zu teilen.

Statt des gewundenen Fahrwegs unterhalb des Bocks wählten sie den steilen Abstieg, der direkt ins Dorf führte. »Der Wiegand'sche Hof liegt dort unten an der Altenau, kurz bevor sie in die Alme fließt.« Leonore zeigte, während sich die Pferde vorsichtig einen Weg durch das Geröll suchten, auf ein weitläufig ummauertes Anwesen mit einem verwitterten Burgturm im Mittelpunkt. »Er gehört den Herren von Oeynhausen, ist zu deren Oberhaus das ältere Unterhaus, das sie aber nicht selbst bewohnen, sondern ihren Verwaltern überlassen. Es war eine richtige alte Raubritterburg, wo sie sich monatelang verschanzen konnten.«

Am Fuß des Abhangs erstreckten sich weitläufige Bruchwiesen bis zum Dorfrand, auf denen fette Kühe weideten. Ein größerer Gutshof lag direkt unter der Steilkante, auf der Koppel daneben eine Herde erstklassiger dunkler Reitpferde. Der Bauer schaute die drei Reiter argwöhnisch an und erwiderte ihren Gruß mit keiner Regung.

»So leicht wird man hier nicht warm«, sagte Leonore lachend, als sie ein Stück entfernt waren. »Sogar Käthe gilt noch als neu im Dorf, dabei lebt ihre Familie jetzt in der dritten Generation auf dem Hof, in einem riesigen, neu erbauten Gutshaus mit einer Gräfte drum herum.«

Die Dorfstraße war gesäumt von eindrucksvollen Bauernhöfen mit großen Deelen. Die Kötterhäuschen dazwischen machten einen eher behaglichen als dürftigen Eindruck. Ausladende Kastanien- und Walnussbäume beschatteten die Höfe, und nirgends fehlte der Flieder- oder Ranunkelbusch an Zaun oder Mauer. Leonore kannte jeden Hof, jeden Baum und Strauch mit Namen.

Sie saßen ab und führten die Pferde am Zügel. »Beschaulich«, sagte Diether nickend. »Wenn man vergisst, dass die Bewohner leibeigen sind.«

»Die Wiegands nicht«, klärte Leonore sie auf. »Großvater Wiegand war freier Bauer, bevor er auf den Hof zog und die Tochter des Verwalters heiratete. Im Dorf munkelt man seitdem von einer Oeynhausen'schen Verbindung zur linken Hand, aber davon will Käthe nichts hören. Sie sagt, sie könne darauf verzichten, einen kleinen Raubritter in der Familie zu haben. Sie haben jahrhundertelang das Land unsicher gemacht …«

Ihr Gesicht verdüsterte sich plötzlich, scharf traten die kantigen Wangenknochen hervor. »Und sie tun es noch jetzt!« Anklagend wies sie ein Stück voraus.

Der Weg hatte eine Biegung gemacht und gabelte sich gleich darauf. Der linke Abzweig führte zu einer Reihe verkohlter, teilweise eingestürzter Häuser. Große Schutthaufen lagen davor, gekrönt von angesengtem Hausrat und zu Schlacke verbrannten Balken. Ein kleiner Bach floss teils die Straße entlang, teils über sie hinweg und verteilte Ruß und Staub bis vor ihre Füße.

»Was ist denn das?«, fragten die Freunde aus einem Mund.

»Das ist ein Ergebnis der ritterlichen Fehden zwischen den hochedlen Herren des Landes«, berichtete Leonore aufgebracht. »Ziemlich genau zwei Jahre ist es her, seit die Rietberger Soldaten hier eingefallen sind und gebrandschatzt und geplündert haben, was sie nur konnten. Weil sie die dicken Mauern der Oeynhausen'schen Besitzungen nicht überwinden konnten, haben die Kriegsknechte die Höfe der Bauern angesteckt und das Vieh fortgetrieben. Der von Oeynhausen wird sich im Rietbergischen auf die gleiche Art gerächt haben.«

Die Bicke hatte sich für eine Seite des Wegs entschieden und floss den rechten Abzweig hinab auf die brausende Wasserfläche zu, die am Ende der langen Mauer mehr zu hören als zu sehen war. Leonore führte sie zum Tor des Wiegand'schen Hofs, der jenseits des Bachs lag und nur über einen Steg zu erreichen war. Tiefe Fahrrinnen im Bachbett zeigten, dass die Fuhrwerke direkt durch das Wasser fuhren.

Hinter dem Hoftor fiel der Blick auf bruchsteingemauerte Schafställe und eine riesige Wiese voller Obstbäume. Auf dem Boden ein Meer von Krokussen, alle in einem satten Blauton mit wenigen silbrig weißen Blüten dazwischen. Um die Bäume herum blühten die ersten gelben Narzissen und brachten das Blau der Krokusse zum Leuchten.

»Das sind die Oeynhausen'schen Farben«, erklärte Leonore.

»Blau und Silber. Die Frauen des Dorfs haben für den Blumenteppich vor dem Altar der Kapelle zu sorgen, wo die Abdinghofmönche sonntags die Messe halten. Die haben in Paderborn zur Fastenzeit eine violette Krokuswiese, das wisst ihr ja.«

Vom Gutshaus am Ende der Obstwiese kam ihnen eine rundliche Frau in einfacher Kleidung entgegen, erst zögerlich, dann freudig winkend, als sie die Bademutter erkannte. Sie begrüßten sich herzlich, und Leonore stellte ihre Begleiter vor. Diether fiel sofort ihr unbedecktes feuerrotes Haar ins Auge, das ihn an den Henrich seiner Kinderzeit erinnerte. Der hatte es allerdings nicht in Zöpfen um den Kopf geschlungen, und auch seine Augen waren nicht so grün wie die seines Gegenübers.

Frau Wiegand lud die unverhofften Gäste ein, ins Haus zu kommen und am bescheidenen Mittagsmahl der Familie teilzunehmen. Sie betraten das lang gestreckte Wohnhaus neben der alten Burg, deren mächtigen Rundturm fahles Efeu überwucherte. Unter der festen Zugbrücke stand grünlich schillernd das Wasser der Gräfte. Diether wunderte sich über die große Zahl der Fenster. Fast jede Fläche zwischen den Balken des Fachwerkbaus füllten sie aus. Frau Wiegand führte sie in eine große Stube, wo ein Erker die Fensterflächen noch vermehrte. Von hier aus schaute man auf den großen Garten im Viereck zwischen Ställen und Mauern. Andere Fenster zeigten die Altenau, ein malerisches baumbestandenes Flüsschen, dem das Frühjahrshochwasser gerade mal das Bett gefüllt hatte.

Nach dem Essen – Friedrich hatte seine Schätze beigesteuert – tischte die Hausfrau den Gästen eingelegte Dörrpflaumen auf. »Die liegen in unserem eigenen Apfelschnaps, probiert sie nur, aber nicht zu viel davon, denn sie haben es in sich. Aber jetzt erzähl, warum du die jungen Herren mitgebracht hast, Leo. Denn dass du neuerdings einen Begleitschutz brauchst auf deinen Ausflügen, glaube ich nicht.«

Diether ergriff das Wort. Nachdem er sein Bedauern über den Tod ihres Vaters ausgedrückt hatte, überreichte er Frau Wiegand Brabecks Rente, die Jobst Baer um einen ansehnlichen Zinsertrag aufgestockt hatte.

Kopfschüttelnd sah Käthe zu, wie er das Geld vor sie hin zählte. »Er hat immer so viel für uns getan«, sagte sie traurig. »Ich kann gar nicht fassen, dass er tot ist. Dabei ist er bei der Apfelernte letzten Herbst noch in unseren Bäumen rumgeklettert!« Sie wischte ein paar Tränen ab und schnäuzte sich in ihre Schürze.

Leonore legte den Arm um sie. »Das ist der zweite Grund, warum wir hier sind«, begann sie geradeheraus zu reden. Käthe wusste bereits von der Verhaftung und Flucht Balthasars und war überrascht, als sie erfuhr, dass ihre Besucher nicht ihn für den Täter hielten. Diether warf ein, dass auch er zu den Verdächtigen gehörte, was sie nach einem Blick auf Leonore mit einer Handbewegung abtat.

»Ich habe fest daran geglaubt, dass Vaters Tod mit dem Weinkeller zu tun hatte«, erzählte Frau Wiegand. »Deshalb kam mir der Weinzapf ganz wahrscheinlich vor. Dass sich jeder vom Ratswein und an den Schätzen der Stadt bediente, hat er immer gesagt. Aber er hat noch mehr erzählt, und wenn etwas davon wahr ist, könnte ich mir schon noch andere Gründe vorstellen.«

»Es würde uns sehr helfen, wenn Ihr Eure Erinnerungen mit uns teilt.« Friedrich brachte sich ins Gespräch ein. »Das sage ich nicht nur, um meinen Freund Diether vom Verdacht zu befreien. Wenn einer meiner Mitbürger am Tod Eures Vaters schuldig ist, dann möchte ich das wissen, und ich will, dass er bestraft wird, ganz gleich, wer es ist. Wie soll man denn in einer Stadt leben, in der ein Mörder frei herumläuft!«

Frau Wiegand gab zurück: »Wenn es nach meinem Vater ging, habt ihr den ohnehin unter euch, schon seit langen Jahren, und er ist immer noch nicht entdeckt worden.«

Leonore schaute Diether bedeutungsvoll an.

Bedauernd fuhr Brabecks Tochter fort. »Er hat so oft davon gesprochen, dass ich gar nicht mehr hingehört habe. Nur in den ersten Jahren habe ich ihn ernst genommen. Als dann nichts geschah und sein angeblicher Mörder immer noch nicht gefasst war, obwohl er doch alle Beweise zusammenhatte, habe ich mir gedacht, dass er sich nur wichtigmachen will. Das Ganze ist so unwahrscheinlich, dass ich lieber gar nicht erst davon erzähle. Sonst denkt ihr noch, er war nicht ganz richtig im Kopf.«

»Bestimmt nicht«, warf Leonore beruhigend ein. »Wir alle haben deinen Vater gekannt; wenn er gesponnen hätte, wäre uns das aufgefallen. Du hast es schon so spannend gemacht, dass wir jetzt alles wissen wollen.«

Diether und Friedrich nickten zustimmend.

Frau Wiegand setzte sich zurecht und suchte nach dem Anfang der Geschichte. Vor Aufregung war ihr Gesicht so rot, dass die Sommersprossen darunter verschwanden. »Ich weiß gar nicht mehr, wann er zum ersten Mal davon gesprochen hat. Das ist lange Jahre her, kurz nach dem Tod meiner Mutter, glaube ich. Damals hat er mir viel erzählt, was wohl eher ihr zugedacht war, denn eigentlich war ich noch zu jung für solche Schauergeschichten. Jedenfalls ging es um den früheren Bischof, Heinrich hieß er, glaube ich. Der ist wohl ziemlich plötzlich gestorben, noch als ganz junger Mann. Vom Pferd gefallen, einfach so, sagte Vater. Aber nicht in Paderborn, sondern da, wo er außerdem noch Bischof war. Und er sagte dann immer, er weiß, wer damals in Bremervörde war, und später wusste er angeblich auch, was der Mörder zur Belohnung für seine Tat bekommen hat. Ein schöner Besitz, hat er gesagt, der ihn viel reicher gemacht hat, als die Klitsche seines Vaters jemals eingebracht hätte. Aber den Namen hat er nie genannt, und angezeigt hat er ihn wohl doch nicht, obwohl er oft damit gedroht hat. Dass er ihn erpresst hat, kann ich mir aber nicht vorstellen, denn dann wäre ihm wohl schon eher etwas zugestoßen. Außerdem war mein Vater immer nur groß im Reden, das muss ich schon sagen, auch wenn er jetzt tot ist. Eigentlich war er ein guter Mann, der niemandem etwas Böses wollte. Oder seid ihr anderer Meinung?«

»Auf keinen Fall.« Friedrich sprach für Diether und Leonore mit. »Euer Vater war ein ehrenwerter Mann und hatte, soweit wir wissen, außer dem unbekannten Mörder keine Feinde. Ob man ihm diese Geschichte aber glauben kann? Ein Mord an einem Bischof? Wenn etwas daran gewesen wäre, hätte er doch sicher den Schultheiß benachrichtigt!«

Käthe schüttelte den Kopf. »Wie gesagt, ich war noch ziemlich jung damals. Mag sein, dass ich seine Erzählungen durcheinandergeworfen habe. Aber den Namen Bremervörde habe ich seitdem nie vergessen, den hat er ganz bestimmt genannt.«

Diether war verblüfft über Frau Wiegands Eröffnungen. Sie warfen ein ganz neues Licht auf die Vorgänge und passten zu Leonores Wahrsagerei aus der Moller'schen Schmähschrift. Hatte sie sich also doch nicht verhört, wie er insgeheim für sich entschieden hatte. Deshalb auch hatte er Friedrich nichts davon erzählt, zumal sie ihn um Stillschweigen gebeten hatte. Allerdings war Moller eine recht zweifelhafte Quelle. Wer sollte das glauben: Ein Bischof raubt einem Bischof das Leben! Denn wenn man Kaspars Andeutung ernst nahm, musste Dietrich die Finger im Spiel haben.

»Hast du jemals von diesem Bischof Heinrich gehört?«, fragte er Friedrich. »Oder von Gerüchten, dass er zu plötzlich gestorben sei? Ich weiß nur, dass es im Jahr meiner Geburt geschehen sein muss, weil Dietrich seitdem auf dem Bischofsstuhl sitzt.«

»Das war lange vor unserer Zeit!«, wandte der Freund ein. »Seit ich denken kann, ist Dietrich am Ruder, und von seinem Vorgänger spricht niemand mehr. Aber ich werde mich unter den älteren Stiftsherren umhören, und du kannst immerhin deinen Vater fragen.«

»Der wird sagen, wir hätten Verdächtige genug und bräuchten nicht alle Verbrechen der Vergangenheit aufzuklären.« Diether gab der eigenen Skepsis Ausdruck. Noch immer konnte er nicht glauben, dass wirklich ein Zusammenhang bestand. Brabeck und der Bischof? War der nicht eine Nummer zu groß für den alten Mann?

Andererseits hatten die Fürstenberger sich schon manch Bubenstückchen erlaubt …

Sie diskutierten noch eine Weile darüber, wie es Brabeck gelungen sein konnte, dem Mörder auf die Spur zu kommen. Immer wieder drehten sie die Bruchstücke ihres Wissens hin und her und versuchten, ein stimmiges Bild daraus zu basteln. Noch bestand es vor allem da aus dunklen Flecken, wo eigentlich Köpfe zu sehen sein sollten.

Leonore beschloss ihre Überlegungen mit dem Hinweis auf den großen Schritt, den sie heute vorangekommen waren. Zuversichtlich schlug sie vor: »Wir sollten weiterhin die Augen offen halten und jeden ausfragen, der etwas wissen könnte. Brabecks Schlüsse können auch andere Leute gezogen haben, wir müssen sie nur finden.«

Diether nahm sich vor, außerdem die verdächtigen Magistratsherren im Auge zu behalten. Noch immer schien ihm die Bischofsversion ziemlich unwahrscheinlich. Und wenn doch etwas dran war: Wie sollte man ihn vor den Richter bringen? Als Gerichtsherr konnte der Fürstbischof nicht vor seinem eigenen Gericht belangt werden.

Zum Abschied lud Frau Wiegand alle drei zur Zwetschgenernte ein. »Bis dahin sollten wir wohl wissen, wie dein Vater ums Leben gekommen ist«, kündigte Leonore an – etwas voreilig, fand Diether.

»Ihr könnt auch kommen, wenn ihr nichts herausbekommt. Bringt euch nicht in Gefahr!«, gab ihnen Käthe als Warnung mit. »Wenn sie Vater umgebracht haben, kommt es ihnen auf einen mehr nicht an.«

Auf dem Rückweg, den sie über den Haxterberg und am Querturm vorbei nahmen, hielt sich Diether hinter Friedrich und Leonore, die in gedämpftem Ton über Gostes Gebrechen sprachen. Von der Höhe aus war vom Dorf nur noch das Kapellchen auf dem vorgelagerten Hügel zu sehen. Langsam sank die Sonne darauf zu und verschwand im Tal der Altenau und Alme, die noch lange flammend rot loderten.

Etwas spukte in seinem Kopf herum, doch er bekam es nicht zu fassen. Frau Wiegand hatte so viel erzählt, doch über der Sensation mit dem Bischof war ihm alles andere entfallen. Vielleicht fiel es ihm später wieder ein, hoffte er; bis dahin gab es ohnehin genug zu bedenken.

AM TAG DES HEILIGEN PATERNUS VON ABDINGHOF

13. April
Der irische Mönch Paternus lebte als Inkluse in einer an das Paderborner Abdinghofkloster angebauten Zelle. Der Legende nach sagte er den großen Stadtbrand vom 13. April 1058 voraus. Er kam in den Flammen um, da er die Zelle seinem Gelübde entsprechend nicht verlassen wollte. In der kirchlichen Kunst wird er häufig mit einer brennenden Kerze dargestellt.

»Da bin ich ja mal gespannt, wer jetzt Ostern alles bei der Kommunion ist!« Rokeß feixte. »Was meinst du, ob die Theodor'sche geht? Du hast doch neuerdings einen guten Draht zu ihr! Hat sie schon was gesagt?«

Der Fuhrmann war für die Magistratssitzung herausgeputzt von den Jesuiten her zur Baustelle gekommen, wo Diether sich wieder einmal Gedanken darüber machte, wie sein Haus aussehen sollte. Nicht so protzig wie das Stallmeisters um die Ecke, hatte er gerade überlegt. Dessen Giebelspitze mit den Halbmonden konnte er über die Häuser hinweg gerade noch sehen.

Ungehalten drehte sich Diether um. Musste ihn jeder auf die Bademutter ansprechen? Er hatte wirklich andere Dinge im Kopf.

»Fragt sie doch selbst«, antwortete er missmutig. »Wie kommt Ihr überhaupt darauf?«

»Pater Röhrich.« Rokeß nickte zum Jesuitenkolleg hinüber. »Er guckt so zufrieden wie die Katze ausm Sahnetopf. Weißt du nicht, warum?«, fragte er, als Diether verständnislos schaute. »Du solltest öfter in die Kirche gehen! Täglich werden es mehr Konversionen, sie verkünden es jeden Sonntag von der Kanzel. Ostern wirst du aber da sein, denke ich? Das wirst du deiner lieben Mutter nicht antun!«

Diether nickte unwillig. Was ging das Rokeß an? Es hatte ihn innere Kämpfe genug gekostet. Nur seiner Eltern wegen wollte er sich noch einmal des Bischofs Forderungen fügen; sein eigener Herr war er erst mit einem eigenen Haus.

»Deine Leonore wird nicht gehen, da wette ich drauf.« Der Alte fuhr fort zu hetzen, mit hochrotem Gesicht über der viel zu engen Kröse. »Die zieht lieber von hier weg, da ist sie genauso ein Dickkopf wie ihr Vater. Lass dich bloß mit der nicht ein, da kriegst du jede Menge Ärger!«

»Sie ist nicht meine Leonore und wird es auch nicht werden«, gab Diether gereizt zurück, doch Rokeß hörte nichts.

»Arnulf ist ja Gott sei Dank noch vernünftig geworden und rechtzeitig abgesprungen, da muss ich ihn einmal loben, meinen Sohn«, schwatzte der Fuhrmann weiter. »Was das wohl geworden wäre mit der? Wahrscheinlich hätte sie uns eines Tages alle vergiftet, um an den Besitz zu kommen!«

»Nun hört aber auf!« Unwillkürlich sprang Diether ihr zur Seite. »So was glaubt Ihr doch selbst nicht! Die Jungfer Theodor hat einen guten Ruf wie ihr Vater. Hat er nicht sogar den Bischof behandelt?«

»Jau, hat er«, gab Rokeß zu. »Aber wer weiß, was er ihm alles eingegeben hat. Dietrich ist krank genug, viel genutzt hat die Behandlung nicht. Jetzt ist sein Sohn am Werk, der junge Doktor, vielleicht hilft das ja. Aber der andere Fürstenberger, Kaspar, der ist in ihren Fängen, und wie man hört, geht es ihm gar nicht gut. Aber egal. Hat sich ja wohl bald erledigt.« Er griente boshaft.

»Dann lass uns mal gucken.« Endlich wandte er sich Diethers Baustelle zu. »Die Zufahrt sieht ja schon ordentlich aus, da habt ihr anständig Steine geschleppt, was?«

Sie wanderten über das Grundstück und besprachen, wie beim Kelleraushub vorgegangen werden sollte. Der Untergrund war zum Glück nicht so felsig, wie es zuerst den Anschein gehabt hatte. Rokeß war zuversichtlich, dass er auch in der Tiefe aus mehr oder weniger großen Kalksteinscherben bestand, mit Erde durchsetzt, die er auf dem Grundstück verteilen konnte. Die Steine konnte Diether für die Kellerwände nehmen, die sollte er am Rand aufstapeln.

Rokeß bot ihm noch die Hilfe eines seiner Lohnknechte an, was er gern annahm; denn Henrich hatte immer noch keinen Helfer gefunden, der seinen Ansprüchen genügte. Er selbst verbrachte zwar viel Zeit auf der Baustelle, doch war die Arbeit ein wenig zu schwer für einen Advokaten und einen älteren Mann. Friedrich hatte sich noch nicht wieder blicken lassen seit dem Ausritt; ob der vornehme Stiftsherr eine große Hilfe sein würde? Bestimmt war der Vater einverstanden mit dem zusätzlichen Mann.

»Also abgemacht«, fasste Rokeß zusammen. »Gleich nach Ostern geht es los. Ihr könnt ja schon mal ein bisschen buddeln bis dahin, Henrich und du. Aber wart's ab, wenn mein Matthis kommt, dann geht es voran!«

Er zog an der glänzenden Kette, die quer über seinem beträchtlichen Bauch hing, und beförderte eine eidicke goldene Taschenuhr ans Tageslicht. »Zeit, zum Rathaus zu gehen«, sagte er nach einem Blick darauf, nicht ohne sich mit einem Seitenblick zu vergewissern, dass Diether das Zeichen seines Wohlstands wahrgenommen hatte. »Kommst du mit?«

Diether stimmte zu, und zusammen gingen sie die Jühengasse hinauf. Auf der heutigen Sitzung sollte der Umzug des Magistrats in den Tigge, den alten Richtstuhl auf dem Ükern, beraten werden, der für die Zeit des Umbaus das Rathaus ersetzen sollte. Diether hatte sich vorgenommen, besonders auf das Archiv achtzugeben, damit nicht alle Dokumente wieder durcheinandergeworfen wurden. Denn bestimmt waren seine Expeditionen mit Brabeck nicht die letzten Ausflüge in die Unterwelt gewesen. Sein Beruf würde es unweigerlich mit sich bringen, die Urkunden noch oft einsehen zu müssen.

Allerdings sollten Archiv und Triesekammer so lange wie möglich an Ort und Stelle bleiben, um ihnen die feuchten Keller des alten Ükernrathauses zu ersparen. In dessen Obergeschoss sollte vorerst nur der Magistrat einziehen, zusammen mit den Diensträumen des Schultheißen und der Schütter, Dorbechers Schreibstube und den laufenden Magistratsakten. Es würde nicht ganz einfach werden, alles im engen Tigge und seinem windschiefen Anbau unterzubringen.

Sie bogen um die Ecke des Asseburger Hofes und hatten die schmale Südwestseite des alten Rathauses vor sich. Die niedrig stehende Aprilsonne hob jedes Detail hervor. Die bleiverglasten Fenster waren blind, die Farben der Holzschnitzereien am Giebel verblasst, die ehemals weißen Flächen zwischen den Fachwerkbalken grau verschmiert.

Dennoch, dachte Diether, es passt zur Stadt. Die neuen Prunkbauten sprengten alle Dimensionen, stachen heraus, wollten dominieren. Das Jesuitenkolleg gegenüber mit seinem protzigen Turm war das beste Beispiel. Seiner Meinung nach brauchte das Rathaus nur ein wenig neue Farbe und eine gründliche Reinigung, vielleicht auch neue Dachziegel, setzte er beim Blick nach oben hinzu, dann konnte es noch jahrhundertelang seinen Dienst tun.

Es war vor allem Gogreve, der Bürgermeister, erinnerte er sich, der die Planungen vorangetrieben hatte. Wollte er sich mit dem Neubau ein Denkmal setzen?

Die Uhr im Türmchen über der Freitreppe – auch sie dem Abriss preisgegeben – schlug die volle Stunde. Doch Rokeß hatte es nicht eilig, obwohl aus den offenen Fenstern des Ratssaals nur noch leises Stimmengemurmel zu hören war.

Er hielt Diether am Ärmel zurück. »Übrigens gut, dass du Arnulf das Pferd vor der Nase weggeschnappt hast«, vertraute er ihm an, ohne sich vom Widerstreben des Jüngeren abhalten zu lassen. »Der hat zwar getobt zu Hause, das hättest du hören sollen! Aber du kennst ihn ja, als alter Schulfreund, das vergisst er wieder. Mein Sohn soll erst mal seine Schulden abarbeiten, dann kann er daran denken, teure Pferde zu kaufen. Beim nächsten Mal kannst du ihm das von mir ausrichten, bevor er mitsteigert und die Preise hochtreibt. Ich habe ihm ordentlich die Leviten gelesen, das kannst du mir glauben. Es ist natürlich keine Rede davon, dass du ihm den Gaul abtreten sollst.«

»Danke«, antwortete Diether knapp und nahm die letzten Stufen in einem Satz. Er hätte sein Feuerbein, wie Henrich es inzwischen getauft hatte, ohnehin nicht hergegeben und schon gar nicht an Arnulf. Von wegen alter Schulfreund! Schon damals hatten sie sich mehr geprügelt als zusammen gespielt, weil Arnulf beharrlich versucht hatte, sich zwischen ihn und Friedrich zu drängen.

Und wieder machte er Ärger: Des dummen Vierkants wegen kam er jetzt zu spät.

Während der Ratssitzung ging ihm nicht aus dem Kopf, was Rokeß über Leonore gesagt hatte. Würde sie wirklich die Stadt verlassen müssen? Denn dass sie klein beigab, konnte er sich ebenfalls nicht vorstellen.

Des Drosten Verhalten war nicht dazu angetan, seine Bedenken zu zerstreuen.

»Heute ist der Tag des heiligen Paternus.« Plettenberg leitete das Ende seiner Eröffnungsrede ein, als Diether leise die Tür hinter sich und Rokeß schloss. Mit stetem Blick in seine Richtung fuhr er fort: »Vor mehr als fünfhundert Jahren hat der heilige Mönch unsere Stadt vor unheiligen Umtrieben gewarnt und sein eigenes Leben verloren, als Gott sie in einer Feuersbrunst reinigte.«

Er winkte Elmar heran, der eine mächtige Kerze mit einem silbernen Fuß darunter schleppte. Salbungsvoll erhob der Droste die Stimme zu einer seiner üblichen Predigten. »Wir werden heute dem heiligen Paternus eine Kerze entzünden, im Gedenken an das sündenverzehrende Feuer damals. Denn auch heute hat die Stadt die Warnung des Heiligen und sein Gebet zu Gott dem Herrn nötig. Noch immer leben die Ketzer mitten unter uns, ihrem gottlosen Irrglauben ergeben. Unser hochwürdigster Herr und Bischof hat nun befohlen, dass am bevorstehenden Osterfest die Bürger ihre Stadt durch den Empfang der Sakramente heiligen, wie es einer Domstadt wohl ansteht. Ich habe ihm versichert, dass die Herren des Magistrats daran mitwirken, dass des Bischofs Wünsche befolgt werden. Man erinnere sich an den heiligen Paternus: Der Herrgott kann auch Feuersbrünste schicken, um die Sündhaftigkeit auszurotten!«

Theatralisch hatte er die Kerze entzündet und dem Bürgermeister das Wort übergeben.

Dem anhaltenden Gemurmel nach zu schließen, das nur kurz unterbrochen worden war, als der Stadtdiener mit der Kerze herantrat, war des Drosten Appell auf wenig fruchtbaren Boden gefallen. Es bestand wohl kein Anlass, Leonore zu warnen, zumal sie sicher längst von dem Edikt wusste.

Aber ob sie es ernst nahm? Er wusste ja selbst nicht, ob Grund dazu bestand. Des Bischofs Verhalten den Stadtbürgern gegenüber war einfach nicht einzuschätzen.

AM TAG DES HEILIGEN GEORG

23. April
Georgs legendärer Sieg über den Drachen symbolisiert den Triumph des Christentums über die Heiden und die von ihnen transzendierten Naturkräfte. Als »der Christen Herzog« erschien er den Kreuzrittern und half ihnen, die Sarazenen zu erschlagen und Jerusalem zu erobern. Er gilt als Patron der Haustiere und wird für gutes Wetter angerufen.

Westphal ging am Neptunbrunnen vorbei auf den Treppenturm zu, der zu den Gemächern des Bischofs hinaufführte. Heidnische Götter in des Bischofs Hof, dachte er wie so oft angesichts des ragenden Dreizacks. Wenn es noch der heilige Nepomuk wäre! Der stand zwar in keinem Heiligenkalender, aber doch in katholischen Gegenden an vielen Brücken, zum Zeichen, dass die christlichen Heiligen die Götzen und Naturgeister besiegt hatten.

Auch in Dietrichs Wewelsburg gab es zweifelhafte Figuren, erinnerte er sich, sogar an den Kaminen seiner Schlafräume, wo kaum bekleidete Frauenzimmer die Gesimse zierten. Was half es, wenn er ihnen hochtrabende Namen gab? *Justitia*, *Prudentia*, *Caritas* – nackt waren sie doch, und sie anzuschauen war Sünde. War der Bischof so heilig, dass sie ihm nichts anhaben konnten?

Warum Kaspar ihn wohl gerufen hatte? Er hatte Ostern bei seinem Bruder im Neuhäuser Schloss verbracht und die Ostermesse im Dom gefeiert. Hatte er sehen wollen, ob das Edikt seines Bruders Wirkung zeigte?

»Da bist du ja endlich, hochwerter Neffe«, rief Kaspar polternd, als der Schultheiß sein Wohngemach betrat. »Hast du den Weg nicht gefunden?«

Westphal schüttelte demonstrativ die Nässe von seinem Koller und entschuldigte sich mit dem Schneetreiben, das ihn auf der kleinen Anhöhe plötzlich überfallen hatte.

Kaspar war zufrieden. »St. Georg kommt nach alten Sitten auf dem Schimmel angeritten«, zitierte er eine seiner Bauernregeln. »Das ist ein gutes Omen, freu dich also und hör auf, wie ein Mädchen zu zittern.«

Heinrich wusste, dass der raue Ton Kaspars nur gespielt war. Trotz der eher weitläufigen Verwandtschaft zog er ihn allen anderen vor, was daran lag, dass er Tatkraft und Vernunft gezeigt hatte. Selbst Vetter Gottfried, des Oheims eigener Sohn, stand, seit er das Bischofsamt knapp verfehlt hatte, nicht so hoch in der Gunst des mächtigen Herrn.

Die bekam Westphal jetzt wieder zu spüren. Erst nach langen Ausführungen über seine Gesundheit und die seines Bruders sowie dem Austausch neuester Familiennachrichten kam Kaspar auf sein eigentliches Anliegen zu sprechen.

»Ich hätte es nicht gedacht«, sagte er zufrieden, »aber Dietrich hatte recht. Zwang hilft nicht, habe ich gesagt, als Röhrich seine Mandate haben wollte. Die Paderborner wollen sehen, wo ihr Vorteil liegt, dann lassen sie sich bekehren, wohin du willst. Jetzt bin ich überrascht, wie viele verstockte Lutheraner zu Ostern die Kommunion empfangen haben. Ist es die Liebe zu ihrer Heimatstadt oder die Sorge um ihre Geschäfte? Einerlei, es hat gewirkt, was ich nicht erwartet hatte.«

»Aber es sind immer noch viele, die nicht gesehen wurden«, gab Westphal zu bedenken. »Plettenberg fordert, sie vorzuladen und nach ihren Gründen zu befragen. Sollen wir die denn alle ausweisen? Dann wird es aber empfindliche Lücken im Geschäftsleben der Stadt geben!«

»Ihr braucht sie ja nicht gleich auszuweisen. Ladet erst mal die vor, die leicht zu entbehren sind, droht ihnen ein wenig und wartet ab, ob sie nicht von allein gehen. Am besten einige der ewigen Querulanten, das ist eine gute Gelegenheit, sie loszuwerden.«

Mühsam stand Kaspar auf, trat zum Kamin und rieb sich in der Wärme die schmerzenden Finger. Dicke Knoten entstellten seine Gelenke. Dass er die Feder noch halten konnte, war ein Wunder. Nur gut, dass der Oheim nicht seine eigenen Hände brauchte, um die Zügel des Hochstifts fest in der Hand zu halten.

Als Westphal sich erheben wollte, um sich zu verabschieden, bedeutete ihm der alte Mann, auf seinem Platz zu bleiben. Mit ärgerlichem Gesicht kam er zurück und ließ sich in seinen Lehnstuhl sinken. Nach einem Blick in den Park, wo die Statuen weiße Hauben trugen, raunzte er missmutig: »Aber ihr lasst mir die Finger von der Theodor'schen, hörst du! Sie war in keiner Messe, ich weiß es wohl. Dennoch hat sie in ihrem kleinen Finger mehr Christentum als das ganze Paderborner Gesindel, und außerdem brauche ich sie hier. Ihr lasst sie in Ruhe, das bitte ich mir aus! Schon deshalb, weil Barcholt, der alte Schleimer, sich gegen sie verwandt hat. ›Muss es denn sein, dass die Ketzerin ausgerechnet in städtischen Diensten steht? In einer hochheiligen Bischofsstadt?‹«, äffte er den Rentmeister nach. »Aber ich möchte nicht auf ihre Säftchen verzichten müssen, lass dir das gesagt sein! Und ihr behaltet sie auch als Bademutter, sonst muss ich ihren gesamten Unterhalt zahlen, und das wird mir zu kostspielig.«

Westphal war überrascht. Leonore hatte Plettenberg als Erste ausweisen wollen. Eine neue Bademutter fand sich leicht, hatte er gesagt. Jetzt konnte er, Westphal, sehen, wie er sie heraushielt. Aber unlieb war es ihm nicht. Er schätzte ihre zupackende Art, wenn es darum ging, die Reinlichkeit der Stadt und damit ihre Gesundheit zu verbessern, was nötig genug war. Vom Magistrat hatte sie bisher wenig Unterstützung erfahren. Sollte sie also weitermachen.

So, so, die Jungfer Theodor, dachte er, als er an der Mühle vorbeiritt. Auch hier ein heiliger Nepomuk auf der Brücke. Sie genoss also allerhöchste Protektion! Schade nur, dass sie so verstockt war wie ihr Vater. Da konnte er es sich kaum leisten, näheren Umgang mit ihr zu pflegen.

***

Am Tag des heiligen Georg wurden seit alters her die Pferde gesegnet. Hoch zu Ross nämlich hatte der heilige Ritter seine große Heldentat begangen, indem er das Böse in Gestalt des Drachen mit seiner Lanze durchbohrte. Diether hatte schon im letzten April mit Henrich zusammen die Pferde des Vaters in den Abdinghof geführt, in dessen Baumgarten die Segnung stattfand. In diesem

Jahr würde er zum ersten Mal mit seinem eigenen Ross dabei sein, was die Mutter veranlasst hatte, dem heiligen Georg eine dicke Kerze zu opfern.

»Wenn wir nicht für euch beten«, erklärte sie nachsichtig, »brecht ihr Mannsleute euch sowieso den Hals. Und in die Hölle kommt ihr dann auch noch.«

»Ja, und der Herr Doktor fällt vom Pferd, statt den Drachen zu besiegen«, ergänzte Gese gespielt ernsthaft, als sie die Seitentür hinter ihnen zuschob.

Lachend waren sie losgezogen, Diether auf seinem Feuerbein, Henrich auf Johanns schwerem Braunen. Der pappige Schnee vom Morgen war längst unter der warmen Frühjahrssonne geschmolzen. Aus allen Gassen hörte man das Klappern der Pferdehufe, die dem Abdinghof entgegenzogen. Auch Friedrich hatte versprochen zu kommen. Sein Teufelspferd habe den Segen dringend nötig, hatte er auf die Farbe des Rappen anspielend behauptet.

Mehr als die Zeremonie des Abdinghofabts lockte die jungen Männer der ausgelassene Ritt auf den Dören hinaus, quer durch die Straßen der Stadt, deren jüngere Bewohner jubelnd vor den Häusern standen, während sich die Alten ob der wilden Hatz bekreuzigten. Vor dem Dörenwäldchen hatten die Schankwirte Tische aufgestellt, und die Stadtmusikanten bekamen frei, um ihren Mitbürgern aufzuspielen.

Besonders beliebt war der Festtag der Paderborner Reiter bei den Mädchen aus Marienloh, Benhausen und Neuenbeken. Gefolgt von den eifersüchtigen Dorfjungen, kamen sie in Scharen aus dem Wald, um einen Bräutigam aus der heiß ersehnten Stadt zu ergattern. So mancher Georgstag war schon in blutigen Schlägereien geendet, wenn die bäuerlichen Heiratsaspiranten eben dies zu verhindern suchten.

Diether und Friedrich hatten weder vor zu tanzen noch sich zu prügeln, weshalb sie sich mit ihren Bierkrügen ein wenig abseits unter die Bäume gesetzt hatten. Wie immer in den vergangenen Wochen drehte sich ihr Gespräch um die rätselhaften Vorgänge im Rathaus und die Abgründe, die sich durch die Borchener Hinweise auftaten.

Der Stiftsherr hatte inzwischen die spärlichen Aufzeichnungen über den so plötzlich verstorbenen Bischof nachgelesen und sich bei einem älteren Mitbruder nach Dietrichs Vorgänger erkundigt. Als Diether ihn danach fragte, dozierte er: »Unser Bischof Heinrich IV., Herzog von Sachsen-Lauenburg, trat im Jahr 1577 das hohe Amt an. Er war der Nachfolger Salentins von Isenburg und erst siebenundzwanzig Jahre alt. Hier in Paderborn war er nur Administrator, aber außerdem war er Erzbischof in Bremen und Bischof von Osnabrück. Durch ein Unglück am Palmsonntag des Jahres 1585 rief Gott der Herr ihn zu sich. So weit die Vita. Von ewigen Verdiensten um das Hochstift wie bei den anderen Bischöfen stand da allerdings nichts, und nachdem ich mit Bruder Stephan gesprochen habe, weiß ich auch, warum.«

Der fette Verwalter des Busdorfarchivs war auch Diether bekannt. Unter seinen Urkunden herrschte ein heilloses Durcheinander, das er vor jedem zu verbergen versuchte. Bei den meisten Besuchern mit Erfolg, weil er die Angelegenheiten des Stifts und darüber hinaus die gesamte Stadtgeschichte im Kopf hatte.

»Er konnte sich gut an die Aufregung erinnern, als die Nachricht von Heinrichs Tod die Runde machte«, berichtete Friedrich jetzt von ihrem Gespräch. »Damit hatte wohl niemand gerechnet, weil er noch so jung war.«

»Hat es denn keine Gerüchte gegeben?«, fragte Diether.

»Doch, natürlich. Es sah ihm so gar nicht ähnlich, vom Pferd zu fallen. Ein erst fünfunddreißigjähriger Herzog, der seit frühester Kindheit ritt! Er hatte am Palmsonntag in Bremervörde den lutherischen Gottesdienst besucht, und natürlich glaubten alle, dass Gott ihn dafür gestraft hat. Es wurde auch geflüstert, dass da etwas nicht mit rechten Dingen zugegangen sei, doch weil es in seinem Bremer Bistum geschah, war man der Meinung, Grund und Täter seien dort zu suchen. Offiziell ist die Todesursache wohl nicht angezweifelt worden, und groß betrauert hat man ihn hier auch nicht.«

Das wunderte Diether, weil der Bischof gut in die damalige Stadt gepasst hatte. Wie er vom Vater wusste, war Lauenburg protestantischen Glaubens wie fast alle Paderborner. Zu der Zeit habe er aber anderes im Sinn gehabt, als sich um das Gerede zu kümmern, hatte ihm Johann kurz angebunden zu verstehen gegeben. Diether hatte nicht weiter nachgebohrt. Er konnte verstehen, dass sich der Vater an die dunklen Jahre vor seiner Geburt nicht gern erinnerte.

Der Freund erzählte weiter: »Erst hat man Heinrich bejubelt, als er mit seiner Frau an der Seite, sie natürlich auf einem Schimmel, in Paderborn einzog. Er war tatsächlich verheiratet, hatte das Zölibat missachtet und sich kurzerhand auf die andere Seite geschlagen. Die standhaften Katholiken haben ihm vorgeworfen, das Hochstift dem Antichristen auszuliefern, aber die waren nicht am Ruder. Was dann auch den Protestanten nicht gefiel, war sein Versuch, die Reichtümer des Hochstifts und der Stadt in sein Bremer Bistum zu überführen. Unter der Hand sei von Ausplünderung die Rede gewesen, sagte Stephan, und so was mögen die Paderborner nicht.«

»Dann sind sie ja vom Regen in die Traufe gekommen«, warf Diether ein.

Friedrich nickte zustimmend und fuhr fort. »Darin kann also ein Grund für seinen Tod liegen. Dietrich mag sich gedacht haben, die Schätze des Stifts sollten besser in der Nähe bleiben. Aber auch die wenigen rechtgläubigen Einwohner hätten einen Grund gehabt, ihn zu beseitigen, denn sie waren von allen lukrativen Ämtern der Stadt ausgeschlossen. Und unsere Pfaffenkinder ganz besonders: Noch im Jahr nach Heinrichs Tod fasste der Magistrat den Beschluss, alle Einwohner von zweifelhafter Geburt für unwählbar zu erklären. Dagegen hat Dietrich nicht einmal protestiert, damals; nach 1604 hat er die Wahlordnung allerdings geändert.«

Bei Friedrichs Erwähnung der Paderborner Katholiken fiel Diether plötzlich ein, was Käthe Wiegand erzählt hatte, bevor sie auf den toten Bischof zu sprechen kam. Die aufgeregten Spekulationen über die allerhöchsten Schandtaten hatten alles andere in den Hintergrund gedrängt. Nach den Worten der Tochter hatte Brabeck von einer Belohnung gesprochen, die der Täter erhalten hatte. Einen Besitz, der die Klitsche seines Vaters vergrößert hatte. Natürlich hatte der wohllöbliche Landesfürst nicht selbst Hand angelegt. Der Mörder war also nach wie vor unter den Stadtbürgern zu suchen.

Unter denen mit Besitz, genauer gesagt einem, der gewachsen sein musste. Aber die meisten Anwesen waren in den letzten Jahrzehnten vergrößert worden, und mehrere reich gewordene Hofbesitzer entlang der Mauer hatten sich in der Stadt Geschäfts- und Wohnhäuser gebaut.

»Das Archiv!«, rief er aufgeregt. Hastig erzählte er Friedrich von seinen Überlegungen.

»Wenn wir das Archiv in den Tigge räumen, kann ich nachsehen«, erklärte er dann. »Wir wollen ohnehin alle Dokumente überprüfen, wozu mir dein Bruder übrigens seine Hilfe angeboten hat. Bei der Gelegenheit kann ich feststellen, ob kurz nach Lauenburgs Tod eine neue Besitzurkunde ausgestellt wurde. Dann hätten wir einen ersten Hinweis auf den Täter.«

»Du bist halt doch ein Lux«, sagte Friedrich grinsend. Ernsthafter setzte er hinzu: »Einen weiteren Anhaltspunkt hätten wir, wenn wir wüssten, wer damals nach Bremervörde gereist ist. Ich habe Jobst schon danach gefragt, aber er sagt, er sei damals noch zu jung gewesen. Dabei ist er so viel älter als ich spätgeborener Nachkömmling, dass er mein Vater sein könnte. Und er hat immer hinter der Theke gestanden, da kriegt man doch alles mit.«

»Aber auch wenn wir das alles herausbekommen«, wandte Diether ein, »sind das doch nur Hinweise. Wir wissen nicht einmal, ob damals wirklich ein Mord geschehen ist oder ob alles nur bösartiges Gerede ist. Wir sollten diesen haarsträubenden Verdacht zwar nicht aus den Augen verlieren, aber eigentlich glaube ich nicht, dass etwas daran ist. Brabeck hat so viele Jahre geschwiegen, weil er sich vermutlich selbst nicht sicher war. Und genau an diesem Abend sollte das Ganze wieder aufgerührt worden sein? Das kommt mir ziemlich unwahrscheinlich vor.«

»Womit wir wieder bei unseren früheren Verdächtigen wären«, schloss Friedrich aus seinen Worten. »An denen wir uns sowieso schon die Zähne ausgebissen haben. Ohne Balthasar kommen wir da nicht weiter.« Er schaute unzufrieden in seinen halb geleerten Bierkrug.

Diether versuchte den Freund aufzurichten. »Es wird bestimmt bald wieder etwas geschehen, was uns Schritt für Schritt voranbringt. Hoffen wir nur, dass es nichts Schlimmes ist.«

Friedrich sah auf und wollte protestieren, wurde aber von etwas abgelenkt, das sich in Diethers Rücken abspielte. Besorgt warnte er den Freund: »Es ist schon im Anrollen – hoffentlich geht das gut!«

Als Diether sich umdrehte, sah er, dass Arnulf Rokeß mit hochrotem Kopf auf ihren Tisch zuschoss.

»Das zahle ich dir heim, M-meschede!«, lallte er, einen überschwappenden Krug schwenkend. »Das mit dem Pferd, deinem b-blöden Feuerbein. Alberner Name, sowieso, nur albern. Zum Lachen, hahaha. P-pass bloß auf, dass es nicht mal Funken sprüht und euren Stall ansteckt, das sch-scheckige Vieh! Soll ja vorkommen, soll ja wohl!«

»Du bist betrunken, Arnulf, dich nehme ich doch gar nicht ernst«, gab Diether gelassen zurück. »Schlaf dich erst mal aus, dann können wir in Ruhe darüber reden.«

Doch der junge Rokeß suchte Streit, da reizte ihn Diethers Ruhe umso mehr. »Wir reden jetzt darüber, jetzt, wo wir hier so schön zusammensitzen!« Er ließ sich dicht neben Diether nieder und legte ihm den Arm um die Schultern. »Du gibst mir das Pferd zurück, sobald ich das Geld zusammenhabe, das ist ja wohl klar!«

Diether wehrte ihn ab, er rückte näher. Kam ihm sogar nach, als Diether aufstand. Auch Friedrich hatte sich erhoben, und ein paar Meter entfernt sah er Bernd stehen, der sich jetzt in Bewegung setzte. Das schien in eine handfeste Auseinandersetzung zu münden, in der sie beide nur den Kürzeren ziehen konnten, so viel war Diether klar. Die umstehenden Feiernden rückten ebenfalls näher, neugierig, erwartungsvoll. Weit und breit kein Henrich.

Von Elmar aufmerksam gemacht, kamen jetzt auch die Schütter auf die kleine Gruppe zu. Wollte er, dass sie Arnulf zur Ausnüchterung in die Zelle sperrten und ihm das Fest verdarben? Das würde die Feindschaft nur noch mehr anheizen.

Arnulf stand schwankend vor ihm und leerte seinen Bierkrug. Dann starrte er Diether angriffslustig an.

Doch der legte ihm nun selbst den Arm um die Schultern und führte ihn, sein Widerstreben ignorierend, beiseite. »Wir werden uns doch nicht streiten, Arnulf«, sagte er ruhiger, als er sich fühlte. »Doch nicht wegen einem blöden Gaul. Wir doch nicht, wo wir zusammen zur Schule gegangen sind und die Jesuiten geärgert haben! Ich habe nichts dagegen, wenn du ihn dir mal ausleihst. Dein Vater hilft mir bei meinem Bau, und eine Hand wäscht die andere. Komm einfach vorbei, dann reden wir darüber.«

So groß war die Gefahr nicht, dass er kam, dachte Diether, und wenn, würde ihm schon etwas einfallen. Rokeß hatte innegehalten und schien besänftigt, das war die Hauptsache.

»D-das tun wir, Lux, das tun wir ganz b-bestimmt«, stotterte er neben ihm. »Dann reite ich mit deinem Feuerpferd und der T-theodor'schen ins Dörner Holz, du wirst schon sehen.« Mit Bernd im Schlepptau strebte er dem Schankwirt zu, um seinen Bierkrug wieder füllen zu lassen.

»T-tu das«, antwortete Diether gönnerhaft, aber nicht so laut, dass Arnulf es hörte, und wandte sich grinsend Friedrich zu. »Na, hab ich dem heiligen Georg nicht alle Ehre gemacht? Den Drachen mit dem Pferd besiegt, oder war es umgekehrt?«

»Und ich war dann wohl die schöne Königstochter?«, fragte Friedrich und lachte erleichtert. »Ich hatte zeitweise ganz schön Bammel, das sage ich dir! Arnulf ist ein rechter Brocken, und ich möchte ihm nicht im Dunkeln begegnen. Das würde ich auch dir nicht raten, denn wenn er wieder nüchtern ist, wird er sich bequatscht fühlen und sich Mut antrinken, um dir wirklich eins auszuwischen.«

»Ach, Arnulf!«, seufzte Diether. »Der erinnert mich immer an den Hund, den wir mal hatten, Rollo, unser Hofhund, weißt du noch? Der kläffte auch immer wie verrückt, aber wenn man ihn kraulte, legte er sich genusssüchtig auf den Rücken. Von Beißen keine Spur. Mit Arnulf werde ich schon fertig, das hast du doch gesehen.«

»Gib nicht so an, du komischer Heiliger. Lass uns lieber noch einen trinken, und sei's nur, um eventuellen nächtlichen Begegnungen mutig gegenübertreten zu können.«

AM TAG NACH ST. GEORG

24. April
Bauernregel: Ab Georgi dürfen die Felder nicht mehr betreten werden. Die Frühjahrsbestellung muss dann abgeschlossen sein.

Ein schweres Unwetter hatte die Lustbarkeiten abrupt beendet. Von Neuhaus her waren über den Tallebruch dicke Wolken herangetrieben, hatten den Dören durchnässt und die Georgsreiter mit ihren Pferden vertrieben. Auch Diether und Friedrich waren in eiligem Galopp in die Stadt zurückgeritten, im Regen den langen Dörener Weg hinunter, und hatten, tropfnass in der Königstraße angekommen, die Magd gebeten, ihnen heißen Gewürzwein zuzubereiten. Es war noch ein friedlicher Abend geworden, ohne Vorahnung des Schrecklichen, das der Sturm anrichten würde.

Denn bei Neuenbeken, fast in Sichtweite des Dören, war das Gewitter erst richtig losgebrochen. Es hatte sich auf einem Feld ausgetobt, auf dem ein Knecht mit drei Pferden vor dem Pflug seine Runden zog. Sie waren alle tot, sowohl der Knecht als auch die Pferde, vom Blitz erschlagen, von einem Moment auf den anderen.

Schon am Abend hatte die furchtbare Neuigkeit die Runde gemacht, war durch die Wirtshäuser gegangen und hatte allen vor Augen geführt, wie knapp sie dem Tode entgangen waren.

»Darauf trinken wir noch einen«, hatte es überall geheißen, und die Wirte hatten ihr Geschäft gemacht.

Am Morgen endlich erzählte Henrich auch seiner Herrschaft davon. Der Knecht habe sich geweigert, mit den Pferden zum Georgssegen zu gehen, habe auch auf den anschließenden Umtrunk verzichtet und stattdessen das Feld gepflügt.

Das war Gottes Strafe, hieß es ehrfürchtig in den Wohnstuben und auf den Straßen der Stadt. Auf dem Fuße und am eigenen Leib des Frevlers war sie diesmal erfolgt, sodass niemand von Zufall sprechen konnte wie bei den übrigen Zeichen, die Er gesetzt hatte.

»Gut, dass ich dem heiligen Georg eine Kerze angezündet habe!« Diethers Mutter zeigte sich überwältigt. »Wer weiß, was euch sonst zugestoßen wäre da draußen. Er hat euch beschützt, ganz sicher!«

»Das hat er, Mutter«, antwortete Diether gelassen. »Aber nicht vor dem Unwetter, das ist ganz harmlos über uns hinweggezogen. Wir hatten Ärger mit Arnulf Rokeß«, berichtete er dann, an den Vater und Henrich gewandt. »Er hat die Sache mit dem Pferd immer noch nicht verwunden. Tut mir einen Gefallen und behaltet den Stall im Auge! Wer weiß, was ihm noch alles einfällt. Gestern war er ganz schön rabiat, aber wie gesagt, der heilige Georg ist mir zur Seite gesprungen.«

Bevor die Mutter sich nach Einzelheiten erkundigen konnte, verließ er mit Henrich die Diele, um in der Jühengasse weiter Steine zu schleppen. Noch war nicht viel vom Keller zu sehen, zumal Rokeß' Wunderknecht, der Matthis, bisher nicht aufgetaucht war. Nach ihm hätte er Arnulf fragen sollen, fiel ihm jetzt ein, oder besser Göddert, den Alten, den er aber nur von Weitem gesehen hatte.

Skeptisch musterte er die Blasen an seinen Händen, folgte dann aber Henrichs Beispiel und schichtete einen Stein nach dem anderen am Rand der tiefen Baugrube auf. Stein für Stein wuchs sein Haus, auch wenn noch lange nicht die ersehnten Außenwände in die Höhe ragten.

AM HOCHFEST JOHANNES' DES TÄUFERS

24. Juni – Sonnenwende
Mit dem Johannisfest wurde das alte keltische Sonnenwendfest, der Siegestag des Lichts über Dunkelheit und Tod, christlich überformt. Trotzdem werden an diesem Tag weithin Johannis- oder Sonnenwendfeuer abgebrannt. – Der Täufer verlor sein Haupt als Lohn für einen Tanz Salomes und gilt deshalb als Patron der Tänzer und Musiker. Verehrt wird er aber auch von Gastwirten und Winzern, von Bauleuten und Landwirten. Johannes anzurufen soll gegen Tanzwut, Furcht und Hagel helfen.

Zwei Monate später war Diethers Keller fertig ausgeschachtet. Die umfangreiche Grube auf dem Bauplatz ließ die Größe des späteren Hauses erahnen. Zuletzt war es unerwartet schnell gegangen. Matthis war aufgetaucht und hatte in die Hände gespuckt, und der Vater hatte zusätzlich zwei Tagelöhner eingestellt. Jetzt konnten sie daran gehen, die Kellerwände zu errichten und die Gewölbe darüber zu mauern. Meister Baumhauer hatte die Bauzeichnungen und Fassadenaufrisse geliefert, die Rokeß umzusetzen hatte.

Heute am Namenstag des Vaters und der Schwester sollte, bevor alles zu den Johannisfeuern auf die Felder zog, auf der Baustelle ein Umtrunk stattfinden. Eingeladen waren alle Helfer, auch Friedrich, der sich doch noch redlich geplagt hatte, Rokeß mit seinen Knechten, Arnulf, der so manche Fuhre übernommen hatte, und Bernd Gogreve, der ihm nicht von der Seite wich, meist aber schwatzend mit den Händen in den Taschen herumgestanden hatte. Diethers eigene Familie sollte natürlich dabei sein, die neuen Nachbarn wollten kommen, und die Frauen hatten versprochen, für die Beköstigung der Gäste zu sorgen.

Der stolze Bauherr hatte die Zeichnungen auf Rahmen genagelt und sie vor der Baugrube aufgestellt. Sie waren genau so, wie er dem Steinmetz seine Vorstellungen geschildert hatte. Die Fassade schlicht, mit sparsamen, etwas vorkragenden Sandsteinleisten um die Fenster herum, keine neugierigen Erker, keine Giebelchen, keine Säulenheiligen. Nur die Eingangstür, das hatte er sich ausbedungen, war mit einem einladenden Rundbogen versehen, vorkragend wie die Fensterwölbungen. Über der Tür war halbrosettenförmig ein bleiverglastes Fenster eingesetzt. Als Schlussstein hatte Baumhauer eine stilisierte Sonne eingezeichnet, die Diether zu übernehmen gedachte, statt sie, wie der Meister es ihm freigestellt hatte, durch ein Wappen zu ersetzen.

Wie so oft stand er vor seiner Baustelle, erstieg in seiner Vorstellung die fünf Stufen der Freitreppe und wanderte durch die Räume seines Hauses. Gerade war er in Gedanken am Hinterausgang angekommen und schaute auf das weitläufige Gartengelände mit seinen noch zu errichtenden Nebengebäuden, als er freundlich angesprochen wurde.

»Ihr überlegt wohl schon, wohin Ihr Euer Schreibpult stellt?«

»Ist es so offensichtlich?«, gab er lachend zurück.

Neben ihm stand die Jungfer Theodor und schaute beeindruckt in die tiefe Baugrube. Es war nicht das erste Mal, dass sie auf dem Weg in die Stadt haltmachte, um die Fortschritte der Buddelei zu kommentieren. Auch sie war natürlich eingeladen. Die Pläne hatte sie noch nicht gesehen und vertiefte sich jetzt interessiert darin.

Diether trat zur Seite, um ihr Gelegenheit zu geben, sie genau zu betrachten. Während sie von einem Plan zum anderen ging und die Zeichnungen mit der Wirklichkeit abglich, ließ er seinerseits die Blicke über sie hinwegwandern.

Eine ansehnliche Bademutter hat die Stadt, dachte er. Groß und gut gebaut. Auch heute hatte sie darauf verzichtet, eine Haube anzulegen. Das dunkelbraune, in der Sonne rötlich schimmernde Haar war zu einem ordentlichen Knoten zusammengesteckt. Anders als die Bürgersfrauen, die ihre Haut so gut wie möglich vor der Sonne versteckten, trug sie unter dem roten Mieder nur ein ärmelloses Hemd und zeigte ungeniert wie ein Bauernmädchen braun gebrannte Arme und Schultern. Die nackten, ebenfalls gebräunten Füße unter dem lose fallenden Rock steckten in einfachen Sandalen, wie sie die Mönche trugen. Ob die aber ihre übrige Aufmachung gutheißen würden? Zum Glück war er kein Mönch.

Inzwischen war Diethers Haut ebenso braun wie ihre, sodass die hellen Haare von der Haut abstachen. Beim Ausschachten hatte er, sobald die Sonne schien, das Hemd abgelegt und nur die wadenlangen Hosen anbehalten. Die stetige Arbeit hatte auch seinen Körperbau verändert. Die breit gewordenen Schultern sprengten das modisch enge Wams, das er aus Freiburg mitgebracht hatte. Anerkennend hatte Henrich auf die Muskeln geklopft, die seine Arme spannten. »Das ist was andres als die dürren Stängel vom Frühjahr!«, hatte er gesagt und gelacht, als Diether rot anlief.

Das tat er auch jetzt, als Leonore sich zu ihm umdrehte und schnippisch fragte: »Nun, habt Ihr genug gesehen?«

Schnell begann er zu erklären, wie er sich die weitere Gestaltung des Grundstücks vorstellte.

»Ich hoffe, dass Ihr den alten Nussbaum hier vorn stehen lasst«, sprach Leonore dazwischen. »Ihr werdet Euch um gute Nachbarschaft bemühen müssen.«

»Habt Ihr für die übrige Fläche ebenfalls schon Pläne?«, fragte Diether gespielt ernsthaft. »Ich richte mich gern nach Euch, der guten Nachbarschaft zuliebe.«

»Das ist sehr freundlich.« Sie stieg auf seinen Ton ein. »Lasst die Bäume stehen und pflanzt ein paar Blumen vors Haus, dann bin ich schon zufrieden.«

Aus den Fenstern des benachbarten Jesuitenkollegs drang lautes, stockendes Deklamieren. »Wieder die Maria Magdalena.« Diether hatte den Text des jährlichen Theaterstücks der Schüler erkannt. »Alle paar Jahre das Gleiche. Was meint Ihr, wie viel Streiche und Stottern es Friedrich und mich gekostet hat, um die Hauptrolle herumzukommen? Der arme Junge, der sie diesmal spielen muss! Er wird wieder das ganze Jahr über ›Macht alleenchen‹ heißen.«

»Da seid Ihr mit Lux ja noch gut bedient«, meinte Leonore belustigt.

Sie hatten das Grundstück durchquert und waren im kühlen Schatten der Bäume angekommen. Dichtes Gebüsch trennte Diethers Land vom Hof der Asseburger gegenüber dem Rathaus. Im Winter konnte man fast den gesamten Kamp überblicken und die schwarz gekleideten Schüler beobachten, wie sie in Zweierreihen neben Pater Bodo hermarschierten. Jetzt sah man nichts, nur Grün, und vorn zur Jühengasse hin das kahle Land, das einmal sein Wohnsitz werden sollte.

»Von den Jesuiten habe ich seit damals die Nase voll, das könnt Ihr mir glauben!«, sagte er abfällig. »Und solange der Bischof nicht Wicharts Knochen zur Beerdigung freigibt, muss er ebenfalls auf meine Freundschaft verzichten«, setzte er großspurig hinzu.

»Das solltet Ihr ihn wissen lassen!«, schlug Leonore lachend vor.

Diether lachte mit. Ernsthafter erkundigte er sich: »Lassen sie denn Euch in Ruhe, der Bischof und die Jesuiten? Seit Ostern ist in der Stadt zwar viel erzählt worden, aber wie man sieht, seid Ihr immer noch da.«

Bereitwillig gab sie Auskunft. »Pater Röhrich hat mich neulich wieder besucht. Er brachte mir die Epistel, die Pistorius eigens verfasst hatte, um meinen Vater zu bekehren. Sie haben sie jetzt bei Pontanus drüben drucken lassen, weil sie so fromm sei, dass sie Juden, Heiden und Türken erweiche, meinte er. Ich habe gesagt, zu denen gehöre unsere Familie nicht, aber ich wolle mir das Werk gern einmal anschauen.« Ihr Lächeln war eindeutig spitzbübisch.

Diether grinste. »Und hat es Euch bekehrt?«

»Ich hab es noch nicht ganz gelesen. Vielleicht kommt es ja noch!«, antwortete Leonore witzelnd. Mit ruhigem Gesicht erklärte sie dann, was Diether eigentlich wissen wollte. »Bisher hat mich aber niemand gebeten, die Stadt zu verlassen. Ich mache mir auch keine Sorgen. Es wird mit den Sakramenten gehen wie mit allen Edikten: Wenn sie unbedingt jemanden loswerden wollen, bieten sie eine Handhabe, allen anderen geschieht nichts. Das hat Vater schon vor zehn Jahren gesagt, als Dietrich seine neue Kirchenordnung durchsetzen wollte. Er hat die Pfarrer abgesetzt, die ihm nicht passten, aber aus welchem Gesangbuch die Leute beten, ist ihm seitdem ziemlich egal.«

»Für eine Heidin, als die Ihr allgemein geltet, seid Ihr gut informiert.«

»Das gehört zur *politica*, sagte Vater immer.«

Diether nickte lebhaft. »Mein Vater beobachtet ebenfalls genau, was die hohen Herren tun, weil es meist uns kleine Leute betrifft. Er sagt, solange der Bischof zufrieden an seinen Burgen baut und sich mit den Domherren und deren Konkubinen herumzankt, besteht weiter keine Gefahr. Wenn er allerdings wieder krank wird und die Jesuiten dauernd an seinem Bett sitzen, kann es gut sein, dass demnächst neue Mandate herauskommen.«

»Darum braucht Ihr Euch aber nicht weiter zu kümmern, so brav, wie Ihr in die Kirche lauft!«, gab Leonore zurück und schaute ihm angriffslustig ins Gesicht. »Dabei kommt Ihr mir nach dem, was Ihr redet, nicht besonders christlich vor. Verratet Ihr mir, was Euch zu den Schwarzröcken treibt?«

»Meine Mutter.« Diether gab es anstandslos zu. »Johanna hat Euch bestimmt schon von ihr erzählt. Sie meint es ja gut mit uns und hat vielleicht auch recht, hier in Paderborn. Eigentlich halte ich es aber mehr mit unserem Vater. All den Wirbel, der um die Kirche gemacht wird, ist sie nicht wert, sagt er, wenn Mutter nicht zuhört. Ob jemand anständig ist oder nicht, hat ohnehin nichts damit zu tun, ob er in die Kirche läuft oder nicht. Ich bin sicher, dass Brabecks Mörder zu Ostern kommuniziert hat und auch vorher zur Beichte gegangen ist, die größte Sünde aber verschwiegen hat!«

»Das wird wohl so sein.« Fröstelnd verließ Leonore den Baumschatten, fügte aber über die Schulter hinzu: »Ob wir jemals herausbekommen, wer es war?«

Diether folgte ihr ins Sonnenlicht zurück. »Die Wahrheit setzt sich durch«, gab er zuversichtlicher zurück, als ihm zumute war. Warum nur fielen ihm keine überzeugenderen Worte ein als diese lahme Weisheit?

Sie gingen zur Straße, vorsichtig die Baugrube umrundend, die Diether noch vor dem Umtrunk mit Brettern abdecken wollte. An ihren Rändern lagen die ausgegrabenen Steine aufgestapelt, um in den nächsten Wochen von den Maurern verbaut zu werden. Nur der vordere Rand war auf Anweisung von Rokeß freigelassen worden, um den ungehinderten Zugang zur Baugrube zu ermöglichen.

Vor den Plänen verabschiedeten sie sich, und Diether schaute Leonore die Jühengasse hinunter nach. Von der Westernstraße her bog hinter einem hoch beladenen Karren, der von Henrich geschoben wurde, seine Mutter in die Gasse ein, gefolgt von Johanna und Gese. Johanna begrüßte die Bademutter herzlich und wechselte ein paar Worte mit ihr. Margret Meschede entging der Begegnung, indem sie Henrich zurief, doch ja vorsichtig mit den Bierkrügen zu sein.

Er ging ihnen entgegen und half Henrich, den Karren an den Steinhaufen vorbei auf das Grundstück zu ziehen. Während sich die Frauen um die Tische kümmerten, sicherte er mit dem Knecht zusammen die Baustelle so gut wie möglich ab, damit keiner der Feiernden zu Schaden kam.

Mit dem Versprechen, gleich zurück zu sein, war er den Kamp hinaufgeeilt, um wie verabredet Friedrich aus seinem Weingarten zu erlösen. Der Freund stand in der heißen Nachmittagssonne und erklärte einem Novizen, wie der Sommerschnitt der Reben auszuführen war.

»So leicht ist einem die Ausrottung der Schurken noch nie gemacht worden.« Lachend führte er vor, wie die überflüssigen Triebe in den Blattachseln, auch »Diebe« genannt, zu entfernen waren. Als er Diether sah, wies er den Jungen an: »Du kannst das jetzt allein, während ich mich um eine wichtige Angelegenheit zu kümmern habe.«

Plaudernd gingen sie zwischen den Rebstöcken den Abhang hinunter, um den Park durch das Pförtchen am Kasseler Weg zu verlassen. An der Buchenlaube der Stiftsherren hielt Friedrich den Freund zurück und zog ihn zwischen die grünen Hecken, die über ihren Köpfen zusammengewachsen waren. In einer der kunstvoll angelegten Nischen ließen sie sich auf einer Bank nieder.

»Du glaubst gar nicht, was in dieser Stadt alles möglich ist!«, begann Friedrich kopfschüttelnd vom letzten Marianertreffen zu erzählen. »Das ist vielleicht eine Gesellschaft! Über die Weinherren beispielsweise sind allerlei Geschichten im Umlauf – man sollte mal in ihren Kellern nach den verschwundenen Weinfässern suchen! Natürlich hört man immer nur Andeutungen, nie was Genaues, aber ich bin ja nicht dumm. Und mein großer Bruder immer mittendrin. Sogar der Schultheiß mischt mit, schachert mit allem, was seine und die Wälder der Fürstenberger hergeben. Aber Rokeß gilt als Oberschlitzohr.« Friedrich grinste fast bewundernd. »Woher er die Menge Steine hat, die er verbaut, ist allen ein Rätsel. Einige behaupten, er breche sie nachts heimlich aus der Stadtmauer heraus, um sie tags der Stadt für teures Geld wieder anzudrehen. Ist natürlich ein Witz, und alle lachen. Ich hoffe, du hast die Steine auf deiner Baustelle nummeriert, damit sie nicht heimlich verschwinden!«

Bei der Vorstellung musste Diether ebenfalls lachen. »Weißt du, wie viele das sind?«, fragte er, seine schwieligen Hände vorstreckend. »Nun gut«, sagte er dann, »wenn man das weiß, kann man sich darauf einstellen.« Nachdenklich fuhr er fort. »Das alles macht ihn noch nicht verdächtig, den alten Brabeck umgebracht zu haben. Jedenfalls nicht mehr als alle anderen. Wegen ein paar Unterschlagungen braucht hier niemand einen Mord zu begehen, die lassen sich auch so unter der Decke halten. Aber wer hat sonst etwas vom Tod des alten Mannes?«

Darauf wusste auch Friedrich keine Antwort. »Unser einziger Anhaltspunkt sind Brabecks Andeutungen, auch wenn du sie nicht glauben willst«, sagte er und kam auf die Enthüllungen der vergangenen Wochen zurück. »Wir sollten ernsthafter versuchen herauszubekommen, was es mit Lauenburg und Bremervörde auf sich hat.«

Das hatte Diether längst getan und erzählte nun davon. Sowohl er als auch sein Vater hatten sich unter ihren älteren Bekannten umgehört, aber niemand war bereit gewesen, sich an die alten Geschichten, wie es hieß, zu erinnern. Schwerdtfeger hatte ihm mit bedeutungsvollem Blick geraten, die Toten ruhen zu lassen. Bestimmt nicht deshalb, weil er selbst nichts zu verbergen hatte.

»Unsere letzte Hoffnung ist das Rathausarchiv«, fasste er zusammen. »Wenn wir beim Umräumen eine Besitzurkunde finden, die zu unserem Verdacht passt, sehen wir weiter.«

Vergeblich hatte Diether versucht, die Dokumente schon einzusehen. Doch der Schultheiß gab vor dem Umzug den Schlüssel nicht heraus. Ob er ihm immer noch nicht traute? Er hatte auch darauf bestanden, dass Diether nicht allein die Umräumarbeiten überwachte, sondern ihm mit Jobst Baer ein erfahrener Ratsherr zur Seite stand.

Sie verließen die Laube und wanderten durch den schattigen Baumgarten gemächlich dem Törchen zu. Es stand offen, was Friedrich nicht wenig verwunderte, da er selbst nur mit Mühen einen Schlüssel bekommen hatte. Jeder zufällige Passant hätte das

Heiligtum der Stiftsherren betreten können. »Wahrscheinlich wegen der Bauarbeiten«, vermutete er und erzählte, dass der Propst sich hinter dem Weingarten ein solides Sommerhaus errichten ließ. »Mit Weinkeller darunter, aus dem Stein herausgeschlagen – so was hat noch nicht mal Jobst! Aber der berät ihn natürlich und liefert auch den Wein.«

»Euer Propst hat wohl Angst, in der Laube belauscht zu werden«, versetzte Diether. »Nur gut, dass wir den Mörder nicht beim Namen genannt haben, sonst müssten wir jetzt um unser Leben fürchten.«

Friedrich verschloss sorgfältig die Tür. »Nimm das nicht so leicht!«, sagte er warnend. »Wenn er sich bedroht fühlt, schlägt er vielleicht wieder zu. Pass also in der nächsten Zeit ein wenig auf dich auf!«

»Mach ich«, versprach Diether leichtherzig. »Aber jetzt lass uns meinen Keller feiern, er hat uns manchen Schweißtropfen gekostet.«

Als sie auf der Baustelle ankamen, trafen gerade die letzten Gäste ein. Niemand hatte auf den Bauherrn gewartet, um ein Bier zu trinken und Geses Fleischkuchen zu versuchen. Henrich drückte ihnen schnell einen Krug in die Hand, und alle tranken Hoch rufend auf Diether und seine Grube.

Vater Meschede hielt etwas umständlich und mit hochrotem Kopf eine Rede, wünschte Diether viel Glück und Erfolg für sein Haus und den Bauarbeitern und Helfern eine glückliche Hand bei der Arbeit. Wieder Hochrufe und leere Krüge. Diether war dann mit dem Bier in der Hand von einem zum anderen gewandert und hatte jedem für die Mithilfe gedankt.

Schließlich standen alle zufrieden im Sonnenschein oder unter den Bäumen in Grüppchen beieinander. Gese schäkerte unter den wachsamen Augen Johannas mit dem jungen Schwerdtfeger. Sieghart stand bei Jobst Baer und beredete Geschäfte. Der Vater besprach mit Göddert Rokeß und Degenhard Schwerdtfeger die Pläne und deren Umsetzung. Die Mutter stellte sich dazu und brachte ihre Wünsche für die Inneneinrichtung vor, denen die Männer aber nur mit einem Ohr zuhörten. »So weit sind wir noch nicht«, wehrte der Vater ihre Fragen nach Kaminen und Stuck ab. Arnulf und Bernd wetteiferten mit den Fuhrknechten um die kürzesten

Fahrzeiten zu den umliegenden Orten und stritten darüber, auf welchem Weg am schnellsten hinzukommen war.

Auch der junge Dr. Theodor kam, gefolgt von seiner Schwester, aus dem Haus und hieß etwas langzähnig Diether im Kreise der Nachbarn willkommen. Nun stand er mit der Mutter, die ihn überschwänglich begrüßt hatte, und Sieghart zusammen und sprach über die Theateraufführungen der Jesuitenschüler. Leonore, deren nackte Arme Frau Meschede mit einem abfälligen Blick gestreift hatte, war von Johanna gleich in Richtung der Tische geführt worden, wo Gese darauf wartete, sie endlich von Nahem zu sehen. Diether und Friedrich hatten sich hinzugesellen wollen, aber das Weite gesucht, als sie hörten, dass Frauensachen besprochen wurden.

Dann war der Zeitpunkt gekommen, zu dem die jungen Leute zu den Johannisfeuern aufbrechen wollten. Die Vorfreude auf den Abend hatte Diethers Krüge umso schneller leer werden lassen. Das nächtliche Ausgehverbot des Bischofs galt heute nicht. Auf den Huden wartete das Brennholz in hohen Haufen, seit Tagen von den Bauernschaften in eifrigem Wettbewerb aufgestapelt, um nach dem Dunkelwerden aufzuflammen.

Argwöhnisch beäugt von den Älteren, zogen seit alters her trotz der späten Stunde auch die jungen Frauen mit auf die Felder. Nachdem Johanna und Gese Henrichs Wagen wieder beladen hatten und der mit einem der Fuhrknechte losgezogen war, reihten sie sich mit Leonore, die ebenfalls geholfen hatte, in den Zug ein. Nach einem Blick in das missbilligende Gesicht seiner Schwiegermutter schloss sich als Letzter Sieghart an. Dr. Theodor blieb bei den Meschedes stehen, um die sich auch die älteren Gäste scharten.

Aus allen Straßen und Gassen kamen nun ausgelassene Menschen, um durch das Spiringstor auf die Hänge südlich der Stadt zu ziehen. Die mutigeren jungen Frauen hatten die Hauben zu Haus gelassen und das Haar gelöst. Nicht nur wegen der Hitze waren wattierte Wämser und Stehkragen an diesem Tag verpönt. Einfache Bauernhemden dominierten das Bild, und die Mehrzahl lief sogar barfuß. Viele der jungen Männer trugen brennende Fackeln und schwenkten sie übermütig herum, obwohl die Sonne kaum hinter den Häusern verschwunden war.

Diether und Friedrich wanderten zusammen bergauf in Richtung des Sundern. Kurz davor war das Holz aufgestapelt worden, sodass der dunkle Wald dem Feuer einen wirksamen Hintergrund verschaffte. Als theatralisches Vorspiel färbte ein Sonnenuntergang über dem weithin sichtbaren Hellweg den Himmel in den feurigsten Tönen. Schon deshalb lohnt der weite Weg, dachte Diether, dem an den Possen, die später an den Feuern getrieben wurden, nicht allzu viel lag. Am schönsten war der rechtzeitige Abstieg, wenn rund um die Stadt die Brände loderten und sie in einem Feuerkreis einschlossen.

Auf dem Rückweg trafen sie seine Familie wieder und auch Leonore. Auf den schmalen Pfaden ergab es sich fast zwangsläufig, dass Diether mit ihr hinter den anderen zurückblieb. Auf halber Höhe blieben sie stehen, um den Feuerkranz ringsum zu betrachten. Wie ein funkelnder Heiligenschein zog er sich um die Stadt, in weitem Schwung den Abstieg von der Hochfläche in das offene Land markierend. Glühende Punkte bezeichneten die Weiler westlich der Stadt, wo umtanzt von der Dorfjugend ebenfalls die Sonnenwendfeuer brannten.

Dankbar für die Dunkelheit, die sein bewegtes Gesicht verbarg, überließ er sich seinen Empfindungen. Hier hatte er seine Jugend verbracht, und auch seine alten Tage gedachte er hier zu beschließen. Auf zahlreichen Streifzügen hatte er mit Friedrich die geheimnisvollen Wälder, die versteckten Wasserläufe und verwunschenen Bauerndörfer erforscht, die in ihrer Abgeschiedenheit und dem allgegenwärtigen Aberglauben eine den Stadtbuben völlig fremde Welt darstellten. Und dann die Pader mit ihren vielen unterschiedlichen Gesichtern, den Enten und Schwänen, die vom Neuhäuser Schloss herüberschwammen, ja sogar den Ratten, die von Jahr zu Jahr fetter wurden und die Ufer unterhöhlten. Seine Kinder wollte er ebenfalls hier aufwachsen sehen, wie Katrinchen, dessen größte Freude es jetzt schon war, im Ufermatsch herumzuwühlen.

»Ihr seid doch auch hier groß geworden.« Verhalten sprach er Leonore an, die ebenfalls in den bezaubernden Anblick vertieft war. »Ich weiß das, obwohl wir uns früher kaum gesehen haben. Wollt Ihr wirklich die Stadt verlassen, bloß um nicht in die Messe gehen zu müssen?«

Sie hatte ihm das Gesicht zugewandt und aufmerksam zugehört.

Ebenso leise antwortete sie: »Wenn es hart auf hart geht, wohl nicht. Es stimmt, ich hänge an dieser Stadt und besonders an ihren Menschen. Ihr habt sie jahrelang nicht gesehen und müsst sie heute ganz neu kennenlernen. Ich aber habe sie begleitet in ihren Freuden und Schmerzen, und mit vielen von ihnen fühle ich mich tief verbunden. Es würde sehr wehtun, sie verlassen zu müssen. Eine Messe tut nicht weh, eher schon die Befürchtung, an Ehre eingebüßt zu haben. Ich weiß nicht, wie ich mich im Ernstfall entscheiden werde, und hoffe, dass die *politica* so wankelmütig bleibt, wie sie ist. Aber jetzt lasst uns weitergehen, sonst werden wir noch trübsinnig.«

Scherzend sagte Diether: »Dagegen helfen doch Eure Kräuter!«

Er folgte Leonore, die schnellfüßig bergab lief. Noch etwas lag ihm auf dem Herzen.

»Muss man eigentlich erst krank werden, um Eure Freundschaft zu erringen?«, fragte er atemlos und ein wenig tapsig, als er sie eingeholt hatte.

»Krank nicht, aber erwachsen«, gab sie lachend zurück. Immerhin war sie aufrichtig. »Solange Ihr am Schürzenzipfel Eurer Mutter hängt, wird sie Euch die Freundschaft zu mir nie erlauben.«

»Ja, ich weiß«, erwiderte Diether entmutigt. »Meine Mutter mag Euch nicht besonders. Wenn sie könnte, würde sie Euch sogar verbieten, meine Nachbarin zu werden. Aber so wird es sich nicht vermeiden lassen, dass wir uns öfter sehen, und dann könnten wir uns doch wenigstens freundschaftlich unterhalten.«

»Tun wir das nicht?«, fragte sie. »Das ist es doch, was Eure Mutter aufbringt. Erst verhexe ich die Tochter und jetzt noch den Sohn. Ich bin sicher, sie fügt ihren täglichen Gebeten noch eins hinzu, das mich weit aus der Stadt verbannen soll.«

»Das kann schon sein, kümmert mich aber wenig. In Paderborn gibt es keine Hexen, weil hier keiner an so was glaubt, hat unsere Gese erst neulich gesagt. Nicht dumm, was? Obwohl ich mir Euch auf dem Besen reitend schon vorstellen könnte. Schließlich habe ich Euch auf dem Apfelschimmel gesehen.«

Leonore blieb die Antwort nicht schuldig. Sich vorgeblich ängstlich umblickend, zischte sie: »Sagt so was nicht, wenn hinter jedem Busch ein Jesuit sitzen könnte!«

Immer noch vergnügt hatten sie kurz vor dem Tor die anderen eingeholt. Ein letzter Blick zurück auf den Feuerkranz und auf die schwarzen Gestalten im Widerschein der Brände. Einige waren schon weit heruntergebrannt, und Hand in Hand sprangen die ersten waghalsigen Paare darüber.

»Brrr!« Gese schüttelte sich beeindruckt. Alle lachten. Dann begleiteten sie erst Leonore nach Hause und gingen an Rathaus und Marktkirche vorbei der Westernstraße zu.

»Ich habe etwas vergessen!« Siedend heiß fiel es Diether ein. Er blieb mitten auf dem Weg stehen. »Ich muss zurück zur Baustelle. Meine Pläne liegen noch auf den Steinen, die kann ich da nicht liegen lassen die ganze Nacht. Auch wenn es nicht regnet, tut ihnen die feuchte Luft nicht gut.«

Johanna und Friedrich unterdrückten ihr Kichern nur unvollkommen. »Dann wirst du wohl noch mal zurückgehen müssen«, sagte die Schwester. »Aber glaub nicht, dass wir auf dich warten. Friedrich bringt uns bis zum Haus, und du musst sehen, wie du allein durch die finstre Nacht kommst.«

»Das werde ich schon schaffen.« Er verabschiedete sich und bog ein wenig irritiert in die Jühengasse ein. Was sollte das Gekicher? Glaubten sie etwa, er habe ein heimliches Stelldichein mit der Bademutter?

Würde mir das denn gefallen?, überlegte er. Sie war ein wenig schnell mit dem Wort, ihm dauernd einen Schritt voraus. Aber angenehm war sie ihm schon, inzwischen. Und es gab immer etwas zu lachen mit ihr.

Doch wenn sie wirklich die Stadt verlassen musste? War er dann bereit mitzugehen? Und was, wenn sie hierbliebe? Konnte er seiner Mutter die Stirn bieten? Ganz abgesehen vom Traumandat des Bischofs ...

Zu viele Fragen auf einmal. Jetzt war erst mal sein Bau wichtig, außerdem hatte er auch sonst genug zu tun. Man wird sehn, was kommt, dachte er.

Bäume beschatteten die unbebaute Fläche rings um seine zukünftige Wohnstätte. Vorsichtig tastend betrat er die Baustelle und versuchte, herumliegenden Erdbrocken auszuweichen.

Ein paar Schritte voraus musste sein Keller liegen. Jetzt war er froh, dass er ihn am Nachmittag abgedeckt hatte. Links davon, auf einem brusthohen Mäuerchen am Grubenrand, lagen die Pläne. Er hatte sie kurz vor dem Aufbruch von den Rahmen genommen, zusammengerollt und dort abgelegt. Eigentlich sollte Henrich sie mitnehmen, doch dann hatte er vergessen, sie ihm zu geben.

Es war stockfinster um ihn herum. Vor sich wusste er die tiefe Baugrube, die er nicht sehen konnte. Was er sah, waren die dunklen Bäume im Hintergrund, die sich vor dem nur wenig helleren Himmel abzeichneten. Über dem Kamp erhob sich schwarz drohend der Turm des Jesuitenkollegs, auf der welschen Kuppel eine Dachlaterne wie auf dem Dom. Im Dunkel der Nacht schauderte ihn ob der düsteren Gebärde seiner mächtigen Nachbarn.

Als er den Blick senkte, fuhr er unwillkürlich zusammen. Bewegte sich etwas auf der freien Fläche vor den Büschen?

Leonore inspiziert mitten in der Nacht ihre Nussbäume, erheiterte er sich nach dem ersten Schreck. Leise fragend rief er ihren Namen. Nichts. Was hatte er sich auch gedacht! Hoffentlich hatten ihn die zukünftigen Nachbarn nicht gehört.

Plötzlich fiel ihm Friedrichs Warnung vom Nachmittag ein. Waren sie etwa belauscht worden in der heimlichen Laube der Stiftsherren?

Hirngespinste. Nichts bewegte sich dort hinten. Wieder setzte er vorsichtig einen Fuß vor den anderen. Das Mäuerchen sollte etwas heller sein als seine Umgebung und leicht zu erkennen.

Er hielt sich seitlich, wo die befestigte Zufahrt einen sicheren Schritt ermöglichte. Jeden Moment rechnete er damit, rechts von sich die aufgestapelten Steine zu sehen, worauf die Pläne hoffentlich immer noch lagen.

Oder war der Schatten unter den Bäumen hinter den Entwürfen her? Aber was konnte ein Fremder damit anfangen? Sein Haus nach seinen Ideen irgendwo anders bauen? Denn hier in Paderborn würde er Baumhauers harmonisch proportionierte Fassade bestimmt erkennen.

Ein Rascheln in den Büschen ließ ihn innehalten. Bestimmt eine Ratte, beruhigte er sich. Aber das Geräusch kam von den oberen Zweigen. Ein Eichhörnchen oder ein Vogel, die dort herumturnten, oder eine Katze auf nächtlicher Jagd. Wachsam beobachtete er die dunklen Flecken im Gesträuch. Es war nichts zu erkennen.

Vielleicht strolchen die Jesuitenpatres nächtens durchs Buschwerk, um ihre Schäflein bei verbotenem Tun zu erwischen, stellte er sich belustigt vor. Wieder ging sein Blick zum Kuppelturm, der sich vor einer helleren Wolke deutlich abzeichnete.

Plötzlich nahm er aus dem Augenwinkel eine Bewegung wahr. Ein Loch in der Finsternis, so war es ihm vorgekommen, dunkler als die Umgebung, aber schon weg, als er den Kopf wandte. Furchtsam drehte er sich um und starrte angestrengt in die Nacht. Er sah nichts, und in seinen Ohren brauste es so laut, dass er auch nichts hörte.

Das war nur die Angst. Eine Fledermaus, und er machte gleich eine tödliche Gefahr daraus. Lächerlich. Pater Bodo würde seine Absage an die Marianer wohl kaum mitten in der Nacht strafen wollen. Das Huschen hatte etwas Kuttenähnliches. Spitz oben und flatternd. Eben eine Fledermaus. Oder hatte sich etwa Arnulf als Mönch verkleidet?

Er verscheuchte seine Befürchtungen und ging mutig voran. Hier war das Mäuerchen, ein fahler Schemen vor der dunklen Grube. Mit ausgestreckten Armen ging er darauf zu und tastete nach den oberen Steinen. Irgendwo hier mussten seine Zeichnungen liegen.

Da! Hinter ihm war etwas! Bevor er die Arme herunternehmen und sich umdrehen konnte, hatte es ihn gepackt, schlangen sich zwei starke Arme um seine Brust und drückte sich etwas Massiges hart gegen sein Rückgrat. Er stieß den Kopf zurück, traf aber nur auf Luft. Der Bauch des Angreifers schob ihn vorwärts. Seine Fäuste verhedderten sich in rauem Stoff und berührten kaum das feste Fleisch darunter. Verzweifelt versuchte er, sich dem unnachgiebigen Griff zu entwinden, der ihm die Luft aus den Lungen presste. Ein heißer Atem blies in seinen Nacken.

»Arnulf, bist du das?«, ächzte er. »Lass mich los, oder …«

Bevor Diether den Satz beenden konnte, lockerte sich die eiserne Klammer um seine Brust. Schon wollte er sich erleichtert umdrehen, als er die Hände seines Widersachers hart in seinem Rücken spürte und gleichzeitig einen Stoß mit dem Knie. Mit dem Gesicht nach vorn stürzte er gegen die aufgeschichteten Kalksteinbrocken, riss sie mit sich und fiel.

Die Bretter, dachte er noch, als der Boden unter ihm und den

Steinen nachgab. Er ruderte mit den Armen, um das Gleichgewicht wiederzuerlangen, fiel aber kopfüber und unaufhaltsam in die Baugrube hinein. Geistesgegenwärtig zog er im letzten Moment die Arme vor sein Gesicht, fühlte einen heftigen Schmerz und dann nichts mehr.

AM TAG NACH ST. JOHANNES

25. Juni
Aufgrund seiner Enthauptung ist Johannes zuständig für Kopfschmerzen, Schwindel, Angstzustände, Fallsucht, Alkoholismus, Epilepsie und Krämpfe.

Der Tag nach Johanni war ein Sonntag. Der Vater und Sieghart waren mit der Mutter im Dom, wo Pater Röhrich predigte. Die ganze Stadt schwärmte vom geschliffenen Genuss seiner Erbauungsansprachen, und Margret hatte die Tochter missbilligend angeschaut.

»Einer muss aufs Kind aufpassen«, hatte Johanna verschlafen gemurmelt und die seltene Gelegenheit genutzt, mit Katrinchen noch ein Weilchen im Bett zu bleiben. Während das Kind auf ihr herumkrabbelte, versuchte sie, ein wenig Schlaf nachzuholen. Später würde sie dann mit Diether in die Marktkirche gehen, damit die Mutter Ruhe gab.

Den hat sie natürlich nicht geweckt, um ihn mit in den Dom zu schleppen, dachte sie eifersüchtig.

Als sie mit dem hungrigen Kind auf dem Arm in die Diele herunterkam, war niemand da. Gese hatte sich wohl draußen vertrödelt, statt für das Morgenmahl zu sorgen, Henrich sich, nachdem er die Pferde gefüttert hatte, wie jeden Sonntag bis zum Frühschoppen in seine Kammer zurückgezogen. Und Diether? Nun, der würde vermutlich immer noch träumen. Es war spät geworden gestern, und sie musste schon geschlafen haben, als er nach Hause kam.

Ob er wirklich bei Leonore war?, überlegte sie, während sie den Morgenbrei ihrer Tochter zubereitete. Die zwei waren recht lange zurückgeblieben gestern. Sie hätten sich die Feuer noch einmal angesehen, hatten sie gemurmelt. Aber das hatte sie selbst auch getan, sogar mehrfach, ohne von Diether und Leonore eingeholt zu werden.

Dass die beiden sich verstanden, war offensichtlich. Ob was daraus wurde? Ihr, Johanna, wäre die Bademutter als Schwägerin schon recht. Aber was würde die Mutter sagen? Schon als Hebamme war sie ihr nicht geheuer. Leonore als Schwiegertochter würde sie nie akzeptieren.

»Die Bademütter!«, pflegte sie hämisch zu sagen, wenn Johanna auf sie zu sprechen kam. »Ich möchte nicht wissen, was in deren Zubern vorgeht! Sie sind alle gleich, hinter den Männern her wie der Teufel hinter der Seele. Und wenn es eine Frucht der Sünde wegzumachen gilt, sitzen sie ja an der Quelle.«

Warum musste Margret immer so bösartig über die Menschen denken?

Gese kam zurück. Katrinchen, das die Freundin schon vermisst hatte, spuckte den Brei aus und strebte zu ihr. Gese nahm es der Mutter ab und machte es sauber. Dann spielte sie mit dem Kind sein Lieblingsspiel, versteckte sich hinter dem Herd oder unter der Bank und ließ sich suchen.

Johanna nahm das Brot aus dem irdenen Behälter und schnitt es auf. Aus dem Vorratsraum holte sie Eier, Speck und Butter und bereitete eine große Pfanne mit gebratenem Rührei zu. Spätestens jetzt musste Diether doch wach werden! Der Duft hatte ihn noch an jedem Sonntag aus dem Bett gelockt.

Ob sie nach ihm sehen sollte?

Als er nach einer Weile immer noch nicht aufgetaucht war, stieg sie die Treppe hinauf und klopfte an seine Tür. Keine Antwort. Leise drückte sie die Klinke und schaute in die Kammer. Diether war nicht da, das Bett unberührt.

Nachdenklich ging sie zurück in die Diele. Er war doch nicht bei Leonore geblieben? War das möglich? Sie konnte es sich nicht vorstellen. So schnell war ihr Brüderchen nicht, und Leonore hielt auf sich. Und wenn, dann wäre er längst zurück. Schon deshalb, weil er den unausweichlichen Streit mit der Mutter scheute.

Gese musste zu Henrich gehen und ihn holen. Vielleicht wusste der etwas. Besser, sie fanden Diether, bevor die Mutter aus der Kirche kam.

Doch Henrich konnte sich auch nicht vorstellen, wo Diether

war. War er schon zur Baustelle gegangen? Weil er nicht schlafen konnte?

Kaum denkbar. Diether konnte immer schlafen.

Als der Knecht merkte, dass Johanna sich Sorgen machte, erbot er sich, zur Jühengasse zu gehen und nachzusehen. Schon nach kurzer Zeit kam er zurück, ohne Diether.

»Er liegt in der Baugrube«, gab er atemlos Auskunft. »Wahrscheinlich ist ihm was zugestoßen.«

»Wie, zugestoßen?«, fragte Gese blöde.

»In der Baugrube?« Johanna war entsetzt. »Etwa die ganze Nacht?« Getrunken hatte er doch nichts, dass er dort eingeschlafen war!

»Hast du ihn nicht geweckt?« Aufgebracht fuhr sie den Knecht an. »Er kann doch nicht da liegen bleiben! Gleich kommen die Eltern aus der Kirche, wenn die ihn sehen!«

»Ich sage doch, da ist was passiert«, gab Henrich zurück, äußerlich völlig gelassen. »Wir sollten zusehen, dass wir ihn rausholen, das stimmt.«

Dann schickte er Gese zu Schwerdtfegers. Konrad oder jemand anderes sollte ihm helfen. Aus der Remise holte er den flachen Karren, den er auch gestern benutzt hatte, und schob ihn eilig die Westernstraße hinauf. Konrad eilte ihm nach.

Erst jetzt, als sie Henrich laufen sah, erfasste Johanna, dass Diether etwas Ernsthaftes zugestoßen sein musste. Die Angst fuhr ihr in die Glieder. Sie ließ Katrinchen bei Gese und schloss sich den Männern an.

Außer Atem kam sie zur Baustelle und schaute erschreckt in die Tiefe. Ihr Bruder regte sich nicht. Lag auf dem Bauch, der Kopf halb auf einem Arm. Neben ihm, teilweise von Steinen bedeckt, lagen die zerdrückten Pläne.

Konrad rief: »Das waren bestimmt die Grubenbrüder!«

Johanna und Henrich sprangen hinunter und drehten ihn vorsichtig um. Das Gesicht war voller Blut. Auf der Stirn eine blaurote Beule. Die Arme verdreht, die Ärmel ebenfalls blutig. Und er rührte sich immer noch nicht! Aber er atmete, stellte sie fest, als sie sich über ihn beugte. Sein Herz schlug. Erleichtert aufseufzend schaute sie Henrich an.

Der Knecht legte ihn mit Konrad zusammen behutsam auf ein

Brett und kippte es mit ihrer Hilfe über den Grubenrand nach oben. Dann schoben sie ihn auf den Karren und brachten ihn nach Hause. Die Nachbarn standen am Straßenrand und schauten betroffen.

Als die Eltern zurückkamen, wussten sie schon von dem Unglück. Johanna und Henrich hatten Diether auf die Schlafbank am Herd gelegt und das Blut abgewaschen. Das Gesicht war blau und rot verquollen, die Nase schief. Einer der Arme schien gebrochen zu sein.

Die Mutter reagierte sofort. »Habt ihr den Arzt gerufen? Sieghart, lauf zu Dr. Theodor, er soll kommen. Gese, hol feuchte Tücher, mit kaltem Wasser, ja. Und Johanna, bring die Kleine weg, das ist nichts für sie.«

Katrinchen hatte mit großen Augen am Fußende der Bank gestanden und zugesehen, wie sich alle um den Oheim bemühten. Als Johanna sie jetzt an der Hand nahm, um sie hinaufzubringen, hielt sie sich kreischend am Herd fest.

Diethers Augenlider flatterten. Er schlug die Augen auf und versuchte, den Kopf zu heben. Sofort schloss er sie wieder und sackte zurück. Er bewegte die Finger und die Arme, stellte jedoch auch das sofort wieder ein.

»Tut weh!«, murmelte er, und alle schauten sich glücklich an.

»Tut weh!«, ahmte ihn Katrinchen mitleidig nach. »Armer Diether. Tut weh.«

Alle lachten verhalten. Jetzt erst kam die Mutter dazu, sich zu erkundigen, was geschehen war. Henrich erzählte, wie er ihren Sohn in der Baugrube gefunden hatte. Als sie Johanna fragend ansah, berichtete sie von den Zeichnungen, die er unbedingt noch von der Baustelle hatte holen wollen.

»Und warum hast du nicht auf ihn gewartet?«, erkundigte sich die Mutter misstrauisch. »So lange konnte das doch nicht dauern.«

»Wir waren so müde und sind gleich ins Bett gegangen, Sieghart und ich«, gab Johanna bekümmert zurück.

Der Vater beruhigte sie. »Niemand konnte wissen, dass so etwas geschehen würde.« Dann erkundigte er sich bei Henrich nach den Brettern, mit denen sie die Grube abgedeckt hatten.

»Die warn weg«, antwortete der Knecht. »Die ganze Ecke war offen. Die muss einer weggeräumt haben, die standen nämlich schön ordentlich an der Wand. Da hat sich wer zu schaffen gemacht, ganz klar.«

Alle schauten Henrich an. Was bedeutete das? Warum hatte sich jemand die Mühe gemacht, Diethers Baugrube aufzudecken?

»Ob der wusste, dass der Herr Doktor abends noch mal dahin wollte?«, platzte Gese heraus.

»Unsinn.« Die Mutter schaute sie strafend an. »Woher hätte das jemand wissen sollen? Und warum überhaupt sollte es irgendjemand auf unseren Diether abgesehen haben?«

Das war die Frage. Hatte es jemand auf ihren Bruder abgesehen?

Johanna saß im Erker der Wohnstube, wohin sie Diether gebettet hatten, um ihm die Treppe zu ersparen. Immer noch war er mehr ohnmächtig, als dass er schlief. Dr. Theodor war gekommen und hatte den Arm eingerichtet und geschient. Der Arzt hatte ein wenig an Diethers Nase herumgebogen, aber davon abgelassen, als dem Patienten die Tränen aus den Augen flossen. »Er wird lange liegen müssen«, hatte er gesagt. »Sein Kopf hat Schaden genommen, auch innerlich. Er soll ihn so wenig wie möglich bewegen.«

»Wird er etwas zurückbchalten?«, hatte die Mutter sich besorgt erkundigt.

»Vielleicht nicht. Er ist jung und hat eine gute Konstitution.« Er hatte versprochen, am Abend noch einmal nach Diether zu sehen.

Von Henrich benachrichtigt, war Friedrich beunruhigt die Königstraße hinaufgelaufen. Er hatte lange bei seinem Freund gesessen und ihn aufmerksam angeschaut. Doch hatte es in dessen Gesicht keine Regung gegeben. Er hatte versprochen, in der Nacht die Krankenwache zu übernehmen, damit die Frauen ein wenig schlafen konnten.

Jetzt war sie mit dem Bruder allein. Er atmete leise, das wenigstens. Es gab nichts, was sie für ihn tun konnte. Betrübt schaute sie aus dem Fenster, das ihr nur die graue Stadtmauer zeigte.

Geses Frage schien gar nicht so abwegig. Hatte es jemand auf Diether abgesehen? Konnte irgendwer gewusst haben, dass er noch einmal auf die Baustelle zurückgehen würde? Einer, der die Pläne am Nachmittag auf den Steinen liegen gesehen hatte?

Das hatten viele.

Aber warum? Weshalb hätte jemand ihrem Bruder schaden

wollen? Hing es vielleicht mit Brabecks Tod zusammen? Oder hatte Arnulf sich doch noch dafür gerächt, dass Diether ihm das Pferd vor der Nase weggeschnappt hatte?

Seit ihr Bruder mit Friedrich und Leonore in Borchen gewesen war, hatte sie über Brabeck nichts mehr gehört. Damals wollte er ihr nicht erzählen, was sie herausgefunden hatten. Nur Gerüchte, hatte er gesagt. War an den Gerüchten doch etwas dran gewesen? Hatte der Mörder vielleicht etwas von ihren Nachforschungen bemerkt und Angst bekommen? Es seien zu viele Verdächtige, hatte Diether damals noch gesagt.

Arnulf gehörte jedenfalls auch dazu. Noch am St. Georgstag hatte er den Bruder bedroht! Und freundlich war er auch gestern nicht zu ihm gewesen, hatte kaum mit ihm angestoßen und gleich darauf geflucht: »Verdammt, jetzt ist mein Krug schon wieder leer!«, als ob Diether daran schuld sei. Er war ein hinterhältiger Mensch, ihm traute sie das wohl zu.

Oder war es vielleicht wegen Leonore? Arnulf hatte ihr nachgestellt, das war Stadtgespräch. Aber es gab bestimmt noch andere, die ein Auge auf sie geworfen hatten. Wollte jemand verhindern, dass er gestern Abend noch zu ihr ging?

Die Mutter kam und löste sie ab. Johanna legte Diether sacht die Hand auf den gesunden Arm und verließ den Raum. Die Diele war leer. Gese war mit Katrinchen an die Pader gegangen, und Sieghart saß mit dem Vater im Kontor. Ob sie zu Leonore gehen sollte, um alles mit ihr zu besprechen? Ohnehin wäre ihre Gegenwart tröstlich. Und sie war mit bei Frau Wiegand gewesen, vielleicht wusste sie ja etwas. Auch Friedrich natürlich, Friedrich musste dabei sein.

Kurz entschlossen bat sie Henrich, noch einmal in die Königstraße zu gehen und Diethers Freund zu Leonore zu schicken. Dann machte sie sich auf zur Jühengasse. Schaudernd blieb sie an der Baugrube stehen und sah auf das Blut hinunter. Die Pläne lagen immer noch dort. Wo unten keine Steine mehr lagen, fing oben das Mäuerchen wieder an. Diether musste mit den Steinen zusammen in die Baugrube gefallen sein.

Vielleicht war er im Dunkeln gegen das Mäuerchen gestolpert. Aber dann bestimmt nicht mit solcher Wucht, dass er so viele Steine mit sich riss.

Da standen auch die Bohlen, wie Henrich gesagt hatte. Nicht alle waren entfernt worden, nur die vorderen Reihen. Die Böcke, auf denen sie aufgelegen hatten, standen noch mitten im Keller.

Jemand musste mit ihm auf der Baustelle gewesen sein. Jemand, der die Bretter abgedeckt und später ihren Bruder in die Grube gestoßen hatte. Wenn er nur auf die Bretter gefallen wäre, hätte er nicht so schwere Verletzungen davongetragen.

Mit Tränen in den Augen stieg Johanna in den Keller hinab, um die Zeichnungen einzusammeln. Dann bückte sie sich noch einmal, weil sie etwas glänzen sah. Ein Sechser. Noch ganz neu, aber nur aus Kupfer. Den konnte jeder verloren haben. Sie steckte ihn ein und vergaß ihn.

Nach einem wehmütigen Blick über das verlassene Grundstück, wo sie gestern so schöne Stunden verbracht hatten, wandte sich Johanna dem Haus der Theodors zu. Sie fand Leonore in ihrem Refugium, dem geräumigen Schuppen im Garten, der durch eine offene Pforte zu erreichen war. Mit hochgeschürztem Rock, lange braune Beine darunter, stand sie am Tisch und füllte etwas Wohlriechendes aus einem Krug in kleine braune Fläschchen.

Leonore zog den Rock herunter und begrüßte die Besucherin. Während die überstürzt berichtete, wie sie ihren Bruder gefunden hatte, hörte die Bademutter teilnehmend zu, räumte jedoch nebenbei die Flaschen beiseite. Dann zog sie die immer noch redende Johanna an den Tisch und legte den Arm um sie.

Jetzt erst löste sich die Spannung, unter der Johanna den ganzen langen Morgen gestanden hatte. Hemmungslos fing sie an zu weinen. Lehnte den Kopf an Leonores Schulter und ließ sich trösten. Als ob die nicht selbst Trost nötig hätte!

Johanna schniefte und richtete sich auf. Bedauernd sagte sie: »Mutter hat den jungen Dr. Theodor zu ihm gerufen, bevor ich auch nur daran denken konnte, nach dir zu schicken. Der wusste allerdings nicht viel zu sagen, außer dass Diether viel Ruhe brauche. Was meinst du, wird er es überstehen?«

»Wenn sein Gehirn verletzt ist, wie Erik sagte, kann es eine Weile dauern, bis er wieder gesund ist. Aber wenn er schon wieder wach ist, wird er sich auch bald erholen«, beruhigte sie Leonore. »Pass nur auf, dass mein Bruder ihm mit seinen Blutegeln vom Leibe bleibt. Und flößt ihm immer etwas Brühe ein, damit er Flüssigkeit bekommt und bei Kräften bleibt. Ich gebe dir noch einen Heilsaft mit, der auch etwas gegen die Schmerzen enthält. Daran hat mein Bruder bestimmt nicht gedacht. Denn wenn er nicht schläft und sich vor Schmerz hin und her wälzt, heilt es schlechter. Und eure Mutter soll ruhig eine Kerze für ihn anstecken. Geschadet hat es noch nie.«

Dankbar sah Johanna die Bademutter an. Dann sagte sie: »Eigentlich bin ich gekommen, weil ich herausfinden will, warum Diether in die Baugrube gefallen ist. Du weißt sicher nicht, dass die Bretter weg waren. Jemand muss gewusst haben, dass er abends nach den Feuern noch mal auf das Grundstück gehen würde, weil er seine Pläne dort vergessen hatte. Sie lagen für alle sichtbar auf den Steinen, gleich an der Straße.«

Jetzt war Leonore wirklich erschrocken. »Du meinst, es war kein Unfall?«

»Henrich meint das auch.« Johanna wiederholte, was sie auf der Baustelle überlegt hatte.

Leonore schaute sie entsetzt an. »Dann hat Käthe doch recht gehabt mit ihrer Warnung! Frau Wiegand«, setzte sie erklärend hinzu, als Johanna sie fragend anschaute. »Wir waren im April auf ihrem Hof an der Altenau, um sie nach ihrem Vater zu fragen. Hat dir dein Bruder nichts davon erzählt?«

»Nicht sehr viel«, gab Johanna zu. »Deshalb komme ich ja zu dir. Ich habe übrigens Henrich zu Friedrich geschickt und ihn gebeten, ebenfalls herzukommen, weil er vielleicht noch mehr weiß. Ich hoffe, du hast nichts dagegen?«

Die Bademutter schüttelte den Kopf. Durch die geöffnete Tür waren Stimmen zu hören. Dann trat Friedrich herein, und Henrich folgte ihm. »Wenn ihr überlegt, wer Diether das angetan hat, will ich dabei sein«, erklärte er auf Johannas fragenden Blick hin.

»Selbstverständlich seid Ihr willkommen.« Leonore lud ihn und Friedrich ein, auch am Tisch Platz zu nehmen.

Die beiden hatten ebenfalls an der Baustelle haltgemacht und waren zum gleichen Ergebnis gekommen wie Johanna. Ratloses Schweigen machte sich breit. Jemand hatte versucht, Diether umzubringen!

Leonore fasste sich als Erste. Verzagt berichtete sie Henrich und Johanna von ihrem Besuch in Borchen und den vagen Verdächtigungen Brabecks, die, nahm man sie ernst, nicht nur Diether in Gefahr brachten.

»Das hat aber bestimmt nichts damit zu tun.« Friedrich wehrte ab und sprach von seinem naheliegenderen Verdacht. »Wir waren bereits im Wachhaus. Nachdem mir Henrich erzählt hat, was geschehen ist, wollte ich wissen, wo Arnulf Rokeß gestern Abend war. Er hat zwar geprotzt, dass er die ganze Nacht bei den Feuern bleiben wollte, ist aber kurz nach uns zusammen mit Bernd und ein paar anderen durch das Tor gekommen. Er kann es durchaus gewesen sein, so wütend, wie er immer noch war.«

»Der streitet alles ab«, meinte Henrich. »Den brauchen wir gar nicht erst zu fragen. Das müssen wir anders rauskriegen. Ich will mich mal umhören.«

»Das ist gut.« Johanna schaute erleichtert in die Runde. Ein Glück, dass sie nicht allein war. »Ich denke auch an Arnulf«, erklärte sie. »Obwohl es nach allem, was geschehen ist, wohl noch eine Menge Verdächtige mehr gibt. Sogar Konrad fiel gleich einer ein, oder vielmehr zwei. Er sagte sofort, die Gruben wären's gewesen, Henrich, du weißt es doch noch.«

Henrich nickte bedächtig.

»Dann sollten wir versuchen herauszubekommen, ob sie in der Stadt sind«, schlug Friedrich vor. »Soweit ich weiß, leben sie in Anröchte und kommen nur selten her, um ihre Mutter zu besuchen. Obwohl ich denke, dass es ein großer Zufall wäre, wenn sie an der Baustelle vorbeigekommen wären. Aber zuzutrauen ist es ihnen, das durchaus.«

»Sollten wir nicht dem Schultheiß von unserem Verdacht erzählen?«, warf Leonore ein. »Der könnte amtliche Nachforschungen anstellen und alle befragen, wo sie am Johanniabend waren.«

»Ob der uns die Spekulationen überhaupt abnimmt?« Friedrich zweifelte daran. »Wir haben keinen Beweis. Er wird sagen, Diether sei betrunken gegen das Mäuerchen gestoßen und mit Steinen und Brettern zusammen in die Grube gefallen.«

Johanna stimmte ihm zu. »Wir sollten erst einmal sehen, was wir selbst herausbekommen können. Wenn wir den Bischof verdächtigen müssen, sollten wir auch dem Schultheiß nicht trauen. Was ist denn mit den Leuten, die mit Brabecks Tod in Zusammenhang stehen? Wer von ihnen könnte gestern hier gewesen sein?«

»Ja, da haben wir natürlich an erster Stelle den alten Rokeß«, überlegte Friedrich laut. »Als einer der Fünfer ist er verdächtig, aber auch nicht mehr als die übrigen vier und so manch anderer. Jeder von ihnen, meinetwegen auch die Gruben, könnte zufällig durch die Jühengasse gegangen sein und die Pläne gesehen haben. Dann die richtigen Schlüsse zu ziehen, war leicht. Das würde jedoch voraussetzen, dass der Mörder sich von Diether verfolgt fühlt. Doch so offensichtlich haben wir unsere Nachforschungen gar nicht betrieben, denke ich.«

»Und seit Balthasar verhaftet wurde, fühlt sich der Mörder sicher«, ergänzte Henrich.

»Wenn aber nicht, wenn er irgendwie Wind davon bekommen hätte, dass wir herumfragen?« Leonore erinnerte an den toten Bischof und Käthe Wiegands Warnung. »Dann wären wir alle in Gefahr. Aber ihr habt trotzdem recht: Auch wenn Westphal uns glauben würde – was wäre denn, wenn er den Falschen einsperrte? Dann fühlten wir uns sicher und wären erst recht gefährdet.«

»Sie hat recht«, sagte Friedrich bestätigend. »Wir könnten uns nie sicher fühlen. Behalten wir also lieber alles für uns und setzen unsere heimlichen Ermittlungen fort. Vieles erfährt man ja schon durch den täglichen Tratsch. Man muss ihn nur zu nutzen wissen.«

Das Gerede hatte sofort eingesetzt. Wieder hatte es ein Fest gegeben und danach einen schrecklichen Vorfall. Viele sahen ein Zeichen Gottes in Diethers Unglück. In den Wohnstuben und Wirtshäusern wurde beratschlagt, wie es zu deuten sei. Wollte der Herr ihn für seinen ketzerischen Umgang mit der Theodor'schen strafen? Oder war er doch schuld an Brabecks Tod?

Es wurde allerdings auch vermutet, und gar nicht so selten, dass der vorwitzige junge Advokat wohl von jemandem eins drauf bekommen habe, in dessen Angelegenheiten er zu tief herumgestochert hatte.

AM TAG DER HEILIGEN MARGARETE

20. Juli
Margarete von Antiochien (3. Jahrhundert) besiegte den Versucher, der ihr als Drache erschien, durch das Kreuzzeichen. Sie gehört zu den »14 Nothelfern« und den »Virgines capitales«: »St. Margaretha mit dem Wurm, St. Barbara mit dem Turm, St. Katharina mit dem Rädchen, das sind die heiligen drei Mädchen.«

Endlich war es wieder so warm, wie es im Sommer sein sollte, dachte Margret Meschede erleichtert, als sie die Marktkirche verließ, ihrem Heim zustrebte und ihren Aufgaben. Hatte es das je gegeben, Schnee mitten im Juli?

Heute war ihr Namenstag, und sie hatte der heiligen Margarete, Helferin in allen Nöten, gleich zwei Kerzen angezündet. Eine für Diether und eine für Johanna. Denn die Heilige war sowohl für Gesichtsverletzungen als auch für Gebärende zuständig, und in beidem benötigte ihr Haus Hilfe.

Wie immer begab sie sich sofort nach der Messe zu Diether. Jetzt war er wieder ihr Kind, verzogen und undankbar, wie sie es von früher kannte. Aber das war ihr immer noch lieber als die völlige Hilflosigkeit der ersten Tage, die ihn nicht einmal die Augen öffnen ließ.

Eine Besserung war zu erkennen, das hatte auch Dr. Theodor bestätigt.

Diether schaute ihr mit offenen Augen entgegen, schloss sie aber gleich wieder, als sie die Vorhänge aufzog.

»Schau, Diether, die Sonne scheint«, sagte sie. »Verlockt dich das nicht zum Aufstehen?«

»Doch, Mutter, es verlockt mich«, antwortete er ergeben. »Ich fürchte nur, die Sonne hätte nicht viel Freude an mir.«

Margret setzte sich zu ihm. Tröstend erzählte sie ihm von der

Kerze für die heilige Margarete und der großen Hoffnung, die sie in sie setze. »Ruf sie an und sie wird dir helfen«, empfahl sie. »Als eine der vierzehn Nothelferinnen hat sie besonderen Einfluss vor Gottes Thron.«

»Wenn deine Patronin der Fruchtbarkeit mir genauso hilft wie in den letzten Tagen den Bauern, dann nützen deine Kerzen wenig. Jetzt lass mich schlafen, mein Kopf schmerzt.« Er drehte sich zur Seite.

Leise protestierte sie. »Nur, weil sie nicht mehr zu den Heiligen beten!« Dann murmelte sie noch: »Die Welt ist aus den Fugen, dafür hat es Zeichen genug gegeben in der letzten Zeit.«

Diether schlief. Oder tat er nur so?

Sorgenvoll stand sie vor der Liege und blickte auf den braun gebrannten, muskulösen Rücken ihres Jungen. Es hatte viel Streit gegeben den Sommer über. Pater Bodo lag ihr in den Ohren, den Sohn endlich zur Mariensodalität zu schicken, doch Diether weigerte sich beharrlich.

»Er soll sich nicht zu sehr auf die Hilfe der Jungfrau Maria verlassen, wenn er ihr nicht die Ehre gibt«, hatte der Jesuit warnend gesagt. Offenbar hatte sich Diether jetzt den Schutz der Gottesmutter verscherzt.

Das war Leonores Einfluss, dachte sie erzürnt. Mit ihren ketzerischen Ideen hatte sie ihr die Kinder entfremdet. Wenn sie den Namen nur hörte, sah sie schon rot. Er war nicht mal im Heiligenbuch zu finden. Und wie sie herumlief, die Bademutter! Kein Wunder, dass sie dem Sohn den Kopf verdreht hatte.

Wieder fragte sie sich, ob Diether auf dem Weg zu ihr gewesen war oder schrecklicher noch auf dem Rückweg. Mitten in der Nacht! Dann hatte Gott ihn schrecklich bestraft, dachte sie schaudernd. Aber konnte er etwas dafür? Sie hatte ihn behext, ohne Zweifel. Ihr Sohn lief nicht jeder erstbesten Frau nach, schon gar nicht nachts. Ein Liebestränkchen, ein heimlicher Zauber oder ein verheißungsvoller Blick – diese Frauen wussten, wie man's anstellte.

Nur gut, dass sie den Trank, den Johanna Diether eingeben wollte, ihr sofort weggenommen und vernichtet hatte. Vielleicht sollte sie Pater Bodo davon erzählen? Hexen gab es schließlich nicht nur in den Dörfern.

Sorgsam steckte sie die herabgerutschte Decke um den Kranken fest und verließ, ohne die Tür zu schließen, die Stube, um nach Johanna zu sehen. Die kam gerade mit Katrinchen an der Hand von einem Besuch bei der Bademutter zurück.

»Leonore möchte Diether besuchen«, sprudelte sie hervor. »Vielleicht kann sie ihm ja helfen!«

Margret fuhr auf. »In mein Haus setzt dieses heidnische Weib keinen Schritt, wenn ich es verhindern kann!«

Johanna schaute sie verwundert an. »Und was ist mit meiner Niederkunft? Dazu wird sie herkommen müssen. Und ich möchte nicht, dass ihr euch an meinem Wochenbett streitet!«

»Es wird keinen Streit geben, weil sie gar nicht kommen wird. Euer Kind wird von einem christlichen Arzt auf die Welt geholt, das wird auch Sieghart so wollen«, sagte Margret bestimmt und fügte gönnerhaft hinzu: »Wenn du die Mönche nicht leiden kannst, holen wir Dr. Theodor. Aber Pater Bodo wird auf jeden Fall da sein. Es kann ja so viel geschehen! Und dem ist die Theodor'sche keinesfalls gewachsen, glaub mir das!«

»Die Geburt wird genauso glattgehen wie die Katrinchens«, wandte Johanna ein. »Es sei denn, ich muss mich wieder aufregen wie damals. Leonore wirkt so beruhigend, da geht alles von allein. Wenn ich mein Kind nicht hier bekommen kann, mit ihrer Hilfe, dann werde ich mich bei ihr einquartieren, du wirst schon sehen.«

Das fehlte noch, dass die Tochter zur Bademutter zog, empörte sich Margret innerlich. Was sollten die Leute denken? Schon jetzt zerriss man sich das Maul über die Torheiten ihrer Kinder.

»Beruhigend! Das sind nur ihre Säftchen und Dämpfe! Wer weiß, was für Hexenzeug darin ist. Soll sie dich und das Kind vergiften? Ganz abgesehen vom Schaden für eure Seelen!«

Johanna bot ihr also die Stirn. Auch das hatte sie der Bademutter zu verdanken. Johann würde sich auf die Seite der Tochter stellen, ganz bestimmt. Wenn sie den Familienfrieden nicht gefährden wollte, musste sie einlenken.

Aber nicht jetzt. Noch nicht heute. Sollte Johanna ruhig ein wenig schmoren. Vielleicht wusste Pater Bodo Rat.

Gespielt ruhig stand Margret vom Tisch auf. »So weit sind wir noch nicht«, sagte sie. »Und von Diether lässt sie die Finger, das sage ich dir!«

AM TAG DES HEILIGEN DOMINIKUS

8. August
Der nach seinem Gründer benannte Dominikanerorden (1215) bestand nur aus Priestern und Gelehrten. Seine Aufgabe war die Bekämpfung von Ketzertum und Häresien. Die Dominikaner verpflichteten sich der radikalen Armut, um ihrem Bekenntnis Glaubwürdigkeit zu verleihen.

Noch immer lag Diether in der Wohnstube in seinem provisorischen Krankenbett. Wenn er aufstand, überfiel ihn Schwindel, und sein Kopf schmerzte unerträglich. Er verdämmerte den größten Teil des Tages, versuchte, die bohrende Qual zu vergessen, und fand in der Nacht keinen Schlaf, weil ihm vom Liegen außerdem die Glieder wehtaten. Die einzige Abwechslung waren Friedrichs tägliche Besuche, der ihn mit Klatschgeschichten aus der Stadt aufzumuntern versuchte.

Auch heute war er gekommen. Diether hörte ihn in der Diele mit dem jauchzenden Katrinchen herumalbern, während Johanna vorsichtig den Kopf durch die Tür steckte, um zu sehen, ob er wach war.

»Heute solltest du der Sonne mal die Ehre geben«, sagte Friedrich nach einer kurzen Begrüßung. »Es ist nicht zu heiß, sodass dir ein paar Schritte guttäten. Das hat auch die Jungfer Theodor gesagt, die ich eben getroffen habe. Wie wär's, wenn wir kurz bei ihr vorbeigehen?«

Der Gedanke an Leonore belebte den Kranken. Mit Johannas Hilfe zog er sich an, und Friedrich lotste ihn durch die Hintertür, um Margret Meschede aus dem Weg zu gehen.

Sein erster Ausflug nach wie vielen Wochen? Tief atmete er die frische Luft, die der leichte Ostwind vom Gierstor her durch die Stadt blies. Durch die unbelebte Gasse entlang der schützenden

Stadtmauer gingen sie langsam Richtung Jühenplatz. An der Rosengasse musste Diether auf einem der dicken Findlinge am Wegrand ausruhen.

Ärgerlich wehrte er Friedrichs Arm ab, als der ihm aufhelfen wollte. Er hatte sich noch nie so hilflos gefühlt, aber er war kein alter Mann. Vorsichtig machte er einen Schritt nach dem nächsten, ignorierte den Schwindel, der ihn von den Füßen heben wollte, und als sie vor Leonore standen, versuchte er sogar, aufrecht zu stehen und sie verzerrt anzulächeln.

Leonore verbarg ihre Betroffenheit, doch er wusste, welch traurigen Anblick er bot. Bei ihrem letzten Treffen am Johannisfest hatte sie ihn gesund und braun gebrannt gesehen. Jetzt war er bleich und abgemagert und schaute leidend. Seine Nase war schief.

»Nicht einmal eine gebrochene Nase einrichten kann mein gelehrter Bruder«, sagte sie bissig nach einem Blick in sein Gesicht. »Immerhin hat er Euch das Leben gerettet, wie er überall herumerzählt. Zum Glück habt Ihr es trotzdem überlebt.«

Erheitert ließen sie sich im Gras nieder, und Leonore trug einen Krug Obstsaft aus ihrem kühlen Gartenhaus herbei. Für Diether brachte sie ein Pulver mit, das sein Kopfweh linderte und auch den Schwindel vertrieb.

Entspannt hörte er Friedrich und Leonore zu, die den neuesten Bürgertratsch austauschten. Diesmal drehte er sich um die Konkubinen der geistlichen Herren. Mollers Pamphlete hatten dem Gerede viel Auftrieb gegeben.

»Es weht ein neuer Wind«, berichtete Friedrich. »Einige der Busdorfherren sind aufgefordert worden, die *famulae* aus ihren Wohnsitzen zu entfernen. Vielleicht will der Bischof ein Zeichen setzen? An die Domherren traut er sich aber wohl nicht heran. Die Damen Hanxleben und Spiegel, die schamlosen Weiber, wie Frau Meschede sie nennt, habe ich eben noch in voller Pracht über die Kohlgrube rauschen sehen.«

»Jeder nennt sie so, und trotzdem werden sie von allen freundlich gegrüßt.« Leonore wunderte sich über die Heuchelei der Paderborner und besonders ihrer Frauen.

»Weil jeder weiß, dass sie die Kapitulare gegen den Bischof aufhetzen«, erklärte Friedrich. »Wenn zwei sich streiten, freut sich der Dritte, und das sind in diesem Fall wir, die untertänigsten Stadtbürger.«

Leonore gab zu bedenken: »Andererseits hat sich Dietrich mit den Jesuiten versöhnt. Wir werden sehn, wie viel Freude uns das bereiten wird.«

»Das ist wahr«, antwortete Friedrich. »Jetzt steht er wieder unter deren Fuchtel. Gestern wurde bereits von allen Kanzeln an die Sakramentspflicht erinnert, und wieder hat man ganz offen mit Ausweisung gedroht.«

»Deshalb also war Pater Bodo heute Morgen bei mir«, erzählte Leonore. »Nachdem er mich wieder einmal über die Beichtgelegenheit in seiner Kirche aufgeklärt hatte, erkundigte er sich, wo ich denn wohnen werde, wenn ich demnächst die Stadt verlasse. So anteilnehmend, als wolle er mir im nächsten Moment eine Zuflucht anbieten. Ich fürchte, sie erwarten tatsächlich, dass ich auf ihr Blendwerk hereinfalle.«

»Bodo hat es sicher für seine Christenpflicht gehalten, am Tag des heiligen Dominikus Ketzertum und Häresie zu bekämpfen«, sagte Friedrich lachend.

Leonore lachte mit; die Bedrohung, die von ihren mächtigen Nachbarn ausging, schien sie kaltzulassen.

Auf dem Rückweg gingen sie an der Baustelle vorbei. Diether wurde freudig willkommen geheißen und bewunderte gebührend den Fortgang, den seine Kellerwände inzwischen genommen hatten. Borius, der schüchterne Kleinknecht aus Helmern, der Michaeli bei ihnen eingezogen war, strahlte über das ganze Gesicht, als Henrich seinen Fleiß hervorhob. »Ein Sintfeldbur, mager und arbeitsam«, hatte der Ältere seine Auswahl begründet und recht behalten. Allerdings arbeitete Borius ebenso fleißig daran, seiner Magerkeit abzuhelfen, und nahm sich bei Tisch gern der kaum berührten Portionen Diethers an.

Die Westernstraße hinunter musste Diether dann alle Kraft zusammennehmen, obwohl er sich über die lebhaften Grüße der Nachbarn freute. Endlich war er ins Leben zurückgekehrt, da ertrug er das Hämmern in seinem Kopf gern noch ein Weilchen.

Leonore hatte ihm ein Fläschchen mit dem heilsamen Pulver mitgegeben sowie genaue Anweisungen, wie es anzuwenden war.

»Nicht zu oft!«, hatte sie warnend gesagt. Bei der Rückkehr ins Haus hatte er es erfolgreich vor der Mutter verborgen. Natürlich war sie erbost gewesen, dass Diether ohne ihre Erlaubnis sein Krankenlager verlassen hatte, und sorgte dafür, dass er es sofort wieder aufsuchte.

Als er allein war, versuchte er behutsam, seinen Kopf zu gebrauchen. Er schickte die Gedanken in alle Richtungen und spürte erlöst, dass sie ihm kaum Pein bereiteten. Bisher war da nur schmerzende Leere gewesen und die Erinnerung an das bedrohliche Dunkel, das ihn vor dem Sturz umgeben hatte. Ein Schatten hatte ihn umklammert und gegen die Steine gestoßen. Entsetzt hatte er sich geweigert, weiter über den Kampf und seine hilflose Gegenwehr nachzudenken.

Was war geschehen? Er war in seine Baugrube gefallen, und die Steine hatten ihm die Nase zertrümmert. So viel wusste er. Seine Pläne hatte er retten wollen, fiel ihm jetzt ein. Und dass da ein schwarzes Loch gewesen war, wo am Nachmittag noch Bretter lagen.

Der Täter hatte das Kellerloch abgedeckt, bevor er ihn hineinstieß. Das bedeutete, er wollte ihm ernsthaft schaden, ihn vielleicht sogar umbringen. Wem war das zuzutrauen? Arnulf ging so überlegt nicht vor. Aber mit Bernd zusammen hatte er schon so manche Schandtat ausgeheckt.

Etwas hatte ihn an die Jesuiten erinnert. Immer wieder waren in den peinigenden Träumen seines langen Krankenlagers schwarze Kutten aufgetaucht, die ihn zu erwürgen drohten. Der Turm mit dem Drohfinger darauf hatte ihm Angst gemacht, und die Fledermäuse, die es in den Wachtürmen der Stadtmauer in Mengen gab, waren um seinen Kopf herum geschwirrt.

Seine Fäuste waren auf festes Fleisch getroffen, ausladender als sein eigenes, sodass er nicht weit hatte ausholen können. Allerdings kannte er so gut wie niemanden, der so dünn war wie er. Sowohl den Bürgern als auch den geistlichen Herren sah man den Wohlstand der Stadt allzu deutlich an. Und ob es nun eine Kutte, die sich jeder hätte überziehen können, oder ein weiter Umhang war, der seine Schläge aufhielt, konnte er kaum sagen.

Wie brutal der Angreifer ihn vor die Mauer geworfen hatte! Wieder fühlte er den Schrecken, der seinen Sturz begleitete. Kaum vorstellbar, dass jemand solch einen Hass auf ihn hatte. Waren sie Brabecks Mörder etwa schon zu nahe gekommen? Aber wodurch? Was hatten sie bisher erfahren, was seine Identität preisgab?

Wieder nur Finsternis in seinem Kopf. Die Schmerzen nahmen zu. Erschöpft gab Diether die beängstigenden Überlegungen auf und fiel in einen endlich einmal erholsamen Schlaf.

AM TAG DES KREUZERHÖHUNGSFESTES

14. September
Am 14. September 335 wurden die von Kaiser Konstantin erbaute Jerusalemer Grabeskirche geweiht und das von seiner Gemahlin Helena wundersam aufgefundene Kreuz aufgestellt. Seit Rom im 7. Jahrhundert das Fest übernommen hatte, verehrte man an diesem Tag die in zahlreichen Kirchen vorhandenen Kreuzreliquien.

Was war das für ein Lärm? Scheppern, Rufe, Gelächter? Ächzend erhob sich Johanna und ging durch die Diele zur Tür. Sie schleppte schwer an ihrem Bauch und hoffte, ihr Kind werde bald zur Welt kommen. In einer Woche etwa, schätzte Leonore, war es so weit.

Sie öffnete das in die Dielentür eingelassene Fenster und schaute die Westernstraße hinauf. Ein tobender Haufen Leute näherte sich. Jemand schlug laut dröhnend im Takt auf ein eisernes Becken. Wer war das, den sie in der Mitte mit sich führten? Eine Frau offensichtlich, nur halb bekleidet, einen großen Strohkranz auf dem Kopf.

Was soll das?, fragte sich Johanna. Ist denn schon wieder Fastnacht?

Gese kam die Treppe hinabgelaufen, die Mutter gemessener hinterher. Auch Diether, noch im Nachtgewand, steckte den Kopf zur Tür hinaus.

»Was ist los?«, fragte er und trat zu ihr in die Diele.

»Ich weiß es nicht«, antwortete sie. »Sie treiben ihren Schabernack mit jemandem. Ich konnte noch nicht erkennen, wer es ist.«

Die Mutter und Gese gingen hinaus auf die Straße und schauten der Gruppe entgegen.

»Das ist Hagedorns Mathilde«, rief Gese zu Johanna und Diether hinüber, die an der Dielentür stehen geblieben waren.

»Wie die wieder herumläuft«, sagte die Mutter entrüstet. »Man sieht ja das nackte Fleisch!«

Erst jetzt sahen sie den Mann mit der Rute, der Mathilde mit heftigen Schlägen vorantrieb. Das Hemd war verrutscht, der Rock hing in Fetzen, mit blutigen Striemen übersät waren Schultern, Arme und Beine. Massig und schwarz schritt unbewegten Gesichts Pater Bodo hinter ihr her, das Kreuz mit dem gepeinigten Jesus daran hoch erhoben.

Um sie herum johlten und schrien die Menschen und bewarfen Mathilde mit Dreck.

»Was für eine Barbarei!«, entfuhr es der entsetzten Johanna. »Man muss ihr doch helfen!« Hilflos sah sie den Bruder an. Doch der zuckte mit den Achseln und wies auf sein Nachthemd. Sie trat vor die Tür und ging zögernd der rasenden Menge entgegen.

»Untersteh dich!« Die Mutter zog sie zurück. »Siehst du nicht, dass hier der Henker des Herrn Bischof ein Urteil vollstreckt? Sie hat es verdient, glaub mir das.«

»Hinaus mit dem Miststück!«, schrien die Leute und: »Schafft die schamlosen Weiber fort!«

Mathilde versuchte gleichzeitig, ihr Hemd zusammenzuraffen und sich vor den Schlägen zu schützen. Ihr Gesicht war tränenüberströmt, ihr hoffnungsloses Schluchzen ringsum zu hören.

Auch der Vater und Henrich, die mit Sieghart vor dem Hoftor standen und betroffen auf die hässliche Szene schauten, machten keine Anstalten, ihr zu helfen.

Johanna war fassungslos. Als Kind war sie mit Mathilde zum Kommunionunterricht der Gaukirchschwestern gegangen, wenige Monate zwar nur, aber sie hatten häufig zusammen gespielt. Danach hatte sie erst wieder von ihr gehört, als es hieß, Mathilde sei die Geliebte des Pfarrherrn geworden, bei dem sie als Haushälterin arbeitete.

War das die Strafe für ihren Fehltritt? Hatte der Bischof Ernst gemacht mit seiner Drohung, die Konkubinen aus der Stadt zu verjagen? Aber doch nicht auf diese grausame Art und Weise! Sie dem Spott und Hohn der ganzen Stadt preiszugeben! Und sie zu schlagen bis aufs Blut!

Bekümmert ging Johanna zu Sieghart hinüber. Der legte den Arm um sie und wollte sie ins Haus führen. Doch da löste sich Elmar aus der Menge und trat zu Vater und Henrich. Sie blieb stehen, um zu hören, was er zu berichten hatte.

»Das waren nicht unsere Leute!« Eilig rechtfertigte sich der Stadtbote. »Wir haben sie nicht angerührt. Wir hatten den Auftrag, Mathilde aus dem Haus ihres Herrn zu holen und sie auf dem Markt dem Henker zu übergeben. Es war nicht ganz einfach, sie aus ihrem Versteck zu zerren; mag sein, dass schon dabei ihr Hemd zerrissen ist. Ich habe ihr noch ihren Umhang gegeben, damit sie sich bedecken konnte. Aber den hat sie unterwegs verloren, als alle sie herumstießen. Mir gefällt das ja auch alles nicht«, setzte er bedauernd hinzu, als er Johannas entrüstetes Gesicht bemerkte.

Der lärmende Zug wälzte sich auf das Westerntor zu. Draußen auf dem freien Feld werde der Henker Mathilde die Urkunde vorlesen, worin stand, dass sie bei Strafe an Leib und Leben auf immer der Stadt verwiesen sei, berichtete Elmar. Dann würde man sie ihrem Schicksal überlassen.

Als er merkte, wie sehr Johanna zitterte, führte Sieghart sie mit sanftem Druck zurück ins Haus. Diether stand immer noch an der Dielentür, versteckt, damit niemand seinen Krankenaufzug sah.

»Selig der Zwang, der zur Besserung führt!«, zitierte er gallig Pater Röhrich und verschwand in der Wohnstube.

Unter dem missbilligenden Blick ihrer Mutter suchte Johanna ein paar Kleidungsstücke zusammen, obendrein einen Umhang und auch Strümpfe und Schuhe, denn Mathilde war barfuß gewesen. Etwas zu essen legte sie ebenfalls dazu. Damit schickte sie Gese dem Zug hinterher. Wenn die Vertriebene nicht wisse, wohin, solle sie zu Frau Wiegand nach Borchen gehen, trug sie dem Mädchen auf. Die werde ihr bestimmt weiterhelfen, wenn sie von ihr und Leonore Grüße ausrichte.

Dann ließ sie sich mit schmerzverzerrtem Gesicht auf der Ofenbank nieder. Plötzlich fiel ihr auf, dass sie schon die ganze Zeit ein Ziehen im Bauch verspürte. Angesichts der Geschehnisse hatte sie es jedoch für ein Zeichen des Unbehagens gehalten.

»Ich glaube, jetzt musst du Henrich zur Jungfer Theodor schicken«, bat sie, als die Mutter sich besorgt über sie beugte. »Mein Kind scheint es plötzlich eilig zu haben.«

***

Margret hatte die Männer aus der Wohnstube vertrieben und die Tochter auf das Lager gebettet, das der Sohn nicht mehr brauchte. Sie legte saubere Tücher bereit, stellte ihre größten Töpfe wassergefüllt auf den Herd und zündete vor der Marienstatue eine Kerze an. Ein Blick die Westernstraße hinauf zeigte ihr, dass Leonore bereits angelaufen kam, ihr Instrumentenbündel unter dem Arm, den Umhang über ein kantiges Gerät gebreitet. Hatte sie etwa die Stirn und brachte den Hexensitz des alten Dr. Theodor mit?

Schon bereute sie, auf Sieghartss Drängen hin Johannas Wunsch nachgegeben zu haben. Was sollte Pater Bodo denken, den Henrich ebenfalls benachrichtigen sollte. Wo er nur blieb?

Sie trat in die Diele zurück und ließ die Tür für Leonore offen, wandte ihr ohne Begrüßung den Rücken zu und ging zum Wochenbett der Tochter voraus. Die begrüßte die Bademutter erleichtert und schob ohne Weiteres den glänzend polierten Gebärstuhl unter ihre Röcke.

»Wir haben das geübt«, erklärte Johanna der Mutter, die missbilligend, aber ohne ein Wort zu sagen zuschaute.

Wie immer hatte der Jesuitenpater den Weg durch die Mauergasse genommen und betrat das Haus durch die Hintertür. Als er ohne anzuklopfen ins Zimmer trat, war von dem verbotenen Instrument nichts mehr zu sehen. Leonore kniete hinter der Wöchnerin, hatte die Arme um sie gelegt und sprach ihr leise ins Ohr, als eine weitere Wehe Johanna erfasste.

»Keine heidnischen Zaubersprüche!«, donnerte Pater Bodo dazwischen, kaum war er zum Bett getreten. Erschreckt fuhr Johanna zusammen und sah die Mutter hilfesuchend an. Margret begrüßte den Pater und zog ihn zum Fenster. Leise erklärte sie, dass sie jedes Wort gehört und bis jetzt nichts Verdächtiges vernommen habe.

»Habt Ihr es mitgebracht?«, fragte sie dann errötend.

Bodo zog aus seinem Umhang einen handbreiten Leinenstreifen mit sauber ausgemalten Buchstaben darauf. Aus den Augenwinkeln nahm Margret wahr, dass Leonore amüsiert ihre Vorbereitungen beobachtete. Plötzlich erschien ihr das von den Jesuiten gesegnete Schenkelband mit den Gebeten und Heiligennamen darauf selbst als Zauberei.

Mit dem verzierten Band auf den ausgestreckten Armen wandte sich der Pater zum Lager der Wöchnerin. »Legt diese geweihten

Zeichen unter Euren Röcken an, Frau Johanna«, befahl er pathetisch. »Das wird die Seele Eures unschuldigen Kindes schützen, wenn es ohne Beistand eines christlichen Arztes die Pforte des Bösen durchschreiten muss.«

Johanna war empört, aber zu matt, um sich auf eine Auseinandersetzung einzulassen. Trotzdem funkelten ihre dunklen Augen wütend, als sie die Mutter ansah. So weihevoll wie möglich nahm Margret dem Pater das Band ab, legte es neben Johanna und bugsierte Bodo mit dem Vorschlag, für eine glückliche Geburt zur Gottesmutter zu beten, zur Tür hinaus.

Jetzt hatte sie zum ersten Mal die Zufriedenheit der Tochter vor ihr Seelenheil gestellt, dachte sie erschreckt. War das schon Leonores Einfluss?

Pater Bodo ließ sich im Betstuhl vor der Marienfigur nieder, während Margret sich um ihre Wassertöpfe kümmerte und zwischen Herd und Krankenstube hin- und herlief. Erstaunt nahm sie wahr, dass von Johanna außer gelegentlichem Stöhnen und Ächzen kein Laut zu hören war. So friedlich hatte nicht einmal der sanfte Doktor Theodor ihre Kinder zur Welt geholt.

Andererseits bestimmte die Bibel, dass die Frauen unter Schmerzen ihre Kinder gebären sollten. Schnell schloss sie die Tür zur Wohnstube, damit der Pater von der verdächtigen Ruhe nichts mitbekam.

Sie versuchte zu beten, wurde aber von der Vorfreude auf das neue Enkelkind abgelenkt. Ob es der Junge wurde, den Sieghart und Johann sich wünschten?

Endlich drang aus der Wohnstube das vertraute Quäken. Margret sprang auf und lief zu ihrer Tochter, die glücklich ein blaurotes Bündel im Arm hielt. Es war ein Junge. Leonore durchtrennte die Nabelschnur und nahm das Kind, um es am warmen Herd zu waschen, während Margret gerührt Johannas Hand streichelte.

Plötzlich kam aus der Diele ein Poltern, gefolgt von Leonores aufgebrachtem Schrei. Sofort sprang Margret auf, drückte aber Johanna in die Kissen zurück. Das nackte Kind mit einem Arm an seine raue Kutte gepresst, stand Pater Bodo in der Diele und wies anklagend auf die Bademutter, die mit abwehrend erhobenen Händen am Herd stand. Hinter dem Pater lag der umgerissene Betstuhl.

»Eine magische Taufe!«, rief er drohend. »Sie wollte das Kind über dem Herdfeuer dem Teufel weihen!«, setzte er erregt hinzu, als Margret ihn verständnislos ansah. »Zum Glück hat mich die Gottesmutter rechtzeitig darauf aufmerksam gemacht, sodass ich das Schlimmste verhindern konnte.«

Mit einem bösen Blick auf Leonore übergab er den Neugeborenen seiner Großmutter, die ihn gleich zu Johanna trug. Das Kind der Hebamme anzuvertrauen, nachdem der Jesuit sie eines so ruchlosen Vorhabens beschuldigt hatte, wagte sie nicht mehr. Offensichtlich war sie zu sorglos gewesen, hatte sich vom unbekümmerten Vertrauen der Tochter anstecken lassen.

Auf der Diele erhoben sich streitende Stimmen und beunruhigten Johanna. Margret ging hinaus und zog die Tür hinter sich zu.

»Sie leugnet die Hexentat!«, zischte der Jesuit ihr zu. »Aber wir werden sie schon kriegen, die heidnische *obstetrix*!«

Als Leonore Margrets versteinerte Miene sah, gab sie die Rechtfertigungsversuche auf. Beherrscht nahm sie ihren Lohn entgegen, ging aber trotz Bodos abwehrender Gesten in die Stube zurück und verabschiedete sich liebevoll von Johanna. Dann nahm sie den Gebärstuhl und trug ihn unbewegten Gesichts an Pater Bodo vorbei.

Der verblüffte Jesuit schlug ihr hastig ein Kreuzzeichen hinterher. Dann wandte er sich finster blickend der Hausherrin zu. »Wenn Ihr dem Bösen Tür und Tor öffnet, wird es Euch verschlingen«, prophezeite er und schaute ihr eindringlich ins Gesicht. »Befreit Eure Kinder von dem verderblichen Umgang, bevor sie mit in den Abgrund gerissen werden!«

AM TAG DES HEILIGEN SEVERIN

23. Oktober
Severin war um 400 Bischof von Köln. Gerühmt wurde seine Fähigkeit, himmlischen Gesang wahrnehmen zu können. Er ist Patron der Stadt Köln und der Weber, sorgt für Regen, hilft gegen Unglück und Trockenheit und gilt als Vorbote des Winters.

Gemächlich ritt der Schultheiß den Kasseler Weg hinunter in Richtung des Tigge. Dort fanden bis zum Umzug in das neue Rathaus, was noch Jahre dauern konnte, die Sitzungen des Magistrats statt. Zum Glück musste er die drangvolle Enge nur selten ertragen.

Heute allerdings war seine Teilnahme erforderlich. Wieder einmal ging es um den Weinkeller. Es musste etwas geschehen, bevor das Defizit noch größer wurde. Denn ohne das Geld aus der Weinkasse war an ein neues Rathaus nicht zu denken.

Die Ratsherren wissen nicht, wie sie den Bau bezahlen sollen, verteilen aber jetzt schon eifrig alles, was es daran zu verdienen gibt, dachte er verdrießlich.

Lange hatten sie auf Balthasars Rückkehr gewartet, ihn überall gesucht, aber nicht gefunden. Der unbekannte Bote mit den Listen hatte Gerüchte ausgelöst, er sei in Münster untergetaucht, und er hatte pflichtgemäß die Schütter dorthin geschickt. Doch war dort keine Spur des Weinzapfs zu finden. Dafür hatte der eilige Reiter gesorgt, den er Elmar und seiner Truppe vorausgeschickt hatte.

Vor dem imposanten Fachwerkbau des uralten Richtstuhls saß er ab. Wie ein Pilz wuchs er vor ihm in die Höhe, unten zimmerschmal, darüber ein weit vorkragendes Obergeschoss auf festen Eichenknaggen, noch darüber, wieder vorkragend, das Dach mit einem geräumigen Speicher darunter. Der Ratssaal lag oben, wo früher die Gerichtsverhandlungen stattgefunden hatten.

Denn dies war der Sitz des Burgerichts gewesen, Symbol der Autonomie der Bauernschaften, von den Paderbornern jahrhundertelang gegen den Zugriff der bischöflichen Herrschaft verteidigt. Ihre Selbständigkeit hatten sie erst an Dietrich verloren, und jetzt lag die Stadtgerichtsbarkeit bei ihm, dem »Pfaffenkind«, heute hochgeehrter Schultheiß des Bischofs. Innerlich verneigte er sich vor sich selbst.

Bürgermeister Otterstädt eröffnete die Sitzung. Als Erstes berichtete der Münzmeister über die neuen Sechser, die nach Johanni ausgegeben worden waren. Sie hatten der Stadtkasse ordentlich Gewinn eingebracht. Daraus und mit Hilfe einiger Wechsel und Schenkungen hoffte man im nächsten Jahr die Arbeiten am Rathaus bezahlen zu können.

Westphal selbst konnte ebenfalls sein Scherflein beitragen. Auf seinen Vorschlag hin hatte der Bischof zugestimmt, auf die Schatzung des nächsten Frühjahrs zu verzichten. »Ein wahrhaft hochherziges Geschenk«, rief Otterstädt jubelnd. So viel war es nun nicht, dachte Westphal; außerdem hatte Dietrich den Landständen seine Wünsche nach zusätzlichen Steuererhebungen im späteren Jahr schon mitgeteilt, was er aber für sich behielt.

Die Weinkasse war kein Thema mehr. Sollte er jetzt und offiziell die Frage nach Balthasars Restanten stellen? Die Eintreibung der Schulden anmahnen? Er bekäme doch nur wieder einen Haufen fauler Ausreden zu hören. Sollten die Herren zusehen, wie sie Geld in die Kasse bekamen.

Während der Bürgermeister in der Tagesordnung fortfuhr, sah sich Westphal unter den Ratsherren um. Sein Blick fiel auf Diether Meschede, der den ganzen Sommer über gefehlt hatte. Sah nicht so aus, als ob er schon wieder gesund wäre. Bleich wie Spucke war er und schaute unbeteiligt auf die Tischplatte.

Nun kam der Weinzapf an die Reihe. In Abwesenheit wurde Balthasar für schuldig befunden, den Fehlbetrag in der Weinkasse verursacht zu haben. Ohne groß darüber zu diskutieren, wurde er des Amtes enthoben. Von Brabeck war nicht die Rede. Wollte man sang- und klanglos über den Mord hinweggehen?

Beiläufig forderte der Schultheiß eine Abstimmung darüber, ob man den ehemaligen Weinzapf der vorjährigen Bluttat im Rathaus ebenfalls für schuldig halte. Alle, bis auf Meschede und zwei, drei andere, streckten bereitwillig ihre Hände in die Höhe. So war es natürlich am einfachsten.

Zwei neue Weinherren wurden vorgeschlagen, beide ihm unbekannt. Es war nicht leicht gewesen, jemanden zu finden, der nicht auf Balthasars Liste stand. Nach einer erneuten Abstimmung und nachdem er die Wahl gnädigst durch sein Nicken bestätigt hatte – der Zweck seiner Anwesenheit –, sprachen sie ihren Eid und erhielten die Schlüssel zum Weinkeller ausgehändigt. Als Erstes sollten sie nach einem zuverlässigen Mann suchen, den man als Weinzapf einstellen könne.

»Einen Biertrinker möglichst«, rief Steling dazwischen. Immer witzig, der Mann.

Unwirsch erhob sich Westphal von seinem Sitz und wandte sich zum Gehen. Jetzt hatten sie ihren Mörder und er die leidige Angelegenheit vom Hals. Im Vorbeigehen blickte er Meschede scharf an. Der Advokat schaute nach unten. Hatte er etwas zu verbergen? Oder litt er immer noch an den Folgen seines Unfalls?

AM FEST MARIÄ EMPFÄNGNIS

8. Dezember
Anders als Jesus wurde Maria auf natürlichem Wege gezeugt. Dennoch blieb nach katholischer Lehre ihre Empfängnis »unbefleckt«, war Maria also ohne »Erbsünde«. Früher sollten an diesem Tag die Frauen nicht arbeiten; gleichwohl begannen nach alter Sitte an diesem Tag die weihnachtlichen Bäckereien.

Aufgebracht verließ Johanna den Dom, wo sie mit der Mutter das Hochamt besucht hatte. Das Fest der unbefleckten Empfängnis Mariens hatte Pater Röhrich zum Anlass genommen, erneut auf die ausnahmslose Sündhaftigkeit der Frauen hinzuweisen.

»Hütet euch vor ihren lasterhaften Ränken! Ihr gottloser Liebreiz führt die reinen Seelen irre und auf direktem Weg in die ewige Verderbnis«, hatte er gedroht. Es ärgerte sie jetzt noch, dass der beleibte Jesuit, dem man die fleischlichen Gelüste am Gesicht ansah, das wenige, das an ihr liebreizend war, schlechtmachte.

Die stolzen Bürgersfrauen, die Mutter eingeschlossen, und auch ein paar Adelsdamen hatten vor ihm gesessen und willfährig den Kopf gesenkt. Sie selbst hatte mit erhobenem Kopf den Prediger unduldsam angesehen. Ob er es bemerkt hatte?

Der Mutter war es nicht entgangen. Auf dem gesamten Heimweg tadelte sie ihre Aufsässigkeit. »Sei nicht so hochmütig vor dem Altar!«, befahl sie zum Schluss. »Es steht uns Frauen wohl an, den Kopf gesenkt zu halten.« Dann murmelte sie noch vor sich hin, dass die Anmaßung der Tochter nur der Theodor'schen zu verdanken sei und dem endlich ein Riegel vorgeschoben werden müsse.

Johanna grübelte seitdem darüber nach, wie sie das wohl gemeint haben konnte.

»Ist euch eigentlich klar, dass Leonore das Gleiche geschehen kann wie der armen Mathilde Hagedorn?«, fragte sie Diether und Friedrich, als sie am Nachmittag mit ihnen allein war. »Auch gegen sie haben damals die Jesuiten gehetzt, und dass sie heute an meiner Wehmutter einen Narren gefressen haben, hört man überall.«

Die Männer sahen sie entgeistert an.

»Wahrscheinlich würde auch ihr niemand beistehen«, sagte Johanna düster voraus. Zum Glück war wenigstens Mathilde heil bei Frau Wiegand angekommen, was sie Leonore hatte ausrichten lassen.

»Wenn es dazu kommen sollte, wird niemand ihr helfen können. Das hat sie sich dann selbst eingebrockt mit ihrem Starrsinn«, grummelte Diether mutlos.

Johanna sah den Bruder mitleidig an. Der Sturz in die Baugrube und die lange Krankheit hatten seine gesamte Aufsässigkeit vernichtet. Und sie hatte gehofft, Leonore zur Schwägerin zu bekommen! Jetzt ließ ihn die Mutter vor Fürsorge nicht aus den Augen. Wo gehst du hin, mein Junge? hier, wann kommst du zurück, mein Junge? da. Und er wehrte sich nicht einmal, wie er es früher mit Sicherheit getan hätte.

Irgendetwas bedrückte ihn, das war deutlich zu sehen. Leonores Pulver hatte ihn wieder auf die Beine gebracht, das ja. Doch seine Lebensfreude, sein Frohsinn waren nicht zurückgekehrt. Er geisterte ruhelos durchs Haus, wusste nichts mit sich anzufangen, klagte immer noch über Kopfweh und Schwindelanfälle. Nicht einmal reiten konnte er und musste sein Pferd Henrich überlassen, dem er neidisch nachsah, wenn er aus dem Tor ritt.

Von der Bademutter wusste Johanna, dass Diether sie einige Male besucht hatte, was er zu Hause aus Angst vor dem unausweichlichen Streit verschwiegen hatte. Lange geblieben war er zu Leonores Bedauern ohnehin nicht. Mehrfach und widerspruchslos war er sogar mit zur Messe gegangen, was die Mutter tief befriedigt hatte. Mein Brüderchen versteckt sich hinter ihren Röcken, dachte Johanna enttäuscht und verwundert, weil ihm das so gar nicht ähnlich sah.

Noch etwas war verändert an Diether: Von ihren Nachforschungen hatte er nichts mehr wissen wollen. Er reagierte gereizt, wenn jemand darauf zu sprechen kam. Auch über seinen Sturz in die Baugrube redete er nicht. Nur mit Henrich hatte er über den

Hergang gesprochen, ihm von dem hoffnungslosen Kampf mit dem massigen Kuttenträger erzählt, von dem er nichts gesehen hatte außer einem dunklen Fleck.

Mehrfach hatten sie seitdem die Körperformen ihrer Verdächtigen, sogar die der Jesuiten, mit der Diethers verglichen. Breiter als er waren alle, unter Kutte oder Umhang kaum zu identifizieren. Der Mörder musste sich verkleidet haben, war ihre feste Überzeugung, denn dass einer der Patres ihrem Bruder Übles wollte, konnte sie sich nicht vorstellen. Er hatte ihnen doch nichts getan!

Über Arnulf hatten sie nichts erfahren, was auf seine Täterschaft hindeutete. Er war bis zum Morgengrauen mit Bernd von Kneipe zu Kneipe gezogen, wusste Henrich von Gogrevens Pferdeknecht. Die Gruben mit ihrem Groll auf Diether wegen des verlorenen Prozesses waren zu Johanni in der Stadt nicht gesehen worden.

Ohne Diether kamen sie nicht weiter. Er musste sich endlich um die Urkunden des Rathausarchivs kümmern, die wegen des schleppenden Baufortgangs zum Glück immer noch an Ort und Stelle waren.

»Ich kann mich gut an Zeiten erinnern, als du genauso starrsinnig warst«, gab Johanna ihrem Bruder zurück. Bei allem Mitleid – schenken wollte sie ihm nichts. »Du würdest also tatsächlich zusehen, wie Leonore ebenso durch die Stadt getrieben wird wie Mathilde?«

»Was soll ich machen?«, antwortete er, ohne sie anzusehen.

Bekümmert schaute sie Friedrich an, der hilflos mit den Schultern zuckte. Sie müssten Geduld haben, hatte Leonore gesagt. Mit so einem Schrecken sei nicht leicht fertig zu werden, und es sei verständlich, wenn Diether jetzt Angst vor seinem eigenen Schatten habe. Das werde sich wieder geben, hatte sie versichert.

Doch wenn Johanna den Bruder ansah, zweifelte sie daran. Die bevorstehenden dunklen Wochen waren nicht dazu angetan, ihn aufzumuntern. Vielleicht im Frühling. Wenn die Sonne wieder schien und Diether sich an seinem Bau betätigen konnte.

Sie wollte schon dafür sorgen, dass er dann auch Leonore häufiger traf. Leonore würde ihn heilen, da war sie ganz sicher, entweder als Baderin oder als Frau.

1613

AM TAG DER HEILIGEN GERTRUD

17. März
Gertrud war im 7. Jahrhundert Äbtissin in Nivelles in Belgien. Ihr Anliegen war die christliche Bildung der jungen Frauen. Überliefert ist, dass sie wie schon ihre Mutter aus Rom Bücher kommen ließ.

Gab es denn nichts als Ärger? Erst die Mutter, jetzt Rokeß. Gleich in der Ratssitzung würden die Streitereien weitergehen, wenn die Löhne festgesetzt und die Aufträge für den Rathausbau vergeben wurden. Doch so weit waren sie noch nicht. Erst musste er Rokeß die Meinung sagen.

Diether versuchte, seine Gereiztheit zu unterdrücken. Er wollte den Baumeister nicht verärgern, sonst schlug ihn der erst recht übers Ohr. Doch einen sachlichen Ton zu finden war nicht leicht. In letzter Zeit brachte ihn alles auf: die Geschäftemacherei seiner Ratskollegen, die Freunde, die ihn bedrängten, endlich das Rathausarchiv zu sichten, die Versuche seiner Mutter, aus ihm einen gläubigen Christen zu machen, und besonders seine eigene Hilflosigkeit, die er vor allen zu verbergen versuchte.

Ein quälend langer Winter lag hinter ihm, in dem er sich zu nichts hatte aufraffen können. Jede kleine Anstrengung quittierte sein Kopf mit heftigem Unwohlsein. Dann brauchte er wieder Leonores Pulver, obwohl sie ihn bereits warnend anblickte, wenn er sich eine neue Dosis abholte.

Kopfweh bereitete ihm vor allem der ewige Streit mit der Mutter. Er hatte eine Weile versucht, ihr alles recht zu machen, mit dem Ergebnis, dass sie immer mehr forderte. Neuerdings lag sie ihm wieder mit den Marianern in den Ohren und drängte darauf, dass er sonntags die Messe besuchte, um sich der heiligen Gesellschaft würdig zu erweisen. Inzwischen waren sie längst zu ihren früheren Gewohnheiten zurückgekehrt: Er ging nicht zur Kirche, und Margret sprach tagelang nicht mit ihm. In der ständig geladenen Stimmung rutschten ihm Worte heraus, die ihm später leidtaten.

»Wenigstens in der Fastenzeit musst du doch die heilige Messe besuchen, Junge!«, hatte sie gefleht. »Wie willst du dich sonst auf die Sakramente zu Ostern vorbereiten? Stell dir vor, welchen Eindruck es auf Pater Bodo macht, wenn du beichten musst, wie häufig du deiner Christenpflicht nicht nachgekommen bist!«

»Der weiß das doch längst«, hatte Diether gelangweilt geantwortet. Dann hatte ihn der Teufel geritten. »Und ob ich Ostern beichten gehe, steht sowieso noch nicht fest.« Ganz von selbst waren ihm die Worte entschlüpft.

Die Mutter stand wie vom Donner gerührt. »Das meinst du doch nicht ernst!« Dann hatte sie hinzugesetzt: »Ist ja Unsinn. Ohne zu beichten, kannst du auch nicht zur Kommunion gehen.«

Um Streit zu vermeiden, war er geflüchtet. Nun stritt er sich hier auf der Baustelle mit seinem Bauleiter herum. Bauholz sei knapp, gab der schlitzohrige Fuhrmann vor; im ganzen Hochstift sei kaum etwas aufzutreiben, schon für das Rathaus werde es eng. Natürlich wollte Rokeß vor allem den Preis in die Höhe treiben, denn auf seinen Lieferfahrten hatte Henrich beobachtet, dass in den Wäldern des Hinterlands Holz genug stand.

Der Alte stand hinter ihm und wartete auf seine Antwort. Diether versuchte es mit einer kleinen Täuschung. »Wenn Ihr Euch nicht an die Abmachungen haltet, Meister, kann ich auch Schwerdtfeger losschicken. Der kennt die Holzvögte so gut wie Ihr. Dann werden wir sehen, ob es Holz gibt und zu welchem Preis!«

Knickte sein Gegenüber ein? Überzeugt war Diether nicht, dass der Nachbar so gute Verbindungen hatte, wie er hier frech behauptete. Andererseits hatte der Schreinermeister mit der Holzvertäfelung des Rathauskellers dem Fuhrmann schon einen Auftrag vor der Nase weggeschnappt, worüber der sich offenkundig geärgert hatte. Einen Teil der gut erhaltenen Paneele hatte Schwerdtfeger, noch bevor sie abgerissen waren, Diether für seinen eigenen Keller verkauft. Er hatte sie gern genommen: Wer hatte schon solch geschichtsträchtige Bretter an der Wand?

»Ich kann mich noch mal umhören«, knurrte Rokeß nach einer

Weile. »Aber versprechen kann ich nichts. Du Grünschnabel hast keine Ahnung, wie viele Sagenstellungen in den Wäldern stehen!« Grantig stapfte er davon.

Diethers Freude am Sieg hielt sich in Grenzen. Rokeß war ein echter Dickschädel, dagegen kam sein armes zerquetschtes Hirn nur schwer an. Wurde Zeit, dass er es wieder panzerte; als Anwalt brauchte er ebenfalls einen harten Kopf.

Er machte sich auf den Weg zum Tigge, wo weiterhin die Ratssitzungen stattfanden. Am Rathaus machte er wie immer kurz halt. Anders als im letzten Jahr war es den März über warm gewesen, was man dem Bau ansah. Jetzt errichteten die Zimmerer schon das Fachwerk für die neuen Wände. Mächtige Stämme ragten aus der Vorderseite hervor, die einmal zusammen mit den sechs dicken Pfeilern, deren Fundamente bereits gegründet waren, die beiden Ausluchten tragen sollten. Im Sommer sollte das Dach umgeschraubt werden, wie Meister Richel es nannte, um danach mit dem Innenausbau des alten Teils anzufangen.

Auf seiner eigenen Baustelle ging es nicht so schnell voran. Rokeß versprach viel und hielt wenig. Seine Maurer hatten halbherzig angefangen, Diethers Außenmauern zu setzen, und waren wieder abgezogen, als der Nachschub an Steinen ausblieb. Von Woche zu Woche hatte ihn der Fuhrmann vertröstet, aber nicht geliefert. Jetzt waren die Steine für die nächste Woche zugesagt.

Weitere Streitereien standen bevor. Hätte er nur nicht zugestimmt, dass Rokeß die Bauleitung auch des Rathauses übernahm, dachte er eigensüchtig.

Als er den Saal betrat, waren bereits alle Ratsherren versammelt. Westphal würde nicht kommen, deshalb eröffnete Otterstädt Punkt fünf die Sitzung. Über die Löhne wurde man sich bald einig. Die Maurerknechte kamen zum Teil von weit her, aus Bielefeld, Brakel und Lemgo, und die Stadt Paderborn wollte nicht so knickrig erscheinen wie das lippische Detmold.

Wie erwartet stritt man sich um die Bestellung des Zimmermeisters. Alle bis auf die sparsamen Vertreter des Ükern meinten, sich für Schwerdtfeger ins Zeug legen zu müssen, und priesen seine Qualitäten. Doch war schon seit Tagen klar, dass der nicht von seiner hohen Forderung abgehen würde. Dennoch hatte Schwerdtfeger erwartet, dass der Magistrat den Auftrag dem einheimischen Handwerker zuschlagen würde. Als jetzt nach langem Disput über das zuverlässigere oder das günstigere Angebot der Höxteraner den Zuschlag bekam, machte er ein langes Gesicht.

Nicht lange allerdings. »Mir bleibt noch das Geschäft mit den Holzeinbauten, und Arbeit haben Konrad und ich damit genug. Ganz abgesehen von deinem Bau«, sagte er versöhnt, als Diether und er gemeinsam den Heimweg einschlugen.

»Übrigens musste ich erst ein Machtwort sprechen, damit Konrad überhaupt in den Rathauskeller runtersteigt.« Jetzt lachte der Meister schon wieder dröhnend. »Du weißt ja, seit Brabeck darin umgekommen und Balthasar entflohen ist, sagen die Leute, er sei verhext. Meine Alte natürlich auch. Und wenn er nicht verhext ist, dann geistert Brabeck noch darin herum. Der ist ja immer noch nicht gerächt. Und dein Huster kam auch vor, den du damals gehört haben willst. Wenn das nun der Böse war?«

Schwerdtfeger schlug ihm vergnügt auf die Schulter, und auch Diether schmunzelte ein wenig. An den Huster hatte er lange nicht mehr gedacht. Irgendwo in den gepeinigten Tiefen seines Kopfes war er verschwunden. Für einen kurzen Moment sah er sich im Archiv die Spuren im Staub begutachten. Es hatte noch mehr gegeben, was darauf hinwies, dass Brabeck dort seinen Mörder getroffen hatte. Das kurze Licht in seinem Kopf war aber gleich erloschen, und wieder schaute er nur in qualvolles Dunkel.

Wenn derjenige, der mich in meine Baugrube geworfen hat, wollte, dass ich alles vergesse und die Nachforschungen einstelle, hat er sein Ziel erreicht, dachte er trübselig. Er musste sich dem Problem stellen. Wenn schon nicht Brabecks Mörder, so wollte er doch denjenigen finden, der ihm nach dem Leben getrachtet hatte.

Er verabschiedete sich von dem Zimmermeister und strebte seinem Zuhause zu. Hoffentlich überfällt mich Mutter nicht mit der heiligen Gertrud, dachte er, als er die Dielentür öffnete und ins Warme trat.

AM TAG DES HEILIGEN ISIDOR

4. April
Isidor (560–636) war Erzbischof von Sevilla und ein bedeutender Kirchenlehrer. Aufgrund des Versuchs, in seinen zwanzigbändigen »Etymologiae« das gesamte weltliche und religiöse Wissen der damaligen Welt zu vereinen, gilt Isidor heute als Patron des Internets.

Komm gleich mal mit raus. Ich muss dir was erzählen«, hatte Friedrich ihm geheimnisvoll zugeflüstert, bevor er sich seelenruhig an Meschedes Tisch niederließ. Statt schleunigst Diethers Neugierde zu befriedigen, machte er es wieder mal spannend. Johannas Nierenauflauf dufte zu verlockend, meinte er und griff herzhaft zu.

Seit Diether wieder regelmäßig auf seiner Baustelle arbeitete, war sein Appetit ebenfalls gestiegen. Frische Luft und Bewegung hatten seinen Körper gestärkt und seinen Kopf durchlüftet. Auch seine gute Laune war zurückgekehrt; vor ein paar Wochen noch hätte er den Freund gereizt angeblafft.

Friedrich machte es nichts aus, mit vollen Backen von seiner Reise nach Münster zu berichten, wo er aus der Refektoriumsdruckerei hinter dem Dom einen Stapel neuester Druckwerke abgeholt hatte. Gewohnt hatte er in St. Martin, einem in der Nähe des Zwingers gelegenen Kollegiatstift, bei dessen Erwähnung er Diether zuzwinkerte.

Was sollte das bedeuten? Hatte er jemals etwas vom Martinsstift gehört?

Friedrich erzählte lang und breit, welch prächtige Bauten die Jesuiten am Ufer der Aa errichtet hatten und was jetzt noch dazukommen sollte. Die Mutter hörte begeistert zu.

»Hast du die Käfige gesehen?«, erkundigte sich Sieghart.

»Aber sicher«, gab Friedrich zurück. »Das ist doch der größte Anziehungspunkt der Stadt. Sie hängen nach wie vor an St. Lamberti. Und die Knochen modern immer noch darin herum.«

»Welche Knochen?«, fragte Gese neugierig. »Haben die auch welche?«

»Die haben auch welche.« Er nickte bestätigend. »Diese sind aber älter, und zum Glück baumeln sie so weit oben am Kirchturm, dass man ihre Schädel nicht so schaurig grinsen sieht wie den Wicharts.«

Als alle erwartungsvoll schwiegen, erzählte er bereitwillig weiter: »Es waren gleich drei Männer, die Bischof Waldeck vor fast achtzig Jahren dort ausgestellt hat, nicht ohne sie vorher unter Torturen zum Tode zu befördern. Jan van Leiden, der sich auch König von Münster nennen ließ, außerdem Bernd Knipperdolling und Bernd Krechting. Den Henker hat übrigens unser damaliger Bischof großzügig zur Verfügung gestellt.«

Zu Geses Freude und der Mutter Unbehagen, das er seelenruhig übersah, berichtete er ausführlich von den damaligen Aufrührern gegen die katholische Religion und vom lustigen Leben in der Täufergemeinschaft. Von der Königin Divara mit ihrem Hofstaat, von Spottmessen im Dom und von Donnerstagen, an denen die bisher streng verbotenen Karten-, Würfel- und Brettspiele gespielt wurden. Von der Hungersnot, als der Bischof die Stadt belagerte, und von ihrem schrecklichen Ende sagte er nichts.

Diether, der die Käfige vor Jahren selbst gesehen hatte, hörte nur mit halbem Ohr zu. Was konnte der Freund in Münster erfahren haben? Hatte es etwas mit Kaspar von Fürstenberg zu tun, der dort seit einem Jahr als Drost des Herzogtums Westfalen residierte? Ob er ihn in einer verfänglichen Situation getroffen hatte? Aber dazu ist Kaspar viel zu alt, fiel ihm ein.

Er bedeutete Friedrich, zum Ende zu kommen, doch der erzählte ungerührt weiter. Er genoss die Aufmerksamkeit und auch, den Freund auf die Folter zu spannen. Sogar Katrinchen machte große Augen, als er die glühenden Zangen der Henker beschrieb und mit den Armen zeigte, wie lang sie waren. Erst als die Mutter sich heftig vom Tisch erhob und die Teller zusammenräumte, hielt er inne.

»Ist vielleicht nicht das richtige Thema am Tisch.« Er entschuldigte sich matt und grinste verstohlen.

»Nipperdollick, Nipperdollick«, rief Katrinchen hilfesuchend zu Diether hinüber, als Johanna sie zur Treppe trug.

Alle lachten. »Da habt ihr's«, sagte die Mutter scheltend. »Kinder schnappen alles auf. Haltet euch demnächst zurück mit solchen Schauergeschichten.« Sie hatte von einem zum anderen gesehen und dann nur noch auf Diether. Natürlich war alles seine Schuld. Friedrich zu kritisieren brachte sie einfach nicht fertig.

Zusammen traten sie aus der Hinterpforte des Pferdestalls und wanderten über den holprigen Weg hinter der Mauer der Jühengasse zu.

Diether gab seiner Neugier nach. »Nun erzähl endlich. Was gab's so Wichtiges in Münster?«

»Du wirst es nicht glauben.« Friedrich machte es wieder einmal spannend. »Was meinst du, wen ich im Martinsstift getroffen habe?«

Unwillig sah Diether ihn von der Seite an.

»Nur Geduld«, sagte der Freund beschwichtigend. »Geht es dir auch gut heute?«, erkundigte er sich grinsend.

»Nicht mehr lange«, giftete Diether. »Nun sag schon. Wen?«

Endlich rückte er mit der Neuigkeit heraus. »Na, Balthasar natürlich!« Befriedigt registrierte er die Überraschung auf Diethers Gesicht.

»Balthasar? Im Martinsstift?«, fragte der verblüfft. »Im katholischen Münster? Da hat ihn doch der Schultheiß nicht gefunden!«

»Siehst du!« Friedrich triumphierte. »Was glaubst du, wie ich geschaut habe, als er plötzlich vor mir stand. Er lebt als Gast im Stift, macht sich aber in der Schreibstube nützlich. Der Propst war voll des Lobes über ihn. Er hofft wohl, dass Balthasar als Laienbruder bei ihm bleibt.«

Diether unterbrach ihn erregt, ohne auf das Pochen in seinem Kopf zu achten. »Hast du mit ihm gesprochen? Hat er erzählt, wie er aus dem Rathaus entkommen ist?«

»Habe ich und hat er.« Friedrich nickte bestätigend. »Es kommt noch dramatischer, eine ganz geheimnisvolle Geschichte. Ich soll sie nur an dich weitergeben, hat er mir eindringlich aufgetragen. Wenn bekannt werde, dass er geredet hat, sei er auch bei St. Martin nicht mehr sicher, fürchtet er, und mit Recht, wie ich das sehe.

Denn geholfen hat ihm ... nein, ich erzähle erst, wie er entkommen ist. Das ist viel spannender.«

Mit bedeutungsvollem Gesicht berichtete Friedrich vom Geheimgang unter dem Rathaus. Dann weidete er sich an Diethers verblüfftem Gesicht, der mit offenem Mund stehen geblieben war. Nickend fuhr Friedrich fort. »Er endet in einem Keller hinter der Abdinghofmauer. Wenn du Zeit hast, lass uns dort vorbeigehen. Unterwegs erzähle ich dir den Rest.«

Sie bogen in die Rosengasse ein. »Nach Rosen riecht es hier nicht.« Friedrich rümpfte die Nase über die Misthaufen vor jedem Haus. »So viel Dreck gibt's nicht in Münster, jedenfalls nicht so nah an Rathaus und Dom. Aber sonst hat mich viel an Paderborn erinnert. Die Aa mitten in der Stadt, überall Kirchen und die Klöster mit ihren Reliquien, natürlich auch die zur Schau gestellten Knochen und die Jesuiten mit ihren Prachtbauten ...«

Diether hörte dem Redeschwall kaum zu. Mühsam versuchte er sich zu konzentrieren. »Nun bleib bei Balthasar.« Ungehalten fuhr er ihn an. »Und schweif nicht immer ab! Du bringst mich ganz durcheinander.«

»Entschuldige, Lux«, sagte Friedrich begütigend. »Du weißt ja, es geht mit mir durch. Ich höre mich eben zu gerne reden.«

»Lass dich weihen und werde Pfarrer. Dann kannst du von der Kanzel predigen, und alle hören dir zu«, schlug Diether mürrisch vor.

»Wozu hab ich denn dich?«, fragte der Freund lachend.

Vorsichtig schaute er sich um. Gedämpft verriet er endlich: »Es war Westphal, unser Schultheiß, der Balthasar geholfen hat! Er kannte den Geheimgang, dessen Eingang sich im Gelass unter der Treppe in den Schildern hinauf befindet. Völlig unsichtbar in der Holzvertäfelung! Balthasar erwähnte noch etwas, eine winzige Kleinigkeit, die aber große Folgen haben kann. Westphal kannte nämlich den Geheimgang von seiner Frau her, meiner armen Schwester, die wir im letzten Jahr begraben haben. Ich kannte sie ja kaum; solange ich denken kann, war sie verheiratet. Ein Familiengeheimnis, und sie habe es ihm erzählt, um die Schandtaten ihres Bruders zu erschweren. Der Bischof weiß nichts davon. Das hatte Balthasar sich gut gemerkt, auch wenn er nicht erriet, wer der Bruder ist.«

Diether hatte ihm gespannt zugehört. Er ahnte, wer der Bruder war, auch wenn – theoretisch – mehrere in Frage kamen.

»Du hast natürlich längst erraten, wer es ist?« Friedrich sah ihm ins Gesicht. Diether schaute betroffen zurück. Der Freund nickte und fuhr fort. »Um das zu überprüfen, sind wir hier.«

Sie standen oberhalb des kleinen Abhangs über der Pader, wo ein bewachsener Weg entlang der Abdinghofmauer bergauf führte. Vorsichtig wanden sie sich durch das dornige Gebüsch, bis sie zu einer hohen, verwachsenen Eibe kamen.

»Wie ich es mir gedacht habe«, murmelte Friedrich. »Die Eibe steht genau hinter dem Schwarzen Bären, und hier ist auch der Eingang zum Keller. Ein Familiengeheimnis, aber mir hat niemand was erzählt.«

Nachdenklich gingen sie zurück. Sie schauten auf die unregelmäßigen Hinteransichten der prachtvollen Häuser, die dicht an dicht den Rathausplatz säumten. Bröckelnde Mauern und Bretterzäune umschlossen Gärten, vollgerümpelte Hinterhöfe und dichtes Gebüsch.

Von St. Pankratius her kam Trompetenklang. Die Türmer bliesen zur vollen Stunde die übliche Melodie. Auch in der Jühengasse hörte Diether die schiefen Töne allzu deutlich.

»Dank dir für deinen Weckruf, hochgnädigster Herr und Bischof.« Friedrich verneigte sich spöttisch. Dietrich war es gewesen, der die stündliche Mahnung an Eifer und Betriebsamkeit verfügt hatte. »Natürlich blasen die Türmer nicht vom Dom herab«, setzte er bissig hinzu. »Denn da könnten sie womöglich die Herren des Kapitels stören.«

Er kam auf ihre unerfreulichen Nachforschungen zurück. »Mein Bruder hatte also ungehinderten Zugang zum Rathauskeller«, sagte er besorgt. »Gar nicht auszudenken, was das alles bedeuten kann!«

»Es muss erst mal gar nichts heißen«, erwiderte Diether tröstend. »Wenn du an Brabeck denkst: Auch ohne den geheimen Gang hatte Jobst wie alle anderen die Möglichkeit, in den Keller oder mindestens bis zur Treppe zu gehen. Deshalb war schließlich auch ich verdächtig. Und bestimmt gibt es noch weitere Ausgänge, die in andere Häuser führen als in das deiner Familie.«

»Und was ist, wenn Jobst ihn benutzt hat, um sich frei am Ratswein zu bedienen?«, wandte Friedrich verzagt ein. »Und wenn Brabeck ihn dabei erwischt hat? Dann hatte er allen Grund, ihn zum Schweigen zu bringen.«

»Dafür haben wir noch andere Kandidaten.« Diether konnte sich Jobst als Mörder nicht vorstellen. Neugierig setzte er hinzu: »Aber so ein Gang verführt bestimmt zu Ungesetzlichkeiten. Ob sie ihn deswegen gebaut haben? Oder ob sich in früheren Zeiten ein Magistrat hier einen Fluchtweg offengehalten hat? Vielleicht ist er sogar aus der Zeit deiner Wiedertäufer, und die Paderborner haben sich auf eine ähnliche Belagerung vorbereitet wie die in Münster.«

Doch Friedrich war mit den Verfehlungen seines Bruders beschäftigt und hatte keinen Sinn mehr für Histörchen. »Was machen wir jetzt?«, fragte er kläglich. »Soll ich Jobst darauf ansprechen? Aber wie soll ich das machen, ohne Balthasar zu verraten? Wenn bekannt wird, wo er steckt, ist er seines Lebens nicht mehr sicher.«

»Wir vielleicht auch nicht.« Beunruhigt setzte Diether den Gedankengang des Freundes fort. »Wenn es wirklich um den Mord geht, ist es, wie Frau Wiegand sagte: Auf einen mehr kommt es nicht an. Es ist nie gut, den hohen Herren in die Quere zu kommen. Trotzdem würde ich mir den Gang zu gern ansehen. Ohnehin wird er wohl entdeckt werden, wenn Schwerdtfegers Konrad jetzt im Rathauskeller die Vertäfelung herausreißt. Damit wird er nämlich bald anfangen …«

Friedrich unterbrach ihn erschrocken. »Das darf auf keinen Fall sein! Wenn der Gang bekannt wird, ist meine Familie erledigt«, erklärte er. »Niemand wird glauben, dass wir ihn nicht benutzt haben, und Jobst kommt ernsthaft in Schwierigkeiten. Wir wissen nicht sicher, ob er überhaupt davon gewusst hat. Das würde ich gern erst selbst von ihm hören, bevor sich die ganze Stadt das Maul zerreißt.«

Damit hatte Friedrich recht. Der Gang blieb besser so geheim, wie er immer gewesen war.

»Wir werden Henrich fragen«, kündigte Diether an. »Vielleicht kann er das Loch unbemerkt zumauern, dann ist allem unbefugten Eindringen ein Riegel vorgeschoben.«

Sie waren am Ende des Pfads stehen geblieben und schauten zwischen den Katen des Abdinghofklosters hindurch den Abhang hinunter. Das kleine Tal füllten Quelltümpel und Wasserläufe, auf denen das Sonnenlicht tanzte, wo Bäume und Büsche sie nicht beschatteten. Viele der Häuser und kleinen Höfe grenzten direkt ans Wasser oder standen auf Inselchen, die nur über Bohlen zu erreichen waren. Rechts zogen sich die weitläufigen Spitalsbauten den Berg hinab, links stieg das Gelände bis weit über die Stadtmauer hinaus an. Unter ihnen lagen die Häuschen an der Bache, die des warmen Wassers wegen über den Paderarm gebaut worden waren, so auch das Badehaus Elsbeth Engels, das die Freunde an kalten Wintertagen gern aufsuchten.

»Dort unten hätte ich bauen sollen«, sagte Diether nach einer Weile. »Da brauchte ich mich nicht mit dem Brunnen herumzuplagen. Kannst du dir vorstellen, wie tief ich buddeln muss, um auf so warmes Wasser zu treffen?«

Friedrich protestierte lachend. »Zähl nicht auf mich beim Graben! Wasch dich ruhig kalt, das härtet ab.«

»Aber die Seele entspannt ein warmes Bad mehr, sagt Leonore. Und ich muss mich für harte Zeiten wappnen. Nicht nur du hast dein Päckchen zu tragen!«

Nach einem Blick in Diethers Gesicht lotste ihn der Freund auf den abgeschiedenen Weg, der hinter dem Abdinghofkloster auf den Domturm zuführte.

»Leonore, nicht wahr?«, fragte sich Friedrich geradeheraus. »Sie spukt dir im Kopf herum, das weiß ich längst.«

»Eigentlich geht es nicht um sie«, antwortete Diether zögernd. »Oder nur in zweiter Linie, denn so weit sind wir noch nicht. Aber wenn du schon fragst: Sie gefällt mir, das muss ich zugeben. Aber du magst sie doch auch und kennst sie viel länger: Was hindert dich, sie zu dir zu nehmen?«

Friedrich schaute ihn entgeistert an. »Du meinst, als *famula*? Das würde sie nie machen, du kennst sie doch. Und ich auch nicht. Auf das Versteckspiel kann ich verzichten. Wenn sie mir so sehr gefiele, würde ich sie heiraten und aus dem Stift austreten. Aber so lieb ist sie mir eben nicht, dass ich das bequeme Kanonikerleben aufgeben würde. Ich stehe dir also nicht im Weg.«

Obwohl Diether mit dieser Antwort gerechnet hatte, war er erleichtert. Das größere Problem lag ohnehin anderswo.

Mutlos erwiderte er: »Du nicht, aber kannst du dir vorstellen, was bei mir zu Hause los wäre, wenn ich sie anbrächte? Eine Heidin kommt mir nicht ins Haus, hat Mutter gesagt, als ich krank war, und zwar so laut, dass ich es hören musste. Johannas Kind durfte sie nur unter Bodos Aufsicht holen. Als Schwiegertochter wird sie Leonore nie annehmen.«

»Wenn es hart auf hart geht, wird sie einlenken«, sagte Friedrich beschwichtigend. »Dein Vater wird auf jeden Fall auf deiner Seite stehen.«

Wird er das?, überlegte Diether. Häufig genug stimmte er der Mutter zu, um seine Ruhe zu haben.

»Das wird er beweisen müssen, wenn ich Ostern nicht zu den Sakramenten gehe.« Jetzt war es heraus.

»Jetzt doch?« Friedrich staunte. »Das wäre aber eine mutige Tat!«

Verdrießlich antwortete Diether: »Ich weiß, es kann durchaus ernste Konsequenzen für uns alle haben. Doch die schrecken mich ehrlich gesagt weniger als der Streit zu Hause. Wozu bin ich Advokat? Ich werde mich schon zu wehren wissen. Nur Mutter gegenüber bin ich hilflos. Wenn sie schlecht gelaunt ist, macht sich das im ganzen Haus bemerkbar, und alle leiden darunter.«

»Das wird sich ändern, wenn du ausgezogen bist«, stellte der Freund in Aussicht. »Notfalls kannst du bis dahin bei mir unterkommen. Wenn du es nicht vorziehst, dir in deinem Keller ein Feuerchen anzuzünden.«

Diether schloss sich erleichtert der Witzelei an. »Danke, dass du mir nicht vorgeschlagen hast, heidnische Tänze darum herum aufzuführen! Aber auch dafür, dass du meine Eröffnung nicht so schwer nimmst«, fügte er ernsthafter hinzu. »Denn in deinem Stift werden sie dir ebenfalls Ärger machen ob deines ketzerischen Umgangs. Vielleicht darfst du mich dann nur noch heimlich treffen wie deine Kanoniker ihre Konkubinen.«

Der Freund blieb ungerührt. »Ich werde es überstehen, ich bin ein Baer«, sagte er protzend. »Solange ich mich deinem schlechten Beispiel nicht anschließe, können sie mir nichts wollen.«

»Aber ich setze die Harmonie und das Glück meiner Familie aufs Spiel, wenn ich so eigensüchtige Entscheidungen treffe. Habe ich das Recht dazu?«

Diether schaute ratlos zu den Türmen der Abdinghofkirche hinauf. Beklommen dachte er an die Johanninacht unter dem mächtigeren Turm des Jesuitenkollegs. Wieder überfiel ihn das Grauen, das ihn seither beim Gedanken an die Patres verfolgte, zumal an jedem hellen Tag die tiefstehende Mittagssonne den Schatten der fingergekrönten Kuppel auf seine Baustelle warf.

»Du glaubst gar nicht, wie ich mir seit dem Winter den Kopf zerbreche«, klagte er. »In all der Zeit, als ich in der Wohnstube lag und meine Mutter mich mit ihren Heiligen traktiert hat, ist mir immer klarer geworden, dass ich ein heuchlerisches Leben führe. Ich habe mich längst von der Religion entfernt, schon in Freiburg, und nur Mutter zuliebe ziehe ich nicht die Konsequenzen. Leonore hat es mir vor Augen geführt ...«

Er machte eine nachdenkliche Pause und fuhr dann kopfschüttelnd fort. »Den letzten Ausschlag hat aber des Bischofs Grausamkeit der kleinen Hagedorn gegenüber gegeben. Das war einfach ungerecht. Wenn schon, dann hätte man ihren Herrn bestrafen müssen, denn er ist es, der gegen das Zölibat verstieß. Sie kann machen, was sie will, sie hat nichts gelobt. So einer Religion will ich nicht angehören, und es erscheint mir falsch, wenn ich trotzdem das Knie vor ihr beuge.«

Friedrich hatte verständnisvoll zugehört. »Wenn das so ist, musst du danach handeln, das ist gar keine Frage. Ich möchte dich allerdings nicht gern in Lippstadt besuchen müssen, falls sie dich zum Auswandern zwingen.«

»Davor hat Mutter natürlich auch Angst«, antwortete Diether. »Ich habe durchaus Verständnis für ihre Sorgen und möchte sie ihr gern ersparen«, setzte er hoffnungslos hinzu.

Jetzt war es der mächtige Domturm, an dem er grimmig emporschaute. »Dieser Turm erinnert mich an unseren Bischof mit seinen Drohungen«, sagte er mit bitterer Miene. »Wenn du ihn zu widerspenstig von unten herauf ansiehst, fällt er direkt auf dich zu und erschlägt dich und die Deinen, bevor du auch nur an den Ablass in deiner Tasche gedacht hast.«

Sie wanden sich durch das fromme Gewühl vor dem verlassenen Bischofspalast und gingen durch den Schildern zur Rathausbaustelle, wo sie stehen blieben, um sich vorzustellen, wo der Geheimgang verlief. In der Pflasterung unterhalb des Rathauses war keine Unregelmäßigkeit und schon gar keine querlaufende Delle zu entdecken.

»Das Pflaster ist erst vor ein paar Jahren gelegt worden«, gab Friedrich zu bedenken. »Unwahrscheinlich, dass im Untergrund etwas auf den Tunnel hingedeutet hat. Davon hätten wir bestimmt gehört. Und dann kann man auch hier oben nichts sehen.«

Diether stellte die Suche ein, zumal die Leute schon aufmerksam wurden und ebenfalls den Boden absuchten. Ob man je erfahren würde, wer den Gang gebaut hatte?

In der Jühengasse angekommen, riefen sie Henrich hinunter in den Keller, wo Konrad bereits die Latten für die Paneele anbrachte. Diether erzählte von Friedrichs Entdeckung, ohne jedoch Balthasar zu erwähnen. Das ging Konrad nichts an. Beide erklärten sich sofort einverstanden, Friedrich zu helfen, den Ruf seiner Familie zu retten.

»Ich kann mir die Kammer jetzt gleich vornehmen«, schlug Schwerdtfegers Sohn vor. »Ist doch egal, wann ich welche Bretter abbaue. Je eher das Loch zu ist, umso besser.«

Doch Henrich warnte vor allzu viel Eile. »Nur kein Aufsehn! Soll keiner auf die Idee kommen, dass im Keller was nicht in Ordnung ist. Sag Bescheid, wenn du so weit bist, und halt den Mund, hörst du!«

Bis zum Abend beschäftigten sich die Freunde damit, Henrich und Borius die Steine anzureichen, damit aus ihnen Diethers eigene vier Wände wurden. Schon waren sie so hoch, dass man sich hinter ihnen verstecken konnte. Das wird mir aber wenig helfen, überlegte der Bauherr verdrossen. Mag sein, dass sie die missgünstigen Blicke meiner rechtschaffenen Mitbürger abhalten. Doch weder meine Mutter noch die Macht des Bischofs werden sie respektieren, da kann ich sie noch so hoch aufschichten.

Trotzdem, dachte er, trotzdem baue ich weiter, schleppe Stein für Stein, und mit den Wänden wächst mein eigenes Leben.

AM TAG DES HEILIGEN ROBERT

17. April
Robert von Molesme (1027–1111) gilt als Stifter des Reformklosters Citeaux und damit als einer der Väter des Zisterzienserordens. Die Mönche lebten anfangs streng nach der Benedikts-Regel des »ora et labora« und lehnten Einnahmen aus der Verpachtung von Ländereien ab.

Heinrich Westphal trat aus der niedrigen Pforte des kühlen Busdorfpürtings in die wärmende Morgensonne. Das milde Frühlingswetter hatte über das Osterfest hinaus angehalten. Im Garten von Propst Plettenberg leuchteten Tulpen und Narzissen, unter den Bäumen blühten letzte Schneeglöckchen. Sein eigener Garten war verwaist, seit seine Frau nicht mehr lebte. Nur Ziegen und Enten liefen darin herum und fraßen alles ab, was grün war.

Kaspar von Fürstenberg hatte ihn herbestellt, doch wieder einmal verspätete sich der hohe Herr, der wohl noch mit dem Propst beim Morgenmahl saß. Vermutlich ging es um die Sakramentsverweigerer. Ob es jetzt ernsthaft jemandem an den Kragen ging? Womöglich doch endlich der Jungfer Theodor?

Barcholt und Röhrich waren ihretwegen bei Dietrich vorstellig geworden, hatte er in der Kanzlei gehört, nachdem sie bei Kaspar nichts ausgerichtet hatten. Und Margret Meschede war schon vor Ostern zu ihm gekommen, um gegen die Bademutter zu hetzen. Er hatte sie hingehalten. Man wolle das Fest abwarten und dann weitersehen. Die Theodor'sche war natürlich nicht zur Messe gegangen, was er nicht anders erwartet hatte.

Aber schlimmer noch: Margrets Sohn, der junge Advokat, war ebenfalls seinen österlichen Pflichten nicht nachgekommen. Er konnte sich denken, dass jetzt bei Meschedes mehr kochte als Margrets berüchtigte Gemüsesuppe.

Da war Kaspar. Mühsam humpelte er auf seinen Stock gestützt in Richtung des Gartenhauses. Er ging ihm ehrerbietig entgegen. Seinen Arm lehnte der Oheim ab. Brummig begrüßte er den Neffen und ließ sich auf der sonnenbeschienenen Bank nieder.

»Die können reden, so viel sie wollen«, knurrte er, »mein Bruder und die Plettenberger! Die Jungfer Theodor brauche ich, die wird nicht in die Verbannung geschickt. Da hilft den Jesuiten und auch der guten Frau Meschede der ganze Wirbel nichts. Im Gegenteil.« Er kicherte hämisch. »Was der hochwürdige Herr Bischof jetzt verfügt hat, wird ihnen allen nicht schmecken.«

Westphal sah den Alten erwartungsvoll an. Wen würde es treffen?

Kaspar berichtete weiter. »Die Bademutter habe ich meinem Bruder also knapp ausgeredet. Weil sie wahrscheinlich niemandem als Vorbild dienen wird, werden wir sie unbehelligt lassen. Dass sie es fertiggebracht haben sollte, Barcholts standhaften Neffen vom rechten Weg abzubringen, traut er ihr nämlich nicht zu; von Frauen hält er wenig, unser frommer Herr. Nur gut, dass er Leonore nie kennenlernen wird!«

Westphal nickte verständnisinnig.

Der Fürstenberger verzog den Mund. »Doch unergründlich in ihrer Weisheit sind die Wege unseres hochmögenden Herrn und Fürsten«, dozierte er mit knotigem Zeigefinger. »Die Anklägerin möge erst einmal vor ihrer eigenen Tür kehren, waren die klugen Worte meines Bruders, nachdem man uns vom Fehlen des jungen Meschede am Tisch des Herrn unterrichtet hatte. Aus der langen Liste hat er dann einige herausgeklaubt, die ihm wohl noch von 1604 her im Gedächtnis waren. Und Diether Meschede. Du siehst, er steht an erster Stelle.«

Kaspar übergab ihm eine Aufstellung mit sieben Namen. Mehr nicht. Dabei hatte Plettenberg mindestens hundert angegeben!

»Und was soll mit ihnen geschehen?«, erkundigte er sich.

»Lad sie erst mal nur vor«, empfahl ihm Kaspar. »Aber mit viel Tamtam, wünscht mein Bruder. Schick die Schütter mit der Trommel los. Lass dir berichten, wo die Delinquenten das Osterfest verbracht und die Messe besucht haben. Wenn sie ihr Versäumnis zugeben, drohe ihnen mit der schimpflichen Ausweisung. Pfingsten sei die letzte Gelegenheit, sich vom Geist unserer heiligen Kirche erleuchten zu lassen, ordnet der Bischof an. Wer dann die Sakramente nicht empfangen habe, werde unnachsichtig verbannt. Und die sieben hier zuerst.«

Er wies auf die Aufstellung, die der Schultheiß immer noch in der Hand hielt. Kaum bekannte Namen fand er darin, bis auf Hermann Molitor, dem er zu Neujahr bereits die Bestellung zum Fünfer hatte verweigern müssen. Nicht einmal Michaelis und Marquart waren dabei, die sich offen zum Protestantismus bekannten. Mit sicherem Blick hatte Dietrich die herausgefischt, von denen am wenigsten Widerstand zu erwarten war.

Bis auf Diether Meschede. Der würde sich zur Wehr setzen, ganz sicher. Dann war noch Margrets Kehrtwende zu erwarten. Zweifellos würde sie dem einzigen Sohn zur Seite springen und plötzlich vehement für das Recht auf eine freie Entscheidung in Seelenangelegenheiten eintreten.

Der Sommer versprach spannend zu werden. Er würde sie alle an seiner Leine zappeln lassen.

AM GEDENKTAG PAPST LEOS IX.

19. April
Papst Leo IX. (1029–1054) strebte die Rückkehr zur unbefleckten Urkirche an. Dem stand nicht entgegen, dass er auf langen Reisen in ganz Europa den unmittelbaren Einfluss Roms auf papstferne Gemeinden stärkte. Er kämpfte gegen Ämterkauf, ungeweihte Bischöfe und verheiratete Priester.

Langsam verebbte der Trommelklang, doch in Margrets Ohren dröhnte er immer noch unerträglich laut. Jetzt mussten sie bei St. Pankratius sein oder schon beim Rathaus, wo die Leute zusammenliefen. Vorneweg Elmar mit der Trommel, zwischen den beiden Schüttern ihr Diether. Auf dem langen Weg zum Tigge kamen sie außerdem an der Kohlgrube vorbei, wo heute Markt war, und jeder würde ihn sehen.

Erzürnt schloss sie die Dielentür. Das hatte ihr aufsässiger Sohn nun davon, und alles nur wegen der Bademutter! Sie hatte ihn gegen die heilige Kirche aufgehetzt.

Ob die Schütter auch Leonore geholt hatten? Ihr war die Trommel zu gönnen, und wenn es ein wenig rüde zuging wie bei Hagedorns Tochter, wäre ihr das nur recht. Aber doch nicht Diether! Der arme Junge hatte es schwer genug, und hatte er jemals irgendwem etwas zuleide getan?

Sie verbiss sich die Tränen und ging zurück in die Diele, wo Johanna und Gese mit trübseligen Mienen am Tisch saßen. Ihr Mann stand am Fenster der Wohnstube, während Sieghart mit Henrich und Borius Diether gefolgt war.

Als sie über die Schwelle trat, wandte er sich zu ihr um. »Dass man ihn so ziehen lassen muss!«, klagte er. »Zu fünft hätten wir die Schütter wohl überwältigen können. Aber was wäre damit gewonnen? Dann hätten wir die Stadt verlassen müssen, wenn wir nicht sogar alle im Zwinger gelandet wären. Gegen den Bischof kommen wir nicht an. Früher hätte er sich das nicht erlauben können!«

Margret war gerührt. Hatte Johann wirklich daran gedacht, mit den Schüttern zu kämpfen? Jetzt sah sie, dass auch er geweint hatte. Vor Hilflosigkeit?

Sie nahm seinen Arm und zog ihn zur Ofenbank. »Der Bischof ist gerecht«, sagte sie, um ihn zu trösten. »Er wird Diether nur einen Schreck einjagen wollen. Da gibt es ganz andere, die wirklich Strafe verdient haben. Für das eine Mal, das eine Ostern wird er ihm nichts antun, du wirst schon sehen.«

Johann wehrte ihre Bemühungen ab. »Hat er ihm mit der Trommel nicht genug angetan?«, fragte er zornig. »Wer soll Diether denn jetzt noch als Advokaten beschäftigen? Wie soll einer, der selbst mit dem Gesetz in Konflikt gerät, anderen vor ihm beistehen? Wenn es wenigstens noch ein Gesetz wäre, gegen das er verstoßen hat! Da verkündet einer irgendein Edikt, und jeder hat sich daran zu halten. Was gehen deinen Bischof unsere religiösen Angelegenheiten an, frage ich dich!«

»Sprich nicht so, Johann!« Sie stand auf und zog die Tür zu. »Du weißt sehr wohl, dass er unser oberster Seelenhirte ist und verantwortlich dafür, dass wir Gott wohlgefällig leben. Wenn die Seelen verstockt sind, muss ein wenig Zwang sein, sagt Pater Bodo. Das ist nur zu ihrem Besten. Unserem Diether wird ein kleiner Schreck ganz gut tun. Natürlich ist es nicht schön, dass ihn alle sehen, da hast du recht. Aber wenn er am Sonntag zur Messe geht, ist alles wieder gut.«

Johann fuhr auf. »Daran glaubst du doch selbst nicht!«

Als er ihr betroffenes Gesicht sah, setzte er ruhiger hinzu: »Diether hat sich entschieden, und zwar gegen die Kirche. Davon wird er nicht abweichen, so gut kenne ich meinen Sohn. Du hast es von ihm selbst gehört. Er hat gute Gründe für seine Haltung. Und ich gebe ihm recht, da kannst du sagen, was du willst. Man soll nicht gegen seine Überzeugung handeln!«

»Du weißt ja nicht, was du sagst!«, rief Margret bestürzt. »Du bringst uns noch alle in Schwierigkeiten!«

»Die haben wir schon«, antwortete Johann trocken.

***

Elmar lief trommelnd voraus, und Diether hatte Mühe, ihm zu folgen. Die Schütter hielten ihn am Arm und eilten dem Stadtboten hinterher, kaum dass er einen Blick nach links oder rechts werfen konnte. So schnell hatte er seit Kinderzeiten nicht mehr die Stadt durchquert. Trotzdem entging ihm nicht, dass seine Mitbürger betreten an den Straßen standen, mit offenem Mund starrend angesichts des geräuschvollen Spektakels. Zum Glück kam niemand auf die Idee, ihn mit Unrat zu bewerfen.

Er war eher zornig als ängstlich. Was fiel dem Schultheiß ein, ihn so durch den Dreck zu zerren? Sofort nach der Vernehmung würde er eine geharnischte Protestnote aufsetzen und sie dem Bischof überreichen lassen. Reagierte der nicht, würde er bis zum kaiserlichen Hofgericht gehen. Wozu war er schließlich Advokat!

Als sie unter unentwegtem Trommeln den Tigge erreichten, schaute ihn Elmar abbittend an.

»Du kannst ja nichts dafür«, sagte Diether beruhigend. »Ich hab wohl gemerkt, dass du meinetwegen so schnell gegangen bist. Um zu vermeiden, dass die Leute zusammenlaufen, nicht wahr?«

Elmar nickte bedrückt. Die Treppe hinauf ging Diether voran. Die Schütter blieben unten stehen, und er betrat mit dem Stadtboten das Geschäftszimmer des Schultheißen. Der winkte ihn zu sich ans Fenster, und Diether ging über den abfallenden Boden forsch zu ihm.

Bevor er zu seinem Protest ausholen konnte, drehte Westphal sich zum Fenster und wies über die niedrigen Fachwerkbauten hinweg auf die dicht bewaldete Paderinsel.

»Das ist der Rest«, sagte der Schultheiß geringschätzig. »Das letzte bisschen der endlosen Wildnis, die unserer schönen Stadt Platz machen musste. Hier ein winziges Dorf«, er stampfte mit dem Fuß auf, »am anderen Quellbecken ein noch kleineres. Eine Handvoll heidnischer Bewohner. Ringsum nur Wälder. Und Sumpf. So sah es früher hier aus.« Er schaute Diether erwartungsvoll an.

»Ich weiß«, antwortete er aufsässig. »Und dann kam Karl der Große und brachte den Heiden das Wort Gottes. Mit Feuer und Schwert, weil sie es sonst nicht hätten haben wollen. Auch ich kenne meinen Einhard. Wollt Ihr andeuten, dass Ihr mich mit Feuer und Schwert ausrotten wollt?«

Westphal lachte mit kaltem Blick. »So weit ist es noch nicht. Ich hoffe doch, dass Ihr Vernunft annehmen werdet. Was ich Euch vor Augen führen wollte, ist etwas anderes. Es war ja nicht so, dass Karl alle Heiden hat umbringen lassen.«

»Nein, sehr viele hat er auch ins Frankenreich verschleppt«, warf Diether vorlaut ein.

Der Schultheiß überhörte seinen Einwurf. »Die meisten hat er taufen lassen, und sie haben mitgeholfen, diese Stadt zu erbauen.« Er kam Diethers Einwand zuvor. »Die Kirchen und Klöster, ja. Aber auch ihre eigenen Häuser und Geschäfte, und Ihr müsst mir zustimmen, wenn ich sage, dass es ein durchaus florierendes Gemeinwesen geworden ist.«

»Von dem die Geistlichkeit den Rahm abschöpft.«

Wieder ging Westphal nicht auf ihn ein. »Das alles war nur möglich, weil alle an einem Strang zogen. Alle Christen gegen das finstere Heidentum, das seine Wälder als Heiligtümer erhalten und dem neuen Licht nicht folgen wollte. Soweit ich weiß, nennt man Euch Luzifer. Auch der folgte dem Licht. Doch er ist tief gefallen. Nehmt Euch kein Beispiel daran!«

»Ich folge dem Licht der Wahrheit«, gab Diether aufgebracht zurück. »Ich bin Jurist, wie Ihr. Kommt mir nicht mit biblischen Geschichten. Sagt, was Ihr von mir wollt. Ich kann es mir zwar denken, aber ich will es von Euch hören. Im Übrigen wird Euer Vorgehen nicht ohne Folgen bleiben, das sei Euch gesagt! Und was das An-einem-Strang-Ziehen betrifft: Ich tue meine Pflicht für das Gemeinwesen. Ich zahle Steuern, und ich übernehme Aufgaben in der Verwaltung der Stadt. Ob ich bete oder nicht, kann dem Gemeinwesen ziemlich gleichgültig sein. Dadurch kommt es keinen Deut voran.«

Der Schultheiß wehrte ab. »Da irrt Ihr Euch«, widersprach er. »Das Beten gehört dazu. Als Advokat wisst Ihr, dass es der hochwürdige Herr Bischof ist, der über die religiösen Angelegenheiten in seiner Stadt bestimmt. Hiermit teile ich Euch in seinem Auftrag Folgendes mit.« Er trat einen Schritt zurück, legte die Hand auf den Griff seines Zierschwerts und sah Diether aus fischigen Augen eindringlich an.

»Unser gnädiger Fürst und Herr erwartet von allen seinen Untertanen, dass sie seine Verfügungen achten und ihre katholischen Pflichten erfüllen.« Er plusterte sich auf, ganz Stellvertreter seines

Bischofs. »Auch Euch ist es nicht erlaubt, eine Ausnahme zu machen. Und er handelt durchaus im Sinne des Gemeinwesens, dessen seid versichert. Ich darf Euch eine Frist bis zum Pfingstfest einräumen. Solltet Ihr dann die heiligen Sakramente nicht empfangen haben, erwartet Euch die Verbannung. Die schimpfliche Verbannung«, fügte er mit Nachdruck hinzu. »Das heißt, einschließlich Henker und Rutenstreiche!«

»Die Verfügungen des Bischofs gehen mich nichts an.« Diether blieb aufsässig. »Ich richte mich nach der Gewohnheit des Hochstifts, und die weist mehr Beispiele religiöser Duldsamkeit auf, als Ihr denkt. Ich erkläre mich ja nicht für protestantisch, ich nehme mir nur das Recht zu leben, wie ich es für richtig halte. Ob ich zu den Sakramenten gehe, muss ich mit mir allein ausmachen, nicht mit dem Bischof.«

Elmar konnte ein Grinsen nicht unterdrücken. Der Schultheiß schaute verblüfft.

»Das war der heilige Diether mit dem Feuerschwert.« Er lachte spöttisch, setzte aber finster hinzu: »Passt bloß auf, dass Ihr nicht zum Märtyrer werdet!«

Dann war Diether entlassen. Verabschiedet hatte ihn der Schultheiß mit den Worten »Pfingsten gilt!« und ihn dazu drohend angesehen.

Auf dem Steinweg vor dem Richtstuhl war eine Menge Leute versammelt, die Diether erwartungsvoll ansahen. Sieghart und Henrich standen ganz vorn. Um allen Gerüchten vorzubeugen, berichtete er kurz, dass es um seine Abwesenheit bei der Ostermesse gegangen sei und dass er bis Pfingsten Aufschub bekommen habe.

»Und gehst du dann?«, fragte Arnulf Rokeß vorwitzig.

»Ich sage dir Bescheid, wenn ich es weiß«, gab Diether zurück.

Einträchtig ging er mit Elmar zurück in die Stadt. »Dem Schultheiß hast du's aber gegeben«, sagte der Stadtbote bewundernd.

»Das wird mir nicht viel helfen. Wenn es dem Bischof in den Kopf kommt, wird er mich ausweisen«, erwiderte Diether erschöpft. Sein Kopf pochte schon seit einer ganzen Weile. Vielleicht auch, weil er noch nichts gegessen hatte. Nun, dem würde Johanna sicherlich abhelfen. Auf die Mutter wagte er nicht zu hoffen. Die würde ihm den Kopf vermutlich abreißen.

Auf dem Domplatz setzten sie sich von der Menge ab und gingen hinter dem Dom her zu den Mönchen hinüber. Diether scheute den Weg über den belebten Markt, und Elmar kam verständnisvoll mit. Ganz von allein erzählte er von Westphals Liste mit den sieben Namen darauf.

»Deine Leonore ist nicht dabei, keine Bange«, teilte er Diether mit, ohne dass der danach gefragt hatte.

Er protestierte matt – zum wie vielten Mal? »Das ist nicht meine Leonore. Egal, was die Leute reden. Trotzdem freut es mich. Aber wichtiger ist, dass ich darauf stehe und jetzt den Ärger habe. Lässt Westphal jeden mit der Trommel holen?«

»Jeden«, bestätigte Elmar. »Ich soll laut und vernehmlich trommeln. Von langsam hat er nichts gesagt. Also sehe ich zu, dass ich es schnell hinter mich bringe. Die nächsten beiden sind heute Nachmittag dran und morgen der Rest. Der Schultheiß hat es eilig, weil er dringend nach Münster muss, hat er gesagt. Übermorgen will er reiten und erst nächsten Sonntag zurückkommen.«

Diether horchte auf. »Reitet er oft nach Münster?«, erkundigte er sich.

»Schon mehr, seit der andere Fürstenberger dort wieder Droste ist. Ich glaube ja, die kaspern dort unsere Stadtgeschäfte ab«, vermutete Elmar augenzwinkernd.

Diether stimmte zu. »Kaspar zieht die Fäden.«

»Nur, dass Kaspar zurzeit in Neuhaus bei seinem Bruder ist«, berichtete Elmar dann. »Ich frage mich, was Westphal trotzdem in Münster macht?«

Das fragte sich Diether auch. Es hatte doch wohl nichts mit Balthasar zu tun?

AM TAG DER HEILIGEN MARIA MAGDALENA

22. Juli
Maria aus Magdala war nach dem Lukas-Evangelium eine der Jüngerinnen Jesu und sorgte mit anderen Frauen für dessen Lebensunterhalt. Aufgrund der umstrittenen Personenverquickung mit der anonymen reuigen Sünderin, die Jesus die Füße salbte, gilt sie unter anderem als Patronin der gefallenen und verführten Frauen.

Zufrieden saß Diether in der Sonne und klopfte auf einem Stein die Nägel gerade, die Konrad aus der Rathausvertäfelung gezogen hatte. Dem aufregenden Frühjahr waren arbeitsame Monate ohne weitere Beunruhigungen gefolgt. Auf seiner Baustelle ging es endlich voran, jeden Tag sah man Fortschritte. Die Außenwände waren bis über die Fenster hinauf fertiggestellt, und das Holz für den Fachwerkaufbau und die Innenwände lag bereits auf dem hinteren Grundstück.

Wenn es so weiterging, hatte er im Herbst ein Dach über dem Kopf. Mit rohen Wänden zwar und ohne Fenster; doch daran konnte man im Winter arbeiten, wenn es nicht gerade Stein und Bein fror.

Er drehte eins seiner Werkstücke im Sonnenlicht hin und her und besah es sich genau. Die Nägel wollte er bei seinem Bau ebenfalls weiterverwenden. Was sie alles erlebt hatten im finsteren Ratskeller! Auch der alte Gang barg seine Geheimnisse. Ob dieser Nagel in der Vertäfelung vor der Öffnung gesteckt hatte?

Vor dem Zumauern waren Friedrich und Diether hineingeklettert und hatten den Gang bis kurz nach der Biegung verfolgt. Zu beiden Seiten waren sie auf ähnliche Ausstiege gestoßen wie im Rathaus, und einige Abzweigungen hatten sie ebenfalls gesehen.

»Scheint ein reger Verkehr zu sein hier unten«, hatte Friedrich verwundert gesagt. »Ob die Gänge noch benutzt werden?«

»Von Nachbar zu Nachbar?«, hatte Diether gefragt. »Wozu gibt es Türen in den Häusern? Ich denke, das sind Fluchtwege für den Notfall, wenn plötzlich vor dem Haus die Schütter stehen. Vielleicht sollte ich in unserem Keller auch einmal graben. So ein Gang kann sehr nützlich sein.«

Das dachte er auch jetzt wieder, obwohl er sich beinahe an die bedrohliche Situation gewöhnt hatte. Nachdem er zu Pfingsten ebenfalls auf die Sakramente verzichtet hatte, war nichts geschehen. Anfangs hatte er jeden Tag mit Elmar und seiner Trommel gerechnet, ihn dann aber fast vergessen. Auch der Schultheiß schien nicht mehr an ihn zu denken. Oder wollte er ihn hinhalten? Ihn in Sicherheit wiegen und dann plötzlich zuschlagen? Für den Fall war ein Geheimgang hilfreich.

Doch was wollte er dann tun? So weit laufen, wie er konnte? Oder zurückkommen und sich doch ausweisen lassen? Das waren alles Kindereien. Wozu war er Jurist? Er würde abwarten, ob ihm die Ausweisung zugestellt wurde, dann formgerecht Widerspruch einlegen und wieder abwarten. Es konnte Jahre dauern, bis die Gerichte entschieden. Sein Haus würde er jedenfalls fertig bauen.

Und dann würden auch die Mandanten kommen, da war er ganz sicher. Man sah an Leonore, dass der Kirchenbesuch nicht den Ausschlag gab. Außerdem hatte er einen klaren Vorteil gegenüber den anderen Advokaten der Stadt: Niemand konnte ihm nachsagen, dass er wie Gogreve mit des Bischofs Hofrichtern kungelte. Das machte ihn als Anwalt für alle Fälle geeignet, in denen es gegen den Klerus ging, und davon gab es genug, dachte er beruhigt.

Der junge Zimmermann setzte sich zu ihm in die Sonne. Er griff sich ein paar Nägel und schlug sie doppelt so schnell gerade wie Diether. »So macht man das, du Advokat«, sagte er seinen Vater nachahmend, und beide lachten.

Konrad, der von einem Keller zum anderen wanderte, war noch so bleich wie zu Beginn des Sommers. Diether hatte Leonores Rat befolgt und vorwiegend draußen gearbeitet. Licht und Luft hatten ihm gutgetan. Nicht nur hatte er die Farbe vom letzten Jahr wiedergewonnen. Auch seine Muskeln fühlten sich so stark an wie zuvor, und sein Kopf hatte schon lange nicht mehr geschmerzt. Nur die schiefe Nase erinnerte an den Sturz, doch die sah er ja nicht.

»Da kommt deine Leonore.« Konrad wies mit dem Kopf die Jühengasse hinauf. Diether hatte es längst aufgegeben zu protestieren. Er drehte sich um und blinzelte gegen das Licht. Sie trug einen Korb im Arm und lächelte zu ihm hinunter. Schnell sprang er auf und begrüßte sie.

»Ich war im Garten.« Das erklärte die Erdreste an Rock und Füßen. »Und habe euch klopfen gehört. So viel Eifer muss belohnt werden, habe ich mir gedacht, und die ersten Mirabellen gepflückt.«

Diether nahm ihr den Korb ab. »Du kommst wie gerufen«, sagte er erfreut. »So, wie mir die Sonne auf den Rücken brennt, ist es Zeit für die Mittagsrast. Lass uns unter die Bäume gehen, dort ist es kühl. Johanna wird sicher bald mit der Vesper kommen.«

Unter den Nussbäumen standen inzwischen ein von Diether und Konrad roh gezimmerter Tisch und zwei ebensolche Bänke, auf denen sie sich jetzt niederließen. Im gleichen Moment betrat Johanna mit den Kindern die Baustelle, gefolgt von Gese, die das Essen trug. Konrad nahm es ihr ab und trug es zum Tisch. Ihm folgten Henrich, Borius und Friedrich, der wie so häufig den Handlanger gespielt hatte und inzwischen ebenso braun gebrannt und muskulös war wie Diether. Gegen die stämmigen Maurer kamen sie aber beide nicht an, dachte er, als die ebenfalls die Kelle hinlegten und von ihrem Gerüst stiegen.

Er genoss die Pausen mit »seinen« Handwerkern, auch die belanglosen Unterhaltungen über das Wetter und die neuesten Gerüchte. Noch mehr liebte er es, wenn Leonore dazukam, mit allen scherzte und nach dem Essen mit ihm unter den Bäumen sitzen blieb, um lange Gespräche zu führen. Längst war in der hochstehenden Sommersonne der Schatten des Jesuitenturms zu einem lächerlichen Stumpf zusammengeschrumpft.

Nachdem die Schüsseln und auch Leonores Obstkorb leergegessen waren, schickte Henrich wie immer alle an die Arbeit. Friedrich hielt er zurück, und auch Johanna blieb sitzen. Der kleine Markus schlief auf ihrem Arm, während Katrinchen mit Gese zwischen den Büschen Verstecken spielte.

»Jetzt erzähl von dem Sechser!«, forderte Henrich von Johanna. Die nestelte ein Geldstück aus der Rocktasche und legte es auf den Tisch. Eine Kupfermünze, na und?

»Ich hatte ihn ganz vergessen«, erklärte die Schwester. »Er war in meiner Tasche und ist auch bei der Wäsche nicht herausgefallen. Ich habe den Rock dann weggepackt, weil mein Bauch dafür zu dick wurde. Erst als ich ihn jetzt anzog, fiel mir die Münze wieder in die Hände. Ich habe sie Henrich gezeigt, weil sie mich an den schrecklichen letzten Sommer erinnerte, und er meint, sie könnte wichtig sein.« Sie zuckte mit den Schultern und sah in die Runde. Jeder nahm die Münze in die Hand und besah sie genau.

»Das ist einer der Sechser, die von der städtischen Münze im letzten Jahr zur Finanzierung des Rathausneubaus herausgegeben werden durften«, meinte Diether. »Seht ihr, auf der Rückseite steht ›Geschenk Theodors‹. Soweit ich weiß, gibt es Tausende davon. Ist an diesem etwas Besonderes?«

»Besonders ist, wann und wo sie ihn gefunden hat«, antwortete Henrich. »Erzähl, Johanna.«

»Er lag in der Baugrube«, berichtete Johanna gehorsam. »Ich hab ihn an dem Tag gefunden, als Diether hineingefallen ist. Und dann nicht mehr dran gedacht. Ich hatte wirklich anderes im Kopf als einen dummen Sechser.«

Leonore legte den Arm um sie. »Es macht dir niemand einen Vorwurf«, sagte sie beruhigend. »Aber ich glaube auch, dass er wichtig ist. Wie Henrich schon sagte, auf den Zeitpunkt kommt es an. Soweit ich mich erinnere, sind die neuen Kupfermünzen erst lange nach Johanni ausgegeben worden. Vorher kann sie niemand in der Tasche gehabt und folglich auch nicht verloren haben. Was also macht der Sechser bereits am Johannistag in der Baugrube?«

Jetzt ging Diether ein Licht auf. »Ihr meint, den hat derjenige verloren, der mich in die Grube gestoßen hat?«

»Na endlich«, stöhnte Henrich.

Johanna fasste sich an den Kopf. »Ich habe mich noch gewundert, dass er so neu aussah. Der hat so geglänzt, den hätte bestimmt jeder gesehen. Es kann wirklich sein, dass er von dem Mörder stammt.«

Diether widersprach. »Noch bin ich nicht tot! Solange er das nicht geschafft hat, kannst du ihn nicht Mörder nennen.«

»Wer weiß, was er noch alles angestellt hat!«, gab Johanna zurück. »Wenn es der Gleiche war, der Brabeck umgebracht hat und vielleicht vorher den Bischof, dann ist er ein Mörder. Und du warst nicht weit davon entfernt, tot zu sein. Was meinst du, wie das aussah, als du da unten lagst!«

»Gut, dass es nicht so war.« Friedrich mischte sich ein. »Und es ist auch gut, dass Johanna erst jetzt mit dem Sechser ankommt. Denn jetzt muss Diether ran, das hätte er früher gar nicht gekonnt. Du musst jetzt herausbekommen, wann genau die Münze auf den Markt gekommen ist und wer sie schon vor der Ausgabe in der Hand hatte. Das wird ja wohl in euren Akten verzeichnet sein?«

Diether nickte ergeben. »Ich kann den Münzmeister fragen. Der wird wohl über beides Bescheid wissen. Oder ich erkundige mich erst mal bei Rokeß. So was weiß der auch immer.«

»Erzähl es nicht so weit herum«, sagte Friedrich warnend. »Wer weiß, wer es war. Und in dieser Stadt bleibt nichts geheim. Wenn der Täter hört, dass du wieder Nachforschungen anstellst, versucht er es vielleicht wieder. Sieh lieber zu, dass du in den Aufzeichnungen etwas findest. Irgendjemand muss schon vorher mit den Münzen zu tun gehabt haben. Vielleicht entdeckst du eine Unterschrift oder so etwas.«

»Ich kann es versuchen«, versprach Diether. »Obwohl seit dem Umzug in Dorbechers Papieren ein heilloses Durcheinander herrscht. Der findet nicht mal seine Butterbrote wieder.«

»Wahrscheinlich liegen sie als Lesezeichen dazwischen.« Friedrich grinste.

Dann erkundigte er sich beiläufig nach dem Archiv, doch Diether musste berichten, dass es immer noch nicht verlegt werden konnte. »Solange die Räume noch nicht dran sind, bleiben die Urkunden, wo sie sind«, hatte Westphal verfügt, als Jobst gedrängt hatte, sie endlich in den Tigge zu schaffen. Diether hatte nicht gewagt, unter einem Vorwand nach dem Schlüssel zu fragen, um nicht unnötig auf sich aufmerksam zu machen.

Henrich trieb zur Arbeit. Leonore und Johanna sammelten die Schüsseln, Gese die Kinder ein, und Diether geleitete alle zum Weg. »Wir holen dich später ab, Friedrich und ich, dann können wir zusammen zur Kirmes gehen«, verabredete er mit Leonore. Dann machte er sich wieder über die krummen Nägel her, die Konrad inzwischen zu einem kleinen Berg aufgeschichtet hatte.

Ob sie wieder mit ihm tanzen würde wie damals auf dem Petrimarkt?

***

Leonore ging zurück in ihren Garten und widmete sich dem Unkraut auf den Beeten. Wieder einmal freute sie sich darüber, wie gut es Diether ging. Die frische Luft und die körperliche Arbeit hatten ihn gesund gemacht. Ihr Bruder Erik war ein Dummkopf. Den Extrakt vom Hirn eines Geiers hatte er nach einem alten Heilkundebuch der Mönche dem Kranken verabreichen wollen. Zum Glück war kein solcher Vogel zur Hand gewesen. Vielleicht ginge auch ein Adler?, hatte er überlegt. Oder sogar ein Bussard?

Aufgebracht ging sie mit dem Messer einem besonders hartnäckigen Löwenzahn zu Leibe.

Diether hatte sich dann für geheilt erklärt und seine Mutter gebeten, nicht mehr nach Dr. Theodor zu schicken. Und ihm auch Pater Bodo vom Hals zu halten, der ihn mehrfach am Krankenbett bedrängt hatte. Dass er sich der Mutter widersetzte, war das augenfälligste Anzeichen seiner Genesung, darin war sie sich mit Johanna einig.

Auf den Knien, den Rock geschürzt, robbte sie hinüber zum Salbei, dessen Triebspitzen sie einsammelte, um sie zum Trocknen aufzuhängen. Im Winter, wenn alles krächzte und hustete, würde sie ihn in Mengen brauchen. Sie trug ihn zur Rückseite ihres Häuschens, wo sie sich im Schatten niederließ, um die Kräuter zusammenzubinden. Dann stieg sie auf die Bank und befestigte sie unter dem Vordach.

Plötzlich spürte sie, dass jemand hinter ihr stand. Pater Röhrich, wer sonst? Sie sprang von der Bank und ordnete ihren Rock. Wieder einmal hatte er sich unbemerkt angeschlichen. Wie lange starrte er schon auf ihre nackten Beine?

»Ich empfehle Euch sehr, den Schutz der heiligen Maria Magdalena zu erflehen, Jungfer Theodor«, sprach er sie in öligem Ton an. »Ihr wisst wahrscheinlich nicht, dass heute ihr Festtag ist? In solch einem Aufzug unter Gottes heiligem Himmel seid Ihr eine

Gefahr für die Menschenseelen, wie sie es war, bevor sie sich Christus dem Herrn ergab.«

»Macht Euch rechtzeitig bemerkbar, Pater, dann geschieht Eurer Seele nichts«, gab Leonore ärgerlich zurück. »Was wollt Ihr überhaupt hier? Eure Anwesenheit habe ich doch nicht Eurer heiligen Sünderin zu verdanken?«

Röhrichs Blick wanderte ihre nackten Arme hinauf und hinab. »Im Grunde genommen schon«, antwortete er. »Mein Besuch hängt durchaus mit ihrem Festtag zusammen, den Ihr natürlich nicht begeht. Besser gesagt, mit dem Markttag, der zu ihren Ehren heute stattfindet. Ihr habt ihn wohl am Vormittag bereits besucht.«

Woher wusste er das?

Auf ihren fragenden Blick hin klärte er sie auf. »Wir sind Nachbarn, vergesst das nicht! Nachbarn helfen und behüten einander vor dem Bösen, bekommen jedoch oft mehr voneinander mit, als manchem lieb ist.«

Sollte das eine Drohung sein? Wahrscheinlich stand er den halben Tag im Turm des Jesuitenkollegs und beobachtete, was sie in ihrem Garten trieb.

Leonore schaute ihn an, sodass er die Augen von ihrem Körper lösen und ihr ebenfalls ins Gesicht blicken musste. »Ich habe nichts zu verbergen«, sagte sie fest. »Wer in meinem Aufzug etwas Ungehöriges erblicken will, ist selbst schuld. Nun sagt schon, was Ihr von mir wollt«, forderte sie. »Ich habe nicht den ganzen Tag Zeit.«

»Wohl weil Ihr auf den Jahrmarkt wollt?«

Das war nicht schwer zu erraten, dachte Leonore. Die ganze Stadt würde heute Abend vor dem Westerntor sein.

»Ich würde Euch raten, nicht zu gehen.« Endlich ließ er die Katze aus dem Sack.

»Und warum sollte ich es lassen?«, fragte sie spitz.

Er legte eine feuchte Hand auf ihren Arm und lud sie mit der anderen ein, auf der Bank Platz zu nehmen. Doch sie ging um die Hütte herum in den Garten zurück, sodass er ihr in den hellen Sonnenschein folgen musste.

»Nun gut«, sagte er. »Machen wir es kurz. Schließlich komme ich quasi in offiziellem Auftrag.«

Quasi? Also kein Auftrag.

»Es ist mehreren der allerhöchsten Herren dieses Stifts zu Ohren gekommen, dass Ihr Unglück in die Häuser tragt und unsittlichen Umgang pflegt«, warf er ihr vor. Als sie protestieren wollte, hob er seine Stimme. »Ihr werdet sicherlich nicht behaupten wollen, dass es ein Zufall ist, wenn ein junger Mann aus gut katholischem Haus seine Christenpflicht vernachlässigt, seit Ihr ihn umgarnt!«

Daher also wehte der Wind. Frau Meschede fuhr ihre Geschütze auf.

»Die jungen Männer, mit denen ich zu tun habe, fällen ihre eigenen Entscheidungen und brauchen meine Hilfe nicht«, gab sie frostig zurück.

Röhrich wehrte ab. »Der Grund ist offensichtlich Euer Einfluss. Das ist auch den erwähnten allerhöchsten Herrschaften gesagt worden, und ich muss sagen, man war gar nicht erbaut davon. Zur Sprache kam darüber hinaus, dass Ihr die heilige Messe nicht besucht und bei Geburten heidnische Praktiken ausübt. Ja, es war sogar die Rede davon, man werde Euch zur Rechenschaft ziehen. Ihr wisst, das bedeutet die baldige Verbannung in Schimpf und Schande oder noch Schlimmeres. Denkt nur an den Unfall des jungen Meschede. So etwas geschieht, wenn man die Gottesmutter nicht in sein Leben einbezieht!«

Schadenfroh beobachtete sie, wie dem salbadernden Jesuiten der Schweiß aus den Haaren rann. Was musste er auch mitten im Sommer eine dicke schwarze Kutte tragen.

»Ich rechne es Euch hoch an, dass Ihr mich vor diesem Schicksal bewahren wollt, Pater«, erwiderte sie kühl. »Aber glaubt mir, ich weiß, was ich zu tun und zu lassen habe, worin mir Eure Heilige sicher recht geben wird. Ihr habt selbst gesagt, der Markt findet zu ihren Ehren statt. Sollte gerade ich ihr die Ehre verweigern?«

Erbost nahm sie ihr Messer aus der Rocktasche und wandte sich den verblühten Rosen zu, die sie mit heftigen Schnitten bearbeitete. Röhrich stand neben ihr und verfolgte mit hungrigen Blicken jede ihrer Bewegungen. Jetzt bedauerte sie es, kein Mieder zu tragen. Ihr loses weißes Hemd gab für Jesuitenaugen viel zu viel ihres gebräunten Körpers preis.

Abrupt drehte sie sich um und wies mit dem Messer auf ihn. »Wenn Ihr Eurerseits der heiligen Maria Magdalena genug Ehre getan habt, könnt Ihr mich ja wieder arbeiten lassen.«

»Ich werde mich in die Johanneskirche zurückziehen und für Eure unglückliche Seele beten«, belferte er und verließ mit hochrotem Kopf den Garten.

Dort war es wenigstens kühl, was ihn vor einem Hitzschlag bewahren würde, dachte Leonore ungerührt.

Immerhin kam der Angriff nicht unerwartet. Der Fürstenberger hatte bei ihrem letzten Besuch bereits angedeutet, wie gut die Verbindungen mancher Paderborner Bürgerfamilien bis in die allerhöchsten Gemächer hinein seien.

»Ihr solltet es vermeiden, ihnen in die Quere zu kommen«, hatte Kaspar warnend geäußert, jedoch eigensüchtig hinzugefügt: »Aber wenn Ihr bereit seid, die Stadt zu verlassen, nehme ich Euch gern in meine Dienste. Wenn ich in Münster bin, seid Ihr mir ohnehin zu weit entfernt.«

Ob er sie im katholischen Münster wirklich beschützen konnte, wenn es ihm hier nicht gelang, wo sein Bruder regierte? Oder hielt Kaspar heimlich seine Hand über sie? Denn merkwürdig war es schon, dass sie als verstockte Sünderin nicht auf der Liste gestanden hatte. Vermutlich versuchte man bei Diether, den Anfängen zu wehren. Oder wollten die hohen Herren etwa verhindern, dass er seine Nase in etwas hineinsteckte, was ihn nichts anging?

Sie sollte sich also nicht mit dem Advokaten treffen. Eine Frechheit, ihr das ausgerechnet mit Bezug auf Maria Magdalena mitzuteilen. Als ob man sie jemals bei liederlichem Lebenswandel ertappt hätte! Aber so ist das in dieser Stadt, ärgerte sie sich. Was die Leute tags nicht zu sehen bekommen, phantasieren sie in die dunklen Stunden hinein, da sind die Jesuiten nicht anders als Rokeß und Konsorten.

Diether würde nie wagen, seine Finger so plump vertraulich auf ihren Arm zu legen, geschweige denn, ihr anders zu nahe zu treten. Auch wenn sie fühlte, dass er unter den alten Nussbäumen oft gern näher an sie herangerückt wäre.

Leonore hatte ihn nicht ermutigt. Sie verstanden sich gut, das ja, und hatten Vertrauen zueinander. Sein Anblick erfreute ihre Augen, wärmte ihr Herz und beunruhigte ihren Körper. Aber wollte sie wirklich seine Mutter herausfordern? Wie weit ihr Arm reichte, hatte sie eben erlebt. Und wenn er noch länger war?

Seltsam, dass der Gedanke an eine mögliche Auswanderung heute viel unangenehmer war. Würde sie sich von dem jungen Advokaten wirklich zurückhalten lassen?

Die Sonne stand bereits über dem Westerntor und zeigte den Beginn des Abends an. Ein wenig verwirrt ging sie ins Haus, um sich zu waschen und umzuziehen. Sie würde viel vom Rhabarberwein trinken, nahm sie sich vor, den es leicht und frisch auf dem Magdalenenmarkt gab, um den öligen Geschmack herunterzuspülen, den der unerquickliche Besuch hinterlassen hatte.

***

Die Freunde holten Leonore am Gartentor ab und strebten durch das Westerntor dem lärmenden Jahrmarkt zu. Warnend spürte Diether Wicharts Blick im Rücken. Auf dem Weg hatte Leonore von der Begegnung mit Pater Röhrich erzählt. Er hörte heraus, dass sie einiges verschwieg, und vermutete, dass es mit seiner Mutter zusammenhing. Hatte die etwa die Hand im Spiel? Arbeitete sie im Hintergrund an Leonores Vertreibung? Er würde mit ihr reden, nahm er sich vor, und notfalls den Vater um Unterstützung bitten.

Die langen Tische vor den Essbuden waren gut gefüllt. Von neugierigen Blicken verfolgt und hier und da von Bekannten aufgehalten, gingen sie durch die Reihen. »Guck an, Diether«, hieß es. »Haste's überstanden, wie's aussieht!«

Kurz vor den Zigeunerbuden saßen am Ende eines Tischs Johanna und Sieghart, bei ihnen Henrich und Gese, während Borius bei Freunden aus seinem Heimatdorf stand. Sie setzten sich dazu und winkten einer Schankmagd.

Beim Essen erzählte Gese Bürener Neuigkeiten, die mit den Kaufleuten auf den Markt gekommen waren und die umlaufenden Gerüchte bestätigten. Joachims Witwe, die Elisabeth von Büren, war tatsächlich katholisch geworden, mit fast allen ihren Kindern, wer hätte das von ihr gedacht! Und weit und breit keine Spur von den Hessen, wo doch Moritz, der Kasseler Landgraf, versprochen hatte, Himmel und Hölle in Bewegung zu setzen, um sein gleichnamiges Patenkind, Sohn des verstorbenen Herrn von Büren, und mit ihm die ganze Stadt vor den Papisten zu beschützen.

»Er schaut seelenruhig zu, wie die Schwarzröcke den kleinen Moritz nach Paderborn verschleppen und am Kamp in ihren Turm sperren. Ganz heimlich haben sie das gemacht, ist schon ein paar Wochen her. Davon wisst ihr alle nichts, oder?«, setzte sie triumphierend hinzu.

Diether war überrascht. Niemand hatte bisher über die Entführung gesprochen.

Auch Friedrich schaute ungläubig. »Sie haben es tatsächlich geschafft?«, fragte er.

»Nur die älteste Tochter ist kalvinistisch geblieben.« Gese nickte bestätigend.

»Du solltest es dir auch überlegen.« Sieghart wandte sich an Diether. »Auf die Dauer bringt das doch nichts. Wenn der Bischof dich ausweist, was hast du dann davon? Dann steht dein Haus hier in Paderborn, und du lebst in Lippstadt oder sonst wo. Wozu baust du es dann erst?«

Henrich sprang ihm zur Seite. »Lass Diether man«, nuschelte er in sein Bier. »Der Bischof hat ihn längst vergessen. Und der Schultheiß hat jetzt was Besseres zu tun, als arme Sünder zu jagen.« Augenzwinkernd spielte er auf dessen kürzlich erfolgte Wiederverheiratung an. »Elmar sagt auch, da wird nichts mehr draus«, setzte er unter Berufung auf die unbezweifelbare Autorität des Stadtboten hinzu.

Diether vertrieb den bedrückenden Gedanken an den kleinen Gefangenen im Turm des Paderborner Jesuitenkollegs. Nicht weit von seiner Baustelle war er eingesperrt. Doch dem war nicht zu helfen, und allzu schlecht würde es der Büren'sche Adelsspross in den behaglich ausgestatteten Räumen des Kollegs nicht haben. An seine eigene Angst vor den erbarmungslosen Helfershelfern des Fürstbischofs wollte er jetzt nicht denken, dafür war der Abend zu schön.

Johanna hatte Leonore zu den Verkaufsständen gezogen, um deren Angebot noch einmal durchzumustern. Diether folgte ihnen mit den Augen. Die Zeit bis zum Einbruch der Dunkelheit verging viel zu langsam. Endlich begannen die Zigeuner, im Schein der Fackeln zum Tanz aufzuspielen. Von der Musik angelockt, kehrten die beiden Frauen lachend zum Tisch zurück, und als Sieghart sich mit Johanna unter das Tanzvolk mischte, folgte er ihnen ganz selbstverständlich mit Leonore im Arm, unbekümmert um die neugierigen Blicke, die ihnen folgten.

AM TAG DES HEILIGEN BISCHOFS HATHUMAR

9. August
Hathumar war der erste Bischof des von Karl dem Großen gegründeten Bistums Paderborn (805–815). Er entstammte sächsischem Adel und wurde als Geisel Karls in Würzburg christlich erzogen.

Drei Tage nach St. Jakob war damit begonnen worden, den Rathauskeller endgültig leer zu räumen. Gleichzeitig wurden das Dach abgedeckt, die Innenwände und Decken entfernt, und um Wasserschäden zu vermeiden, musste auch das Archiv mit seinen kostbaren Urkunden in den Tigge umziehen. Diether hatte sich in beruflichem Interesse schon bei den Planungen freiwillig für den Umzug gemeldet, und Jobst Baer opferte sich für die historischen Obliegenheiten der Stadt auf, wie er überall herumposaunte. Tagelang musste sein Gasthof ohne ihn auskommen, während er Diether eine Pergamentrolle nach der anderen reichte, damit sie in der richtigen Reihenfolge in den Fächern landeten.

Sorgte er sich etwa um seine eigenen zahlreichen Besitzurkunden?, fragte sich Diether.

Beim Einräumen entrollten sie jedes Dokument, überprüften seinen Zustand und legten die schadhaften beiseite, um beizeiten Abschriften anfertigen zu lassen. Mehr als einmal hatten sie über einem besonders alten Exemplar verweilt, es zu entziffern versucht, um herauszufinden, um welchen Besitz es sich handelte. Jobst hatte so gut wie jeden der derzeitigen Eigentümer gekannt und ihm in mehreren Fällen einen Wink gegeben, wo Streitfälle und zahlungsfähige Klienten warteten.

Diether hatte wie verabredet besonders auf Dokumente geachtet, die in den Jahren nach 1585 ausgestellt worden waren. Eine

Urkunde, die einen Besitzwechsel zwischen dem Bischof und einem Stadtbürger bezeugte, war nicht darunter gewesen.

Nun wanderten sie zum letzten Mal vom Steinweg durch das Gässchen zum Domplatz und hinauf zum Rathaus, gefolgt von den Stadtdienern, deren leere Karren ohrenbetäubend laut über das Katzenkopfpflaster rumpelten. Die Kohlgrube war menschenleer. Nicht einmal die Bettler und Müßiggänger waren zu sehen, die sonst Dom und Gaukirchkloster umlagerten.

Sie stehen alle vor dem Rathaus, vermutete Diether. Denn der große Tag war gekommen, an dem die Giebel des alten Dachs umgeschraubt werden sollten. Und zwar – wenn eben möglich – in einem Stück, weil die Balkenköpfe teilweise zu morsch waren, um sie zu lösen und wieder zu befestigen.

Den Schildern hinauf schallte das Gemurmel einer großen Menschenmenge.

»Die wollen wohl alle einen Balken auf den Kopf bekommen?«, schalt Jobst bei ihrem Anblick.

Mit vorsichtigen Blicken nach oben umrundeten sie die Menge und stellten sich in gebührender Entfernung am Eingang des Kötterhagen auf, um die Sonne im Rücken zu haben. Hier standen auch die Fünfer, die mit der Aufsicht betraut waren, und mehrere Mitglieder des Magistrats, die sorgenvoll die im Gerüst herumturnenden Handwerker mit den Augen verfolgten.

Vom spitzwinkligen Dachaufbau des alten Rathauses war nicht mehr viel zu sehen. Die Dachsparren und Querbalken waren entfernt, die Giebel nur notdürftig gestützt. An den Breitseiten trieben die Zimmerleute die Zapfen aus ihren Verankerungen, was das spitzwinklige Rahmenwerk bedrohlich ins Wanken brachte.

Die Leute schrien auf, wichen aber nicht nennenswert zurück.

»Die vertrauen auf unseren Hathumar, zu dem wir heute Morgen in der Kirche gebetet haben!«, rief Jobst spottend. Das hatte der Bischof veranlasst, um dem gefährlichen Vorhaben allerhöchste Fürsprache zu sichern.

»Jau, das hat mich umgehauen«, warf Steling ein, der hinter Diether stand. »Der Bischof leistet mal wieder einen großartigen Beitrag zu unserm Rathaus. Dann soll er mal machen, sein ehrwürdiger Vorgänger!«

Wieder ächzte und schwankte das Fachwerk. Vergeblich versuchten die Schütter, die Leute abzudrängen.

Nun war es so weit. Einer der Giebel war lose, und nach und nach wurden die Stützbalken entfernt. Starke, ledergepolsterte Schultern standen bereit, sich unter das sich neigende Fachwerk zu schieben. Wie viele Männer waren es, die sich die Last teilten? Zwanzig, dreißig?

Die überkragenden Balkenköpfe des alten Giebels waren vorher abgesägt worden, das wusste Diether vom alten Schwerdtfeger. »Wenn das man gut geht«, hatte er warnend gesagt, weil die jetzt geschwächten Bohlen in der Fassade zu verwittern drohten.

Unendlich langsam, Schritt für Schritt auf Zuruf, begannen die Zimmerleute das Gerüst zur Marktkirche hin zu drehen. Jetzt durfte niemand danebentreten. Von unten gesehen fast mühelos drehten sie das Balkenwerk im rechten Winkel und richteten es wieder auf. Das Gerüst wackelte noch einmal gefährlich, als es in die Lücken des neuen Fassadenfachwerks einrastete, dann saß es fest. Schnell schlugen die Handwerker die Stützbalken an, mit denen die Giebel bis zur neuen Breite des Dachs verlängert wurden.

Es war gelungen. Richel hatte recht behalten. Wenn er den Dachaufbau retten konnte, war der Höxteraner die geforderte Zulage wert, dachte Diether.

Die Menge klatschte und johlte. Die Männer auf dem Dach wischten sich den Schweiß aus dem Gesicht und winkten hinunter. Schon ging es mit dem zweiten Giebel weiter. Wieder Beifall. Sogar von hier unten sah man, wie Richel und seine Leute erleichtert aufatmeten.

Der Zimmermeister schwang sich vom Gerüst herab und ließ sich hochleben. Stolz nahm er die Glückwünsche des Bürgermeisters und der Ratsherren entgegen. Auch Schwerdtfeger, der missgünstig einen Reinfall vorausgesagt hatte, klopfte ihm anerkennend auf die Schulter.

»Das sind Wesereichen, meine Männer, da kommen die verfressenen Paderborner nicht ran!« Richel schaute prahlend in die Runde. »Von euren Leuten hätten wir so viele gebraucht, da wäre das Stützwerk zusammengekracht.«

Bürgermeister Otterstädt lud nach dem schweren Werk, wie er sagte, alle Beteiligten zu einem Umtrunk in Jobsts Gasthaus ein.

Richel, Schwerdtfeger, die Fünfer und die meisten Ratsherren schlossen sich an. Die Zimmerleute arbeiteten weiter, die waren nicht gemeint.

Auch Diether fühlte sich nicht angesprochen. Er hatte nur gegafft. Und nebenbei Jobst Baer beobachtet, der zwischendurch Schwerdtfeger und Rokeß hinter die Scharne gezogen und heftig auf sie eingeredet hatte. Was für Geschäfte versuchte er da durchzusetzen? Was hatten sie miteinander zu tun, der Gastwirt mit dem Zimmermeister und dem Fuhrmann? Einer war so feist wie der andere, das verband sie jedenfalls. Und die immer noch spanische Tracht mit Kröse und geschlitztem Wams, das bei Jobst heute deutliche Arbeitsspuren trug. Der hatte seine Finger überall drin.

Oder war die Aufregung mit den Besitzurkunden verbunden? Hatte Jobst etwas gefunden, was er übersehen hatte?

Ratlos stand er vor der hohen Mauer des Asseburger Hofs und überlegte, welchen Weg er einschlagen sollte. Kurz entschlossen wandte er sich nach links und klopfte an Leonores Gartentor.

»Es ist offen«, rief sie.

Er trat ein und fand sie im Schatten der Büsche, wo sie im Gras sitzend schwarze Johannisbeeren von den Stielen streifte. Einladend klopfte sie neben sich auf den Boden und stellte, nachdem er sich niedergelassen hatte, die Früchte in Diethers Reichweite.

Als sie seinen angespannten Gesichtsausdruck bemerkte, kniete sie sich hinter ihn und massierte ihm die Schläfen und den Nacken. Dankbar lehnte er sich zurück und spürte, wie sein Kopf klar wurde. Mit den Händen in seinen Haaren ließ sie ihn ins Gras niedersinken und setzte sich wieder ein Stück abseits.

»Schade«, murmelte Diether mit geschlossenen Augen. »Es war so schön.«

Leonore schwieg. Schwieg lange. Diether stemmte sich mit den Ellenbogen hoch und sah sie an. Sie beschäftigte sich wieder mit ihren Beeren.

Sah sie nur den Patienten in ihm? Den kranken Kopf, den es zu heilen galt?

»Du hast Schwierigkeiten genug«, sagte sie nach einer Weile. »Und ich brauche nicht noch mehr davon. Die Jesuiten beobachten mich auf Schritt und Tritt, und ...« Leonore brach ab.

Diether setzte sich auf. »Und was? Du meinst meine Mutter, nicht wahr? Ich habe neulich schon gemerkt, dass du uns ihren Anteil an Röhrichs Besuch verschwiegen hast. Aber du kannst es mir ruhig erzählen. Ich habe mich längst von ihrem Schürzenzipfel gelöst, falls du das noch nicht bemerkt haben solltest. Du denkst also auch, dass sie dahintersteckt? Ich hatte schon einen Verdacht damals, auf dem Jahrmarkt, und habe sie übrigens auch schon darauf angesprochen.«

Leonore sah ihn groß an. War es so erstaunlich, dass er sich gegen seine Mutter zur Wehr setzte? Johanna hatte ihm geholfen, und das letzte Wort hatte der Vater gesprochen, erzählte er. »Gegen die Barcholts kommt einer allein nicht an.« Am Schluss hatte sie eingelenkt und gesagt: »Der Dr. Theodor hat ja Diether auch nicht gesund gemacht.«

Während sie über den kleinen Sieg lachten, rückte Diether näher an Leonore heran. Er nahm ihre Hand und schaute ihr ins Gesicht. »Du siehst, ich bin durchaus mein eigener Herr und kann mich verbinden, mit wem ich will.«

Sie lachte weiter und rückte ein Stück weg. »Da sind noch mehr Feinde zu besiegen. Meinst du, ich will das nächste Mal mit dir zusammen in die Grube fallen?«

Wahrscheinlich hatte sie recht. Solange er nicht wusste, wer seine Widersacher waren, sollte er von Verbindungen nicht sprechen.

Aber wuchsen die Feinde nicht immer wieder nach?

Leonore wechselte das Thema. »Übrigens – hast du etwas Neues über Johannas Sechser aus der Baugrube erfahren?«

Ergeben ging Diether darauf ein. »Leider nichts, obwohl ich die ganze Zeit in der Nähe der Magistratsakten war«, berichtete er. »Jobst ist mir nicht von der Seite gewichen. Wir haben die ganze Zeit die Dokumente einsortiert, und ich konnte nicht für länger in Dorbechers Amtsstube verschwinden. Ohnehin muss ich mir erst eine Ausrede ausdenken, warum ich in seinen Papieren wühlen will. Am liebsten hätte ich Jobst danach gefragt. Aber ich weiß nicht ...«

Es war merkwürdig, dass der Gastwirt plötzlich so eifrig gewesen war. Schon beim Umräumen der Dokumente hatte sich Diether Gedanken darüber gemacht. Sonst drückte sich Jobst erfolgreich vor öffentlichen Aufträgen, es sei denn, es ging darum, gut bezahlt Essen und Getränke heranzuschaffen. Er hatte die Urkunden über seinen Besitz auf einer Liste abgehakt, wohl ohne dass eine fehlte. Aber er hatte sich auch alle anderen genau angesehen, fast als ob er nach einer bestimmten suchte.

Leonore fragte: »Wenn er sich so für die Urkunden interessiert, war er es vielleicht, der damals mit dir im Archiv war? Du weißt doch, der Huster. Hast du ihn denn all die Tage nicht husten gehört? Bei dem Staub konnte das doch wohl nicht ausbleiben.«

Zustimmend nickte Diether. »Gehustet haben wir genug, aber Jobst hört sich ganz anders an. Er bellt, und das andere Husten war eher schnarrend. Vielleicht war es auch etwas ganz anderes, heute weiß ich das sowieso nicht mehr genau. Und überhaupt: Mit meinem Sturz in die Grube hat das bestimmt nichts zu tun. Da hatte wahrscheinlich Arnulf seine Hand im Spiel, und wir geheimnissen wer weiß was hinein.«

»Mag durchaus sein«, gab Leonore wenig überzeugt zurück. »Aber ich denke immer noch daran, was Käthe Wiegand über Bremervörde erzählt hat. Ob nicht Jobst etwas damit zu tun gehabt haben kann? Er ist ja viel älter als Friedrich.«

Diether schüttelte den Kopf. »Wenn es Jobst war, bekommen wir es ohnehin nicht heraus. Der ist viel zu geschickt.«

Dann brach die lang unterdrückte Unzufriedenheit aus ihm heraus. »Ich habe das alles so satt!«, rief er. »Nur Gerüchte, Gerede, nirgendwo Klarheit – in meinem Kopf dreht sich alles, wenn ich versuche, darüber nachzudenken. Was geht es mich an, wie der Alte zu Tode gekommen ist? Wenn alle ihn vergessen können, kann ich das auch. Man sieht ja, was geschieht, wenn man sich zu weit vorwagt.« Er deutete auf seine schiefe Nase.

Leonore verbiss sich ein Lächeln. Diether wusste, warum. Eben hatte er noch ganz anders geredet, war mutig und stark gewesen. Jetzt verlangte es ihn offensichtlich nach Zuwendung. Begütigend gab sie zurück: »So dunkel sind die Vorgänge nicht, nach allem, was wir schon herausgefunden haben! Vielleicht geschieht eines Tages etwas, das alles in einem neuen Licht zeigt. Ein merkwürdiger Umstand kommt zum anderen, das haben wir in der Vergangenheit oft genug gesehen. Warten wir es also ab.«

Bis dahin fließt noch viel Wasser die Pader hinunter, dachte Diether kleinmütig. Bald ist wieder Herbst, und wir haben immer noch nichts erreicht.

Dann fiel ihm etwas Erfreulicheres ein. »Ist nicht bald Zwetschgenernte?«, fragte er. »Wenn ich mich recht erinnere, wartet Frau Wiegand jetzt schon das zweite Jahr auf uns.«

Erfreut stimmte Leonore zu.

»Dann will ich mal weiterbauen. Wenn mein Dach gedeckt ist, reiten wir hin. Das ist abgemacht.«

AM TAG DER HEILIGEN HELENA

18. August
Der römischen Kaiserin (255–330) und Mutter Konstantins des Großen wird die Wiederauffindung des Kreuzes Jesu sowie zahlreicher weiterer Reliquien zugeschrieben. Deshalb wird sie zur Auffindung verlorener Sachen und zur Entdeckung von Diebstählen angerufen. Sie ist die Patronin Frankfurts, der Schatzgräber und Bergwerke und steht gegen Blitz- und Feuersgefahr bei.

Die Türmer auf St. Pankratius, der Marktkirche unterhalb des Rathauses, hatten bereits ihr Lied geblasen, die Ratssitzung würde gleich anfangen. Diether hatte es eilig. Ob der Schultheiß schon da war? Gerade ihm wollte er nicht unangenehm auffallen – womöglich erinnerte ihn sein Anblick an einen unerledigten Auftrag.

Rief da wer hinter ihm her? Konrad! Was wollte der denn noch von ihm?

Laut seinen Namen rufend, sprang der junge Schreiner über die Gräber des Domfriedhofs, um den Weg abzukürzen. Schnell schaute Diether sich um. Keine Kutte zu sehen. Das hätte Ärger gegeben.

Außer Atem stand Konrad vor ihm. »Ich hab was gefunden!«, stieß er hervor. »Das musst du dir ansehen! In der Wand …«

Nachsichtig lächelnd schüttelte Diether den Kopf. »Ich hab keine Zeit, Konrad, die Ratsherren warten auf mich. Kannst du mir das nicht später zeigen? Oder morgen?«

Konrad widersprach: »Nein, dann sind die Bretter weg, und jeder sieht es. Im Archiv«, setzte er erklärend hinzu. »Hinter den Paneelen war etwas in der Wand versteckt. Eine Rolle in einem Schlauch. Aus Leder, glaube ich. Ich hab das Holz erst mal davor gelassen, aber gleich muss es ab. Rokeß will die Decke abbrechen.«

»Wahrscheinlich ist eine Urkunde dahintergefallen«, vermutete Diether. Sollte Konrad auf das gesuchte Dokument gestoßen sein? Egal, jetzt musste es warten.

»Am besten legst du sie in meinem Keller in eine trockene Ecke«, schlug er dem Jungen vor. »Lass sie nicht jeden sehen, hörst du? Wer weiß, was drinsteht. Ich schaue sie mir später an und bringe sie dahin, wo sie hingehört. Jetzt muss ich aber weiter. Sieh zu, dass du wieder in den Keller kommst, bevor es anfängt zu regnen.« Er wies zum Dom, hinter dessen Turm sich der Himmel plötzlich verdunkelte.

***

Diether hatte sich umgedreht und war gegangen. Zaudernd ging Konrad durch den Friedhof zurück, diesmal jedoch auf den Wegen und nicht quer durchs Gräberfeld. Wenn der Herr Doktor meint, dass es nicht so eilig ist, sollte ihm das recht sein. Dann konnte er sich auch Zeit lassen auf dem Rückweg.

Jedenfalls hatte Diether unrecht, Doktor hin oder her. Die Urkunde – oder was es war – hatte jemand absichtlich versteckt. Die war nicht bloß hinter das Holz gerutscht. Fein säuberlich waren die Steine wieder in die Lücke geschoben worden; von allein wäre die Rolle nie dahinter gekommen.

Wie lange sie wohl schon da lag?

Mit leisem Schauder stieg er wieder in den Keller hinab. Spukte es hier doch, wie die Mutter sagte? Merkwürdig war es schon. Schon der geheime Gang hatte ihm den Arbeitsplatz unheimlich gemacht. Gut, dass er zugemauert war. Und wie kam jetzt die Rolle hinter die Wand? Hatte das vielleicht was mit dem alten Brabeck zu tun?

Er holte die Urkunde aus ihrem Versteck, entfernte die Umhüllung und stopfte sie in das Loch zurück. Dann sieht man wenigstens, wo sie gelegen hat, dachte er. Das zusammengerollte Pergament trug er unter seinem Hemd zu Diethers Baustelle hinüber. Schnell sprang er die Treppe hinunter und versteckte seinen Fund in einer der hinteren Ecken des Kellers, wo er von der Tür aus nicht sofort entdeckt werden konnte.

Hatte jemand die Rolle unter seinem Hemd gesehen? Wahrscheinlich nicht. Es hatte niemand auf ihn geachtet.

Nur noch zwei Wände warteten im Rathauskeller auf ihn, deren Vertäfelung heute abgebaut werden musste. Der Baumeister war ein paar Mal im Keller aufgetaucht, hatte den Fortschritt begutachtet und ihn angetrieben.

Wird sowieso Zeit, dass ich aus dem finsteren Loch herauskomme. Konrad freute sich auf das nahe Ende der Plackerei. Aber jetzt fing es erst mal an zu regnen, dann war es dort unten noch dunkler. Half nichts, die Arbeit musste getan werden. Und besser ohne Licht als nass, dachte er sich und rannte vor den ersten schweren Tropfen auf das Rathaus zu.

Unten entzündete er ein paar Kerzen und zog in deren Schein die Nägel aus den Wandbrettern. Oben polterte es. Gab es ein Gewitter, oder fing Rokeß schon mit dem Boden unter der Waage an? Jetzt auch noch ein Blitz, der sogar durch die Luftschächte zu sehen war. Nur gut, dass er hier unten saß! Die Zimmerleute und Steinbrecher würden ordentlich nass werden.

Sorgfältig stapelte er die Bretter an den freigelegten Wänden auf, um sie später mit Borius' Hilfe zu Diether hinüberzuschaffen. Als er fast alle Verkleidungen entfernt hatte, blitzte und donnerte es immer noch. Musste er etwa bei Regen hinaus mit den Brettern?

»So, so, hast es dir hier also gemütlich gemacht«, kam es plötzlich vom dunklen Gang her.

Konrad fuhr zusammen. Zu sehen war nichts.

»Im Kerzenschein am Fenster stehen. So stelle ich mir arbeiten auch vor.« Der Besucher trat über die Schwelle. Sein feiner Anzug war triefnass.

»Ach, Ihr!« Erleichtert atmete Konrad aus. »Ich hab Euch gar nicht gehört bei dem Gedonner. Ist die Stadt schon abgesoffen? Ihr seht fast so aus.«

»Mach dich nur lustig, Grünschnabel. Deinetwegen muss ich durch den verdammten Regen rennen. Du sitzt hier schön warm und trocken und puhlst Löcher in die Wand. Hast du mit deinem Holz nicht genug? Musst du die Steine auch noch herausreißen?«

Was wollte der Mann? – Wegen dem kleinen Loch?

Schon ging es weiter. »Und wenn du etwas findest, versteckst du es einfach, statt es ordnungsgemäß dem Eigentümer abzuliefern! Weißt du, dass man so was Diebstahl nennt?«

»Ich habe es nicht gestohlen!«, rief Konrad aufbegehrend. »Woher wisst Ihr das mit der Rolle überhaupt? Hat Diether es Euch erzählt?«

»Diether hast du es also gesagt, und wem noch? Wahrscheinlich redet schon die ganze Stadt darüber, oder was?«

»Keiner.« Konrad versuchte, ihn zu beschwichtigen. »Ich hab es niemandem erzählt. Außer Diether. Und keiner hat mich gesehen, als ich das Ding versteckt hab ...«

Der andere fiel ihm ins Wort. »Keiner außer dem, der es mir gebracht hat, damit ich es an seinen angestammten Platz lege. So schlau, wie du meinst, bist du nämlich nicht. Und dein Diether auch nicht. Er wird schon sehen.«

Konrad ging ein Licht auf. »Ach, das war Eure Urkunde? Hattet Ihr sie dort versteckt? Das hättet Ihr doch sagen können! Von mir erfährt kein Mensch etwas davon, und Diether wird bestimmt auch den Mund halten. Ihr werdet schon Eure Gründe haben ...«

Um Platz für die letzten Handgriffe zu schaffen, nahm Konrad mit beiden Armen einen dicken Stapel Bretter auf und trug sie zur gegenüberliegenden Wand. Plötzlich war da ein Fuß, wo er nicht hingehörte. Er sah die Bretter in den Raum fliegen und sich selbst hinterher.

»Wie Diether!«, durchfuhr ihn die Erkenntnis, dann war es dunkel. Er spürte nicht mehr, wie ihm jemand mit seinem eigenen Stemmeisen die Schläfe zertrümmerte, und auch nicht, wie er an den Füßen zur Treppe gezogen wurde.

Ungesehen trat sein Mörder, sich die Hände an einem sauberen Schnupftuch reibend, hinaus in den Regen. Wieder einmal hatte er seinem Herrn den Hals gerettet. Er dankte der heiligen Helena, die ihrem Ruf, verlorene Sachen aufzuspüren, alle Ehre gemacht hatte. Jetzt konnte er den schwer verdienten Schatz endlich an den ihm zustehenden Platz legen.

***

Als die Ratssitzung zu Ende war, hatte auch der Regen aufgehört. Über dem Dören sah man noch ein wenig Wetterleuchten, das verging, als die dunklen Wolken abzogen. Der Dreck war von den Straßen gespült, die Stadt mit ihren leuchtenden Ziegeldächern glänzte im weichen Licht der Abendsonne.

Diether schloss sich einigen Ratsherren an, die ebenfalls den Fortgang der Arbeiten am Rathaus begutachten wollten. Wieder drang aufgeregtes Gemurmel den Schildern herauf. Gab es heute etwas Besonderes am Bau?

Elmar stand mit den Schüttern vor der Kellertreppe. Als der Stadtbote die Ratsherren erkannte, trieb er die Leute auseinander. War wieder etwas passiert? Begierig, die Verantwortung loszuwerden, lotste er sie zum Eingang und wies nach unten. Dann trat er beiseite und ließ Berringer den Vortritt.

Der prallte zurück, wehrte aber sofort die Nachdrängenden ab. »Was ist denn da los? Ist er tot?«, fragte er über die Schulter. Elmar nickte.

Berringer drehte sich um und versperrte mit ausgebreiteten Armen den Kellerzugang. »Geht weiter, Leute. Hier kann keiner mehr helfen.«

Elmar nahm den Nachbarssohn beiseite. »Wer ist es?«, fragte Diether aufgeregt.

»Du kennst ihn«, antwortete Elmar. »Krieg keinen Schreck. Es ist furchtbar. Wer soll das bloß dem Alten beibringen?«

Angsterfüllt drängte Diether ihn zum Reden. »Sag endlich, wer es ist!«

Elmar schaute ihn düster an. »Konrad«, sagte er, und als Diether verständnislos den Kopf schüttelte: »Schwerdtfegers Konrad. Der bei euch schreinert. Er liegt unten an der Treppe wie damals Brabeck.«

Konrad. Wie Brabeck. Was sagte Elmar da?

»Er ist tot?«, fragte er ungläubig. »Konrad ist tot? Ich hab ihn doch eben noch gesehen! Vor dem Rat!«

»Und vor dem Gewitter.« Elmar nickte bedeutungsvoll. »Es kann erst während des Gewitters geschehen sein. Die Treppe war ganz feucht. Vielleicht hatte er nasse Füße und ist ausgerutscht?«

»Das will ich mir ansehen«, beschloss Diether. »Komm mit, Elmar. Bevor sie alles zertrampeln.«

Der Stadtbote schaute sich um, folgte ihm dann aber. »Wo Westphal nur bleibt!« Er wunderte sich über die Abwesenheit des Schultheißen. »Jetzt wird er gebraucht und ist nirgends zu sehen. Ist er nach der Sitzung noch im Tigge geblieben?«

Aus dem Rat hatte sich Westphal sofort nach dem Beschluss

über die neue Steuer verabschiedet. »Hast du schon bei seiner Frau nachgefragt?«, erkundigte sich Diether.

Elmar nickte. »Zu Hause ist er nicht. Sie will ihn herschicken, sobald er dort auftaucht.«

Berringer war inzwischen zu Schwerdtfegers gegangen, um ihnen die böse Nachricht zu überbringen. Die Schütter ließen Elmar und Diether vorbei. Bedrückt schaute er von oben auf den reglosen Körper am Fuß der Treppe.

Die Stufen waren feucht, wie Elmar gesagt hatte. Von wie vielen Füßen, war nicht mehr auszumachen. Waren Konrads darunter? War er wirklich ausgerutscht?

Schulterzuckend berichtete der Stadtbote, dass die zurückkehrenden Handwerker den Toten gefunden und sofort nach den Schüttern geschickt hatten. Auch er selbst war natürlich mit nassen Füßen die Treppe hinab- und wieder hinaufgeklettert.

Konrad lag auf dem Rücken direkt vor der untersten Stufe, sodass sie mit einem großen Schritt über ihn hinwegsteigen mussten. Jetzt sah Diether auch die Verletzungen am Kopf. Das Blut war bereits getrocknet.

»Da muss er aber mächtig auf was gefallen sein.« Elmar zeigte auf die eingedrückte Schläfe. Diether sah sich um. Keine Blutspuren in der Nähe. Das Treppengeländer war sauber. Gerümpel stand auch keines herum. Vorsichtig hoben sie den Körper an, um zu sehen, ob etwas unter ihm lag, das die Verletzung verursacht haben könnte. Sein Hemd war fast bis zum Hals hochgerutscht, der Rücken voller Schmutz. So dreckig war die Treppe doch gar nicht?

Einer der Schütter reichte die Öllampe hinunter, nach der Elmar ihn noch in der Tür geschickt hatte. Diether leuchtete über den Gang hinweg. »Siehst du das?«, fragte er den Stadtboten.

»Eine Schleifspur!«, gab der zurück. »Meinst du, die ist von Konrad?«

Diether beugte sich hinunter. »Nach Brettern sieht das nicht aus. Außerdem hat Konrad die getragen, nicht geschleift.«

Sie gingen den Gang entlang und schauten in den Raum, wo Konrad zuletzt gearbeitet hatte. Sein Werkzeug lag verstreut vor dem letzten Stück Vertäfelung herum, auf dem Fußboden klebten zerlaufene Kerzenstummel. Die abgelösten Bretter waren an den freien Wänden entlang aufgestapelt bis auf ein paar, die mitten im Raum lagen.

Traurig leuchtete Diether Konrads Arbeitsgeräte ab. Wie geschickt er mit dem zweizinkigen Hammer gewesen war! Es gab keinen Nagel, den er damit nicht erfasst hätte. Die kleine Axt, der Fuchsschwanz, die Kneifzange. Das Stemmeisen lag ein Stück weit entfernt. Was hatte es dort zu suchen?

Elmar hob es auf und hielt es ins Licht. »Guck mal, ist das Blut?« Er deutete auf einen dunkleren Fleck an seinem dicken Ende. Diether leuchtete den Boden ab, wo das Eisen gelegen hatte. Hier war noch mehr davon. Zäh und klebrig. Und rot.

Entsetzt richtete er sich auf. Konrad war erschlagen worden! Und zwar hier, an dieser Stelle!

Elmars Gesicht sah er an, dass er ebenfalls zu diesem Schluss gekommen war. »Schon wieder?«, fragte er erschrocken. »Wieder hier im Rathaus? Was machen wir denn jetzt?«

»Wenn ich das wüsste!« Auch Diether war ratlos.

»Ausgerechnet Konrad!«, stöhnte Elmar. »Der tat doch keiner Fliege was. Schwerdtfegers einziger Sohn! Als er noch klein war, lief er immer bei uns herum.«

»Bei uns auch«, bestätigte Diether traurig. Plötzlich hatte er wieder das Bild vor Augen, wie Konrad über die Gräber gesprungen war. Der Junge hatte ihm etwas zeigen wollen, aber er hatte keine Zeit gehabt. Die Ratssitzung. Langsam kehrte die Erinnerung zurück.

Eine Urkunde! Konrad hatte eine Urkunde gefunden. Er erzählte Elmar davon. Hier in diesem Raum musste es gewesen sein, wo er seit dem Morgen gearbeitet hatte. In der Wand, hatte er gesagt.

Diether leuchtete die Wände ab. Hier war ein Loch. Elmar fasste hinein und zog eine Dokumentenhülse hervor. Altes, steifes Leder, außen grau verschimmelt, innen immer noch glänzend sauber.

Aber sie war leer.

Wo war die Urkunde geblieben? Erst jetzt fiel Diether ein, was er mit Konrad verabredet hatte. Ob er sie wirklich in seinem Keller versteckt hatte? Aber warum hatte er die Hülle nicht mitgenommen?

»Ich glaube, ich weiß, wo der Inhalt ist«, sagte er zu Elmar.

»Lass uns zusammen gehen und ihn holen. Ein wenig frische Luft könnte uns jetzt guttun, was?«

Elmar stimmte zu. »Ohne den Schultheiß kann ich hier sowieso nichts machen.« Doch dann hielt er Diether zurück. »Noch was: Wir sollten das mit der Schleifspur und dem Blut nicht herumerzählen. Wer weiß, wer es war. Soll er sich in Sicherheit wiegen, oder was meinst du?«

»Du hast recht. Das ist nichts, was jeder wissen sollte. Lass uns erst mal sehen, was mit der Urkunde ist.«

Auf der Baustelle trafen sie nur Henrich an. Er saß mit hängenden Schultern unter den Bäumen, den Kopf auf die Fäuste gestützt. Sie setzten sich dazu, und schweigend teilten sie ihren Kummer.

Nach einer Weile erkundigte sich der Knecht: »Habt ihr was rausgefunden? Ist er wirklich gestürzt?«

Diether schaute Elmar an, und als der nickte, berichtete er von ihren Funden.

»Hab ich's mir doch gedacht. Da war was faul!« Henrich fuhr auf. Seine Trauer war in Zorn umgeschlagen. War sie so leichter zu ertragen? »Ausgerechnet Konrad! Der wanderte mit zuen Augen im Gebälk rum, das wisst ihr doch. Wie bei Brabeck, der kannte die Treppe auch genau. Wenn ich den erwische!«

»Das ist doch schon so lange her.« Elmar widersprach ihm. »Das kann heute jemand ganz anderes gewesen sein. Wer weiß, bei wem Konrad sich unbeliebt gemacht hat. War da nicht was mit den Gruben, Diether?«

»Was mit den Gruben?«, wiederholte er verwirrt. Gerade war ihm wieder Konrads letzter Anblick in den Sinn gekommen, und bestürzt hatte er sich gefragt, ob er seinen Tod hätte verhindern können. Wenn er gleich mitgegangen wäre statt zu der belanglosen Ratssitzung? Auf einen mehr oder weniger wäre es nicht angekommen, viele hatten gefehlt, sogar Jobst Baer.

Er wandte sich wieder Henrich zu. »Hast du Konrad heute am späten Nachmittag hier gesehen? Auf der Baustelle oder im Keller?«

»Ja, jetzt, wo du's sagst! Ich hatte schon überlegt, wann zuletzt ... fiel mir aber nicht ein. Er war nur ganz kurz hier, 'n Hammer holen, hat er gesagt. War auch gleich wieder weg. Was war denn?«

Diether winkte ab. »Ich erzähl später, sonst wird's zu dunkel.«

Elmar war ungeduldig vorausgegangen. Sie betraten den Keller über die Hintertreppe und durchsuchten alle Räume. Schauten hinter jedes Brett und unter jeden vergessenen Lumpen. Keine Urkunde. Nichts, was auch nur entfernt an eine Papier- oder Pergamentrolle erinnerte. Hatte Konrad sie gar nicht hier versteckt?

»Wer weiß, was er damit gemacht hat«, meinte auch Elmar zweifelnd. »Vielleicht hat er die Urkunde irgendwo im Rathaus hingelegt. Ich leuchte gleich noch mal in alle Räume. Aber so wichtig ist sie bestimmt nicht. Wegen dem alten Papier wird ihn niemand erschlagen haben.«

»Unterschätz die Macht der Urkunden nicht«, sagte Diether warnend. »Du hast es ja bei den Gruben gesehen, um auf deine Frage von eben zurückzukommen. Die haben ihren Prozess gegen Schwerdtfeger damals verloren, weil sie das eine Papier nicht vorlegen konnten, das ihren Besitz bestätigt hätte.«

»Hätten sie es gehabt, lebte Konrad jetzt vielleicht noch«, schlussfolgerte Elmar. »Kann es nicht sein, dass sie sich übervorteilt gefühlt und an dem armen Jungen gerächt haben?«

»Kann durchaus sein.« Zögerlich stimmte Diether zu und verließ Elmar voran den Keller. »Aber warum gerade heute? Dafür hätten sie über ein Jahr Zeit gehabt.« Nicht einmal zur Gerichtsverhandlung waren sie erschienen. Westphal hatte ohne jede Zeugenbefragung das Grundstück den Schwerdtfegers zugesprochen, und Konrad hatte angefangen, sein Sommerhaus zu bauen. Mit dem Verdienst an Diethers Bau hatte er es bezahlen wollen.

Diether beschlich ein leiser Zweifel. Und wenn den Gruben das Dokument gehört hatte? Der lang ersehnte Beweis?

Elmar beharrte auf seinem Verdacht. »Ich will mich auf jeden Fall mal umhören, ob sie in der Stadt waren.«

Henrich war ihnen nachgekommen, und als sie ihm erzählten, wonach sie suchten, schaute er noch einmal in alle Ecken. Ebenfalls ohne Erfolg.

Hatte vielleicht jemand die Urkunde weggenommen? Wieder fiel Diether der Turm der wachsamen Jesuiten ins Auge. Doch nicht nur von dort aus war die Baustelle gut einsehbar.

»Wer außer dir war noch hier, als Konrad kam?«, erkundigte er sich.

Henrich nahm die Finger zu Hilfe und berichtete stockend: »Ja, da waren Friedrich und Borius und die beiden Maurer. Sind vier. Die waren alle auf dem Gerüst. Ich war am Steineschleppen. Mit Arnulf, der sie gebracht hatte. Sechs also. Bernd stand da rum. Sieben. Ja, und dann fing es an zu regnen. Wir sind alle ins Hinterzimmer, wo die Decke schon liegt. Arnulf ist dann weg, wie immer, wenn es Arbeit gibt. Ich wollte gleich noch ein bisschen abladen.«

»Dabei helfe ich dir«, versprach Diether. »Ich will nur mit Elmar zurück ins Rathaus und sehen, ob der Schultheiß da ist. Und ob Konrad nach Hause gebracht werden kann. So, wie er da liegt, sollte Frau Schwerdtfeger ihn nicht sehen müssen.«

Der Schultheiß empfing sie ungnädig. Warum Elmar nicht an der Unglücksstelle auf ihn gewartet habe? Missbilligend schaute er auf Diether, als dieser dem Boten die Treppe hinab folgte. »Und was wollt Ihr?«, fragte er. »Habt Ihr auch hier wieder die Finger im Spiel? Sollte mich nicht wundern!«

»Er will sich nur darum kümmern, dass der Tote zu seinen Eltern gebracht wird«, erklärte Elmar.

»So, so«, machte Westphal. »Sehr menschenfreundlich, der junge Ratsherr. Eure Neugierde habt Ihr wohl vorhin schon befriedigt, als Ihr mit dem Boten hier herumgestiefelt seid?«

»Als Ratsherr war ich dazu verpflichtet«, gab Diether zurück. »Mir war daran gelegen, den Ort des Geschehens zu besichtigen, bevor alles zertreten wird. Ihr wart ja nicht da. Außerdem haben wir nicht nur gesucht, sondern auch etwas gefunden. Inzwischen habt Ihr es wahrscheinlich selbst gesehen?«

Westphal schaute finster. »Die Schleifspuren meint Ihr? Sie sind kaum zu übersehen. Leider ein allzu deutlicher Hinweis, dass es sich wieder einmal um keinen Unfall handelt. Wart Ihr auch im hinteren Raum?«

Diether nickte bedrückt. »Wir haben aber nichts verändert.« Bis auf die Urkundenhülse, setzte er in Gedanken hinzu. Die steckte jetzt in seiner Rocktasche. Doch das brauchte der Schultheiß nicht zu wissen.

»Gibt es irgendetwas, was Ihr mir in dieser Angelegenheit mitzuteilen habt, Ratsherr Meschede?«, fragte der Amtmann förmlich. »Habt Ihr einen Verdacht? Kennt Ihr jemanden, der dem jungen Schwerdtfeger übelwollte?«

»Nun ja«, antwortete Diether gedehnt. »Es erinnert einiges an den Tod des alten Brabeck vor anderthalb Jahren ...«

»Unsinn!« Westphal fiel ihm ins Wort. »Nur weil es am gleichen Ort passiert ist? Das zeigt nur, dass wir das Rathaus besser bewachen müssen. Nein, ich tippe eher darauf, dass Schwerdtfegers sich bei jemanden ziemlich unbeliebt gemacht haben. Und ich kann mir auch denken, wer das ist. Mich wundert, dass Ihr nicht selbst darauf kommt?«

Diether wusste, was er im Sinn hatte, schaute ihn aber trotzdem erwartungsvoll an. Nach einem Blick in sein Gesicht rief Westphal: »Ihr könnt mir nichts vormachen! Ich weiß schon, was Ihr sagen wollt. Nach all der Zeit ist es eher unwahrscheinlich, dass die Gruben sich rächen, meint Ihr. Aber Ihr wisst nicht, was ich weiß!«, sagte er triumphierend. »Zufällig habe ich erfahren, dass die Brüder sich wegen des Namenstages ihrer Mutter in der Stadt aufhalten. Florians Witwe heißt nämlich Helene. Sie hätten also die Gelegenheit gehabt. Was sagt Ihr nun!«

»Das hab ich doch gesagt!« Elmar mischte sich ein. »Die haben ihre Wut noch nicht vergessen. Die haben nur auf den richtigen Zeitpunkt gewartet.«

»Und der war heute«, bestätigte der Schultheiß. »Als wegen des Gewitters niemand auf der Baustelle war. Nur hier im Keller, wo es trocken war, wurde gearbeitet. Und wer ein paar Mal die Handwerker beobachtet hat, wie es jeder einmal tut, weiß auch, wer hier unten war. Sich von hinten anzuschleichen und den Jungen niederzuschlagen war nicht schwer. Und ungesehen zu entkommen auch nicht. Vor allem nicht, wenn man zu zweit ist. Jetzt brauchen wir nur noch bei den Gruben zwei nasse Röcke zu finden, dann haben wir sie.«

Westphal wollte an seine Theorie glauben. »Ihr seht ja, dass Euer Freund tot ist.« Er wechselte grantig das Thema. »Übrigens habe ich mich schon selbst darum gekümmert, dass der Tote würdig in sein Elternhaus geschafft wird. Pater Edwin wird gleich mit seinem Wagen kommen und ihn christlich aufbahren. Denn daran hat natürlich niemand gedacht: dass ein Priester geholt wird, damit ihm die Letzte Ölung zuteilwird. Könnt Ihr mir sagen, wie ich das seiner Mutter erklären soll?« Dann setzte er abfällig hinzu: »Aber was kann man von einem, der nicht zur Kirche geht, schon erwarten?«

Diether fühlte sich schuldig. Er wusste, dass die Nachbarin auf die kirchlichen Zeremonien Wert legte, und hätte ihr den kleinen Dienst gern erwiesen. Aber woher sollte er wissen, was in solch einem Moment zu tun war? Schließlich hatten auch andere nicht daran gedacht.

Er wollte gegen die Ungerechtigkeit aufbegehren, doch der Schultheiß winkte ab. Er hatte es eilig, seine Täter zu fassen. Gerade waren der Pater und zwei Spitalsnonnen eingetroffen, die als Erstes neben der Leiche niederknieten. Ein Weihrauchfässchen wurde geschwenkt. Westphal trat mitten in das Gewölk und mit einem großen Schritt über Konrad hinweg, Elmar und Diether drückten sich seitlich vorbei.

Oben angekommen wies Westphal zwei der Schütter an, ihm zu folgen, und ging mit Elmar voraus durch den Schildern dem Kasseler Weg zu, wo das von Florian auf einem städtischen Grundstück errichtete Steinhaus der Gruben stand.

Diether blieb verwirrt vorm Rathaus stehen. Das ging ihm alles viel zu schnell. Kopfschüttelnd schlug er den Weg zur Jühengasse ein. War die Lösung wirklich so einfach?

***

Johanna war von Schwerdtfegers zurückgekommen, wohin sie die Mutter begleitet hatte. Die Nachbarsfrauen hatten der Familie geholfen, Konrads Totenbett zu bereiten. Es war viel gebetet worden und auch viel geweint, und sie war erleichtert, als sie wegen der Kinder das Trauerhaus verlassen konnte.

Aber Gese hatte Markus und Katrinchen bereits ins Bett gebracht und war mit verweinten Augen in ihrer Kammer verschwunden. Deshalb war sie Friedrich gefolgt, als er auf der Suche nach Diether zur Dielentür hineinschaute. Die Ratssitzung musste längst vorbei sein. Vielleicht war er auf der Baustelle, hatte Friedrich vermutet. Henrich war sicher auch noch da, und Leonore wollte sie dazuholen.

Wenn es etwas Neues gab, sollten es alle erfahren. Wenn nicht, war es tröstlich zusammenzusitzen.

Als sie zur Jühengasse kamen, saß Leonore schon mit den Männern am Tisch. Umsichtig hatte sie ein paar Kerzen mitgebracht. Jetzt flackerten sie in den Windlichtern, die Johanna auf dem Magdalenenmarkt für Diether gekauft hatte. Sie waren für schönere Abende gedacht gewesen.

Johanna und Friedrich setzten sich dazu. Diether berichtete zum dritten Mal und wohl deshalb etwas müde, was er mit Elmar zusammen herausgefunden hatte und welchem Verdacht der Schultheiß nachging. Er erzählte auch, dass er Konrad kurz vor seinem Tod am Friedhof getroffen hatte, und von der Urkunde, die der Junge gefunden haben wollte.

Johanna hörte heraus, dass sich Diether Vorwürfe machte, Konrads Aufforderung nicht gefolgt zu sein. Liebevoll schaute sie ihn an. So war er, ihr Bruder!

»Erstaunlich, was sich alles in den Wänden des Rathauskellers verbirgt!«, stellte Friedrich verwundert fest. »Wer weiß, was wir noch nicht gefunden haben. Wobei von einem Fund keine Rede sein kann. Einen Beweis dafür, dass es die Urkunde wirklich gibt, haben wir nämlich nicht.« Er nahm die Hülse, die Diether auf den Tisch gelegt hatte, und drehte sie hin und her. »Vielleicht hat Konrad nur dieses Ding hier gefunden. So gut kannte er sich wohl nicht aus. Und eine Rolle ist das auch. Ziemlich starres Leder sogar.«

Henrich schüttelte den Kopf. »Konrad war jedenfalls hier«, sagte er. »Kurz vor dem Regen. Nur im Keller und gleich wieder weg. Außerdem hätte der nie 'n Hammer liegen lassen, nicht Konrad! Kam mir gleich komisch vor.«

Johanna fiel ebenfalls ein, wie zuverlässig der Schreinersohn gewesen war. »Und wenn er nur die Hülle gefunden hätte, dann hätte er die hier versteckt«, versicherte sie. »Wenn er das Diether versprochen hat, dann hat er das auch gemacht.«

»Vielleicht hat er sie absichtlich zurückgelassen?«, warf Leonore ein. »Als Beweis sozusagen, dass in dem Loch etwas war. Und den Inhalt hat er dann hier versteckt. Vielleicht ist er dabei beobachtet worden?«

Diether hatte teilnahmslos zugehört. Erst als Leonore sprach, merkte er auf und stimmte ihr zu. »Darüber denke ich auch schon eine ganze Zeit nach.« Dann forderte er: »Henrich soll noch einmal aufzählen, wer alles hier war.«

Neben den Maurern kamen nur Bernd Gogreve und Arnulf Rokeß in Frage. Einer der Maurer hatte wohl ein Auge auf Gese geworfen und sich damit bei Konrad unbeliebt gemacht, erzählte Henrich. Johanna wusste, dass er bei Gese abgeblitzt war. Nicht umsonst weinte sie sich um Konrad die Augen aus.

»Was sollten die alle mit der Urkunde zu tun haben?«, fragte sie. »Auch wenn Laurenz, dieser Maurer, eine solche Mordswut auf Konrad gehabt hätte, was ich nicht glaube. Das hätte man doch schon mal gemerkt, beim Essen oder so. Aber was sollten sie damit? Und auch Arnulf und Bernd. Die sind doch viel zu jung für so ein altes Ding.« Sie zeigte auf das Leder.

»Johanna hat recht.« Auch Friedrich beteiligte sich wieder am Gespräch. »Lassen wir die Urkunde mal beiseite. Solange wir nichts Genaueres darüber wissen, können wir nur spekulieren. Aber dann fallen die beiden als Verdächtige weg, oder wisst ihr von einer Feindschaft zu Konrad? Hinter Gese waren sie nicht her, oder?«

Alle schüttelten den Kopf. Diether schaute nicht auf.

»Dann haben wir neben Laurenz nur die Gruben, von denen wir wissen, dass sie Konrad nicht grün waren«, fasste Friedrich zusammen. »Wobei ich ebenfalls nicht glaube, dass sie zu solchen Mitteln gegriffen hätten. Eine kleine Rempelei auf dem Jahrmarkt, ein blaues Auge, oder vielleicht hätten sie ihn nächtens in die Pader geworfen. Aber man schlägt doch niemand den Schädel ein wegen eines Mädchens oder eines Grundstücks!«

Arnulf schlossen sie ebenfalls aus. »Wenn Diether noch mal was zugestoßen wäre, dann könnte man an ihn denken«, sagte Leonore. »Aber an Konrad wird er seinen Zorn doch wohl nicht ausgelassen haben.«

»Ohne die Urkunde kommen wir nicht weiter.« Mit immer noch hängendem Kopf erinnerte Diether an das fehlende Dokument. »Ich gehe davon aus, dass sie da war und dass Konrad sie irgendwo versteckt hat. Vielleicht hat der unehrliche Finder sie an jemanden weitergegeben? An den, dessen Name darauf stand? Der dann unbedingt verhindern wollte, dass der Inhalt bekannt wurde? Damit haben wir wieder so viele Verdächtige, dass wir ebenso gut aufhören können, nach dem Mörder zu suchen«, setzte er mutlos hinzu.

»Und was ist mit Brabeck?«, fragte Henrich. »Ist doch komisch, dass alles im Rathaus geschehen ist. Der Weinzapf, der Gang, jetzt noch das Loch. Brabeck und Konrad. Das hängt doch bestimmt alles zusammen.«

»Das haben wir jetzt so oft durchgekaut, da kommen wir sowieso nicht weiter«, sagte Diether abwehrend. »Damals wussten wir auch nicht, ob Brabecks Tod mit dem Weinkeller zu tun hatte oder einen anderen Grund hatte. An meine Hirngespinste danach will ich mich gar nicht erinnern. Ein verstohlenes Husten, undeutliche Spuren im Staub – wie soll man jemals dahinterkommen! Und was Frau Wiegand wusste, war auch nicht gerade erhellend. Sie hat uns erst recht Flausen in den Kopf gesetzt. Das hat sogar Vater neulich gesagt. Obwohl«, setzte er nachdenklich hinzu, »die Urkunde passt jetzt wieder ganz gut dazu. Sie könnte ein neuer Anhaltspunkt sein. Oder ein neues Hirngespinst.«

Diether war unschlüssig, man sah es ihm an. Johanna überlegte, wie sie ihn überzeugen konnte. »Wenn es immer ein und derselbe war, auch bei dir, Diether, letzten Sommer, dann dürfen wir ihn nicht davonkommen lassen. Jetzt sind wir es auch Konrad schuldig, den Mörder zu suchen. Sollen denn andere für ihn hängen?«

»Und der läuft weiter in der Stadt herum und erschlägt einen nach dem anderen!«, rief Henrich.

»Der Gedanke gefällt mir auch nicht.« Leonore pflichtete ihm bei. »Was ist, wenn er herausbekommt, dass wir von der Urkunde wissen? Dann sind wir alle in Gefahr, und Diether am meisten.«

Friedrich seufzte ergeben. »Wenn ihr das meint, müssen wir wieder bei den damaligen Weinherren und Fünfern anfangen«, schlug er vor. »Oder glaubt jemand, dass Balthasar für die Tat heimlich hergekommen ist? Kann natürlich sein, dass er irgendwelche Dokumente in der Wand versteckt hatte. Schuldscheine oder was weiß ich.«

»Oder dass er einen Helfer in der Stadt hat«, ergänzte Johanna. »Es hat ihm ja auch jemand aus der Zelle herausgeholfen.«

»Der Schultheiß?«, fragte Diether. »Er war tatsächlich etwas schnell mit den Gruben zur Hand. Aber der ist nicht auf Konrad angewiesen, um an die Urkunde zu kommen. Er hat doch jederzeit Zugang zum Archivkeller.«

Wieder schauten sie sich ratlos an.

Friedrich sprach es als Erster aus. »Womit wir bei Jobst wären.« Als alle erschreckt aufsahen, setzte er hinzu: »Er hat sich verdächtig genug gemacht, da kann niemand drüber hinwegsehen. Wenn er schuldig ist, muss er bestraft werden. Ich hoffe nur, dass es nicht so ist.«

»Uns allen wäre es lieber, dein Bruder steckte nicht mit drin«, sagte Diether bedrückt. Es gefiel ihm offensichtlich gar nicht, Friedrichs Familie in Schwierigkeiten zu bringen. Was Johanna verstehen konnte: Auch ihre Freundin Goste wäre betroffen.

Friedrich selbst spann den Verdacht weiter. »Nehmen wir trotzdem an, Jobst war beteiligt. Dann könnte sein Name auf Konrads Urkunde gestanden haben, und Arnulf und Bernd haben sie zu Baers gebracht in der Hoffnung auf eine großzügige Belohnung. Woraufhin Jobst zu Konrad gegangen ist. Mit den bekannten Folgen.«

Wenigstens nahm er es sich nicht allzu sehr zu Herzen, dachte Johanna. Ohnehin wussten sie nichts Genaues.

Die Kerzen waren heruntergebrannt und flackerten. Vom immer noch feuchten Boden her kroch ihr die Kälte unter den Rock. Nur müde Gesichter um sie herum, kein Wunder nach dem ereignisreichen Tag.

»Ihr werdet wohl Jobst selbst fragen müssen.« Sie beendete das Gespräch und erhob sich. »Vielleicht klärt sich alles ganz harmlos auf. Aber erst morgen. Für heute ist es genug. Wenn uns die Schütter erwischen, gibt's wieder Ärger.«

***

Bei Schwerdtfegers brannte noch Licht. »Geht schon mal vor.« Diether schickte die Schwester und Henrich nach Hause. »Ich will nur kurz hineinspringen und sehen, ob ich was tun kann.«

Johanna schaute ihn besorgt an. Das hatte sie schon den ganzen Abend getan, fiel ihm jetzt auf. Wahrscheinlich sah er so müde und verzweifelt aus, wie er sich fühlte. Dennoch – dies musste noch sein. Degenhard wartete gewiss auf seinen Bericht.

Sie hatten Konrad mitten in der Diele aufgebahrt. Noch gehörte er zu ihnen. Doch zeigte sein fremdes, wächsernes Gesicht, wie weit er bereits entfernt war. Zwischen die stämmigen Finger, die so geschickt mit dem Werkzeug gewesen waren, hatte man ein silbern glänzendes, filigranes Kreuz geflochten.

Die Eltern saßen am Tisch, umringt von Nachbarn und Verwandten, und beteten den schmerzensreichen Rosenkranz. Diether drückte beiden die Hand mit den Perlen darin und setzte sich mit gesenktem Kopf dazu. Nach dem letzten tränenumflorten Ave-Maria verabschiedeten sich alle bis auf eine Schwester von Frau Schwerdtfeger. Er wollte sich ebenfalls erheben, doch Konrads Vater hielt ihn zurück.

»Bleib noch ein bisschen und erzähl, was du davon hältst«, sagte er und stellte die Schnapsflasche auf den Tisch. »Du hast den Jungen in der letzten Zeit öfter gesehen als wir und warst als einer der Ersten im Rathaus. Hast du denn nichts bemerkt?«

Diether berichtete, wie er nachmittags noch mit Konrad gesprochen hatte, ließ jedoch die Urkunde unerwähnt. Nichts habe auf eine Gefahr hingedeutet. Die letzten Bretter sollte er noch entfernen und danach nur noch bei Diether in der Jühengasse arbeiten.

»Das haben die sich genau ausgeguckt, die Brüder!« Unvermutet polterte Schwerdtfeger los. »Von morgen an wären sie nicht mehr so leicht an Konrad herangekommen. Auf deiner Baustelle wäre jeder Fremde aufgefallen, aber um das Rathaus sind ja alle herumgeschlichen. Hast du denn die Gruben nicht irgendwann mal gesehen? In den Tagen vorher müssen sie Konrad wohl schon beobachtet haben, sagt Westphal.«

Diether schüttelte nur den Kopf. Für Konrads Vater war es naheliegend, an Florian Grubens Söhne zu denken. Dass sonst jemand seinem Sohn übelgewollt hätte, war schwer vorstellbar.

»Hätte ich nur den Prozess gelassen!« Anklagend schlug sich Degenhard vor die Brust. »Aber das wollte ich Florian nicht durchgehen lassen, dass er unser Stück Land auch noch einkassiert. Nur aus Dickköpfigkeit! Hätte ich bloß darauf verzichtet, dann lebte Konrad noch!«

»Das kannst du nicht wissen.« Konrads Mutter mischte sich ins Gespräch. »Du sagst selbst, wenn er nicht im Rathaus gearbeitet hätte, wären sie nicht an ihn herangekommen. Ich hab gleich gesagt, dass darauf ein Fluch liegt. Da ist der Teufel am Werk, das sieht man ja. Und jede seiner Taten zieht immer mehr Böses nach sich. Ich wollte nicht, dass Konrad dort arbeitet«, sagte sie schluchzend. »Aber ihr Männer hört ja nie auf uns!«

Degenhard lachte bitter. »Der Teufel ist überall am Werk, nicht nur im Rathaus! Irgendeine Gelegenheit hätte er schon gefunden, wenn er es auf unseren Konrad abgesehen hatte. Aber diese Teufel haben Namen, Gott sei Dank, und sie werden für ihre Tat büßen! Der Schultheiß hat sie schon in den Zwinger gebracht, er war eben hier, und bestimmt holt sie der Bischof auf die Wewelsburg, hat er gesagt.«

Sollte Diether ihnen von seinen Zweifeln erzählen? Von dem abstrusen Verdacht, der sich um die Urkunde rankte? Degenhard würde ihn für verrückt halten. Bekümmert verabschiedete er sich aus dem Trauerhaus, nachdem er noch einen Moment bei Konrad verweilt hatte.

Er glaubte weder an den Teufel noch an die Schuld der Gruben. Dann war aber jemand anderes für den Tod des jungen Schreiners verantwortlich. Einer, der noch frei herumlief und vielleicht schon die nächste Missetat plante?

Diesmal sollte er nicht ungestraft davonkommen, schwor sich Diether. Nicht bei Konrad.

Die Urkunde war dagewesen, das stand für ihn fest. Urkunden verschwanden nicht einfach. Sie waren dazu bestimmt, aufbewahrt zu werden und ihren Inhalt zu bezeugen. Vermutlich ging es um irgendeinen Besitz. Möglich war es durchaus, dass es der gleiche war, den schon Brabeck in seiner dubiosen Erzählung vom Bischofsmörder erwähnt hatte. Dass man das Dokument in der Wand verborgen hatte, deutete darauf hin, dass etwas daran faul war. Etwa eine Fälschung?

AM GEDENKTAG DER CHARITAS PIRCKHEIMER

19. August
Die Äbtissin des bedeutenden St.-Klara-Klosters in Nürnberg (1503–1532) kam aus einer vornehmen Patrizierfamilie. Sie beteiligte sich an kirchlichen Reformbestrebungen, beharrte jedoch gegen den Beschluss des Nürnberger Rates auf dem Weiterbestand ihres Klosters.

Am nächsten Morgen ging Diether gleich nach dem Aufstehen zu Friedrich in die Königstraße. Die ältere Magd, die er, um allem Klatsch vorzubeugen, nach Gostes Tod ins Haus genommen hatte, setzte ihnen ein kräftiges Frühstück vor.

Gemeinsam überlegten sie, wie an Friedrichs Bruder und seine Geheimnisse heranzukommen war. »Zuerst einmal sollten wir uns im Keller meines Vaterhauses umsehen«, schlug Friedrich vor. »Ich will wissen, ob der Gang auf unserer Seite benutzt wird. Für was auch immer.«

»Bei Konrads Tod hat er jedenfalls keine Rolle gespielt«, wandte Diether ein. »Dessen Mörder ist die Treppe hinuntergekommen. Und auch Brabeck wurde von oben angegriffen. Soweit wir wissen, ist er nur zu Balthasars Entkommen benutzt worden, und daran war dein Bruder nicht beteiligt. Aber wenn es dich beruhigt, schauen wir nach.«

Den raschen Gedanken, dass sie auf diese Weise Jobsts Möglichkeiten zur Flucht überprüfen konnten, behielt er lieber für sich.

Friedrich kannte sich im Haus seines Bruders gut aus. Zielstrebig ging er an der Schankstube vorbei in Richtung Hinterausgang, wo der Zugang zum Keller lag. Auf Anhieb fand er den Raum, in dem der Ausstieg verborgen sein musste. Durch ein kleines Loch nah der Decke fiel ein wenig Licht hinein. Es handelte sich um eine winzige Kammer wie die im Rathaus, die Vertäfelung offensichtlich aus dem gleichen Holz. In wie vielen Paderborner Kellern sah es genauso aus?

Doch es gab keine Öffnung. An keiner Wand war so etwas wie eine Tür zu sehen. Friedrich räumte staubige Körbe und zerbrochene Stühle beiseite und untersuchte die Wandverkleidung. Er zog an jedem Brett, ohne Erfolg. Erst als er auf einen Punkt unter der Abschlusskante drückte, der aussah wie ein Astloch, machte es Klick. Ein Stück der Täfelung sprang vor, sodass man es greifen und aufziehen konnte.

Dahinter waren Steine. Eine Bruchsteinmauer wie in jedem Keller. Keine Spur von einem Gang.

»Es gibt hier keinen Geheimgang«, stellte Friedrich erleichtert fest.

»Was habt ihr denn gedacht, ihr Schlauberger?«, kam es plötzlich vom dunklen Gang. Sie fuhren zusammen. Keiner von ihnen hatte ihn gehört. Jobst stand in der Tür und hatte einen Knüppel in der Hand.

Er hielt ihn hoch und erklärte: »Ich dachte, es wären Einbrecher. Ich sah nur zwei Gestalten durch die Kellertür verschwinden und bin hinterher. Dann wollte ich sehen, was ihr wohl hier rumzuschnüffeln habt. Was soll es in unserm Keller schon geben, dachte ich. Und was muss ich hören? Ihr faselt von einem Geheimgang! Du solltest die Nase aus den Büchern nehmen, Brüderchen! Meines Wissens hat es hier nie …«

Friedrich fiel ihm ins Wort. »Das ist nicht wahr. Wir wissen, dass Balthasar durch diesen Gang entkommen ist. Und die Scharniere sind immer noch gut geölt. Du kannst meinetwegen anlügen, wen du willst, Jobst, aber nicht mich. Und kehre jetzt nicht wieder den großen Bruder heraus. Ich will die Wahrheit wissen!«

»Nun gut.« Jobst lenkte ein. »Ich hab gelogen, ich geb's zu. Aber nicht, was ihr denkt! Es gab diesen Gang, aber ich habe ihn nach Balthasars Flucht zugemauert. Ich hatte gleich den Verdacht, dass er das Schlupfloch war. Er ist zu, auf beiden Seiten, das habt ihr gesehen. Was werft ihr mir vor? Meint ihr etwa, ich hab was mit Konrads Tod zu tun? Dass der den Gang gefunden haben sollte? Das ist doch lächerlich! Kommt mir nicht mit solchen Kindereien!«

»Konrad kannte ihn. Er selbst hat die andere Seite zugemauert. Mit Henrich zusammen, und auf meine Anweisung hin«, gab Diether zurück. »Natürlich nur auf der Rathausseite. Vorher war er offen, auf beiden Seiten, und endete wohl nicht zufällig in eurem Keller.«

Jobst schnaubte ärgerlich. »Und was sagt euch das? Wenn ihr hineingeschaut habt, werdet ihr seinen Zustand wohl bemerkt haben. Niemand hat ihn benutzt, wozu auch immer. Weil ich Eindringlinge heraushalten wollte, habe ich ihn verschlossen. Mit gutem Grund. Denn ich kann mir schon denken, wer Balthasar geholfen hat. Wer noch von dem Gang wusste. Ich kenne schließlich meine schwatzhafte Schwester, Gott hab sie selig.«

Friedrich ging auf den Verdacht nicht ein. »Dass du ihn nicht benutzt hast, kannst du mir nicht weismachen, Jobst. So eine Gelegenheit lässt du dir nicht entgehen. Ein Geheimgang zum städtischen Weinkeller, und du als Gastwirt! Erzähl mir nicht, dass du dich nicht dort bereichert hast!«

»Was heißt schon bereichert.« Jobst wiegelte ab. »Mag sein, dass ab und an mal ein Fässchen den Gang heruntergerollt ist. Wenn bei uns Not am Mann war und Balthasar nicht zu erreichen. Aber meinst du, ich wäre gern durch den dreckigen Gang gestiefelt? So oft ist das bestimmt nicht vorgekommen, glaub mir das!«

Sein Bruder hob abwehrend die Hand. »Ich glaube dir gar nichts mehr. Im Gegenteil bringt mich dein Geständnis auf ganz finstere Gedanken. Ich denke nämlich an die Möglichkeit, dass dich der alte Brabeck bei einem dieser Raubzüge beobachtet hat und dir damit einen Grund gab, ihn zu beseitigen. Vielleicht bist du ja auf diesem Weg entkommen?«

Jobst hob den Knüppel auf, den er auf einer Kiste abgelegt hatte. »Pass auf, dass du dir nicht welche fängst!« Er drohte Friedrich. »Hast du ihn auf diesen blödsinnigen Verdacht gebracht?« Er wandte sich Diether zu. Der Stock schwankte beunruhigend.

Friedrich nahm ihm ungerührt den Prügel aus der Hand und legte ihn außerhalb seiner Reichweite ab. »Glaub nicht, dass du uns einschüchtern kannst«, sagte er überlegen. »Gegen uns beide bist du sowieso im Nachteil. Hör dir erst mal an, was wir zu sagen haben. Wir haben nämlich noch mehr Anhaltspunkte, die für deine Schuld sprechen. Du weißt sicher noch, dass es damals bei den

Untersuchungen um jemanden ging, der außergewöhnliches Interesse an den alten Akten im Archiv zeigte. Diether hat dort Spuren gefunden, die darauf hindeuten, dass sie mit Brabecks Tod zu tun haben. Und jetzt hast du dich ganz auffällig mit den alten Papieren beschäftigt. Und auch Konrads Tod hatte mit einer alten Urkunde zu tun. Kannst du dir vorstellen, dass ich unruhig geworden bin?«

Der Ältere nickte nachdenklich. »So ganz von der Hand zu weisen ist das nicht«, gab er zu und forderte den Bruder auf: »Erzähl mir von Konrads Urkunde, dann erzähle ich euch von meiner. Vielleicht passen sie ja zueinander.«

Diether gab die Geschehnisse um Konrads Fund wieder. »Eine Urkunde in der Mauer, so, so«, wiederholte Jobst. »Sollte mich wundern, wenn es nicht die ist, die ich gesucht habe.«

»Du hast also nach einer bestimmten Urkunde gesucht?«, fragte Friedrich.

»Sah es so aus?«, erkundigte sich Jobst bei Diether. »Ich könnte euch jetzt erzählen, dass ich einen Abgleich unserer Besitztümer mit den Akten gemacht habe. Was auch stimmt, nebenbei gesagt. Das andere ist eine haarsträubende Angelegenheit, und ich sollte sie besser für mich behalten. Sie darf auf keinen Fall unter die Leute kommen!«

»Wenn es etwas ist, was du von Brabeck erfahren hast, kann es sein, dass wir schon davon wissen«, antwortete Friedrich an Diethers Stelle. »Vom wem, ist egal. Wir haben es bis jetzt niemandem erzählt und werden es auch weiterhin für uns behalten. Es sei denn, wir fassen den Mörder.«

»Eben das ist das Problem.« Sein Bruder widersprach ihm. »Wenn ihr wirklich von der alten Geschichte wisst, wird euch klar sein, dass es hier um Politik geht. Und zwar um hohe Politik, die noch höher steht als das Blutgericht. Ihr wisst, was ich meine. Die Tat aufdecken heißt das gesamte Gefüge des Hochstifts durcheinanderbringen. Und das, wo wir uns gerade erst von Wichart erholt haben!«

»Wenn der damalige Mörder heute weitermordet, müssen wir etwas unternehmen«, sagte Friedrich streng, fügte jedoch freundlicher hinzu: »Vielleicht warst du es wirklich nicht. In der Zeit, um die es ging, musst du noch blutjung gewesen sein. Aber wenn ich dir eine Schuld nachweisen sollte, was ich bei Gott nicht hoffe, dann kann ich mich nicht für dich verbürgen, bloß weil du mein Bruder bist!«

Jobst schaute ihn überheblich an. »Wenn ich schuldig wäre, hätte ich dir bestimmt keine Gelegenheit gegeben, mich zu erwischen. Für wie dumm hältst du mich? Da haltet euch mal an jemand anderes. Er hat offensichtlich einen Fehler nach dem anderen gemacht, sonst wäre das alles nicht nötig gewesen. Aber ihr Dösköppe seid ihm immer noch nicht auf die Schliche gekommen. Brabeck hat mir seinen Namen damals nicht genannt und seiner Tochter wohl auch nicht. Von der habt ihr es ja wohl. Ich bin aber seinen Andeutungen nachgegangen und habe herausgefunden, wer bei dem fraglichen Vorfall damals vor Ort war. Das ist euch nicht gelungen, wenn ihr jetzt zu mir kommt, oder was?«

»Das ist es wirklich nicht«, gab Diether überrascht zurück. »Nicht einmal mein Vater hat etwas erfahren. Und in den Magistratsakten ist nichts darüber verzeichnet, ich habe den Jahrgang genau durchgesehen.«

Jobst lachte. »Du bist genauso ein Bücherwurm wie mein Bruder, Meschede! In Paderborn erfährt man daraus das wenigste, das musst du noch lernen. Ich kenne ein paar mehr Leute als du und der alte Johann, und wenn man sich den richtigen Vorwand einfallen lässt, erzählen sie einem alles.«

Seinem Vater offensichtlich nicht – immer noch nicht, obwohl er schon so lange in der Stadt lebte.

»Und wer war es nun?«, fragte Friedrich ungeduldig. »Wenn du es sagen willst, tu's jetzt. Sonst behalt es für dich, dann kommen wir auch selbst darauf.«

»Das bezweifle ich«, erwiderte Jobst, immer noch lachend. Doch dann wurde er ernst. »Versprecht mir, in der Öffentlichkeit keinen Zusammenhang mit dem damaligen Unglücksfall herzustellen! Nur unter dieser Bedingung sage ich euch den Namen, und wehe, wenn ihr quatscht! Friedrich, versprich es mir in die Hand!«

Friedrich versprach es ihm, gab ihm auch die Hand darauf. Hinter seinem Rücken kreuzte er jedoch zwei Finger, was Diether bemerkte, der schräg hinter ihm stand, Jobst aber nicht. Fast hätte er gelacht, weil ihn die Geste an ihre Bubenstreiche erinnerte. Dies hier war aber kein Bubenstreich. Jobsts Warnung hatte ernst genug geklungen.

Dann rückte er endlich mit dem Namen heraus. »Versucht es mal mit dem alten Rokeß«, schlug er wie beiläufig vor. »Setzt ihn an die Stelle eurer Fragezeichen und schaut, was dabei herauskommt. Und dann geht vielleicht im Archiv die Dokumente noch einmal durch, ob wirklich alle vorhanden sind. Denn um das zu prüfen, habe ich mir die Finger schmutzig gemacht, nicht unserer Liste wegen. Die hätte auch jemand anderes für mich anfertigen können, du zum Beispiel, Diether. Wenn du jetzt wieder gesund bist, könntest du ohnehin das ein oder andere für mich erledigen. Wir können gleich ins Kontor gehen!«

»Lasst uns erst mal diese Angelegenheit hinter uns bringen, dann reden wir über Geschäfte«, sagte Diether. Er hatte das Gefühl, eingekauft zu werden. Rokeß! Was wollte Jobst ihnen da weismachen? War jemals ernsthaft die Rede von dem alten Baumeister gewesen?

Jetzt war der Gastwirt offenbar beleidigt. Er schaute Diether finster an und weigerte sich, weitere Auskunft zu geben. »Seht doch zu, was ihr herausbekommt!«, knurrte er nur und verschwand in seiner Gaststube.

Diether und Friedrich verließen den Schwarzen Bären und gingen einmütig in Richtung des Tigge. Auch wenn sich Jobsts Geschichte wenig überzeugend anhörte, wollten sie den Verdacht überprüfen. Unterwegs überlegten sie, wo genau der Baumeister Grundstücke sein Eigen nannte. Wussten sie überhaupt von allen? Sie kannten den großen Hof an der Heiersmauer, den jetzt nur noch Gödderts Mutter bewohnte, die Remise in der Grube und das neue Haus nebenan, das er im letzten Jahr bezogen hatte. Ein Sommerhaus hatte er auf dem Dören, wohin sie Arnulf des Öfteren eingeladen hatte, und große verpachtete Flächen rund um die Stadt.

Die werden zum Hof an der Heiersmauer gehören, hoffte Diether, sodass sie nur nach zwei oder drei Urkunden zu suchen hätten. Angesichts der neuen Ordnung im Archiv sollte das keine Schwierigkeit sein.

Aber warum schickte Jobst sie noch einmal los, wo er doch angeblich nichts gefunden hatte? Wollte er Zeit gewinnen?

Vor der Treppe des Richtstuhls standen die Schütter. Sie wussten, dass Diether sich um den Umzug gekümmert hatte, und ließen die beiden vorbei, als er weitere Aufräumarbeiten vorschützte. Schnell sahen sie den Schrank mit den Akten der Kämper-Bauernschaft durch und fanden an der richtigen Stelle, zwischen Lüdinghausens und Otterstädts, die Urkunde für das Grundstück an der Grube. Sie war erst zehn Jahre alt, stellten sie fest, nachdem sie sie entrollt hatten. Darum konnte es nicht gehen.

Schwieriger war es im Maspernschrank. Alles war wieder durcheinandergeworfen. Kreuz und quer. Obwohl Diether mit Jobsts Hilfe die Rollen in der richtigen Reihenfolge in die Fächer geräumt hatte. Wie war das passiert? Es blieb ihnen nichts anderes übrig, als eine nach der anderen durchzugehen und wenigstens eine grobe Ordnung hineinzubringen.

Friedrich war es dann, der die richtige Urkunde fand. Rokeß' Name hervorgehoben, die Feldstücke aufgezählt. Es war eine Urkunde des Bischofs, mit Dietrichs Siegel darunter. Diether schaute auf die Jahreszahl. 1586. Ein Jahr nach Lauenburgs Tod, ein bisschen spät für eine Belohnung. Aber Diether war sicher, dass dieses Dokument vorher nicht dabei gewesen war.

Die Urkunde hatte ein Loch. Konnte das sein?

»Merkwürdig.« Er wies Friedrich darauf hin. »Wir haben doch alle schadhaften Urkunden aussortiert, damit Dorbecher Duplikate von ihnen anfertigen kann. Beide zusammen, dein Bruder und ich. Sollten wir diese denn übersehen haben?«

Er las die Niederschrift von Anfang an. »Wegen der unvergesslichen Dienste, die unser treuer Diener Godert Rokeß ...« Der Name mit roten Kringeln verziert. Dann das Loch. Es ging weiter mit: »... der Christenheit und dem rechten Glauben des Bistums geleistet hat, gehen die unten verzeichneten Höfe und Flächen in seinen Besitz über. Möge die Nachwelt darüber urteilen, ob nicht die heimliche Tat der Stadt größeres Heil gebracht hat als das Mittun im schändlichen Wirken der Stadtherren gegen den echten Glauben.«

Welchen heimlichen Dienst hatte Rokeß dem Bischof erwiesen? War es wirklich der Mord an seinem Vorgänger?

Hirngespinste, dachte er. Es musste eine ganz gewöhnliche Erklärung für die Besitzübertragung geben.

Friedrich, der ihm über die Schulter geschaut hatte, deutete noch einmal auf die schadhafte Stelle. »Ein Brandloch«, sagte er. »Wie von einer Kerze. Da wollte jemand nicht, dass die Nachwelt erfährt, wann genau der lohnenswerte Dienst geleistet wurde!«

Sie besahen die Urkunde von allen Seiten. Für ihr ehrwürdiges Alter sah sie recht neu aus. Wenig gebraucht. Oder gut verborgen, in einer Lederhülle zum Beispiel und in einer Wand des Rathauskellers. War dies die Urkunde, die Konrad gefunden hatte?

Möglich war es. Aber hieß das auch, dass Rokeß Konrad getötet hatte?

Diether fiel ein, dass Arnulf Rokeß auf der Baustelle war, als Konrad die Rolle versteckte. Dann hatte er seines Vaters Namen darauf gelesen, nicht Jobsts, und sie ihm gebracht. Und der alte Rokeß hatte verhindern wollen, dass die Umstände seines Besitzerwerbs in die Öffentlichkeit gelangten. Hatte er Konrad deshalb getötet? Und Brabeck? Und ihn selbst in die Grube geworfen?

Undenkbar.

Diether schwirrte der Kopf, wieder einmal. Er musste aus diesem Keller hinaus und an die frische Luft. Die Urkunde mit dem Loch steckte er in sein Hemd. Draußen fragte Friedrich die Schütter, ob heute jemand den Keller betreten habe. Es sei etwas durcheinandergekommen, erklärte er. Doch die hatten niemanden gesehen, schauten sogar im Wachbuch nach, wo alle Besucher verzeichnet sein sollten, die nach der gestrigen Ratssitzung den Tigge betreten hatten. Niemand stand darin.

»Rokeß muss, wenn er es denn war, gestern noch während der Ratssitzung die Urkunde unten versteckt haben«, sprach Diether seine Gedanken aus, als sie den Steinweg hinaufgingen. »Dann stehen die Schütter hinter dem Bürgermeister, und die Treppe ist unbewacht. Er könnte es also geschafft haben. Das Gewitter dauerte ziemlich lange, und die Sitzung zog sich hin. Konrad umbringen, hier herüberlaufen, die Urkunden durcheinanderwerfen und die neue darunter verbergen – das ist alles eine Sache von Minuten. Während alle anderen sich vor dem Regen in Sicherheit brachten. Kein Wagnis. – Ob er es wirklich war?«

Er zweifelte immer noch. Hatte Jobst sie auf eine falsche Fährte gelockt? Konnte alles auch eine ganz andere Ursache haben?

»Lass uns zu Leonore gehen und alles noch einmal durchsprechen«, schlug Friedrich vor. Diether stimmte sofort zu. Vielleicht hatte sie sogar einen Schluck Wein für sie, um den Kellergeschmack aus dem Mund zu spülen.

Leonore hatte Wein. Und Geduld. Es brauchte lange, bis Diether und Friedrich abwechselnd die Erlebnisse des Vormittags wiedergegeben hatten.

Gemeinsam lasen sie noch einmal den Text der Urkunde. »Möge die Nachwelt urteilen ...«, sinnierte Friedrich. »Das erinnert mich an etwas – genau! Die Formulierung hört sich ganz nach dem Bischof an. ›Was heute noch beschnarcht der Neid ...‹«, zitierte er. »Kennt ihr seinen Wahlspruch?« Als Diether und Leonore den Kopf schüttelten, fuhr er fort, »›... so achten wird die künftge Zeit‹. Von Dietrich selbst übersetzt. Warte mal, wie heißt das noch auf Latein: ›*Judicium melius posteritatis erit*‹.« Beifallheischend schaute er in die Runde. Niemand reagierte. »Steht auf der Votivtafel, die er dem Stift vermacht hat«, erklärte er kleinlaut.

»Und was soll das?«, fragte Diether gelangweilt.

»Versteht ihr denn nicht?«, rief Friedrich mit rotem Kopf. »Möge die Nachwelt urteilen – das ist doch dasselbe! Er meint, er kann machen, was er will, die Geschichte werde zeigen, dass er im Recht war. Von höherer Warte aus, sozusagen. Die er jetzt schon für sich beansprucht, er weiß eben, was die Nachwelt zustimmend beurteilen wird. Noch in tausend Jahren wird man ihn als Retter des Hochstifts feiern, meint er, da fallen ein paar Schandtaten gar nicht ins Gewicht.«

»Der Zweck heiligt die Mittel«, fasste Leonore zusammen. »Das schändliche Wirken der Stadtherren gegen den echten Glauben bezieht sich natürlich auf den damaligen protestantischen Magistrat der Stadt«, überlegte sie weiter. »Wenn Rokeß der Christenheit einen Dienst erwiesen hat, dann deshalb, weil Lauenburg dem Protestantismus zuneigte. Das hat der katholischen Seite nicht gepasst, wie wir wissen.«

Diether war immer noch skeptisch. »Kannst du dir wirklich vorstellen, dass Rokeß die Tat begangen hat? Womöglich im Auftrag des Bischofs? Denn das müsste man aus der Belohnung schließen! Ist das nicht alles ein Jobst'sches Hirngespinst, mit dem er von sich ablenken will?«

Friedrich schüttelte den Kopf. »Ich glaube meinem Bruder.«

Natürlich. »Und unserem Bischof traue ich alles zu. Hast du ihn mal von Nahem gesehen? Er sieht aus wie ein Raubritter, trotz der Locken, die er sich neuerdings in den Schnurrbart drehen lässt. Und wie ein Raubritter ist er auch vorgegangen, als es gegen die Adelsherren des Hochstifts ging. Meinst du denn, er hätte untätig zugesehen, wie sein Vorgänger das Stift an die Protestanten verscherbelte?«

Leonore beendete die Auseinandersetzung. »Wir müssten herausbekommen, was in dem Loch stand. Ich vermute, dass es der Todestag Lauenburgs war. Irgendwo wird es doch noch ein Exemplar der Urkunde geben?«

»Das ist möglich.« Überrascht stimmte Diether zu. Darauf hätte er selbst kommen müssen. »Da es sich um einen ehemaligen Besitz des Bischofs handelt, wird der Urkundentext in seiner Neuhäuser Kanzlei dokumentiert sein. Und weil aller Besitz der Kirche doppelt beurkundet wird, wahrscheinlich auch im Archiv des Domkapitels. Aber so einfach kommt man da nicht hinein. Dazu braucht es einen plausiblen Grund ...«

Friedrich fiel ihm ins Wort. »Irgendetwas mit Gostes Besitz, was genau, das denken wir uns noch aus. Wenn wir das Datum haben, wissen wir sicher, ob Rokeß unser Mörder ist. Jedenfalls, ob er den Bischof auf dem Gewissen hat. Ob daran auch die anderen Tode hängen, ergibt sich daraus noch nicht.«

Damit war Jobst noch nicht aus dem Schneider, dachte Diether. Brabecks Tod konnte immer noch mehrere Ursachen haben, und auch bei Konrad war es nur eine Vermutung, dass die Urkunde der Grund war. Dann war da noch der Schultheiß, der zumindest in Bezug auf Balthasar eine undurchsichtige Rolle spielte. Und seinen Sturz damals konnten alle verursacht haben.

»Auch Johannas Sechser bringt uns nicht weiter.« Entmutigt berichtete Diether von einem weiteren Misserfolg. Erst gestern hatte er noch einmal in Dorbechers Papieren herumgesucht, die endlich halbwegs geordnet waren. Er hatte eine Empfangsbescheinigung von Mitte Juni gefunden, aus der hervorging, dass Jobst Baer als Vertreter des Magistrats und die Fünfer, also auch Rokeß, die Säcke von der Münze geholt hatten. Zu sechst, damit niemand sich am Stadteigentum vergreifen konnte. Aber das bedeutete auch, dass alle sechs, mit Westphal sieben, Zugang zu den Münzen hatten. »Die ein oder andere kann durchaus den Weg in deren Taschen gefunden haben«, vermutete er, »meinetwegen, um sie zu prüfen. Nun könnt ihr euch aussuchen, wer von ihnen das Geldstück in der Grube verloren hat!«

Diether fiel ein, dass nicht nur Jobst, sondern auch Rokeß seinerzeit gegen den Rathausneubau argumentiert hatte. Hatte einer der beiden sich schon damals um seine Geheimnisse im Keller gesorgt? Doch Schwerdtfeger war ebenfalls eifrig hinter Aufträgen im Rathauskeller her gewesen, und der hatte Konrad bestimmt nicht erschlagen.

Er hatte bereits im Tigge-Archiv darüber nachgedacht. Aber er hatte es nicht wahrhaben wollen, wollte es auch jetzt noch nicht. Rokeß war trotz aller Auseinandersetzungen ein väterlicher Bauleiter gewesen, der des Bauherrn Unerfahrenheit nicht über Gebühr ausgenutzt hatte.

War ihm als Verdächtiger denn Friedrichs Bruder angenehmer? Dann schon eher der Schultheiß …

»Ihr müsst das Duplikat der Urkunde einsehen!« Leonore erinnerte sie an ihr Vorhaben. »Je eher, desto besser. Wenn wir in dem Punkt Gewissheit haben, können wir Rokeß damit konfrontieren und vielleicht in die Enge treiben.«

»Nicht schon wieder!«, stöhnte Friedrich. »Mir haben heute Morgen die Knie genug geschlottert. Wenn wir alle Beweise zusammenhaben, gehen wir damit zum Schultheiß. Soll der sich mit den Verdächtigen herumschlagen.«

»Der Schultheiß!«, rief Diether aus. »Meinst du wirklich, der will wissen, mit welchen Mitteln sein Bischof Politik macht? Und ihn womöglich belangen müssen? Westphal wird sich schön heraushalten. Und vor Dietrichs Hofgericht brauchen wir den Fall gar nicht erst zu bringen. Nein, wenn wir etwas erreichen wollen, müssen wir uns hinter den Landgrafen von Hessen stecken. Oder einen anderen der protestantischen Herren im Umkreis. Das könnte Krieg bedeuten, da hat Jobst schon recht.«

»Vielleicht können wir die Urkunde heraushalten und den Mörder trotzdem vor Gericht bringen«, sagte Leonore nachdenklich.

Friedrich stimmte ihr zu. »Sie hat recht, Lux. Lass uns erst mal herausfinden, wer die Tat damals begangen hat und damit einen

Beweggrund für die heutigen hatte. Dann werden wir auch deren Hergang rekonstruieren können und die nötigen Beweise finden.«

***

»Sie werden nichts entdecken, Eure jungen Freunde!«

Pater Röhrich. Was sagte er da? Hatte er etwa gelauscht?

Wieder einmal hatte Leonore ihn nicht gehört. Er war ein widerlicher Schleicher. Und so etwas musste man nun zum Nachbarn haben!

Sie erhob sich erzürnt vom Boden, wo sie die vom Regen herabgeschlagenen unreifen Äpfel aufgelesen hatte. Ironisch begrüßte sie ihn. »Einen gesegneten Tag wünsche ich Euch, werter Herr Nachbar! Kann es sein, dass Ihr wieder einmal vergessen habt, ans Tor zu klopfen, bevor Ihr eintratet?«

»Gehabt Euch nicht so empfindlich, Jungfer Theodor«, gab er schleimig zurück. »Sonst ist Euch Herrenbesuch weniger unangenehm. Wer ist es denn nun, auf den Ihr ein Auge geworfen habt? Ihr werdet nicht noch den jungen Baer dem Schoß der Mutter Kirche entreißen wollen?«

Sie überging die Anspielung. »Sagt, was Ihr wollt, und dann geht wieder«, erwiderte sie ungehalten. »Ich habe zu arbeiten, wie Ihr seht.«

Der Pater setzte sich ungerührt auf das Bänkchen an der Gartenmauer, das zu dieser Zeit im Schatten lag. Die Schrift, die er unter dem Arm getragen hatte, legte er neben sich. Obwohl er einladend auf den freien Platz neben sich wies, blieb sie vor ihm stehen.

»Eigentlich war ich gekommen, Euch diese Denkschrift zu bringen.« Er deutete auf das Buch. »Aber als ich an Eurer Hecke vorbeiging, kam ich nicht umhin, einiges von Eurem Gespräch mitanzuhören.«

Also hatte er gelauscht. Wahrscheinlich hatte er Diether und Friedrich kommen sehen und sich ganz bewusst in Hörweite gestellt. Wie leichtsinnig von ihr, nicht daran zu denken, dass die Mauer eine Lücke hatte und Männerstimmen weit trugen! Wie viel hatte er gehört?

Röhrich bestätigte ihre dunklen Vorahnungen. »Welch ein unheiliger Verdacht, den ich dort vernehmen musste!«, rief er tadelnd. »Unseren hochwürdigen Herrn Bischof derart mit Schmutz zu bewerfen! Es wird ihm gar nicht gefallen, wenn ich ihm davon berichte. Denn das werde ich tun, und er wird wissen, wie mit Euch zu verfahren ist. Er wird es mir danken, denn außerdem habe ich das Schlimmste verhindert, bevor ich zu Euch kam.«

Was sollte sie sagen? Zugeben, dass sie wusste, wovon er sprach? Fieberhaft überlegte sie. Wahrscheinlich hatte er längst Boten zu den Archiven geschickt, sodass die Freunde vergebens dort anklopften.

Sie ergriff die Flucht nach vorn. »Schon, dass Ihr Euch die Mühe macht, angesichts unserer zweifelhaften Vermutungen einzugreifen, scheint mir ein Beweis zu sein, dass sie nicht so haltlos sind, wie wir bisher angenommen haben. Ihr werdet nicht verhindern können, dass die Wahrheit ans Licht kommt. Es gibt noch weitere Anhaltspunkte.«

»Wir werden sehen, ob Ihr dazu kommen werdet, sie vorzubringen.« Er schaute sie finster an. »Eure Verbannung steht kurz bevor, und nur meiner Menschenfreundlichkeit habt Ihr zu verdanken, dass ich Euch rechtzeitig warne. Niemand weiß, ob unserem hochedlen Herrn nicht einfällt, Eure Strafe zu verschärfen, wenn er von Euren Anwürfen hört. Denkt an die arme Mathilde Hagedorn!«

Wollte der Pater erreichen, dass sie angstschlotternd freiwillig die Stadt verließ? Er hatte so oft versucht, sie ins Bockshorn zu jagen. Sollte sie ihn jetzt etwa ernst nehmen? Bei nächster Gelegenheit frage ich Kaspar, ob an Röhrichs Drohungen etwas Wahres ist, nahm sie sich vor.

Leonore schaute finster zurück, sagte aber nichts.

»Ich meine es nur gut mit Euch!« Wieder spielte er den Besorgten. Schmeichlerisch setzte er hinzu: »Es mangelt Euch nicht an Geistesgaben, das konnte ich wiederholt feststellen. Ihr müsst Euch nur entschließen, zu den klugen Jungfrauen gehören zu wollen statt zu den törichten. Zu denen, die den Ruf des Herrn rechtzeitig hören, bevor ihre Taubheit sie ins ewige Unglück stürzt. Und zu denen, die ihre Nase nicht in Angelegenheiten stecken, die sie nichts angehen«, sagte er beziehungsvoll.

Sie sah ihn abwartend an.

Er nahm das Buch in die Hand und erklärte weitschweifig: »Das ist der Grund, weshalb ich hergekommen bin, Jungfer. Ich wollte noch ein letztes Mal versuchen, Euch zur Klugheit zu überreden. Der Gedanke kam mir heute in der Frühmesse, er kam direkt vom Herrn, also war er gut. Und wunderbar sind Seine Wege: Ich kam gerade rechtzeitig, um großes Unheil von unserem Bistum fernzuhalten. Heute feiern wir den Tag, an dem Gott die Äbtissin Charitas zu seiner seligen Anschauung berief. Wir Jesuiten verehren sie ihrer Weisheit wegen. Ihr besonderes Verdienst war es, das Nürnberger Klarissenkloster, dem sie vorstand, auch in Zeiten protestantischer Wirren in Reinheit und Stille zu erhalten.«

Ungeduldig brach Leonore seine Belehrungen ab. »Vermutlich stammt die Schrift von ihr und ist voll kluger Sätze. Wenn Ihr sie hierlassen wollt, werde ich sie lesen und selbst entscheiden, welche ihrer Überlegungen ich meinen eigenen hinzufügen werde.«

Sie streckte die Hand aus und blätterte nachlässig in den Seiten, während er ihr missbilligend zuschaute. Plötzlich blieb ihr Blick hängen. Ob er das Buch selbst gelesen hatte?

»Hier steht etwas Kluges geschrieben.« Sie zeigte dem Pater die Stelle. »Eure Frau Charitas schreibt von der Achtung des eigenen Gewissens und des Gewissens anderer als jeweils unersetzbarer letzter Instanz. Versteht Ihr, was das bedeutet?«, fragte sie, als Röhrich verständnislos den Kopf schüttelte.

»Da steht, dass Ihr nicht verhindern sollt, wenn ich nach meinem Gewissen handele«, sagte sie in scharfem Ton. »Und dass Ihr mich in Ruhe lassen sollt mit Euren Bekehrungsversuchen. Lest die Denkschrift erst einmal selbst!« Sie gab ihm das Werk zurück. »Vielleicht könnt Ihr noch etwas lernen von Eurer klugen Äbtissin.«

Röhrich schnaubte vor Wut. »Offensichtlich wollt Ihr von Euren abscheulichen Umtrieben nicht lassen«, geiferte er und stand auf. »Dann müsst Ihr mit den Folgen leben. Ihr zieht das Böse in die Stadt, Ihr und die anderen Abtrünnigen. Seht selbst, was mit den Menschen in Eurer Umgebung geschieht! Aber der Bischof wird Euch daran hindern, uns alle ins Unglück zu stürzen. Da bin ich ganz sicher!«

Mit hoch erhobenem Kopf, immer noch schnaubend, verließ er den Garten, das Buch unter dem Arm.

Nachdenklich sah Leonore ihm nach. War es richtig gewesen, ihn derartig aufzubringen? Sie sollte seine Macht nicht unterschätzen.

Diether und Friedrich waren ohne Ergebnis zurückgekommen. Leonore war nicht überrascht, trotz einer kleinen hartnäckigen Hoffnung, die sich nicht vertreiben ließ. Man hörte also doch auf Pater Röhrich. Zumindest in den kirchlichen Archivstuben.

Sie hatten keine der Urkunden einsehen können. Der domkapitularische Archivar hatte sie mit dem Hinweis auf Umbauarbeiten auf einen späteren Zeitpunkt vertröstet. Zuversichtlich waren sie nach Neuhaus geritten. Unterwegs hatte es geregnet, ein heftiges Gewitter wie am gestrigen Nachmittag, aber nur gerade lange genug, um die beiden Reiter und ihre Pferde völlig zu durchnässen.

Im Neuhäuser Schloss waren sie von Barcholt selbst empfangen worden. Er wolle dem liebwerten Neffen gern jeden Gefallen tun, hatte er geschleimt, doch leider habe sein hochwürdiger Herr verfügt, dass derzeit niemand in seine Urkunden Einsicht nehmen dürfe. Aber wenn er ihm mitteile, worum es gehe, werde er gern selbst nachforschen. Friedrich hatte ihm dann vorgeblich vertrauensvoll von einer Unklarheit im Nachlass Heinrichs von Köln erzählt, die ihn eine Weile beschäftigen würde. Finden würde er nichts, weil es um ein Grundstück der Baers ging, das erst nach Goste in die Familie gekommen war.

Die Freunde hatten Leonore zu Diethers Baustelle gerufen, wo Johanna und Henrich schon warteten. Sie berichtete von Röhrichs Besuch. Aus den Gesichtern verschwand jede Erheiterung.

»Pest und Hölle! Jetzt haben wir die am Hals!« Deutlich, wie es seine Art war, drückte Henrich aus, was alle fühlten. »Dass die auch überall ihre Finger drin haben müssen! Johanna, erzähl, was heute Nachmittag war!«, setzte er dann mundfaul hinzu.

»Du meinst Pater Bodo?«, fragte sie zurück, und als er die Augen verdrehend nickte, berichtete sie: »Er war bei uns, ja. Hat mit uns für Konrad gebetet und Mutter den neuesten Tratsch erzählt. Er ist von Haus zu Haus gegangen damit. Ärgert euch bloß nicht darüber! Eigentlich sollte man es auch gar nicht weitererzählen.«

Doch Henrich hob fordernd den Kopf. Zögernd fuhr sie fort. »Es geht um Konrad, wie ihr euch denken könnt. Sie haben nämlich den wahren Grund entdeckt, warum er so plötzlich gestorben ist. Die Freifrau von Spiegel hat gesehen, wie er am Nachmittag vor seinem Tod am Dom über die Gräber gesprungen ist. Völlig pietätlos sei das, hat Pater Bodo geschimpft. Und ohne Ehrfurcht vor dem himmlischen Herrn, vor dessen Angesicht die Toten stehen und so weiter. Man müsse sich nicht wundern, wenn Er die ruchlose Tat schrecklich gerächt habe.«

Diether war verblüfft. Er habe die stadtbekannte Betschwester nicht gesehen, sagte er. Hatte sie hinter einem Baum gestanden? Das sähe ihr ähnlich. Und auch, bösartige Gerüchte in die Welt zu setzen.

»Sie drehen sich alles, wie sie es brauchen.« Aufgebracht schaute er zum Jesuitenturm hinauf. »Mal ist man es allein, mal sind es die Abtrünnigen, die das Unheil anziehen. Dass sie selbst es sein könnten, die Böses anrichten, kommt ihnen nicht in den Sinn.«

»Hoffentlich nimmt der Bischof Röhrichs Bericht nicht zum Anlass, euch endgültig zu verbannen«, äußerte Johanna sorgenvoll.

Friedrich beruhigte sie. »Wenn wir herausbekommen, was im Rathauskeller geschehen ist, werden sie ganz still sein müssen. Nur wird das jetzt nicht mehr so leicht sein. Ohne einen Beweis für den Bischofsmord macht unsere Theorie keinen Sinn.«

Gerade wollten sie aufbrechen, um ihr Tagwerk zu beenden, als Elmar die Jühengasse hinauf auf sie zukam. »Ich hatte gehofft, ich treffe euch noch«, sagte er. »Es gibt Neuigkeiten. Die Brüder Gruben sind wieder frei. Westphal musste sie laufen lassen. Der ist wütend, das sage ich euch!«

Er berichtete, wie Dr. Gogreve im Auftrag der Witwe Gruben bei Plettenberg aufgetaucht war. Ihre Söhne hatten den ganzen Nachmittag mit ihr und anderen Verwandten zusammengesessen, um Helenes Namenstag zu feiern, brachte Gogreve vor. Dafür wollten alle einstehen.

»Die nassen Mäntel haben wir schon gestern nicht gefunden, aber die konnten sie beiseitegeschafft haben«, erzählte Elmar weiter. »Plettenberg hat dann verfügt, dass Westphal sie aus dem Zwinger zu holen hat. Jetzt ist es plötzlich ein Unfall, und niemand ist schuld. Der Droste hat offiziell die Ermittlungen eingestellt. Bei Abbrucharbeiten am Rathaus zu Tode gekommen, hat

Dorbecher ins Amtsbuch geschrieben. Weil das Unglück bei städtischen Arbeiten passiert sei, soll ich Schwerdtfegers ein paar Taler aus der Armenkasse übergeben. Die werden sich freuen!«

Ob das auch schon Röhrichs Werk war?, überlegte Leonore. Waren des Bischofs Mühlen bereits in Gang gekommen? Wollte er verhindern, dass jemand unschuldig verurteilt wurde? Das würde bedeuten, dass er von der Schuld eines anderen wusste. Dass es diese Schuld folglich gab. Und sie kein Hirngespinst war.

AM TAG DES HEILIGEN BERNHARD

20. August
Der Abt und Kirchenlehrer (1090–1153) lenkte als »ungekrönter Papst und Kaiser des Jahrhunderts« die Geschichte (»Bernhardinisches Zeitalter«). Unter anderem rief er zum zweiten Kreuzzug auf und legitimierte nicht nur die Ausrottung der »Heiden« im Nahen Osten, sondern auch der jüdischen Gemeinden Europas: »Ein Ritter Christi tötet mit gutem Gewissen; noch ruhiger stirbt er. Wenn er stirbt, nützt er sich selber; wenn er tötet, nützt er Christus.«

Erbost ritt Westphal die Pader entlang in Richtung der Stadt. Seiner Stadt. Von der er über Bäume und Gebüsch hinweg nur den näherrückenden Domturm sehen konnte, Symbol seiner ihm vom Bischof verliehenen Macht. Was hatte Plettenberg ihm dreinzureden?

Sein gestriger Ärger war noch nicht verraucht, und der Besuch bei Kaspar hatte seine Laune nicht verbessert. Um seinen Zorn zu besänftigen, hatte er auf dem Rückweg vom Neuhäuser Schloss den Weg durch die Bruchwiesen gewählt.

Die Sonne stand hoch am Himmel, doch unter den Bäumen am Fluss war es kühl. Die Wellen fluteten ihm entgegen. Wo die Büsche bis ans Wasser heranwuchsen, ließ er sein Pferd durch die flachen Randbereiche platschen. Es störte Wasserratten auf und Vögel und so manche fette Ente. Warum nur hatte er die Armbrust nicht mitgenommen? Seine neue Gattin hätte die Bereicherung der Speisekammer zu schätzen gewusst.

»Du wirst dem hochwürdigen Herrn Bischof, der das Hochstift regiert, und auch mir, seinem unwesentlichen Anverwandten, zugestehen müssen, dass wir besser über dessen Angelegenheiten Bescheid wissen als du Milchbart.« Hochnäsig hatte Kaspar seine

Klage über des Drosten Einmischung abgewiesen. »Der Plettenberger hat in meinem Auftrag gehandelt. Wärst du bereits gestern Nachmittag meiner Aufforderung gefolgt, hätte ich es dir rechtzeitig mitgeteilt. Aber du geruhst erst jetzt, mir deine Aufwartung zu machen. Waren es die Nachwehen der Siegesfeier am vorletzten Abend, die dich vom Ritt hierher abgehalten haben?«

Kaspar hatte es getroffen. Aber das sollte er besser nicht zugeben. Nach der Verhaftung der Gruben war er tatsächlich in Jobsts Gasthaus versackt. Zu später Stunde waren sie noch ins Badehaus gezogen, hatten mit Hilfe der Schankmädchen Wasser erhitzt und ein nächtliches Bad genossen. Der Oheim hatte es in jüngeren Jahren bestimmt genauso gemacht.

»Ich hatte außerhalb der Stadt zu tun«, brachte er als Entschuldigung vor. »Meine Besitzung in Blankenrode erforderte meine Anwesenheit. Als ich zurückkam, wartete Plettenberg bereits auf mich.«

Der Droste hatte es weidlich ausgekostet, ihm, Westphal, seinem schärfsten Konkurrenten im Bischofsdienst, Anweisungen geben zu können, erinnerte er sich trübsinnig. Gewöhnlich war er es, der die Richtung vorgab. Im Anschluss an die Unterredungen mit Kaspar selbstverständlich. Kaspar war der verlängerte Arm des Bischofs, und er, sein Neffe, war die ausführende Hand.

Die Stadt in seiner Hand. Das Bild gefiel ihm, obwohl er nicht entscheiden konnte, ob in seiner Amtsführung die Handfläche nach oben oder nach unten weisen sollte.

Diesmal hatte er jedenfalls danebengegriffen. Seinerzeit waren es die Stadtherren gewesen, die fälschlicherweise den Weinzapf eingesperrt hatten. Es hatte ihm nicht wenig Freude gemacht, ihn zu befreien und ihnen damit eins auszuwischen. Kaspars Hinweis hätte es da gar nicht bedurft.

Heute war das anders. Mit Florian Gruben, wäre er nicht so früh verstorben, hätte er noch ein Hühnchen zu rupfen gehabt. Er war 1586 einer der Befürworter der unsäglichen Wahlordnung gewesen, in dem Jahr, das auch heute wieder entscheidend war.

»Eine Urkunde von 1586«, hatte Kaspar gesagt. Eines der wenigen Jahre seiner Kindheit, die sich ihm unauslöschlich eingeprägt hatten. Sein Vater Johann, der ebenfalls zur Sprache gekommen war, hatte oft auf die zu jener Zeit Beteiligten gezeigt und ihm geraten, sie im Auge zu behalten. Feine Magistratsherren waren das damals – aufsässig dem Bischof gegenüber, verachtungsvoll gegen die einfachen Bürger. Alles wie heute, bloß dass er jetzt den Daumen drauf hielt.

Die Gruben waren in der Zeit zu beachtlichem Reichtum gekommen. Ein städtisches Grundstück nach dem anderen war in ihren Besitz übergegangen. Natürlich gab es Urkunden, ordentlich gesiegelt und unterschrieben. Nur diese eine fehlte.

Auch Schwerdtfeger hatte kein Besitzdokument vorweisen können. Wer weiß, wie der an das Grundstück gekommen war. Doch Westphal hatte sich im Prozess auf die von Meschede vorgebrachte dreißigjährige Gewohnheit berufen und es lieber dem arbeitsamen Schreiner zugeschlagen als den faulen Söhnen Florian Grubens. Und gleich damit gerechnet, dass sie sich rächen könnten.

Er hatte fest daran geglaubt, dass es die Gruben waren, die Schwerdtfegers Sohn im Keller aufgelauert hatten. Nur sie hatten einen plausiblen Grund. Glaubte Kaspar selbst das Ammenmärchen von der alten Urkunde? Das ihm natürlich Röhrich gesteckt hatte. War ihm zuzutrauen, die jungen Leute zu belauern! Waren sie wirklich auf ein längst vergessenes Geheimnis der Fürstenberger gestoßen?

Was es wohl war? Der Oheim hatte nicht mit der Sprache herausrücken wollen.

»Wenn es geheim bleibt, ist es nicht nötig, dass du davon erfährst. Solltest du die Urkunde zu Gesicht bekommen, wirst du wissen, worum es sich handelt. Dann bitte ich mir aus, dass du sie unverzüglich an dich nimmst und mir übergibst. Unverzüglich, hörst du! Und zu niemandem ein Wort davon. Es wissen schon zu viele Leute von der Geschichte. Das kann Dietrich den Kopf kosten. Das kommt davon, wenn man unbedingt Bischof werden will!«

Nicht einmal den Namen des mutmaßlichen Täters hatte er ihm nennen wollen. Stand er in der Urkunde? Kaspar kannte ihn, behielt den Namen aber für sich. Sollte der Mörder ungestraft entkommen? Und weitermorden? Was dachte sich der Fürstenberger dabei! Er war für die Sicherheit seiner Mitbürger verantwortlich, er, der Schultheiß. Aber konnte er den Oheim zwingen, ihm Rede und Antwort zu stehen? Konnte er nicht. Im Zweifelsfalle gingen die Familieninteressen vor, dann gehörte auch er zur Familie und hatte Folge zu leisten.

»Dein Vater hat bei dieser Angelegenheit eine wichtige Rolle gespielt«, hatte Kaspar noch gesagt. »Beschmutze sein Andenken nicht! Wir alle haben nur zum Besten des Hochstifts gehandelt.«

Deren wichtigster Teil die Fürstenberger sind, hatte Westphal gedacht. Wozu hatten sie seinen Vater eingespannt?

Nur wenig beruhigt verließ er den sumpfigen Pfad an der Pader und ließ sein Pferd entlang der Gärten auf die Stadtmauer zu traben. Unterhalb des Doms drängten sich die Häuschen des Ükern dicht aneinander. Der Großteil war immer noch strohgedeckt, sodass ein Brand mit Leichtigkeit auf das ganze Viertel und dann die Stadt übergreifen konnte. Vielleicht war das sogar die beste Lösung …

Er wollte durch das Heierstor in die Stadt reiten und am Tigge vorbeischauen. Immer noch war ihm unklar, was jetzt zu tun war. Sollte er den jungen Meschede vorladen? Und zugeben, dass er nichts wusste?

Wie er Kaspar verstanden hatte, waren er und seine Freunde im Besitz der Urkunde. Wenn er sie einfach von ihnen zurückforderte? Einen Auftrag dazu hatte er nicht, im Gegenteil: Er sollte ihre Bemühungen zur Aufklärung der Morde bestmöglich unterstützen.

»Am besten wäre es, den Täter seiner gerechten Strafe zuzuführen, ohne dass der längst vergangene Sachverhalt bekannt wird«, hatte ihm Kaspar erklärt. »Aber die Urkunde existiert nicht. Es hat sie nie gegeben, hörst du! Wir werden sie zu gegebener Zeit an uns nehmen, damit hast du nichts zu tun. So lange sollte so wenig wie möglich darüber gesprochen werden. Niemand von uns hat je davon gehört. Es kann sich nur um eine Fälschung handeln.«

Wenn es das Dokument nicht gab, konnte er auch seinen Inhalt nicht ausforschen. Dennoch – er musste wissen, was darin stand. Wenn es sich wirklich um den Namen des Mörders handelte, waren die jungen Leute in großer Gefahr. Söhne und Töchter angesehener Bürger. Er konnte sie schließlich nicht in den Zwinger stecken, um sie vor Anschlägen auf ihr Leben zu schützen.

Da hatten die Fürstenberger ihn in eine schöne Lage gebracht!

***

Am Vormittag hatte Diether mit Borius die letzten Bretter der Wandverkleidung aus dem Rathauskeller geholt. Der Jungknecht wollte Konrads Aufgabe übernehmen, unter Henrichs Anleitung das Holz aufarbeiten und an die Wand bringen. Diether hatte versprochen zu helfen, sobald ihm die Ratsgeschäfte Zeit ließen.

Als solche sah er auch seine Nachforschungen zu Konrads Tod und den rätselhaften Vorgängen in der Vergangenheit an. Es war Aufgabe des Magistrats, für die Sicherheit der Bürger zu sorgen. Das ging jetzt vor. Den ganzen Morgen hatten ihm die Ereignisse der vergangenen Tage keine Ruhe gelassen. Besonders die merkwürdige Art und Weise, wie sie auf Rokeß' Urkunde gestoßen waren, hatte ihm zu denken gegeben.

War sie wirklich nicht dabei gewesen, als sie die Dokumente nach dem Umzug wieder eingeräumt hatten? Und wer hatte den Inhalt des Maspernschranks durcheinandergeworfen? Es war alles ordentlich gewesen, als er mit Jobst das Archiv verlassen hatte. Ob Friedrichs Bruder doch die Hand im Spiel hatte?

Gleich nach dem zeitigen Mittagsmahl machte er sich auf den Weg zum Ükernrathaus. Wenn er Glück hatte, fand sich in dessen Keller irgendetwas, das ihre Ermittlungen weiterbrachte. Wie nach Brabecks Tod, wo erst die Spuren im Staub auf einen möglichen Zusammenhang mit dem Archiv hinwiesen. Niemand hatte allerdings wissen können, was sich hinter der Wandverkleidung verbarg. Hätte es Konrads Tod und seinen eigenen Sturz verhindern können, wenn die Bretter eher entfernt worden wären? Wahrscheinlich nicht. Es wäre nur alles schneller gegangen.

Auf der Rathausbaustelle waren inzwischen die Steinmetze am Werk. Die beiden vorderen Ausluchten hatten Giebel bekommen, und Baumhauers Leute setzten die Fensterreihe des Ratssaals ein. Es gab keine Wand, nur die Pfeiler und Streben zwischen den Bleiglasscheiben. Schon jetzt freute er sich auf die erste Sitzung in dem lichtdurchfluteten Raum. Hoffentlich war bis dahin auch Licht in die bedrohlichen Geschehnisse gekommen.

Rokeß wuselte auf der Baustelle herum. Als Diether vorbeiging, rief er ihm aufgeräumt zu: »Du sollst bauen, Herr Doktor! Was läufst du in der Gegend herum?«

»Ich muss etwas bei Dorbecher erledigen«, rief er zurück, Amtsgeschäfte vorschützend. »Ihr wisst ja, die Angelegenheiten der Stadt gehen vor!«

Rokeß lachte gutmütig und wandte sich wieder den Bauleuten zu. Sollte der Alte wirklich ein Mörder sein? Kaum zu glauben, so jovial, wie er sich gab. Mussten Mörder nicht finster dreinschauen und Gefahr verbreiten? Wie der Schultheiß es tat?

Im Tigge holte er sich vom Stadtsekretär den Schlüssel für die Falltür und kletterte die wacklige Stiege hinab in den Keller. Mit der Laterne aus der Amtsstube leuchtete er in alle Ecken. Nichts zu sehen. Die Böden waren vor dem Umzug gereinigt worden, deshalb gab es keinen alten Staub und folglich auch keine Spuren darin. Die Schränke füllten in dichten Reihen den ganzen hinteren Raum. Auch hier gab es Ratten, er sah es an den herumliegenden Kütteln. Das musste er Dorbecher sagen, damit er Fallen aufstellen ließ. Die betagten Dokumente hatten schon genug Schaden erlitten.

Nachdem er das Licht an einen Haken in der Wand gehängt hatte, machte er sich daran, die Maspernurkunden noch einmal zu ordnen. Nachdenklich besah er eine nach der anderen, um möglicherweise weitere schadhafte Stellen zu entdecken. Vielleicht hatten sie ja nicht so genau hingeschaut, Jobst und er im trüben Licht des Öllämpchens, sodass ihnen Löcher und Flecken entgangen waren. Doch waren alle in gutem Zustand. Nur die mit dem Brandloch war ihnen entgangen. War das denn möglich?

Diether fuhr auf. Jemand kam die Stiege herunter. Er hörte Schritte in den vorderen Kellern und sah einen Lichtschein, der bald auf die vollgestopften Schränke fiel.

Dem Licht folgte ein Mann. Göddert Rokeß. Er war ihm nachgekommen! Sogar gelaufen, so wie er schwitzte. Was suchte er hier?

Das wollte der Fuhrmann nun von Diether wissen. »So sehen also deine Amtsgeschäfte aus«, rief er ärgerlich. »Schnüffelst den ganzen Tag in den dreckigen Papieren herum! Was meinst du denn, was es darin zu entdecken gibt?«

Das sonst so gutmütige Gesicht seines Bauleiters war plötzlich kantig und verbissen. Diether erkannte ihn kaum wieder. Die buschigen Augenbrauen, in denen sich glitzernd der Schweiß sammelte, waren weit in die gerunzelte Stirn gezogen, und er sah ihn mit aufgerissenen Augen kalt an. Das liegt am Licht, sagte er sich, das verzerrt die Gesichtszüge. Vorhin am Rathaus war Göddert freundlich gewesen wie immer.

»Zum Beispiel eine Urkunde mit einem Loch, die nicht da lag, wo sie liegen sollte«, gab er mit gespielter Ruhe zurück. Das war die Gelegenheit herauszufinden, was Rokeß für den Bischof getan und was er mit dem plötzlichen Auftauchen des Dokuments zu tun hatte. Allerdings wäre es ihm lieber gewesen, Friedrich in der Nähe zu wissen. Doch bestimmt war Rokeß kein Mörder. Die Angst war überflüssig. Er wollte nach seiner Urkunde schauen, das war es.

Der Alte tat, als ob er von nichts wüsste. »Im alten Archiv lag doch nichts am richtigen Platz«, sagte er höhnisch. »Die Ordnung habt ihr doch jetzt erst hereingebracht, du und Jobst. Er gibt genug damit an. Und Löcher haben die alten Dinger ja wohl alle.«

»Aber nicht die mit Eurem Namen darauf«, entgegnete Diether. »Die waren alle in Ordnung, bis auf eine, die jedoch erst später aufgetaucht ist.«

Rokeß regte sich auf. »Was habt ihr nur alle mit meinen Urkunden! Jobst hat auch schon Andeutungen gemacht. Aber das lass dir gesagt sein: Mein Besitz ist rechtmäßig und verbürgt, da kommst du nicht ran. Musst nicht meinen, du könntest es machen wie bei Grubens Florian!«

Diether ging auf die Anschuldigung nicht ein. Darum ging es hier nicht. Die Frage war, ob Göddert wirklich so ahnungslos war, wie er sich gab.

Andererseits: Warum sollte er ihn jetzt verdächtigen, wenn er ihm die ganze Zeit vertraut hatte? Vielleicht hatte er wirklich nichts mit den merkwürdigen Vorgängen um das fehlende Dokument zu tun. Er hatte gesagt, dass er von Jobst davon erfahren hatte. Dann war es nicht verwunderlich, wenn er sich selbst überzeugen wollte.

Wenn er ein gutes Gewissen hat, kann er mir auch sagen, wofür er den Hof bekommen hat und was in dem Brandloch verschwunden ist, überlegte Diether und tat den Zweifel leichtherzig ab.

Er bemühte sich um einen unverfänglichen Ton. »Sicher könnt Ihr mir sagen, was dort stand, wo die Urkunde nicht zu lesen ist«, erkundigte er sich. »Dorbecher soll alle schadhaften Dokumente abschreiben und möglichst auch vervollständigen. Mir scheint, es handelt sich bei dem fehlenden Text um einen bestimmten Zeitpunkt. Ihr wisst sicherlich noch, wann Ihr dem Bischof Euren Dienst erwiesen habt, für den er Euch den Hof überschrieb.«

»Das geht dich einen feuchten Dreck an«, rief der Fuhrmann. Erzürnt schwenkte er die blakende Laterne in seine Richtung. Kurz bevor das hoch angefüllte Öl überschwappte, hielt er in der Bewegung inne und drehte den fast verloschenen Docht höher, der sofort hell aufloderte. Rokeß' Gesicht zeigte finstere Wut, oder täuschte das flackernde Licht?

»Lass die Finger von meinem Hof und nimm die Nase aus anderer Leute Angelegenheiten, du Winkeladvokat«, befahl Göddert. »Sonst werde ich ungemütlich!«

Das war er wohl schon. Diether verließ die Zuversicht, dass Rokeß einen harmlosen Grund für seinen Besuch im Archiv hatte.

»Nun habt Euch nicht so!« Er versuchte, sein Gegenüber zu beruhigen. »Ihr habt doch sicher nichts zu verbergen. Dann könnt Ihr mir das Datum also ruhig nennen.«

Rokeß trat einen Schritt auf ihn zu, machte aber keine Anstalten, ihn anzugreifen. Er war wütend, aber Böses hatte er offensichtlich nicht im Sinn. Das beruhigte Diether, der sich in einem Gerangel mit dem massigen Fuhrmann schlechte Chancen gab. Falls es so weit kam, konnte er sich nur auf seine Schnelligkeit verlassen und darauf, dass es ihm gelang, in dem engen Gang an ihm vorbeizukommen.

»Damit du es in der Stadt herumposaunst!« Rokeß traute ihm wohl nicht. »Ihr habt schon viel zu viel herausbekommen, deine sauberen Freunde und du. Was geht es euch an, wie ich an meinen Besitz gekommen bin! Hat dir die Warnung vom letzten Sommer nicht gereicht? Aber nein, du musst weiterwühlen und alles durcheinanderbringen.«

Diether spürte, wie ihm jähes Grauen das Rückgrat versteifte. Er hatte sich die ganze Zeit etwas vorgemacht. Plötzlich wurde ihm bewusst, dass vor ihm sein Gegner stand, der ihm in der finsteren Johanninacht so unbarmherzig zugesetzt hatte.

»Was meint Ihr mit Warnung?«, fragte er gespielt ruhig, obwohl jetzt ihm die Hitze ins Gesicht schoss. Zum Glück hing die Laterne hinter ihm, und Rokeß' Licht reichte nicht so weit.

Im gleichen Ton erkundigte er sich: »Wart Ihr es, der mich vor meiner Baugrube angegriffen hat? Das hätte ich nie von Euch gedacht!«

Rokeß lachte gehässig. »Du hättest dir wahrscheinlich noch mehr nicht denken können, du Naseweis! Wenn der alte Brabeck nicht in der Gegend herumgequatscht hätte, würdet ihr heute noch im Dunkeln tappen! Es war eine gute Idee von mir, das Loch in die Urkunde zu brennen, findest du nicht? Niemand wird darauf kommen, wofür ich die Belohnung erhalten habe.«

Also doch sein Baumeister. Er war der Mörder. Diether konnte es immer noch nicht glauben. Der allseits geachtete Rokeß mit seinem frommen Gehabe sollte all die bösen Taten auf dem Gewissen haben?

»Ihr vergesst, dass Angelegenheiten, die den Besitz des Bischofs betreffen, auch in seinen Archiven dokumentiert werden«, erwiderte er äußerlich gelassen. »Dort wird das Datum verzeichnet sein. Das werden wir nachprüfen, und dann seid Ihr dran. Es hilft Euch also nichts, wenn Ihr jetzt einen nach dem anderen umbringt.«

»Der Bischof wird mich nicht verfolgen. Schließlich hat er mir zu verdanken, wo er jetzt sitzt.«

Das mochte sein. Hatte Rokeß wirklich Dietrichs Vorgänger auf dem Gewissen?

Er musste ihn am Reden halten. Zu viele Fragen waren noch offen, und wenn er schon sterben musste, dann wollte er vorher alles geklärt sehen. Nicht, dass er sich nicht wehren würde! Wahrscheinlich hatte Rokeß vor, die Papiere anzustecken, deshalb sollte er die Laterne gut im Auge behalten.

Aufs Geratewohl fragte er: »Ihr habt also die Urkunde mit dem Loch hierher gelegt? Nachdem Arnulf sie aus meinem Keller entwendet hat und er oder Ihr Konrad umgebracht habt?«

Rokeß lachte wieder. Spürte er seine Angst? »Wer sonst sollte es gewesen sein? Aber du musstest sie ja unbedingt wieder aus dem Schrank holen. So was nennt man Diebstahl, das solltest du wohl wissen! Der ist auch Konrad schlecht bekommen. Warum musste er so vorwitzig sein? Er sollte die Bretter abnehmen, die Wände gingen ihn nichts an. Und statt einfach liegen zu lassen, was er findet, schleppt er es zu dir. Ausgerechnet! Ich wusste doch, dass ihr schon einen Verdacht hattet, seit ich dich und Friedrich im Busdorfgarten reden gehört habe. Euch fehlte nur noch der Name. Aber ohne das Dokument wärt ihr auf mich nicht gekommen, oder was?«

Davon befreit, seine Tat weiter verbergen zu müssen, wurde der Fuhrmann redselig. Das musste Diether ausnutzen. Offensichtlich wollte Rokeß sein Gewissen erleichtern.

»Das ausgebrannte Datum war also der Palmsonntag des Jahres 1585?«, fragte Diether zurück.

»Hast du es endlich erraten, Schlauberger? Trotzdem bist du ein Dummkopf. Es müsste dir klar sein, dass ich dich mit dem Wissen nicht leben lassen kann. Es tut mir ja leid um deine armen Eltern. So viele Hoffnungen hatten sie in dich gesetzt! Aber da du sowieso vorhast, dich zum Heiden zu entwickeln, ist es nicht schade um dich. Wenn ich daran denke, wie viel Mühe es mich gekostet hat, die Sakramente in die Stadt zurückzuholen, und du nutzt sie nicht einmal! Deine Mutter wird mir bestimmt recht geben.«

Unvermutet warf er einen Schrank um, der polternd und krachend andere mit sich riss und Diether den Weg versperrte. Dann hielt er die offene Laterne an ein Urkundenbündel, das er aus dem Durcheinander gegriffen hatte.

»Wartet noch«, rief Diether. Er hatte hinter dem Baumeister in einer der Türöffnungen eine Bewegung gesehen. Lauschte da jemand im Dunkel, der ihm zu Hilfe kommen konnte? Dann sollte er das ganze Geständnis bezeugen können.

»Lasst mich nicht dumm sterben! Wart Ihr es wirklich, der den Bischof vom Pferd gestoßen hat? Wie habt Ihr das gemacht? Es hat doch niemand Verdacht geschöpft damals.«

»Das war gut, was?« Der Alte feixte. »Aber du musst nicht glauben, dass du entkommst, wenn du mich aufhältst. Niemand wird dir helfen hier unten, und wenn wir noch so lange reden. Dorbecher hat seine Amtsstube verschlossen und ist nach Hause gegangen, Westphal ist unterwegs, und die Schütter stehen draußen und werden dich nicht hören. – Bleib da stehen!«, rief er drohend, weil Diether sich bewegt hatte, und hielt das Pergament näher an die Flamme.

»Ja, ja, das war ein schlauer Einfall damals.« Grinsend beobachtete der Mörder, wie sich blaues Licht am Rand der Urkunde hochfraß. »Ich hab lange überlegen müssen, bis ich wusste, wie es gehen würde. Darüber haben sich die hohen Herren nämlich keine Gedanken gemacht, als sie mir den Auftrag gaben. In den Bischofspalast kam ich nicht ungesehen hinein …«

Die Flammen hatten seine Hand erreicht. Schnell warf er die Urkunde zu Boden, wo das Feuer zum Glück keine Nahrung fand und bald erlosch. Rokeß beachtete es nicht und schwadronierte weiter. »Dann habe ich mir den Platz vor der Kirche angesehen. Er war gepflastert, und die Wahrscheinlichkeit, dass Heinrich sich bei einem unverhofften Sturz vom Pferd den Hals brechen würde, war hoch.«

Beim Reden raffte er mit einem Arm Urkunden aus den Schränken und warf sie auf den Boden. Dann stellte er die Laterne in einem der Fächer ab, zog ein Schnupftuch aus der Tasche und wischte sich sorgfältig die Hände ab.

Sollte er es wagen, über die Schränke zu klettern? Doch wenn Rokeß das Licht in den Haufen warf, würde im Nu der ganze Raum in Flammen stehen. Dann konnte ihm auch der geheimnisvolle Beobachter nicht mehr helfen.

»Gott sei Dank kannte ich mich schon damals mit Pferden bestens aus«, erzählte Rokeß angeberisch. »Der Schimmel des Lauenburgers war nur gute Behandlung gewöhnt und deshalb ganz arglos. Ich hab ihn ein paar Mal im Stall besucht und ihm ein bisschen wehgetan. Beim dritten Mal schon stieg er allein bei meinem Anblick. Ich brauchte mich also nur unvermutet an Heinrichs Weg sehen zu lassen, und schon war es passiert.«

Kein Wunder, dass ihn niemand verdächtigt hatte. Seine Anwesenheit auf dem Bremervörder Domplatz war noch kein Verbrechen. Und im Stall hatte ihn vermutlich niemand beobachtet. Nur über die Belohnung und das Datum war ihm auf die Spur zu kommen.

»Wen meint Ihr mit den hohen Herren?«, fragte Diether. »Wollt Ihr etwa sagen, Ihr habt in höherem Auftrag gehandelt?«

»Wenn dir der Bruder des Bischofs hoch genug ist«, entgegnete er großspurig. »Der Vater unseres Schultheißen hat mir in Kaspars höchstpersönlichem Auftrag die Besitzurkunde übergeben und mir geholfen, sie unauffällig zu verstecken. Aber Dietrich hat von allem gewusst, er hat sie eigenhändig unterschrieben, das hast du wohl gesehen. Bevor ich es vergesse: Du solltest mir sagen, wo die Urkunde jetzt ist. Sonst muss ich deine Schwester danach fragen, und das könnte ziemlich unangenehm für sie werden.«

»Ich habe sie nicht mehr«, sagte Diether, obwohl er sie unter dem Hemd bei sich trug. Er hatte überlegt, sie wieder an ihren Platz zu legen und zu beobachten, was mit ihr geschah, doch das war jetzt nicht mehr nötig.

Kaltblütig log er den Bischofsmörder an. »Sie liegt längst beim Schultheiß, der Euch schon auf die Schliche kommen wird. Auch wenn sein Vater Euch geholfen hat, ist ihm aber daran gelegen, keinen Mörder in der Stadt herumlaufen zu haben.«

»Er wird tun, was ihm der Bischof sagt«, versicherte Rokeß.

Warum griff der Lauscher im Dunkeln nicht ein?, fragte sich Diether verzweifelt. Wie lange soll ich den Mann denn noch hinhalten? Weiterreden, sagte er sich, immer weiterreden. »Ihr wart es also, der vor Brabecks Tod im Archiv herumgesucht hat? Den ich husten gehört habe? Wolltet Ihr schon damals die Urkunde aus ihrem Versteck holen?«

»Erraten«, gab der Baumeister zurück und hustete demonstrativ. Es schnarrte.

In der Gewissheit, Diether in der Hand zu haben, gab er bereitwillig Auskunft. »Ich hatte Angst bekommen, weil doch ein neues Rathaus gebaut werden sollte. Lieber das Ding früh genug in Sicherheit bringen, habe ich mir gedacht. Wenn die Schränke von der Wand gerückt werden, kann jeder es zufällig finden. Aber die Steine waren inzwischen mit Holz verkleidet, das hatte ich gar nicht mitgekriegt. Muss in der Zeit geschehen sein, als ich wegen des Geschäfts mit der Ratsarbeit ausgesetzt habe. Also musste ich die Urkunde in der Wand lassen, bis die Vertäfelung abgebaut wurde.«

»Und Brabeck hat Euch beobachtet und von seinem Verdacht erzählt?«

»Er wollte Geld haben, seinen Anteil, wenn er die Verantwortung mitträgt, hat er gesagt. Natürlich hab ich abgelehnt, und er ist mir die Treppe hinauf gefolgt und hat besoffen herumkrakeelt. Er wollte allen davon erzählen. Da ist es halt passiert. Sollte ich zulassen, dass er den Bischof schlechtmacht?«

Das war wohl seine geringste Sorge, vermutete Diether. Den eigenen Hals hatte er retten wollen und dafür zwei Unschuldige in den Tod gerissen. Diether kämpfte den aufschießenden Zorn nieder und stellte sich weiterhin anteilnehmend wie einem Delinquenten gegenüber, den er zu verteidigen hatte. »Und wegen der Urkunde habt Ihr Euch so darum bemüht, die Paneele zu kaufen?«

Rokeß versuchte immer noch, sich zu rechtfertigen. »Hätte Schwerdtfeger sie mir überlassen, wäre seinem Sohn nichts geschehen«, behauptete er. »Und du hättest sie trotzdem gekriegt für deinen Keller. Ich hab doch gemerkt, wie versessen du auf die alten Dinger warst. Obwohl es schon zu der Zeit mit dir auf der Kippe stand. Hättest du mich am Husten erkannt, wärst du damals schon fällig gewesen.« Er hustete wieder und lachte.

Von Rokeß unbemerkt, war der heimliche Zuhörer näher gekommen, war leise an dessen Seite geschlichen und hatte mit einem schnellen Griff in den Schrank die Laterne an sich genommen.

Der Baumeister fuhr herum. »Ihr? Ihr seid doch in Neuhaus?«, fragte er verdutzt.

»Nicht mehr«, antwortete Westphal trocken.

Diether atmete auf. Es war der Schultheiß, der im Dunkeln gelauert hatte. Er hatte alles gehört. Nun würde die Gerechtigkeit ihren Lauf nehmen.

***

Auf dem Weg in seine Amtsstube hatte Westphal die Falltür offen gesehen und aus dem Keller ein gehässiges Lachen gehört. Leise war er die Treppe hinuntergeschlichen. Es gab doch wohl keinen neuen Mord?

Zwischen den Schränken standen Rokeß und der junge Advokat. Als Westphal hörte, dass es um eine Urkunde ging, war er stehen geblieben, um zu lauschen. Etwa die gleiche, von der Kaspar gesprochen hatte? Kaum hatte er glauben können, was er zu hören bekam. Die Fürstenberger hatten Rokeß mit dem Mord an Lauenburg beauftragt und ihn reich belohnt. Jetzt wunderte es ihn nicht mehr, dass sie alles unter dem Tisch halten wollten.

Dass Rokeß ein Mörder war, überraschte ihn nicht besonders. So bieder, wie er tat, war er nicht, das wusste Westphal längst. Er hatte etwas Verschlagenes und tat gern, als ob er mehr wüsste als andere.

Als Kinder hatten sie miteinander gespielt, doch seit er aus Köln zurück war, hatte Westphal die förmliche Anrede bevorzugt. Er erinnerte sich daran, wie er damals in spitze Dornen gefasst und sich blutige Finger geholt hatte, als er im Schlafkabuff des Vetters nach versteckten Zuckerstückchen suchte. Danach hatte er Respekt vor dessen Besitztümern gehabt.

Göddert war schon immer für kleine Gemeinheiten gut gewesen. Stammte daher der Einfall mit dem Pferd?

Jetzt war er froh über die Distanz. Familiengeschichten hinterließen in seinem Mund neuerdings einen üblen Geschmack.

»Das ist ja eine abenteuerliche Geschichte, die Ihr da erzählt, Baumeister!«, rief Westphal empört und versperrte ihm breitbeinig den Weg, die Hand auf dem Schwertgriff.

»Auftrag vom Bischof, pah!«, schnaubte er. »Glaubt Ihr, mit solchen Mätzchen entgeht Ihr seinem Blutgericht? Ihr habt Euch den Besitz unrechtmäßig angeeignet und die Urkunde gefälscht! Deshalb habt Ihr sie verborgen, und deshalb mussten Brabeck und Schwerdtfegers Sohn sterben. Dafür werdet Ihr hängen, das ist so sicher wie das Amen in der Kirche.«

»Aber so glaubt mir doch«, rief Rokeß flehend.

Das tat er ja, aber durfte er das zugeben?

»Es war Euer eigener Vater, der alles eingefädelt hat!«, beteuerte Göddert. »Ihr selbst hättet ihm zugestimmt, dass die Stadt vor dem Protestantismus gerettet werden musste. Das wisst Ihr doch noch, wie damals alles vor die Hunde ging. Und Dietrichs Herrschaft war Euch überaus dienlich, das müsst Ihr zugeben!«

Nie hatte er Nutznießer eines Mordes werden wollen, dachte Westphal bitter. Aber war es zu ändern?

»Einer musste es doch in die Hand nehmen!« Weinerlich fuhr Rokeß fort. »Ihr wart heute Morgen im Dom, und wir haben beide zum heiligen Bernhard gebetet. Von dem hat der alte Johann, Euer Vater, damals gesprochen. Ich hatte nämlich Bedenken, einen Menschen umzubringen, und dann einen Bischof! Aber er hat mich beruhigt. Ich wäre ein Ritter Christi, hat er gesagt, und der tötet mit gutem Gewissen. Man muss den Glauben verbreiten und gegen Irrlehren kämpfen. Das hat Euer Vater selbst gesagt. Wollt Ihr mir jetzt vorwerfen, dass ich daran geglaubt habe?«

Westphal konnte sich kaum vorstellen, dass sein aufrechter Vater bei einem Bischofsmord mitgemacht hatte. Dass Dietrich an der Macht war, hatte ihnen allen genützt, das ja. Was hätte er an des Vaters Stelle getan? Rechtfertigte der Zweck ein solches Mittel?

Vielleicht war er selbst zu sehr Jurist. Gewalttaten widerstrebten ihm jedenfalls.

»Ich werfe Euch vor, dass Ihr Schmutz auf das Bischofshaus und auch auf das meinige werft, um Euch zu rechtfertigen«, gab er aufbrausend zurück. »Betet zum heiligen Bernhard, dass er Euch die Lügen vergibt. Soweit ich weiß, hilft er gegen Dämonen und in der Todesstunde. Ihr werdet seinen Beistand brauchen.«

Zusammen mit Meschede, der bleichen Gesichts zugehört hatte, schaffte er den empörten Vetter die Treppe hinauf. Dann rief er nach den Schüttern, die ihn knebeln, binden und in den Zwinger bringen sollten. Am nächsten Tag würde er ihn dem Bischof überstellen, der ihm in seinem Folterkeller die Flausen wohl austreiben würde. Es war vermutlich das erste Mal, dass der Henker nicht etwas aus jemandem herausbekommen sollte, sondern ihm beizubringen hatte, dass er besser den Mund hielt.

Das musste natürlich auch Diether Meschede tun, was er, Westphal, ihm ganz ohne Hilfe der Folterknechte beizubringen hatte.

»Und Ihr kommt mit in mein Amtszimmer!«, befahl er barsch. Es konnte nicht schaden, den streitbaren Advokaten ein wenig einzuschüchtern.

Doch der begehrte auf. Was auch sonst.

»Ich nehme von Euch keine Befehle entgegen, Schultheiß!« Meschede reckte den Kopf und wandte sich zum Gehen.

Westphal lenkte ein. »Nun stellt Euch nicht so an«, rief er ihm nach. »Es ist auch in Eurem Interesse, noch ein wenig mit mir über die Geschehnisse zu plaudern. Lasst uns zusammen einen Schluck vom Ratswein nehmen auf den Schreck!«

Der Ratsherr lachte bitter, aber er drehte sich um.

»Bastelt Ihr schon am nächsten Loch in der Weinkasse?«, fragte er spöttisch, setzte jedoch friedlicher hinzu: »Aber was soll's. Heute haben wir uns beide um die Stadt verdient gemacht, da steht uns wohl eine Erfrischung zu. Und Ihr habt recht, Schultheiß: Mir sitzt wirklich der Schreck in den Gliedern. Warum habt Ihr bloß so lange gewartet? Ich hatte Euch doch längst gesehen! Und die ganze Zeit drohte Rokeß, die Laterne in die trockenen Papiere zu werfen. Nicht nur, dass es mit mir vorbei gewesen wäre! Er hätte ja auch das gesamte Archiv der Stadt vernichtet, das konnte Euch doch nicht gleichgültig sein!«

Überstandene Gefahr macht redselig, dachte Westphal verstohlen schmunzelnd.

Einträchtig waren sie durch den Ratssaal in den abschüssigen Anbau gegangen, wo er seine Amtsgeschäfte ausübte. Meschede hatte sich erschöpft und immer noch bleich in einen der Lehnstühle vor den Fenstern fallen lassen. Er selbst holte aus dem Kontor des Stadtsekretärs einen verschlossenen Krug und zwei silberne Becher.

»Keine Sorge«, sagte er beim Einschenken. »Jeder Krug, den Dorbecher raufholt, wird ordentlich eingekerbt. Ihr könnt Euch darauf verlassen, dass ich nicht wieder solch einen Schlamassel zulassen werde wie zu Balthasars Zeiten. Schaden macht klug, sage ich immer, und deshalb hat mir der neue Weinzapf wöchentlich Rede und Antwort zu stehen.«

Meschede fiel ihm ins Wort. »Balthasar – er war es ja nun nicht, der Brabeck umgebracht hat. Ihr könnt ihn also aus Münster zurückholen.«

Kaum gelang es Westphal, seine Überraschung zu verbergen. Woher wusste er das nun wieder? Hatte der Weinzapf doch gequatscht? Schon dafür sollte er ihn herkommen und aufhängen lassen.

Doch das war es nicht, was der Advokat im Sinn hatte.

»Die Verantwortung für die Weinkasse lag bei den Weinherren«, führte Meschede offensichtlich erholt aus. »Jeder weiß, dass die ständige Selbstbedienung am Defizit schuld ist. Das werdet Ihr, sollte es zu einer Klage gegen Balthasar Stricker kommen, bei Eurem Urteil berücksichtigen, denke ich. Es dürfte also keine Gefahr bestehen, wenn er in die Stadt zurückkommt, wo er immerhin eine alte Mutter zu versorgen hat.«

Wenn er von Balthasars Flucht weiß, dann kennt er auch den Tunnel, fiel es Westphal siedend heiß ein. Noch etwas, das dem Licht der Öffentlichkeit besser vorenthalten blieb.

»Wenn Ihr oder vermutlich Euer Freund Friedrich Baer den Weinzapf in Münster getroffen habt, wisst Ihr wohl auch, wie er entkommen ist?«, erkundigte er sich vorsichtig.

Sein Gegenüber nickte. »Wenn Ihr auf den Geheimgang anspielt – den haben wir zugemauert, mit Konrad Schwerdtfegers Hilfe. Davon wird niemand etwas erfahren. Auch Jobst Baer hat seinen Eingang verschlossen. Der Tunnel ist Geschichte und wird vermutlich nicht so bald wieder auftauchen. Aber dafür seid Ihr mir etwas schuldig, Schultheiß!«

»Es wird keine Verhandlung gegen Stricker geben«, räumte Westphal gleichmütig ein. »Aber dass er zurückkommt, glaube ich nicht. Er hat im Martinsstift seinen Platz gefunden, das hat er mir erst neulich versichert.«

»Dann sorgt dafür, dass er seine Mutter zu sich holen kann! Es wird auch in Münster fromme Stiftungen geben, die einer alten Frau Unterschlupf bieten.«

Zimperlich war Meschede nicht in seinen Forderungen.

»Ich werde es versuchen«, sagte Westphal stöhnend. Wie sollte er den störrischen Advokaten nur dazu bringen, über die andere, viel schmählichere Geschichte den Mund zu halten?

»Um auf Eure Frage eben zurückzukommen …« Mit ernstem Gesicht ließ er sich im Stuhl neben Meschede nieder. »Wenn ich vorhin im Keller so lange gezögert habe einzugreifen, dann deshalb, weil ich von der ganzen Geschichte ebenso wenig wusste wie Ihr. Das könnt Ihr mir glauben!«

»Obwohl Euer Vater mitgespielt hat?«, fragte Meschede ungläubig.

Westphal wehrte ab. »Ich war damals in Köln und habe studiert«, erklärte er. »Mein Vater hat mir nicht alles erzählt und hatte wohl auch keinen Grund dazu, weil die Sache längst vergessen war, als ich zurückkam. Und sowieso – ob wirklich etwas daran ist, könnt Ihr nicht sagen. Außer einer löchrigen Urkunde und Rokeß' dubiosem Geständnis habt Ihr nichts in der Hand.«

»Und dass der Baumeister nicht mehr lange reden kann, dafür wird der Bischof sorgen«, folgerte Meschede. »Aber wenn damals ein Mord geschehen ist, dann muss er gesühnt werden. Notfalls werden wir die Angelegenheit vor den Dortmunder Oberhof bringen …«

Westphal fiel ihm ins Wort. »Dessen Spruch der Bischof nicht anerkennt!«

Doch der Advokat war nicht zu bremsen. Ungerührt fuhr er

fort. »… oder gar vor den Kaiser. Der wird Dietrich schon dazu bringen, seine Karten offenzulegen!«

Es wurde Zeit, dass Westphal amtlich wurde. »Sprecht nicht so respektlos von unserem hochwürdigen bischöflichen Herrn und Fürsten!«, raunzte er. »Es ist Euch doch klar, was geschieht, wenn diese unwahrscheinliche Geschichte an die Öffentlichkeit kommt? Alle Gegner Dietrichs werden sich bemüßigt fühlen, das Hochstift zu retten, allen voran Moritz von Hessen, der wegen der Herrschaft Büren ohnehin noch ein Hühnchen mit uns zu rupfen hat. Und das bedeutet Krieg für unsere Stadt und das ganze Land! Wollt Ihr das heraufbeschwören?«

»Vielleicht ist es höchste Zeit, dass im Hochstift ausgemistet wird«, gab Meschede aufgebracht zurück. »Wenn es wahr ist, was Rokeß berichtet hat, ist es mit dem Landfrieden ohnehin nicht weit her. Wer will schon unter einem Herrn leben, der nicht einmal vor Mord zurückschreckt, um an die Macht zu kommen?«

»Nun übertreibt nicht«, sagte Westphal beschwichtigend. »Niemand weiß, ob wirklich der Bischof die Tat befohlen hat. Auch nicht, ob Rokeß überhaupt die Wahrheit gesagt hat. Vielleicht ist er von sich aus oder meinetwegen auf meines Vaters Vorschlag hin nach Bremervörde geritten und versucht jetzt, die Schuld anderen, Höheren in die Schuhe zu schieben.«

Meschede verzog skeptisch das Gesicht. Überzeugt hatte er ihn nicht. Wie auch, wenn er selbst nicht an seine Worte glaubte!

»Wie auch immer«, setzte Westphal lahm hinzu und wechselte das Thema. »Übrigens muss ich Euch auffordern, mir die Urkunde auszuhändigen, die Ihr widerrechtlich an Euch genommen habt. Rokeß wird sie nicht mehr brauchen, er wird seines Besitzes enteignet. Vielleicht verteilen wir ihn sogar unter die Familien der Opfer. Aber das Dokument bedeutet für Euch nur eine Gefahr, deshalb ist es besser, wenn Ihr es mir übergebt.«

»Danke für Eure Fürsorge«, gab der Advokat sperrig zurück. »Die Urkunde werde ich mir erst mal genauer ansehen. Vielleicht gibt sie mehr her, als Ihr vermutet. Und meint Ihr nicht, dass Arnulf Rokeß einen Anspruch auf das Erbe seines Vaters hat? Immerhin besteht der Dienst fort, den der Alte dem Bischof erwiesen hat, trotz seiner nachfolgenden Untaten.«

Westphal wurde es zu bunt. »Wir werden Rokeß hängen.« Er

schnaubte verärgert. »Letztendlich ist es egal, für wie viele Morde. Ich gebe Euch einen guten Rat, Advokat Meschede. Vergesst die Urkunde und alles, was Ihr im Keller gehört habt. Unser hochwürdiger Herr Bischof kann ungehalten werden, wenn man ihm auf die Zehen tritt, das habt Ihr ja erlebt. Es ist in Eurem eigenen Interesse, niemandem etwas zu verraten. Und sagt das auch Euren Freunden, damit nicht noch ein Unglück geschieht!«

Meschede nickte, kaum überzeugt, und verließ wortlos das Amtszimmer. Westphal sah ihm nachdenklich nach. Konnte er sich auf ihn verlassen, oder sollte er besser gleich die Verbannung anordnen?

***

Aufgewühlt verließ Diether das Ükernrathaus und marschierte den Steinweg hinauf. Glaubte er selbst an die haarsträubende Geschichte des Baumeisters? Außer der Urkunde hatte er keine Beweise für die Tat. Und die Urkunde hatte ein Loch. Genau da, wo der einzige Hinweis zu finden war. Ob er die Duplikate in den Kirchenarchiven je zu Gesicht bekommen würde? Außerdem konnte der Besitz am Palmsonntag vor achtundzwanzig Jahren aus ganz anderen Gründen verdient worden sein.

Die es geben mochte, auch wenn sie ihm jetzt nicht einfielen.

Brabecks Vermutungen waren ebenfalls nicht stichhaltig, zogen eine naheliegende, aber doch eher unwahrscheinliche Linie zwischen Rokeß' Anwesenheit in Bremervörde und Lauenburgs Sturz. Aber warum hätte er sich die Sache mit dem Pferd ausdenken sollen?

Er traute es Dietrich durchaus zu, sich mit einem Auftragsmord die Macht zu sichern. Und auch Rokeß: So bedenkenlos, wie er jetzt Brabeck und Konrad umgebracht und ihm selbst erheblichen Schaden zugefügt hatte, so hatte er auch damals seinen Vorteil darin gesehen, den ungeliebten Bischof zu beseitigen und seinem Herrn damit einen großen Gefallen zu tun.

Der Hellste war er nicht gerade, das hatte sein gesamtes Vorgehen bewiesen. Dass er gegen den Rathausneubau gewettert hatte, obwohl jeder wusste, dass er mächtig daran verdienen würde, war – im Nachhinein besehen – ziemlich verdächtig. Auch dass er sich so vehement um die Holzeinbauten bemüht hatte, war aufgefallen. Aber niemand hatte von der Urkunde in ihrem Versteck gewusst, sodass ein Verdacht gar nicht erst aufkommen konnte. Hatte Rokeß das bedacht? Wahrscheinlich nicht, wenn ihn die haltlosen Beschuldigungen Brabecks derart in Panik versetzen konnten.

Immer, wenn die Urkunde aufgetaucht war, und sei's nur in den Befürchtungen des Baumeisters, hatte es Tote und Verletzte gegeben. Was sollte Diether jetzt damit tun? Sie dem Schultheiß ausliefern, wie der es verlangt hatte? Oder sie als Beweis behalten? Sie Arnulf geben, damit er gerichtlich gegen die Enteignung vorgehen konnte? Aber vor welchem Gericht würde er recht bekommen?

Wenn er gegen Dietrich vorgehen wollte, konnte er sich nur an die protestantischen Herren des Umlands wenden. Natürlich hatte Westphal recht. Die Gerichtsbarkeit im Hochstift war fest in Dietrichs Hand, und Appellationen an den Dortmunder Gerichtshof waren seit 1604 nicht mehr zugelassen.

Aber einen Krieg auszulösen sollte er sich hüten. Nicht bei so unsicherer Beweislage. Wusste er denn, ob der Fürstenberger, sollte Diethers Anklage erfolglos bleiben, ihn nicht als Kriegshetzer an die Stadttore nageln ließ?

Am besten verbrannte er das Dokument. Ein Besitz, an dem Blut klebte, konnte auch Arnulf keinen Segen bringen. Dem blieb noch der Besitz seines Großvaters, von dem aus er das Geschäft neu aufbauen konnte. Oder es verscherbeln, wie es wohl eher seiner Art entsprach.

Auf der Kohlgrube blieb Diether stehen und blickte erbittert zum Domturm hinauf. Wieder fühlte er seine Hilflosigkeit vor der Macht des Landesherrn. Die Gerechtigkeit, an die er unverbrüchlich geglaubt hatte, war ins Wanken geraten. Von nun an stand der Turm für bischöfliche Anmaßung und Willkür und nicht für die milde und selbstlose Herrschaft, die er von einem geistlichen Fürsten erwartete.

Beschädigt war auch seine anwaltliche Integrität, musste zurückstehen vor selbstsüchtigen Besorgnissen. Er durfte sein Wissen über den fürstlichen Machtmissbrauch nicht verwenden, musste sogar Freunde und Familie überzeugen, still zu halten und niemandem etwas davon zu erzählen. Und das nicht nur aus Angst vor dem dann unvermeidlichen Krieg. Wenn sie die Fürstenberger juristisch belangten oder auch nur Gerüchte über sie verbreiteten, hatten diese einen handfesten Grund, ihn und Leonore des Landes zu verweisen.

Immerhin wurde der Mörder bestraft. So viel hatten sie erreicht. Diesmal traf es den Richtigen, und niemand würde Rokeß aus dem Kerker heraushelfen. Was auch immer damals geschehen war – Brabeck und Konrad wurden gerächt. Konnte er damit nicht zufrieden sein?

AM TAG DES HEILIGEN BALDUIN

21. August
Der Zisterzienserabt Balduin von Rieti († 1140) war der Lieblingsschüler Bernhards von Clairveaux, der ihn in einem (noch erhaltenen) Brief für seinen Eifer lobt.

Nach langer Zeit hatte Kaspar von Fürstenberg ihr wieder einmal seine Kutsche geschickt. Zu früher Stunde bereits, Leonore hatte kaum ihr Morgenmahl verzehrt. Ungerührt hatte sie sich vom Kutscher zu ihren Morgenpatienten und dann erst nach Neuhaus fahren lassen. Dort wartete nur einer, hinter dem die vielen Kranken in der Stadt nicht zurückstehen sollten.

Schnell flogen die mächtigen Eichen der auf das Schloss zulaufenden Allee an ihr vorbei. Blanke Wasserflächen und wucherndes Ried blitzten zwischen den schwarzen Stämmen und grünem Gebüsch. Sie streckte sich wohlig in der Morgensonne und genoss nach den aufregenden Ereignissen der letzten Tage das entspannte Gefühl überstandener Bedrängnis.

Diether war nach Rokeß' Verhaftung erleichtert zu ihr in den Garten gekommen und hatte sie umarmt. »Beinahe hätte ich dich nie wieder gesehen«, hatte er gesagt, mit feuchten Augen. »Jetzt ist alles vorbei, dem Himmel sei Dank!«

Sie hatte keinen Widerstand geleistet, als er sie an sich gedrückt hatte, sich aber bestürzt zurückgehalten. Es war etwas geschehen, das hatte sie gespürt. Die Umarmung galt nicht ihr. Er hielt sich nur an ihr fest.

Lange hatte er nicht reden können. Endlich war ihm bewusst geworden, dass er sie immer noch umklammerte, und zögerlich hatte er sie losgelassen. Dann hatte er ihre Hände genommen und sie auf die Bank gezogen.

»Die Gefahr ist vorüber. Rokeß sitzt im Zwinger und tut keinem mehr was.« Immer noch entsetzt hatte er eher sich als Leonore zu beruhigen versucht. Sie war neugierig, jetzt aber völlig gelassen. Er saß gesund neben ihr. Was auch geschehen war, es war gut ausgegangen.

Nach und nach war seinem wirren Bericht zu entnehmen gewesen, dass der Baumeister alles gestanden und welche Rolle er bei Lauenburgs Tod gespielt hatte. Als sie hörte, in welcher Gefahr Diether geschwebt hatte, schauderte es sie doch.

Beim Gedanken an die bedrohliche Szene im Ükernrathaus bekam sie wieder eine Gänsehaut, obwohl es so warm war wie die Tage zuvor. Nachmittags ein Gewitter zur Abkühlung und um ihr im Garten das Gießen zu ersparen, später schien wieder die Sonne. So konnte das Wetter ihretwegen bleiben; bisher hatten sie viel zu wenig Gelegenheit gehabt, die schönen Abende zu genießen. Sie wurden ohnehin jeden Tag kürzer, bald war der Sommer vorbei.

Versonnen lehnte sie den Kopf an das Polster der offenen Kutsche. Diethers Umarmung kam ihr in den Sinn und der Aufruhr, den sie in ihrem Körper verursacht hatte. Keinem anderen Mann hatte sie bisher erlaubt, ihr so nahe zu kommen. Nicht nur ihre Haut, sondern auch ihre innersten Gefühle zu berühren. Wie die Sonne, dachte sie und blinzelte verträumt ins Licht, wenn sie einem mit ihren Strahlenfingern das Herz hebt.

Als Dietrichs mächtige, vom obligatorischen Jesuitendaumen gekrönte Rundtürme in Sicht kamen, die er dem Neuhäuser Schloss verpasst hatte, verbot sich Leonore die Träumereien und zwang sich, die neue Situation nüchtern zu betrachten. War jetzt die Zeit für die Liebe?, fragte sie sich. Konnte sie sich darauf einlassen?

Sie bedachte die Folgen, die eine Verbindung mit Diether mit sich brächte. Einer Heirat stand des Bischofs Traumandat im Weg. Aber weder Frau Meschede noch ihr Bruder Erik würden zulassen, dass sie ehelos mit Diether zusammenlebte. Was die Jesuiten anstellen würden, um das schandbare Paar aus ihrer Nachbarschaft zu vertreiben, wagte sie sich kaum vorzustellen.

Bei aller Freude über die Aufklärung der Morde und das Ende der Gefahr vergaß sie nicht, dass ihnen immer noch die Ausweisung drohte. Was war, wenn es dem Bischof, um allen Gerüchten vorzubeugen, in den Kopf kam, sie beide aus der Stadt zu jagen?

Ob es ausreichte, wenn sie nicht mehr von der Urkunde sprachen, wie Diether vorgeschlagen hatte? Alle waren damit einverstanden gewesen, sogar Henrich, der sich am meisten über die »Meuchelmörder auf dem Bischofsthron« ereiferte. Viel Aussicht auf Erfolg hatte es ohnehin nicht, wenn sie den Stadtherrn vor ein auswärtiges Gericht zerrten. Bevor irgendetwas entschieden wäre, hätte der sie längst mundtot gemacht.

Sie musste damit rechnen, plötzlich die Stadt verlassen zu müssen, ob mit Diether oder allein. Die Frage war, was sie dann anfangen sollte. In einer fremden Stadt ihr Gewerbe neu aufbauen? Die eingesessenen Bademütter würden sie bestimmt nicht freundlich aufnehmen. Oder doch mit Kaspar nach Münster gehen? Dann hatte sie wenigstens einen Patienten, und er würde ihr weitere vermitteln. Doch Kaspar war alt, und auch in Münster gab es Jesuiten. Würden sie ihr nicht ebenso nachstellen wie Pater Röhrich?

Und Diether? Sollte er sein Haus und seine Familie aufgeben? Samt der Unterstützung des Vaters und der Beziehungen der Mutter, die beide nötig genug waren für den Aufbau seiner Kanzlei?

Sie wären beide unglücklich in der Fremde. War das der richtige Zeitpunkt, sich zu verbinden?

Sie hatte sich vorgenommen, mit Kaspar über ihr Problem zu sprechen. Wenn sie bereit waren, über seine und des Bischofs Beteiligung an Lauenburgs Ermordung zu schweigen, konnte er auch etwas für sie tun. Gut, es war nicht schön, was sie vorhatte. Man konnte es Erpressung nennen. Doch der Fürstenberger würde sie verstehen. Er tat ebenfalls nichts ohne Gegenleistung. Und vielleicht war es gar nicht nötig, von der Urkunde zu reden. Er würde ihr auch so offen sagen, wie groß die Gefahr der Verbannung war und ob er bereit war, ihnen notfalls zu helfen.

Dass er kaltblütig den Mord an seinem Widersacher befohlen hatte, wusste sie inzwischen und hatte doch noch Vertrauen zu ihm. Der Vater würde das sicherlich gutheißen. Die Fürstenberger sind nicht zimperlich in der Wahl ihrer Mittel, hatte er damals gesagt. Trotzdem hatte er ihn in aller Freundschaft weiter behandelt. Und Lauenburg – nun ja, das war lange vor ihrer Zeit.

Mit Rokeß' Schandtaten hatte Kaspar jedenfalls nichts zu tun. Sie hatte keine Skrupel, den alten Mann weiterhin zu mögen.

Trotz des warmen Tages hatte Kaspar in seinen Gemächern den

Kamin anzünden lassen. Sie wärmte die Heu- und Kräuterpackungen auf und gab ihm etwas von ihrem Herbstzeitlosenextrakt, vermischt mit ein wenig frischem Himbeersaft. Wie immer hielt er danach ein kleines Schläfchen, aus dem er aufgeräumt und redelustig erwachte. Auf diesen Zeitpunkt hatte sie gewartet.

Doch erst musste der Alte noch ein wenig poltern. Das gehörte dazu. Diesmal ereiferte er sich über die kalten Schlossmauern, die das Reißen in seinen Gliedern verstärkten.

»Man kann nicht einfach in den Garten gehen und sich in die Sonne setzen wie bei mir zu Hause!« Ärgerlich haderte er mit dem hermetisch abgeschlossenen Bau seines Bruders. »Nur ein einziges Tor führt aus dem Schloss heraus, vorn, von einer halben Garnison bewacht. Bis die salutiert haben und man um die Gräfte herum auf die Wiesen kommt, ist der halbe Tag vorbei. Man kann es auch übertreiben mit der Sicherheit, habe ich meinem Bruder gesagt. Soll ich mich etwa im Hof mit dem alten Wassergott zusammen von der Sonne bescheinen lassen? Und das Volk bestaunt uns beide?«

Leonore fragte sich, vor wem sich Dietrich fürchtete. Waren es die Hessen? Oder rechnete er immer noch mit der Aufsässigkeit der Paderborner?

Dann kam Kaspar von allein auf die drohende Verbannung zu sprechen.

»Was habt Ihr dem armen Pater Röhrich nur getan, dass er so gegen Euch wütet?«, fragte er brummig. »Fast jeden Tag spricht er bei mir oder meinem Bruder vor und verlangt Eure Ausweisung. Angeblich verderbt Ihr die jungen Leute in der Stadt und führt lose Sitten ein. Kann es sein, dass Röhrich nur zu gern dazu eingeladen werden möchte?«

Sie erzählte ihm von des Paters letzten Besuchen. Auch, dass er sie belauscht hatte, und von seinen Belästigungen. Väterlich legte er den Arm um ihre Schultern. »Wenn Euer Vater noch lebte, würde er das nicht wagen, der alte Geier. Da werde ich wohl ein Wörtchen mit ihm reden müssen. Er wird Euch nicht mehr behelligen, das verspreche ich Euch. Aber Ihr müsst dafür auch etwas für mich tun«, fügte er hinzu.

Wer erpresste hier eigentlich wen?

Er nahm seinen Arm weg und trat zum Fenster. In die Sonne blinzelnd, fuhr er fort. »Wie mir Röhrich erzählte, habt Ihr und

Eure Freunde von den Gerüchten erfahren, es sei beim Tod des Vorgängers im Bischofsamt meines Bruders nicht mit rechten Dingen zugegangen.«

Kaspar tat, als sähe er in die Gräfte hinab, beobachtete aber aus den Augenwinkeln ihre Reaktion. Sie ließ sich nichts anmerken.

Nach einer Weile drehte er sich um und schaute ihr forschend ins Gesicht. »Das ist lange her, Jungfer. Nachdem Ihr mich heute widerspruchslos behandelt und mir auch kein Gift verabreicht habt, kann ich wohl davon ausgehen, dass Ihr mir nicht die Freundschaft aufgekündigt habt. Ich wäre Euch sehr verbunden, wenn Ihr darüber hinaus alles, was mit der unheilvollen Urkunde zusammenhängt, vergessen könntet.«

Schuldbewusst schlug er die Augen nieder. Genauso sah er aus, wenn er wegen seiner Ausschweifungen ein schlechtes Gewissen hatte, dachte Leonore erheitert.

Mit grämlichem Blick setzte der alte Mann hinzu: »Meint Ihr nicht, ich bin mit der Gicht genug gestraft? Außerdem wird es für Eure Mitbürger schlimme Folgen haben, wenn Dietrichs Feinde ins Stift einfallen, um ihn für uralte Missetaten zu strafen.«

Endlich beschloss Leonore, ihn nicht länger zappeln zu lassen. »Mir ist es nicht so wichtig, was vor meiner Zeit geschah«, gab sie ernst zurück. »Rokeß ist gefasst, und die Morde an Brabeck und dem jungen Schwerdtfeger werden gerächt. Soweit das geht. Niemand wird Konrad sein langes erfolgreiches Leben, Brabeck den verdienten Lebensabend und den Familien den Schaden ersetzen können. Dazu das verlorene Jahr des jungen Doktor Meschede und Arnulf Rokeß' Erbe. Das alles ist nicht mehr zu ändern. Wir werden damit leben müssen und Ihr auch.«

Mit bitterer Miene erwiderte er: »Wenn das alles ist, für das mich die Erinnyen plagen!«

Leonore wollte gar nicht wissen, was es noch alles gab. »Es macht mir also nichts aus«, sagte sie schnell, »die Urkunde zu vergessen. Wenn Ihr mir dafür garantiert, dass mich die Jesuiten auf Dauer in Ruhe lassen und ich nicht der Stadt verwiesen werde.«

Bereitwillig nickte ihr Gegenüber mit dem Kopf. Das war also erreicht. Aber was war mit Diether?

»Ich kann allerdings nur für mich sprechen«, erklärte sie. »Auf die Entscheidung meiner Freunde kann ich keinen Einfluss nehmen. Vielleicht wäre es hilfreich, wenn Ihr selbst mit ihnen redet. Etwa in der Art wie eben mit mir.«

Kaspar lachte dröhnend. »Ihr macht Eurem Vater alle Ehre, Jungfer. Dauernd versuchte er, für jemanden etwas herauszuschlagen. Oder ist es Euer eigenes Wohl, für das Ihr Euch einsetzt? Der junge Advokat, wie? Wurde ja auch langsam Zeit«, brummte er gutmütig.

»Der junge Meschede wird sowieso nicht ausgewiesen«, verriet er dann augenzwinkernd. »In der Frage kann ich Euch beruhigen. Die Vorladung mit der Trommel war ein kleiner Scherz meines Bruders, um seinem Rentmeister und dessen impertinenter Schwester eins auszuwischen. Je mehr die Jesuiten und ihre Anhänger bohren, umso verstockter wird er nämlich. Wenn er Mandate ausstellt, dann nur um des lieben Friedens willen. Er denkt mitnichten daran, neuen Ärger heraufzubeschwören. Die letzten Jahre seines Bischofsamts will er in Ruhe verbringen, und so geht es mir ebenfalls. Das sage ich Euch im Vertrauen, Jungfer, merkt es Euch. Eurem Diether könnt Ihr sagen, er soll in Ruhe sein Haus bauen und bald mit Euch darin einziehen. Ich werde eurem ersten Kind ein schönes Geschenk machen.«

Das würde sie Diether nicht erzählen. Jedenfalls jetzt noch nicht. Auch Kaspars Enthüllungen brauchte sie ihm nicht zu verraten. Dann musste sie auch nicht über die Befürchtungen sprechen, die sich trotz der Zusicherungen des Fürstenbergers in ihrem Hinterkopf regten: Was war, wenn der Alte nicht mehr war? Auch sein Bruder, der Bischof, zählte nicht mehr zu den Jüngsten.

Doch daran wollte sie nicht denken. Außerdem – es war nicht gesagt, dass es dann schlimmer wurde als jetzt. Vielleicht setzte sein Nachfolger ja alle Mandate außer Kraft?

In den nächsten Jahren jedenfalls würde alles so weitergehen wie bisher. Keine Ausweisung zu befürchten. Wenn jemand über die Pläne des Bischofs Bescheid wusste, dann ihr alter Freund Kaspar. Dankbar verabschiedete sie sich von ihm.

Wenn Diether heute zu ihr in den Garten kam, würde sie seine Umarmung jedenfalls erwidern.

ENDE

Personen

*Friedrich Baer** – Kanoniker des Busdorfstifts und Freund Diether Meschedes

*Goste Baer** – Friedrichs Schwester

*Jobst Baer** – Ratsherr und Gastwirt des »Schwarzen Bären«

Berringer, Deies, Hartmann, Sedeler*, Steling** – Paderborner Ratsherren

Brabeck – Stadt- und Ratsdiener

Elmar Bröckling – Stadtbote und Feldhüter

Elsbeth Engel – Bademutter in städtischen Diensten

*Dietrich von Fürstenberg** – Fürstbischof von Paderborn (1585–1618)

*Kaspar von Fürstenberg** – Bruder und Ratgeber Dietrichs; Droste von Bilstein und des Herzogtums Westfalen

Gese, Henrich, Borius – Haustochter und Knechte der Familie Meschede

*Bernd Gogreve** – Sohn des Bürgermeisters Dr. Jobst Gogreve*

Helene Gruben und Söhne – Familie des verstorbenen Ratsherrn Florian Gruben*

*Goste von Köln** – Großmutter der Geschwister Baer

*Heinrich von Lauenburg** – Fürstbischof von Paderborn (1577–1585) (Administrator)

Dr. lic. Diether Meschede – Advokat und Ratsherr

Johann Meschede – Diethers Vater, Salzhändler

Margret Meschede – Diethers Mutter, Schwester des bischöflichen Rentmeisters Barcholt*

*Hunold von Plettenberg** – nach 1604 Droste des Bischofs

*Melchior und Dietrich von Plettenberg** – Pröpste des Busdorfstifts

*Pater Röhrich**, *Pater Bodo** – Patres der von Dietrich von Fürstenberg eingerichteten Jesuitenniederlassung am Kamp

Arnulf Rokeß – Sohn von Göddert Rokeß

*Göddert (Godert) Rokeß** – Ratsherr, Fuhrmann und Bauunternehmer

Degenhard Schwerdtfeger – ehemaliger Ratsherr, Zimmermeister

*Konrad Schwerdtfeger** – dessen Sohn, Zimmergeselle

Johanna, Sieghart – Schwester und Schwager Diether Meschedes

*Balthasar Stricker** – Weinzapf in städtischen Diensten

Dr. Erik Theodor – Bruder Leonore Theodors, Arzt und Nachfolger seines Vaters Dr. Jakob Theodor*

Leonore Theodor – städtische Bademutter, Hebamme, Baderin

*Heinrich Westphal** – nach 1604 vom Bischof eingesetzter Schultheiß der Stadt

*Johann Westphal** – dessen Vater, Dienstmann des Domkapitels, Vertrauter Dietrichs

Katharina Wiegand – Tochter Brabecks, wohnhaft in Borchen

* historisch überlieferte Personen

Glossar

Als Muster für die Benennung der einzelnen Kapitel mit den Tagesheiligen dient die Datierung der Ratsprotokolle der Zeit. Beispielsweise war die Niederschrift der Sitzung vom 18. Dezember 1586 mit »am donnerstag na s. Lucie« überschrieben. An diesem Tag beschloss der protestantische Magistrat, zu den Ratswahlen nur Personen zuzulassen, die ihre eheliche Geburt auch für frühere Generationen nachweisen konnten, was die »Pfaffenkinder« von allen städtischen Ämtern ausschloss. Erst nach Dietrich von Fürstenbergs »Rekatholisierung« der Stadt kamen die von der heutigen Geschichtsschreibung als »katholische Juristen« bezeichneten Nachkommen (beispielsweise Heinrich Westphal) wieder zu Einfluss.

Die Angaben zu den Heiligen folgen dem »Ökumenischen Heiligenlexikon« (www.heiligenlexikon.de), dem »Biographisch-Bibliographischen Kirchenlexikon« (Bautz-Verlag), dem »Großen Hausbuch der Heiligen« (Pattloch-Verlag) sowie Brandt/ Hengst, »Das Erzbistum Paderborn« (»Hl. Hathumar«).

Abt Leonard Ruben: Er war 1580 einer der ersten Jesuiten in der Stadt und Domprediger. Seit 1598 Abt des Abdinghofklosters, verfasste er 1602 eine Agenda für das Bistum, die auch einen Katechismus enthielt und mit deren Hilfe Bischof Dietrich die neue Kirchenordnung durchzusetzen plante.

Auslucht (Utlucht): Erkerähnliche Vorbauten der Stadthäuser zur Straße hin.

Bademütter: Von der Stadt bezahlte Hebammen, die darüber hinaus als Krankenpflegerinnen etc. tätig waren.

Bauernschaften, Burschaft: Das Stadtgebiet war in ursprünglich vier, seit 1599 in fünf Bauernschaften aufgeteilt: Western-, Kämper-, Königsträßer-, Maspern- und Giers-Bauernschaft. Teilweise sind sie heute noch in den Kompanienamen der Schützenbrüderschaft vertreten.

Baumhauer, Hermann: Steinhauer und Baumeister Dietrich von Fürstenbergs, der auch am Ausbau der Burg Wewelsburg und des Neuhäuser Schlosses mitgewirkt hat. Nach 1613 übernahm er die Steinmetz- und Maurerarbeiten des Paderborner Rathauses.

Bock, Frettholz, Sundern: Wälder zwischen Borchen und Paderborn.

Brot-, Feuer-, Fleisch-, Pfund-, Wasser-, Wege- und Weinherren: Ämter des Stadtregiments, deren Inhaber ehrenamtlich, aber gegen eine Aufwandsentschädigung in Naturalien (Wein) die Aufsicht über ihr jeweiliges Sachgebiet und die dafür bereitgestellten Gelder ausübten. Alle Inhaber städtischer Ämter waren wie die Ratsherren während ihrer meist einjährigen Amtszeit von Steuern, Wachdiensten und Einquartierungen befreit.

Büren: Ländliche Kleinstadt südwestlich Paderborns. Seit der Mitte des 16. Jahrhunderts hatten sich im Herrschaftsgebiet der Edelherren von Büren reformatorische Bestrebungen verfestigt. Nach der Regierungsübernahme Joachim von Bürens im Jahr 1591 bekannten sich Stadt, Land und Herrschaft offen zum Kalvinismus. Auch administrative Maßnahmen und intensive Rekatholisierungsbemühungen der fürstbischöflichen Landesherren konnten daran nichts ändern. Erst nach Joachims Tod im Jahr 1610 und der jesuitisch beeinflussten Konversion seiner Witwe drei Jahre danach gelang es Dietrich von Fürstenberg, seine herrschaftlichen Ambitionen durchzusetzen. Den beim Tod des Vaters sechsjährigen Moritz von Büren, Patenkind des Landgrafen Moritz »der Gelehrte« von Hessen-Kassel, holten die Jesuiten in ihr Paderborner Gymnasium und erzogen ihn entgegen den Intentionen des Vaters und des Paten in ihrem Sinn. Mit vollem Erfolg: Moritz trat später in den Jesuitenorden ein und vermachte ihm bei seinem Tod im Jahr 1661 den gesamten Besitz der Bürener Edelherren.

defectum natalis (lat.): Geburtsfehler, Fehler in der Herkunft.

Deele, Diele: Mit Kopfsteinen oder Kalksteinriemchen (»Tudorfer Pflaster«) befestigter Innenbereich ländlich geprägter Anwesen. Direkt hinter dem großen Hoftor gelegen, diente die Deele als Schauplatz landwirtschaftlicher Arbeiten sowie als Aufenthaltsraum und Küche für Familie und Personal.

Edikt, Mandat, Rezess: Verordnungen des Fürstbischofs zur Regelung von Glaubens- und Verwaltungsangelegenheiten.

Einhard (um 770 bis 840): Biograph Karls des Großen (»Vita Caroli Magni«).

famula, famulae f. (lat.): Dienerin, Sklavin; hier: Klerikergeliebte

Fracastoro, Paracelsus, Vesalius: Humanistische Ärzte und Naturforscher des 16. Jahrhunderts mit neuzeitlichem, auf Beobachtung und Erfahrung beruhendem Medizinverständnis, das die Säftelehre nach Hippokrates (5. Jahrhundert v. Chr.) und Galen (129–199 n. Chr.) ablöste. Paracelsus (1493–1541) setzte an deren Stelle die Erhaltung und Pflege der natürlichen Lebenskraft sowie die chemische Krankheitslehre und -behandlung. Er erkannte als Erster die chemischen und physikalischen Grundlagen des Lebendigen und gilt als Begründer der pharmazeutischen Chemie. Hieronymus Fracastoro führte 1546 das Wesen der Ansteckung auf lebende Keime zurück. Andreas Vesalius (1514–1564), Leibarzt Karls V. und Philipps II., forderte die Erforschung der menschlichen Leiche und schuf die neuzeitliche Anatomie.

Fünfer-Ausschuss: Organ der städtischen Finanzverwaltung mit der Aufgabe, die Steuern und Abgaben der Bürger einzuziehen sowie die jährliche Stadtrechnung zu überprüfen. Seit dem Mittelalter hatten Vertreter der Gemeinheit diese Funktion ausgeübt. Nach 1604 wurden »die Fünfer« obrigkeitlich bestimmt.

Gehende Diener, Marktmeister, Uffschröer, Weinzapf: Funktionen in der Verwaltung der Stadt Paderborn.

Gemeinheit, Gemeine: Gesamtheit der Einwohner der fünf Paderborner Bauernschaften sowie deren nach genossenschaftlichen Prinzipien organisierte Vertretung auf der Grundlage von Gewohnheitsrechten und mittelalterlichen Privilegien, die 1570 von Kaiser Maximilian II. bestätigt worden waren. Die Gemeinheit kontrollierte den Rat, der seit 1327 vom Bischof unabhängig gewählt wurde. Durch Ausweitung ihrer Privilegien und Abspaltung von der landesfürstlichen Religion war die Stadt im Lauf des 16. Jahrhunderts weitgehend autonom geworden. In einer Zeit der Ausbildung absolutistischer Herrschaft war es dagegen das Ziel der Paderborner Bischöfe, insbesondere Dietrich von Fürstenbergs, die Landesherrschaft und als deren wichtigstes Mittel die obrigkeitshörige Religionsausübung auch in den Gemeinwesen zu konstituieren. Die gegenläufigen Ansprüche von Stadt und Bischof mussten kollidieren. Gegen die mittlerweile korrupte und untereinander versippte Magistratsclique formierte sich um 1600 eine bürgerliche Opposition mit Liborius Wichart als Sprecher. Den Zwist unter den Stadtbürgern machte sich Dietrich zunutze, und es kam zur Katastrophe des Jahres 1604. Danach waren die Institutionen der Gemeinheit entmachtet. Rat und Bürgermeister waren nur noch Vollzugsorgan der vom Landesherrn eingesetzten Beamten Droste und Schultheiß, die jede Ämterbesetzung zu genehmigen hatten. Das Gerichtswesen, das der von Bischof und Bürgern bedrängte Magistrat schon 1601 Dietrich in die Hände gespielt hatte, blieb in seiner Hand. Hatten früher Verträge zwischen Stadt und Landesherrn die Verwaltungsangelegenheiten geregelt, war nun Erlassen, Rezessen und Mandaten zu gehorchen, die auch in die Religionsausübung hineinregierten. Manchem Einwohner wird es in der Folge schwergefallen sein, den Bürgereid zu leisten, der faktisch zum Untertaneneid geworden war.

Gewohnheit: Überkommenes, mündlich überliefertes Recht. Ein Gewohnheitsrecht entstand nach mindestens dreißig Jahren uneingeschränkter Nutzung oder Duldung.

Gräfte: wassergefüllter Schutzgraben um eine Burg oder einen Gutshof herum, auch Bestandteil städtischer Wallanlagen.

Hude: Unbebautes Wald-, Wiesen- oder Bruchgelände im Besitz der Allgemeinheit (»Allmende«), das von den Hudegenossen nach überkommenen Regeln genutzt werden konnte (Hudegenossenschaften).

Jesuitenkolleg: Ehemaliges Minoritenkloster mit Johanneskirche am Kamp, das Dietrich von Fürstenberg 1592 den Paderborner Jesuiten schenkte. Bis 1605 wurde es zum Kolleg ausgebaut, ab 1614 diente es nach einer Zwischenlösung in einem Bürgerhaus gegenüber der Johanneskirche und nach einem an das Kolleg angrenzenden Neubau als Gymnasium. Im vorliegenden Roman wurde der Bezug der neuen Schulräume um zwei Jahre vorverlegt.

Kröse: Weiße gefältelte Halskrause, über Spanien und Holland verbreitet. In reformierten Gegenden durch flache Kragen abgelöst.

Landstände: Die Vertretungen der Städte und der Ritterschaft des Hochstifts.

Lippstadt, Schlangen: Protestantische Orte im Paderborner Umland.

Marktkirche St. Pankratius: Seit dem Mittelalter Kirche der Paderborner Bürgerschaft, deren Präsentationsrecht (Bestellung des Pfarrers) der Magistrat ausübte. Sie war mit den Predigern Martin Hoitband (bis 1569) und Hermann Tünnecken (1580–1604) das Zentrum des Protestantismus in der Stadt.

Pontanus, Matthäus: Bischof Dietrich holte 1596 den Münsteraner Drucker in die Stadt, der fortan die bischöflichen und jesuitischen Verlautbarungen und Schriften zur Rekatholisierung der Stadt wie 1602 die Agenda Abt Rubens und zahlreiche katholische Liederbücher druckte.

Rathaus: Nachdem das 1473 errichtete Paderborner Rathaus baufällig geworden war, wurde auf Anstoß Bischof Dietrichs und auf der Grundlage beträchtlicher Haushaltsüberschüsse 1613 mit dem Abriss begonnen und bis 1615 das Rathaus zur heutigen Form und Größe auf- und bis 1620 ausgebaut. Steinmetz und Maurermeister war Hermann Baumhauer. Göddert Rokeß wurde 1614 zum Bauleiter bestellt. Beim Abbruch des Altbaus kam laut Armenrechnung »Schwerdtfegers Sohn« durch einen Unfall zu Tode. Aus Gründen des Spannungsaufbaus wurde die Bauzeit des Rathauses im Roman verkürzt.

Sagenstellung: Vorrichtung im Wald, um Baumstämme zu sägen.

Scharne: Verkaufsstände der Metzger an der Ecke Rathaus/Kötterhagen (Scharnegasse)

Schriverigge: Kanzlei (Schreiberei) des Fürstbischofs im Schloss Neuhaus.

Schultheiß, Droste: Von Bischof Dietrich 1604 eingesetzte Beamte, die in seinem Auftrag die Beschlüsse und Geschäfte des Stadtrats zu überwachen hatten.

Schütter = Feldhüter: Ordnungsbeamte der Stadt Paderborn.

Senne: Sandlandschaft nördlich Paderborns (heute britischer Truppenübungsplatz).

Stadtlandwehr, Schling: Befestigungswerke zur Sicherung der Feldflur um eine Stadt oder ein Dorf herum. Sie bestanden aus ineinandergeknickten Dornenhecken (Knicks), deren bewachte Durchlässe »Schling« genannt wurden.

Tigge, Thy: Versammlungsstätte, Richtstuhl. Seit dem Mittelalter Sitz des Burgerichts für Aspedere (Maspern), eine der beiden Keimzellen der Stadt vor Karl dem Großen. Ein zweiter Burrichter mit Sitz am Markt war für das übrige Stadtgebiet zuständig. Die Burrichter entschieden über Schuldklagen, Vermögensstreitfragen und in Beleidigungssachen. – Das städtische Gerichtswesen des 16. Jahrhunderts bestand aus Kriminal-, Go- und Freigericht mit der Appellationsmöglichkeit an den Oberhof in Dortmund. Nach 1601 beziehungsweise 1604 ging alle Gerichtsbarkeit auf den Bischof über, dessen Hofgericht auch als zweite Instanz fungierte. Appellationen an auswärtige Gerichte waren verboten.

Triesekammer: Schatzkammer (vgl. Tresor).

Weistum: Regionales, mündlich überliefertes Gesetzeswerk.

Wichart, Liborius: Der 1576 und 1586 als Ratsherr bezeugte Gerber und Pelzhändler wurde 1586 wegen Nichterscheinens vor dem Freigericht in einer Beleidigungsklage verfemt. Ursprünglich wohl aus der Königssträßer-Bauernschaft, ließ er sich 1598 nach der Rückkehr in die Stadt im Ükern (Maspern-Bauernschaft) nieder, der als Brennpunkt des Protestantismus und des Widerstands gegen die Ratsoligarchie galt. Zusammen mit dem protestantischen Stadtsyndikus Dr. Wolfgang Günther war er nach 1602 Sprecher der bürgerlichen Opposition gegen Magistrat und Bischof mit dem Ziel der Unabhängigkeit vom Landesherrn und der Autonomie als protestantische Stadt auf der Basis überkommener Rechte. Im Jahr 1602 war Wichart einer der Rechnungskontrolleure, die dem korrupten Magistrat erhebliche Unregelmäßigkeiten nachwiesen. Anfang 1604 wurde er als Galionsfigur der protestantischen Bewegung zum Bürgermeister gewählt. Nach Einnahme und Unterwerfung der Stadt ließ Bischof Dietrich ihn am 30. April 1604 hinrichten.

Winkelschulen: Von Dietrich von Fürstenberg verbotene protestantische Schulen im Paderborner Stadtgebiet.

Literatur und Quellen

Neben zahlreichen älteren und neuen Aufsätzen und Monographien zur Regionalgeschichte des Paderborner Landes vor allem Rainer Decker: »Bürgermeister und Ratsherren in Paderborn vom 13. bis zum 17. Jahrhundert«, Paderborn 1977; Jürgen Lotterer: »Gegenreformation als Kampf um die Landesherrschaft«, Paderborn 2003; Paul Michels: »Baugeschichte des Paderborner Rathauses«, Paderborn 1962; Andreas Neuwöhner: »Den Kampf um die Freiheit verloren? Verwaltung und Finanzen der Stadt Paderborn ...«, Paderborn 2004; sowie als Grundlage und Quelle für Nachrichten über gesellschaftliche und politische Ereignisse, bedrohliche Vorfälle und Wetterunbilden der Jahre 1611 bis 1613 die dreibändige Stadtgeschichte »Paderborn. Geschichte der Stadt in ihrer Region«, herausgegeben von Frank Göttmann, Karl Hüser, Jörg Jarnut, Paderborn 1999.